HEYNE <

W0384011

STEVENS & SUCHANEK

TODES KELLER

Das Cold-Case-Team Berlin ermittelt

THRILLER

WILHELM HEYNE VERLAG
MÜNCHEN

Der Verlag behält sich die Verwertung der urheberrechtlich geschützten Inhalte dieses Werkes für Zwecke des Text- und Data-Minings nach § 44 b UrhG ausdrücklich vor. Jegliche unbefugte Nutzung ist hiermit ausgeschlossen.

MIX
Papier | Fördert gute Waldnutzung
FSC® C014496
www.fsc.org

Penguin Random House Verlagsgruppe FSC® N001967

Originalausgabe 11/2024
Copyright © 2024 dieser Ausgabe
by Wilhelm Heyne Verlag, München,
in der Penguin Random House Verlagsgruppe GmbH,
Neumarkter Str. 28, 81673 München
Redaktion: Nina Bellem
Umschlaggestaltung: © bürosüd unter Verwendung
von Motiven von Getty Images (Victor Pagan)
Satz: Uhl + Massopust, Aalen
Druck und Bindung: GGP Media GmbH, Pößneck
Printed in Germany
ISBN: 978-3-453-44209-2
www.heyne.de

PROLOG

In der verdammten Bruchbude gab es doch nichts zu finden!

Falk hielt die Waffe Richtung Boden gerichtet, die Stablampe schickte ihren Lichtstrahl in die Dunkelheit. Der Wind tobte dank zerschlagener Fenster durch das verlassene Gebäude.

Nachtschichten konnte er grundsätzlich nicht leiden, doch die verregneten erst recht nicht. Der Herbst hielt den Osten Berlins fest im Griff, die Temperaturen sanken Nacht für Nacht. Als Streifenpolizist war Falk es gewohnt, sich mit betrunkenen Jugendlichen und Aggro-Personen herumzuschlagen. Momentan herrschte jedoch aus einem anderen Grund Ausnahmezustand in der Wache.

Und genau dieser führte ihn hierher.

Kies knirschte unter Falks Schuhsohlen. Vorsichtig leuchtete er in jede Richtung, blieb wachsam. Im Minutentakt gingen auf dem Präsidium Hinweise ein, denen die Polizisten nachgehen mussten; natürlich dank zu wenig besetzter Stellen, in völliger Unterzahl.

Im vorliegenden Fall war der Anruf einer obdachlosen Bürgerin der Auslöser gewesen, in dem sie behauptete, dass die vermisste Jugendliche ganz zweifellos tot war.

Sie hatte angeblich den Mörder dabei beobachtet, wie der auf diesem Grundstück in Friedrichshain den Körper aus dem Kofferraum hievte. Und da sie nur zwei Schnäpse hatte, konnte das auch keine Einbildung sein.

Würde sich jeder Anruf bei der Hotline als wahr herausstellen, wäre Berlin die Stadt mit der höchsten Mordrate in Europa.

»Ihr Idioten von der Soko musstet ja unbedingt an die Öffentlichkeit gehen«, knurrte Falk. »In den kommenden Tagen sind wir dank euch gut beschäftigt.«

Eine weite Eingangshalle ging in eine Treppe über. Der Zement war mit Holz verkleidet, das faustgroße Löcher aufwies.

»Hast du was?«, erklang es hinter ihm.

Falk schrie auf und fuhr herum. »Verdammt, Pete! Erschreck mich nicht so.«

»Du wusstest doch, dass ich das Grundstück absuche«, gab Peter zurück, der darauf bestand, Pete genannt zu werden. Er war erst Mitte zwanzig, trug aufgrund genetischer Veranlagung allerdings früh Glatze.

»Aber nicht, dass du plötzlich wieder hinter mir stehst.« Falk deutete mit einem Nicken nach oben. »Such du noch das Obergeschoss ab.«

»Alles klar.« Pete stieg die Stufen ins höher gelegene Stockwerk hinauf.

Falk betrachtete im Lichtschein jedes Loch im Boden, erst dann machte er den nächsten Schritt und trat in einen großen Hauptraum.

Der Lichtkegel entriss eine Person der Dunkelheit.

Seitenlage, gekrümmte Haltung.

Jede korrekte Ansprache nach Dienstvorschrift war aus seinem Geist verschwunden. Er konnte den Blick nicht von der Person abwenden. Jeans, ein Pulli, darüber eine Jacke in dunkler Farbe. War das die verschwundene Jugendliche?

»Bitte nicht«, flüsterte er.

Langsam trat er näher. Jeder Schritt war eine Überwindung. Bis auf das Fauchen des Windes und das Stampfen von Petes Schritten, als der die alte Holztreppe wieder herunterkam, war nichts zu hören. Alles wirkte so unwirklich. Er war Streifenpolizist, hatte bisher noch nie mit einer Leiche zu tun gehabt.

»Und, alles klar?« Petes Lichtkegel tauchte hinter ihm auf, glitt an ihm vorbei. »Scheiße. Ist das …?«

Falk hatte sein Ziel fast erreicht.

Es knirschte.

Plötzlich gab der Untergrund nach, wie alte Pappe. Falks Fuß krachte hindurch. Im Reflex drückte er ab, ein Schuss hallte durch die Nacht. Er ließ die Waffe fallen, um sich abzustützen. Als sei er ins Eis eingebrochen, hielt er sich fest, die Beine hingen in der Luft.

»Verdammt!« Pete kam näher, suchte den Boden aber vor jedem Schritt genau ab.

Da Falk keine Lust hatte, ein Stockwerk tiefer auf den harten Kellerboden zu krachen, krallte er sich mit aller Kraft fest.

Endlich erreichte Pete ihn. Mit dessen Hilfe schaffte es Falk wieder aus dem Loch.

»Danke.« Er atmete schwer.

Pete beugte sich über den dunklen Schlund und leuchtete in die Tiefe. Im nächsten Augenblick schrie er auf, wich zurück.

»Was ist los?« Falk robbte nach vorne und blickte hinab. Da waren Silhouetten in der Dunkelheit.

Das Licht seiner Lampe enthüllte Details.

Er hatte sich geirrt. In den Schatten des Abrisshauses gab es doch etwas zu finden.

1. KAPITEL

Sophie ruderte langsamer und glitt mit dem Skiff auf das Schilf zu. Die Sonne war vor etwa einer Stunde aufgegangen, durch die über dem See liegenden Nebelschwaden drang das Tageslicht jedoch nur schwerfällig hindurch. Der Wald, der den Werbellinsee umgab, war gerade noch schwach zu erkennen. Nur das Eintauchen der Ruder und die Rufe der Wasservögel waren zu hören. Die Wasseroberfläche kräuselte sich im kühlen Herbstwind. Zumindest hatte es aufgehört zu regnen.

Sie stoppte, balancierte das schmale Ruderboot aus, zog sich die Kapuze ihrer Regenjacke vom klammen Haar und durchstreifte mit ihrem Blick das dichte Schilf.

Bisher hatte sie in ihrem Leben drei Wasserleichen gesehen. Allerdings war keiner der Toten ertrunken. Sie alle wurden gewaltsam getötet und post mortem im Wasser abgelegt. Den Tätern hatte das nicht viel genützt. Sophie hatte die Morde aufdecken können.

Im Schilf ließ sich eine Leiche gut verstecken. Vor allem, wenn es sich dabei um eine zierliche Jugendliche handelte und herabfallendes Laub, das sich zwischen dem hohen Sumpfgras verfing, die Sicht zusätzlich einschränkte.

Sie seufzte. Was tat sie hier eigentlich? War sie jetzt

schon so weit, dass sie einen Leichenfundort vermutete, sobald ein verdeckt liegender Schauplatz sich dafür eignete?

Einen kurzen Moment lang schloss sie die Augen und sog die feuchte Luft in ihre Lunge. Es war an der Zeit, den alten Fall loszulassen und nach vorn zu schauen. Ihre letzte Amtshandlung war es gewesen, ihrer Nachfolgerin, Kriminalhauptkommissarin Tina Spicker, anzuraten, mit dem Vermisstenfall an die Öffentlichkeit zu gehen. Es gab bisher keine Spur, der sie hätten nachgehen können, und je mehr Zeit verstrich, desto größer wurde die Wahrscheinlichkeit, dass sie Melissa Hubert nur noch tot oder gar nicht finden würden. Auch wenn es ihr schwergefallen war, den Fall abzugeben, freute sie sich auf ihre neue berufliche Herausforderung. Ab morgen arbeitete sie für Europol, hatte den alten Kollegen allerdings angeboten, dass sie sie bei Fragen kontaktieren konnten.

Mit kraftvollen Ruderbewegungen brachte sie das Skiff wieder in Fahrt, fühlte, wie ihre Muskeln arbeiteten. Die Saison ging nun im Herbst zu Ende und sie würde die Wochen bis zum Frühling zählen. Wenn sie im See schwamm oder ruderte, war sie mit sich alleine und konnte ihren Stresspegel herunterfahren. Im Schwimmbad zog sie neben anderen ihre Bahnen und musste stets aufpassen, nicht mit ihnen ins Gehege zu kommen. Dabei gelang es ihr kaum, abzuschalten.

Sie überprüfte regelmäßig mit einem Schulterblick, ob das Fahrwasser frei war. Der Campingplatz und der Steg waren schon nah. Paul Gruner stand am Anleger, hatte die Hände in die Hüften gestemmt und sah ihr entgegen.

»Frau Steinbach, was soll ich bloß mit Ihnen machen? Bei solchen Witterungsbedingungen können Sie doch nicht allein auf den See rausfahren.«

Sophie fuhr im schrägen Winkel zum Steg. »Guten Morgen, Herr Gruner, so früh schon auf? Ich dachte, ich bin der einzige frühe Vogel.« Sie hielt beide Ruder mit einer Hand fest, stützte sich mit der anderen auf den Holzplanken ab und stieg aus.

»Sie kennen mich doch«, erwiderte der alte Zeltplatzwart. »Die Campingsaison ist auch vorbei, aber das hier ist einfach mein Revier. Kann ich Ihnen helfen?«

»Das passt schon. Selbst ist die Frau.« Sie zwinkerte ihm zu, löste die Ruder aus den Lagern und legte sie ans Ufer.

Paul Gruner schüttelte schmunzelnd den Kopf. »Bis zur letzten Minute auskosten, was? Ich kann es ja verstehen.« Er sah zum Zeltplatz hinüber, auf dem mit Vorzelten ausgestattete Wohnwagen von Hecken umschlossen waren. »Es ist jetzt schon ruhiger geworden. Ich freu mich auf den Frühling, da ist hier wieder das Lachen von Kindern zu hören, und die Eltern betrachten den Sonnenuntergang. Dann kehrt wieder Leben ein.«

Er half ihr schließlich doch dabei, das Skiff aus dem Wasser zu heben und zum Bootshaus zu tragen. Dort legten sie das Boot auf zwei Böcken ab.

»Ich mache es später sauber«, versprach Sophie. »Wenn der Nebel sich verzieht, fahre ich wahrscheinlich noch mal raus.«

»Sie machen sowieso, was Sie wollen. Und das ist auch gut so.« Er strich sich mit der Hand über den ausladenden Bauch. »Das betont Ihr Mann auch immer. Wann kommt er eigentlich mal wieder mit vorbei?«

»Jan hat es nicht so mit dem Campen«, sagte sie, nickte Paul Gruner zu und ging in Richtung der Wohnwagen.

»Richten Sie ihm und der Kleinen bitte viele Grüße aus«, rief er ihr nach.

Ohne sich noch mal umzudrehen, hob sie die Hand.

Der Kleinen … Er hatte Laura hier über die Jahre aufwachsen sehen. Früher hatte sie beinahe jedes freie Wochenende mit ihrer Tochter am Werbellinsee verbracht. Obwohl sie gerade einmal fünf Jahre alt war, als Oma Frieda starb, besaß Laura viele Erinnerungen an diese Zeit.

Sophie blieb im Durchgang der hüfthohen Hecke stehen und betrachtete das Vorzelt, dessen Stoff irgendwann einmal grün gewesen war. Die Sonne hatte die Plane längst zu einem schmutzigen Beige ausgeblichen. Doch sie brachte es nicht übers Herz, diesen Platz zu verändern, ebenso wie den Wohnwagen selbst. Oma Frieda hatte ihr den Dauercampingplatz vor fast 20 Jahren hinterlassen und noch immer fühlte sie sich ihr hier nah. Da Laura nach ihrem erfolgreichen Uniabschluss gerade aus Berlin weggezogen war, wünschte Sophie sich umso mehr, die Zeit zurückdrehen zu können.

Ihr Smartphone vibrierte in der Jackentasche. Sie zog die Zip-Tüte heraus, nahm es zur Hand und sah auf das Display. Es war Jan.

»Guten Morgen«, sagte sie und zog den Reißverschluss des Vorzeltes hoch.

»Guten Morgen. Ich hab das Frühstück fertig. Wann kommst du?«

Sophie presste die Lippen aufeinander, öffnete die Wohnwagentür und trat ein. »Du, ich will den letzten Tag noch zum Rudern nutzen. Gefrühstückt hab ich schon.« Sie stellte auf Lautsprecher, legte das Smartphone auf den Tisch, zog ihre Regenjacke aus und hängte sie über den Haken an der Tür.

»Als Laura noch bei uns wohnte, war dir das gemeinsame Frühstück heilig«, erwiderte Jan nach einer kurzen Pause.

Sie wusste nicht, was sie ihm darauf erwidern sollte.

»Es ist auch für mich eine Umstellung, Sophie. Ich hab langsam das Gefühl, du bist mit unserer Tochter ausgezogen. Rede mit mir, verdammt noch mal.«

Seiner Stimme war die Ratlosigkeit anzuhören. Aber gerade konnte sie nicht aus ihrer Haut. Zu Hause vermisste sie ihre Tochter noch mehr und Jan nahm sie vollkommen in Beschlag, da Laura ihm ebenfalls fehlte. Nach 24 Jahren plötzlich wieder in Zweisamkeit zu leben überforderte sie, was vermutlich vor allem daran lag, dass Jan zu Hause als selbstständiger Steuerberater arbeitete und immer da war. Sie brauchte ihren Freiraum, Zeit für sich. Und eine neue Herausforderung, der sie jetzt bei Europol entgegenfieberte.

»Zum Abendessen bin ich da, okay?«

Er atmete tief durch. »Soll ich uns was kochen?«

»Was hältst du davon, wenn wir das gemeinsam machen?«, schlug sie ihm als Wiedergutmachung vor und schenkte sich aus der Thermoskanne Kaffee in die Tasse.

»Klingt gut«, antwortete er.

Am Tonfall hörte sie, dass er lächelte.

»Dann bis später.«

»Bis später.«

Sophie tippte auf das Display, quetschte sich in die Sitzecke und schaltete den kleinen Fernseher über ihr im Regal ein. Es liefen Nachrichten, in denen gerade die immer weiter ansteigenden Mietpreise thematisiert wurden. Ihr Blick fiel auf die zwei gerahmten Fotos, die im Nebenfach standen. Auf dem linken Bild lächelte ihr Oma Frieda entgegen, das Gesicht überzogen von Falten, die weißen Haare am Hinterkopf zu einem ordentlichen Dutt gebunden. Daneben ein Familienfoto von Jan, Laura und ihr. Laura hatte ihre hellbraune Haarfarbe geerbt, ebenso wie die Wangengrübchen, die nur sichtbar wurden, wenn sie lächelten. Als das Foto an einem Sommerabend während einer Grillparty mit den Nachbarn aufgenommen wurde, war Laura 17 Jahre alt gewesen – wie die vermisste Melissa Hubert.

Sophie trank einen Schluck und zog ihren Notizblock, der vor ihr auf dem Tisch lag, zu sich heran. Die Akte hatte sie bereits abgegeben und Tina Spicker alle Erkenntnisse geliefert, die sie bis dahin zusammengetragen hatte. Dennoch blätterte sie durch ihre Aufzeichnungen. Vielleicht hatten sie irgendetwas übersehen?

»Die Polizei Berlin sucht weiterhin nach Hinweisen zu dem Verbleib von Melissa Hubert«, leitete der Nachrichtensprecher das neue Thema ein und brachte Sophie dazu aufzuschauen. »Am Montag, vor sechs Tagen, wurde die aus Friedrichshain stammende Siebzehnjährige zuletzt im Heinrich-Hertz-Gymnasium gesehen, wo sie sich nach dem Unterricht gegen 14:45 Uhr von zwei Freundinnen verabschiedete und diese sie entlang der Rigaer Straße fortgehen sahen. Um 14:51 Uhr telefonierte sie noch mit ihrem Freund und die Suche der Polizei verlief bisher erfolglos.«

Ein Foto von Melissa wurde eingeblendet, das Sophie noch persönlich mit deren Eltern ausgesucht hatte. Heutzutage war es schwierig, Bilder eines Teenagers zu finden, die durch Filter nicht zu stark bearbeitet waren und das reale Aussehen widerspiegelten.

»Melissa Hubert ist 1,66 Meter groß, sehr schlank und hat braunes, hüftlanges Haar mit einer neongrünen Strähne. Zuletzt trug sie einen grauen Pullover, hellblaue Jeans, schwarze Stiefeletten und einen cremefarbenen Mantel.«

Das Foto verschwamm unter Sophies starrem Blick. Sie wollte sich nicht einmal ansatzweise vorstellen, wie die Eltern sich jetzt fühlten. Und vor allem musste sie den Vermisstenfall endlich für sich abschließen.

Nicht nur bei ungelösten Fällen, auch in Bezug auf ihre Tochter, musste sie lernen loszulassen. Sophie war stolz auf Laura und wünschte sich für sie, dass sich der Job in der Redaktion so gestaltete, wie sie sich das vorstellte. Außerdem war Hamburg ja nicht aus der Welt und mit dem ICE in weniger als zwei Stunden erreichbar.

Sie schrieb ihrer Tochter eine kurze Nachricht, in der sie ihr einen schönen Sonntag wünschte, und widmete sich dann wieder ihren Notizen. Als Sophie klar wurde, was sie da gerade tat, warf sie den Block von sich – Hauptsache außer Reichweite.

Ein Blick aus dem Fenster offenbarte ihr, dass der Nebel sich allmählich verzog. Sie konnte es kaum erwarten, nochmals mit dem Boot rauszurudern, also stand sie auf und griff nach der Regenjacke. Im selben Augenblick klingelte ihr Handy.

Was wollte Oliver Alvarez heute von ihr? Sie hatte ihren neuen Chef vorgestern kennengelernt, als er ihr die noch spärlich eingerichteten Büroräume gezeigt hatte, die der Unterabteilung für grenzüberschreitende Cold-Case-Fälle bereitgestellt werden sollten. Morgen würde sie zum ersten Mal mit ihren neuen Teamkollegen zusammentreffen.

»Herr Alvarez?«, meldete sie sich zu Wort, klemmte sich das Smartphone zwischen Schulter und Ohr und streifte ihre Jacke über.

»Hallo, Frau Steinbach, so schnell hört man sich wieder. Ihre Arbeit beginnt zwar offiziell erst morgen, aber ich habe einen aktuellen unaufschiebbaren Fall für Sie.«

Sophie hielt mitten in der Bewegung inne. »Sie meinen jetzt, sofort?«

»Ihr neuer Kollege, Commissaire Générale David Martin, ist bereits in der Stadt. Sie finden seine Telefonnummer in dem Protokoll, das ich ihnen am Freitag ausgehändigt habe. Rufen Sie ihn bitte an und geben Sie ihm Bescheid, dass er sich mit Ihnen treffen soll. Wie es aussieht, müssen Sie vorerst keine alten Akten herumwuchten oder Datenbanken neu befüllen. Sie ermitteln in einem aktuellen Todesfall mit Cold-Case-Bezug. Ich schicke ihnen die genaue Adresse und kümmere mich derweilen um die Bestätigung unserer Zuständigkeit. Da unsere Abteilung gerade erst ins Leben gerufen wurde, sind die Diskussionen vorprogrammiert.«

Sophie zog die Jacke wieder aus und nahm das Smartphone richtig zur Hand. Allerdings kam sie nicht dazu, weiter nachzuhaken. Oliver Alvarez hatte aufgelegt und schickte ihr direkt eine Nachricht mit der exakten Standortangabe.

Sie streifte ihre Sportleggings ab und schlüpfte in ihre Jeans. Währenddessen sah sie sich im Wohnwagen um und überlegte, wo sie besagtes Protokoll abgelegt haben könnte. Dabei kam ihr das Handschuhfach ihres Autos wieder in den Sinn und sie zog hastig ihre Stiefel über. In ihrer Manteltasche tastete sie nach dem Lippenbalsam, schaltete den Fernseher aus, drehte die Gasflasche unter dem Kochfeld ab und verließ den Wohnwagen.

Ihr Auto stand auf dem Parkplatz am Waldrand. Nachdem sie hinter dem Lenkrad Platz genommen hatte, öffnete sie das Handschuhfach, griff nach dem Protokoll und faltete das Blatt auseinander.

»David Martin«, flüsterte sie und strich mit dem Zeigefinger über das Papier, bis sie auf seinen Namen stieß.

Sophie speicherte die Nummer ihres noch unbekannten Kollegen ein, betätigte die Freisprechanlage und fuhr los.

2. KAPITEL

Das kalte Licht des Morgens fiel durch die Vorhänge und tauchte das Zimmer in diffuses Dämmerlicht. David blinzelte. Die Träume verblassten und machten der Wirklichkeit Platz. Er lag in einem fremden Bett, neben ihm ein warmer Körper.

Die Erinnerung an die vergangene Nacht kehrte schlagartig zurück. Das Tanzen, eine muskulöse Brust, die sich eng an ihn drückte. Raue Lippen, Wangen, die von einem Dreitagebart bedeckt waren.

Er schob die Decke beiseite. Im Zimmer war es frisch, so mochte er es. Da er nur Shorts trug, breitete sich Gänsehaut auf seinem Rücken aus.

»Morgen«, kam es verschlafen vom Bett.

David blickte zurück. Micha, fiel ihm der Name des Mannes wieder ein, hatte die Decke wieder vollständig übergezogen, nur seine dunklen Locken schauten heraus. Er war Ende dreißig, Besitzer eines Cafés und laut eigener Aussage nur an zwischenmenschlichem Spaß interessiert, was Davids Vorlieben entgegenkam.

Er linste auf die Uhr.

Es war sieben Uhr am Morgen. Normalerweise liebte er es, sonntags auszuschlafen, in einem fremden Bett gelang das aber nur selten. Und dieses hier hatte er letzte Nacht zum ersten Mal benutzt.

David schlüpfte in Jeans und einen Pulli.

»Willst du noch 'nen Kaffee?« Micha blickte verschlafen zu ihm herüber.

»Danke, aber ich trinke keinen.«

»Kann ich dir schreiben?« Micha lächelte.

David spürte den vertrauten Stich in seinem Inneren. »Ich bin viel unterwegs. Vielleicht sehen wir uns ja mal wieder im Prinzknecht. Oder ich schaue in deinem Café vorbei.«

Damit drückte er ihm einen Abschiedskuss auf die Stirn und ging auf Fluchtkurs. Vor der Tür erwarteten ihn leere Straßen und grauer Asphalt. Jeder vernünftige Berliner lag zu dieser Zeit noch im Bett. Jeder vernünftige Pariser ebenso.

David benötigte einen Augenblick, um sich zu orientieren. Er war in den vergangenen Jahren öfter in Berlin gewesen; mal beruflich, mal privat zum Feiern. Hier wohnten Freunde und versprengte Familie und ab sofort war es seine Heimat.

Er zog sein Smartphone hervor, schob es dann aber wieder zurück in die Tasche und lief einfach los. Die Bewegung tat gut. Irgendwann wurde die Gegend vertrauter. Er erreichte die erste U-Bahn-Haltestelle – Gneisenaustraße. Das war also Kreuzberg. Er stieg in die nächste einfahrende Bahn.

Das beständige Ruckeln lullte ihn ein. David dämmerte ein wenig vor sich hin. Zwei Umstiege später fuhren sie in die Zielhaltestelle ein. Sein Kiez wartete: Tempelhofer Berg. Er schlurfte die Treppenstufen der Haltestelle hinauf, entdeckte schon von Weitem Hundebesitzer, die das Tempelhofer Feld besuchten. Die hatten dank ihrer Lieblinge schließlich keine Wahl.

Erst als die Tür zu seiner neuen Wohnung hinter ihm ins Schloss fiel, atmete er auf, warf den Schlüssel in die Schale auf der Anrichte und ließ die Einrichtung auf sich wirken. Nach der Zusage von Alvarez vor einem Monat hatte David in Windeseile seine Schuhschachtel in Paris gekündigt. Dank zahlreicher Partynächte besaß er ein, zwei Kontakte, die ihm schnell eine andere Schuhschachtel, dieses Mal in Berlin, verschafft hatten. Er durfte keinem Berliner davon erzählen, sonst würde er zum Mordopfer werden. Der Wohnungsmarkt in dieser Stadt war eine Katastrophe.

Hinter der Tür schloss ein schmaler Gang an, der Boden war uneben und mit Teppich ausgelegt. Die Wohnung bestand, neben dem Bad, lediglich aus zwei weiteren Räumen: einer Küche und einem Wohn- und Schlafzimmer. Für den Übergang würde es auf jeden Fall reichen.

Die Menge an Umzugskisten war überschaubar, aber noch nicht vollständig ausgepackt. David wandte sich zuerst dem Bad zu und genoss eine heiße Dusche. Da der Föhn irgendwo in den Niederungen eines Umzugskartons verborgen war, rubbelte er sein Haar einfach trocken.

Nackt wandte er sich einem der Kartons zu, zog eine Jogginghose heraus und schlüpfte hinein. Noch ein altes

Shirt und er fühlte sich nicht mehr wie ein Höhlenmensch. Nur wie ein typischer Sonntagsgammler.

Die Türklingel riss ihn aus seinen Überlegungen zum weiteren Ablauf des Tages.

Er öffnete sie und spürte im gleichen Augenblick einen Anflug von Freude. Vor ihm stand Giacomo. Einige Jahre zuvor hatten sie sich in Berlin in einem Club kennengelernt, zuerst geflirtet, dann rumgeknutscht. Erst im Bett hatten sie bemerkt, dass sexuell absolut keine Kompatibilität bestand. Schlussendlich hatten sie das Beste daraus gemacht und geplaudert, sich mal wieder zum Essen getroffen, telefoniert. Eine Freundschaft war entstanden.

»Giaco.« David zog ihn in eine Umarmung.

»Mein Lieblingsbaguette.« Er wurde mit einem Arm fest gedrückt, im dem anderen balancierte Giacomo einen Karton mit zwei Bechern darin.

»Irgendwann werde ich dir als Revanche ein italienisches Klischee an den Kopf werfen«, drohte David.

»Dafür müsstest du erst mal schlagfertig werden.« Sein Freund trat an ihm vorbei und begutachtete den Flur. »Um Himmels willen.«

»Ist größer als meine Wohnung in Paris.« David deutete auf die Becher. »Rieche ich da frisch gebrühten Kaffee?«

»Alles ist größer als deine Abstellkammer in Frankreich.« Giacomo verstrahlte die Wucht einer Abrissbirne und die Flauschigkeit einer Federboa. Außerdem war er Italiener und besaß Nationalstolz.

Er bog links ab und verschwand in der Küche.

»Mio dio!«, erklang es kurz darauf.

Mit einem Seufzen schloss David die Wohnungstür. Er benötigte das Koffein dringend, vorher war er nicht aufnahmefähig.

Nachdem Giacomo die Räumlichkeiten begutachtet hatte, saß er David gegenüber auf dem Rand des Bettes, tätschelte ihm den Oberschenkel in einer Alles-wird-gut-Geste und reichte ihm den Kaffeebecher.

»Danke.« David sog den Duft des Getränks tief ein, entspannte sich ein wenig und trank seinen ersten Schluck.

»Lange Nacht?« Eine hochgezogene Braue, ein neugieriger Blick.

»Du weißt ja, wie das so ist.«

»Ich habe diffuse Erinnerungen.«

Beide tranken schweigend.

Giacomo seufzte. »Da bin ich mit meinen vierzig ein uninteressanter Opa. Und du, mein Lieber, gehörst bald auch zum Club. Aber lassen wir das Thema. Was hast du für heute geplant?«

»Noch mal zwei Stunden schlafen, dann wollte ich mir die Akten der Kollegen vornehmen. Schließlich will ich da morgen nicht als uninformierter Neuling auftauchen.«

»Seit wann nimmst du das so ernst?«

David spürte, wie er innerlich verkrampfte. »Meinen Job nehme ich *immer* ernst.« Die Worte kamen harscher heraus, als er es beabsichtigt hatte. Giaco war einer der wenigen Menschen, die über Davids Familiengeschichte Bescheid wussten.

»Entschuldige«, lenkte der sofort ein. »Du weißt, was ich meine.«

David nickte versöhnlich. Es war nun einmal so, dass er es im Leben eher leicht hielt. Mit Perfektionisten konnte er gar nicht, die machten aus jedem Komma ein Semikolon und diskutierten dann drei Tage darüber. Pragmatismus und Effektivität schlugen für ihn Bürokratie und Penibilität; das Ziel musste stets an erster Stelle stehen und wenn ein Formular ihn aufhielt, landete es im Reißwolf.

Glücklicherweise würde in der neu gegründeten Europol-Abteilung ein buntes Gemisch aus Menschen zu finden sein.

»Und du bist dann der Chef?«, fragte Giacomo.

David lachte auf. »Dafür wäre ich wohl denkbar ungeeignet. Nee, da kommt jemand, der bisher in Brüssel gearbeitet hat. Alvarez. Und die Fallleitung teile ich mir mit einer Deutschen. Sofia Bach heißt sie, glaub ich.«

»Teamwork, du?« Giacomo trank schnell noch einen Schluck und haspelte dann hinterher: »Das passt total.«

David schnappte sich ein Kissen vom Bett und warf es seinem Freund entgegen. Natürlich absichtlich so weit daneben, dass der Kaffee sich nicht über das Bett verteilte. Die Wohnung musste ja nicht noch weiter den Bach runtergehen.

»Bevor du dich zu deinem Ergänzungsschlaf niederlegst und am freien Tag Akten durchgehst, könnten wir gemeinsam ein wenig spazieren gehen. Und dann helfe ich dir beim Auspacken der Umzugskartons.«

Giacomo war eben eine Seele von Mensch.

»Lass mich mal was anderes anziehen.«

»Alles klar.« Er wandte sich dem Fernseher zu, der immerhin bereits angeschlossen war, und schaltete das Gerät ein, während David in den Kartons herumkramte.

Glücklicherweise hatte er noch einen ganzen Stapel frischer Wäsche. Bis er die altersschwache schmale Waschmaschine im Bad benutzen musste, würde also etwas Zeit vergehen.

»... die siebzehnjährige Melissa Hubert vermisst«, erklang die Stimme einer Nachrichtensprecherin.

Giacomo regelte den Ton nach unten. »Das schon wieder«, sagte er.

David betrachtete das eingeblendete Bild. Armes Mädchen, hatte seine gesamte Zukunft noch vor sich gehabt. Wenn bisher keine Lösegeldforderung eingegangen war, war sie vermutlich tot. Statistisch gesehen fiel die Wahrscheinlichkeit, ein Entführungsopfer lebend zu finden, nach 48 Stunden steil ab. Er wünschte der Familie, dass diese Sache ein gutes Ende nahm. Und falls nicht, dass sie wenigstens eine Antwort erhielten und abschließen konnten. Ungewissheit war das Schlimmste.

»Dir ist klar, dass du seit einer Minute nackt dastehst und den Fernseher anstarrst«, sagte Giacomo.

David fand endlich Unterwäsche, eine Jeans und dazu passend Shirt und Pullover. Kurz fuhr er sich durchs Haar, das mittlerweile wieder trocken war. Seine Wangen kratzten allerdings, als er darüberstrich.

»Wollen wir los?« Giacomo stand auf.

Davids Handy klingelte. Er warf einen Blick auf das

Display, eine deutsche Nummer wurde angezeigt. Er signalisierte Giaco mit erhobenem Zeigefinger eine Minute zu warten. »Martin.«

»Steinbach«, erklang die Stimme einer fremden Frau.

David nutzte in solchen Augenblicken, in denen er keine Ahnung hatte, wer am anderen Ende war, eine beliebte Verhörtechnik; er schwieg.

»Tut mir leid, Sie so früh zu stören, Herr Kollege«, fuhr die Anruferin fort. »Herr Alvarez hat mich gerade angerufen. Wir haben einen Fall.«

Steinbach, nicht Bach! Das war Sofia Steinbach! »Guten Morgen. Haben Sie ein paar zusätzliche Details für mich?«

»Die gebe ich Ihnen im Auto. Ich bin bereits auf dem Weg«, erklärte sie. »Sie sind in Berlin?«

»Tempelhof.«

»Perfekt. Wenn Sie die Ringbahn nach Friedrichshain nehmen, hole ich Sie an der Haltestelle ab. Ich sitze in einem grauen Touran.«

»Bis gleich.« Er legte auf.

Giacomo hatte den Fernseher ausgeschaltet. »Dann verbringe ich den Sonntag halt mit meinen richtigen Freunden.«

David lachte. »Der morgige Feierabend gehört dir, versprochen.« Er schlüpfte in Turnschuhe und zog eine schwarze Jacke über. In seine lederne Umhängetasche schob er Laptop und die Akten der Kollegen. Auf dem Weg nach Friedrichshain konnte er sie noch lesen, auch wenn es nur eine fünfzehnminütige Fahrt war.

Kurz darauf stand er bereits auf der Straße vor seiner Wohnung, verabschiedete sich von Giacomo und eilte zur Ringbahn. Die war dieses Mal wenigstens pünktlich. Auf dem Weg zog er die Akte seiner neuen Kollegin hervor und blätterte darin. Eine Idee, für die er sich beglückwünschte. Sie hieß nämlich nicht Sofia, sondern Sophie.

»Immerhin, ein paar der Fettnäpfe konntest du umgehen, David Martin.«

Natürlich enthielten die Akten nur eine grobe Beschreibung, damit sich jeder ein Bild verschaffen konnte. Alvarez hatte sie zusammengestellt und den Mitgliedern des Teams zugänglich gemacht. Auf diese Art besaßen auch alle die Telefonnummer des jeweils anderen; er musste unbedingt daran denken, diese einzuspeichern.

Für längere Recherche blieb keine Zeit. Die Bahn erreichte ihr Ziel und er eilte im einsetzenden Nieselregen auf einen grauen Touran zu. Hinter dem Steuer saß eine attraktive Frau mit schulterlangem braunem Haar.

Nach einem fragenden Blick, der mit einem Nicken beantwortet wurde, öffnet er die Beifahrertür.

»Dann noch mal ganz persönlich, guten Morgen«, wurde er begrüßt. »Auf gute Zusammenarbeit.«

Er sprang in den Wagen und streckte ihr seine Hand entgegen. »David.«

Sie schenkte ihm ein Lächeln. »Sophie.«

Mit einem Ruck zog er die Tür zu. Sie startete den Motor und fuhr los. Immerhin war am Sonntagmorgen der berüchtigte Berliner Verkehr nicht ganz so berüchtigt.

»Was wissen wir bis jetzt?«, fragte David.

»Fast nichts«, gab sie zurück. »Alvarez hat mich kontaktiert. Es wurde eine Leiche gefunden, Verbindung zu einem Cold-Case.«

Alle Blicke waren auf Europols neues Eliteteam gerichtet, das sie bildeten. Unter großem Einsatz im Hintergrund war die Abteilung gegründet und eingegliedert worden. Ihr Auftrag waren Cold-Case-Fälle auf europäischer Ebene mit länderübergreifendem Bezug.

»Vor Ort erfahren wir mehr«, sagte Sophie.

»Dann weiß hoffentlich jemand, dass wir kommen.« David warf ihr ein Schmunzeln zu. »So ganz ohne Dienstausweis wird es sonst schwer.«

Den alten Dienstausweis hatte er in Paris abgegeben, den neuen erhielt er erst morgen. Genau wie die Dienstwaffe. Auf seinen fragenden Blick nickte Sophie bestätigend. Ihr ging es also ebenso.

»Ich habe von meiner vorherigen Stelle noch Kontakte«, erklärte sie. »Falls es da Probleme gibt, die Alvarez nicht beseitigen konnte.«

David spürte das freudige Kribbeln, ausgelöst durch die Aussicht auf ein neues Team, das erst noch eingeschliffen werden musste. Was immer da kam, er sah dem Ganzen mit Spannung entgegen.

Sophie setzte den Blinker und steuerte das Ziel an. Das Absperrband war bereits von Weitem zu sehen, dahinter das Großaufgebot an Spurensicherung und uniformierten Polizisten.

David nickte ebenfalls. »Legen wir los.«

3. KAPITEL

Sophie parkte direkt vor dem Absperrband. Es riegelte den Eingangsbereich eines verwilderten Grundstückes ab, auf dem ein ehemals herrschaftliches Gebäude schon seit Jahrzehnten in sich zusammenfiel. Das Grundstück war von einem verrosteten, mannshohen Eisenzaun umgeben, an dem vergilbtes Unkraut rankte.

»Sie können hier nicht stehen bleiben«, rief ein Polizist, der hinter der Absperrung stand und mit hektischen Handbewegungen versuchte, sie zum Weiterfahren zu animieren. Als sie dessen ungeachtet ausstiegen, kam er auf sie zugeeilt, hielt jedoch inne, als er Sophie erkannte. »Ach, Sie sind es.«

Sie nickte grüßend. Die Polizei war bei den Ermittlungsarbeiten der letzten Jahre auch stets vor Ort gewesen. Die meisten Polizisten kannte Sophie vom Sehen.

»Bei den ganzen Einsatzkräften wird es nicht lange dauern, bis es hier vor Presseleuten wimmelt«, sagte sie und deutete mit dem Kinn zu den Schaulustigen, die auf dem Gehweg die Hälse reckten und von zwei Polizisten zurückgedrängt wurden. »Holen Sie sich bitte die Genehmigung, einen Teil der Straße absperren zu dürfen, ansonsten herrscht hier bald Chaos.«

Sophie öffnete den Kofferraum und nahm für David und sich jeweils ein Paar Einmalhandschuhe und Schuhüberzieher heraus. Er hielt das Absperrband hoch, damit sie darunter hindurchschlüpfen konnten.

»Hallo, Frau Steinbach«, begrüßte sie ein Mann im Schutzanzug und schob die Seitentür eines Transporters zu.

Grüßend hob sie die Hand. Seinen Namen hatte sie sich gemerkt. Er hieß Frank Strunz und gehörte zum Team der Spurensicherung. »Wo finden wir den oder die Verantwortlichen?«, erkundigte sie sich.

»Na, soviel ich weiß, sind das jetzt Sie, oder? Die Zuständigkeit wird hier gerade heiß diskutiert.« Er deutete auf das Gebäude. »Sie müssen zum Hintereingang.«

David ging voraus. Während sie ihm folgte, fiel ihr Blick auf den teils matschigen Boden. An manchen Stellen waren noch Pflastersteine der einstigen Auffahrt zu erkennen. Inzwischen wuchsen Unkraut und Sträucher aus den Fugen und eine Schlammschicht befand sich auf den Steinen, auf der die Einsatzkräfte unzählige Fußspuren hinterlassen hatten. Schuhabdrücke brauchte hier keiner mehr zu sichern. Sophie würde ewig brauchen, um ihre Stiefel wieder sauber zu bekommen.

Der Nieselregen ging in einen Schauer über und sie ärgerte sich, die Regenjacke zurückgelassen zu haben. Fröstelnd stellte sie den Kragen ihres Mantels auf, zog die Schultern hoch und betrachtete das Gebäude, von dessen rissiger Fassade der Putz bröckelte. Die Fenster waren mit Brettern vernagelt, wovon einige lose herabhingen und die Sicht auf zerschmetterte Fensterscheiben freigaben. Auf dem stellenweise eingefallenen Dach wuchs eine kleine Birke.

»Bist du ein Fan von Lost Places?«, fragte David und folgte ihrem Blick. Er sprach in klarem Deutsch ohne Akzent, wodurch Sophie beinahe vergaß, dass er Franzose war.

»Mir drängt sich die Frage auf, was das hier früher war. Der Größe nach zu urteilen, war es kein einfaches Wohnhaus, sondern irgendein öffentliches Gebäude.«

»Denke ich auch, das hier war anscheinend mal ein Parkplatz«, erwiderte er, während sie gemeinsam um die Hausecke bogen. Hinter dem Haupthaus befand sich die Ruine eines kleineren Nebengebäudes.

»Da ist ja meine Lieblings-Kriminalhauptkommissarin«, hörte sie Iwan mit seiner unverwechselbaren dunklen Stimme rufen.

Er stand in der offenen Tür des Hintereinganges. Sophie ging zu ihm, umarmte ihn kurz und stellte ihrem ehemaligen Kollegen David vor.

Die Kommissare nickten einander zu, bevor Iwan sich wieder an sie wandte. »Und ich hatte schon Bedenken, ich bekomme dich gar nicht mehr zu Gesicht, wenn du für Europol arbeitest.« Er kratzte sich über den Dreitagebart und lief voraus. »Allerdings hätte ich mir für unser Wiedersehen einen schöneren Anlass gewünscht.«

Sie durchquerten eine Eingangshalle, in der sich Frauen und Männer der Polizei und Spurensicherung aufhielten, die Sophie allesamt beim Vorbeigehen grüßten.

»Du bist ja bekannt wie ein bunter Hund«, flüsterte David und schenkte ihr ein beeindrucktes Nicken.

»Ich nehme an, das bist du in Paris auch.« Mit einem Lächeln sah sie zu ihm auf. Er war beinahe einen Kopf größer als sie. Laut seiner Akte hatte er im Gegensatz zu ihr die Vierzig noch nicht überschritten. Sie trennten gerade einmal vier Jahre, aber während sich bei ihr allmählich die ersten grauen Haare bemerkbar machten, konnte sie bei ihm kein einziges entdecken.

Vor dem Betreten eines Ganges zogen sie sich die Schuhüberzieher über die schlammigen Sohlen. Iwan zeigte ihnen den Weg, blieb jedoch zurück, als sie den Flur betraten. Die morschen Dielen knarrten unter ihren Schritten. Der Gang wurde von einem aufgestellten Strahler erhellt. Von den Wänden löste sich die Farbe. Es roch nach Staub und modrigem Verfall.

Sophie wunderte sich, dass sie am anderen Ende ausgerechnet von Tina Spicker erwartet wurden. Die schenkte ihr zur Begrüßung einen durchdringenden Blick. Einen, den sie in der Vergangenheit schon oft ausgetauscht hatten, wenn sie nach Dienstschluss noch im Büro zusammengesessen und einen Fall besprochen hatten. An sie hatte sie den Vermisstenfall von Melissa Hubert abgegeben. Tina besaß den gleichen Jagdinstinkt wie Sophie. Sie würde alles daransetzen, das Mädchen zu finden.

»Ist es damit offiziell?«, fragte Tina. »Europol ist nun zuständig?«

»Zumindest wurden wir von unserem Chef hergeschickt«, erwiderte Sophie und machte David mit ihr bekannt. »Wieso bist du denn hier?«

Tina hob die Augenbrauen. »Du hast noch keinerlei Infos, was?« Sie trat beiseite und gewährte ihnen Zugang zu einem Hauptraum, in dem sich Gustav Schröder, der Leiter der Spurensicherung, und zwei Streifenpolizisten befanden. Neben einem etwa einen Quadratmeter großen Loch im Boden lag ein Toter. Kleine Nummernschilder der Beweissicherung standen verteilt daneben.

»Die Polizeibeamten Falk Marwitz und Peter Bachmann waren die Ersten vor Ort«, informierte Tina sie. »Sie sind der Zeugenaussage einer obdachlosen Frau nachgegangen, die behauptet, auf diesem Grundstück einen Mann dabei beobachtet zu haben, wie er ein angeblich totes Mädchen aus einem Kofferraum hievte. Natürlich ging die Anruferin aufgrund der Berichterstattung sofort davon aus, dass es sich um Melissa Hubert handelt. Wie die anderen fünfhundert Anrufe auch, die täglich auf uns einprasseln.«

Sophie fuhr zu ihr herum. »Melissa …?« Sie hob die Hand über die Augen, schirmte das blendende Licht der Scheinwerfer ab, und starrte ihre ehemalige Kollegin an. »Habt ihr sie gefunden?«

Tina schüttelte den Kopf. »Die Befürchtung hat sich glücklicherweise als unzutreffend herausgestellt. Leiche, ja. Melissa Hubert, nein.«

David ging auf den Toten zu, wurde aber sofort von Gustav Schröder zurückgehalten. »Vorsicht! Hier besteht akute Einsturzgefahr.« Er reichte ihm eine Geldbörse. »Die hab ich in der Jackentasche des Toten gefunden.«

Sophie trat neben David, der das Portemonnaie aufklappte und einen französischen Personalausweis hervorzog. »Vincent Durant aus Grenoble«, las er vor.

»Ein toter Franzose in Berlin«, sagte Sophie. »Das erklärt, warum Alvarez uns hierherbestellt hat.« Vorsichtig machte sie einen Schritt auf den Toten zu und ging in die Hocke, um ihn besser betrachten zu können. Durchnässte Jeans, offene Jacke, schwarze Lederhandschuhe, hochgerutschter Pulli. Sie hatte schon viele, teils bis zur Unkenntlichkeit entstellte Leichen gesehen und bekam dennoch jedes Mal aufs Neue eine Gänsehaut. Dieser Tote wirkte jedoch beinahe friedlich. Auf den ersten Blick konnte sie keine Blutspuren erkennen. »Liegt schon eine Vermutung über die Todesursache vor?«

Schröder wischte sich mit dem Handrücken den Schweiß von der Halbglatze. »Noch haben wir nichts Offensichtliches finden können. Dafür muss er in der Rechtsmedizin eingehender untersucht werden. Die Bergung der Leiche gestaltet sich allerdings schwierig, wenn bei der kleinsten Bewegung der Boden unter mir einzubrechen droht. Das ganze verdammte Haus fällt in sich zusammen.«

»Er wurde hier post mortem abgelegt«, warf David ein. »Falls es ein Mord war, ist das hier nicht der Tatort.«

»Das ist korrekt«, pflichtete Schröder ihm bei. »Die sichtbaren Leichenflecke am Bauch belegen, dass der Leichnam bewegt wurde.«

Sophie streckte die Hand aus und stieß gegen die rötlich braunen Fingerkuppen des Toten. »Die Leichenstarre hat sich bisher nicht gelöst. Er ist wahrscheinlich keine 24 Stunden tot.« Sie sah David an. »Alvarez meinte aber doch, es soll einen Cold-Case-Bezug geben.«

»Sie haben ja das ganze Ausmaß noch nicht gesehen«, sagte Gustav Schröder, bevor David ihr etwas erwidern konnte.

»Ich hab da bis zur Hälfte dringesteckt«, brach es aus einem der Polizeibeamten heraus. »Man landet im Keller, in einem elenden Gruselkabinett. Überall menschliche Schädel und Knochen.«

Schröder reichte David seine Taschenlampe und deutete zu dem klaffenden Loch im Dielenboden. »Überzeugen Sie sich selbst.«

David hielt einen kleinen Sicherheitsabstand und leuchtete mit der Taschenlampe in das Loch. »Das ist ein Massengrab.« Er wirkte mit einem Mal bleich und suchte Sophies Blick.

Sie trat neben ihn und schaute ebenfalls in die Tiefe. Der Lichtkegel der Taschenlampe brachte nicht viel zum Vorschein. Aber der winzige Einblick reichte aus, um ihr einen kalten Schauer über die Haut zu jagen, und ihr das Grauen, das dort unten auf sie wartete, bewusst werden zu lassen.

»Wir konnten keinen Zugang zu diesem Kellerbereich finden«, meldete Tina sich wieder zu Wort. »Es gibt keinen. Wäre Herr Marwitz nicht mit den Beinen durch den Boden gebrochen, würden wir überhaupt nicht wissen, dass dieser Raum existiert.«

»Diese armen Seelen wurden eingemauert«, flüsterte Schröder vor sich hin.

»Von wie vielen sprechen wir hier ungefähr?«, hakte Sophie nach.

Gustav Schröder zuckte mit den Schultern. »Zu viele. Mehr kann ich erst sagen, wenn wir uns einen stabilen Zugang verschafft haben.«

Kaum hatte er den Satz beendet, setzte das Dröhnen eines Presslufthammers ein und brachte das gesamte Haus zum Vibrieren.

»Um Himmels willen, die bringen hier alles zum Einsturz.« Er stürmte aus dem Raum, wobei sie ihm umgehend folgten.

»Was war das hier?«, rief David über den Lärm hinweg. »Wer war der letzte Besitzer oder Mieter des Anwesens?«

Tina blieb in der Eingangshalle, in der sich nach wie vor die Einsatzkräfte tummelten, stehen. »Das wird das Erste sein, was diejenigen, die ab jetzt zuständig sind, herausfinden müssen.« Sie deutete zu einem Anzugträger, der das Gebäude gerade durch die Hintertür betrat und sich ein Taschentuch vor die Nase hielt. Sophie erkannte den Staatsanwalt erst, als Tina sich zu ihm auf den Weg machte. Anscheinend wollte sie die Zuständigkeit endgültig klären.

»Alvarez lag mit seiner Vermutung richtig«, sagte David neben ihr. »Dieses versteckte Massengrab ist definitiv ein Cold-Case – oder eher mehrere –, und durch den toten Franzosen sind nun wir zuständig.«

Sophie zog die Einmalhandschuhe aus, nahm ihr Smartphone aus der Manteltasche und wählte Oliver Alvarez' Nummer.

»Haben Sie sich schon einen ersten Überblick verschaffen können?«, fragte ihr Chef, sobald er rangegangen war.

»Das haben wir. Allerdings brauchen wir eine offizielle Bestätigung, dass das unser Fall ist.«

»Die liegt mir inzwischen schriftlich vor«, erwiderte er. »Jetzt ist es an uns, schnellstmöglich Ergebnisse zu liefern. Wenn Sie vor Ort fertig sind, kommen Sie bitte umgehend zu unserem Quartier. Ich habe das ursprünglich für morgen angesetzte Treffen vorverlegt und das gesamte Team informiert. Wir dürfen bei den Ermittlungen keine Zeit verlieren. Sie können sich ja vorstellen, dass mir die Presse – und damit auch mein Chef – im Nacken sitzt.«

»Alles klar«, erwiderte sie. »Wir brauchen hier aber noch ein Weilchen.«

Sie hatte gerade aufgelegt, als Tina sich ihnen wieder näherte.

»Ich bin offiziell raus«, bestätigte auch sie. »Viel Erfolg euch. Die Spurensicherung bleibt und arbeitet mit euch zusammen.« Tina nickte ihnen zum Abschied zu und verschwand nach draußen.

»Die SpuSi ist erst mal die nächsten Tage mit dem Fundort beschäftigt«, bemerkte David, der den Blick auf die zahlreichen Weißkittel gerichtet hielt. »Der Tote aus Grenoble wird da noch am einfachsten zu bearbeiten sein. Uns bleibt nichts weiter übrig, als den Obduktionsbericht abzuwarten.«

Sophie nickte nachdenklich. »Wäre schön, wenn wir die neuen E-Mail-Adressen bekämen, damit die Untersuchungsberichte uns auch erreichen.« Bei dem Gedanken, was die nächsten Tage auf sie zukam, spürte sie eine prickelnde Vorfreude, kombiniert mit dem bekannten Gefühl der Überarbeitung.

Also alles wie immer.

»Sind die Europol-Leute noch hier?«, rief Gustav Schröder über die Köpfe derjenigen hinweg, die in der Empfangshalle versammelt waren. Der Leiter der Spurensicherung stand an einem Treppenabgang, fand Sophie und David mit seinem Blick und winkte sie zu sich. »Wir sind in den versteckten Raum durchgebrochen«, ließ er sie wissen und eilte vor ihnen die Stufen ins Kellergeschoss hinab. »Es ist noch schlimmer, als wir dachten.«

4. KAPITEL

David stützte sich an der Hauswand ab und atmete tief ein und wieder aus, bis die Übelkeit nachließ.

»Alles okay?« Sophie trat an seine Seite. Auch sie wirkte blass.

»So etwas habe ich noch nie gesehen. Nie.« Dabei war Paris ein hartes Pflaster und David war mit einigen wirklich heftigen Mordfällen konfrontiert worden.

»Geht mir auch so.« Sophies Stimme zitterte kurz, doch dann straffte sie die Schultern. »Selbst Schröder ist neben der Spur. Das wird ein Puzzle aus Knochen. Die Anzahl der Toten kann man bisher noch nicht mal schätzen.« Sie zog einen Lippenpflegestift hervor und verteilte den Balsam auf ihren Lippen.

Als sie zum Auto liefen, wirbelten Erinnerungen in Davids Geist umher. Blaulicht, das tränenüberströmte Gesicht seiner Mutter. Die Schuld, die ihn bis heute in Augenblicken der Schwäche peinigte.

Sophie entriegelte das Auto über den Druckknopf des Schlüssels. David öffnete die Beifahrertür und stieg ein. Mittlerweile war alles sauber abgesperrt und erste Kamerawagen hielten vor dem Haus.

David atmete auf, als sie das Gebäude hinter sich ließen. Der Druck fiel von seiner Brust, der graue Schatten auf seiner Seele aber blieb.

»Wissen die Kollegen überhaupt, wohin sie die Daten schicken sollen?«, fragte er.

»Da wir noch nicht einmal eine E-Mail-Adresse haben, nein, darum bleibt nur eines.«

»Ach?«

»Das Fax.« Sophie lachte auf. Ihre Grübchen waren sympathisch und vertrieben seine Düsternis ein wenig. »Nur ein Scherz. Ich habe Schröder erst mal den Kontakt vom Chef gegeben. Aber wird Zeit, dass wir ausgestattet werden.«

Mittlerweile füllten sich die Berliner Straßen. Auch an einem Sonntag blieb das nicht aus. Sie benötigten fünfundvierzig Minuten, um Tempelhof zu erreichen. Sophie parkte auf der Straße, den neuen Parkplatz konnte sie ohne Zugangsberechtigung noch nicht anfahren.

Das Neubau-Areal war einmal eine Fabrik gewesen. Doch eine Kernsanierung später wirkte das Ganze wie ein hipper Start-up-Park. Ein flaches Gebäude mit sandfarbener Fassade ragte jetzt an der Stelle empor, umgeben von einem Drahtzaun. Lediglich der Stacheldraht und die Überwachungskameras wiesen darauf hin, dass hier nicht jeder hereinspazieren konnte.

»Jetzt weiß ich, wohin das ganze Geld geflossen ist«, kommentierte Sophie.

»Tja, wenn die EU ins Spiel kommt …« David löste seinen Gurt und stieg aus.

Die neue Abteilung war ein Prestigeprojekt, das die

Unterstützung der Mehrheit der Staats- und Regierungschefs genoss. Gleichzeitig war es der erste Vorstoß, Europol mehr Zuständigkeiten zu geben. Etwas, das naturgemäß nicht überall gut ankam.

»Wenigstens muss ich morgens keinen Parkplatz suchen.« Sophie deutete auf den leeren Bereich. »Freie Auswahl.«

David schmunzelte nur. Er selbst konnte sogar zu Fuß von seinem aktuellen Schuhkarton hierherspazieren.

Der Eingangsbereich war verglast, eindeutig kugelsicher, wie er bei genauerer Betrachtung feststellte, er hatte diese Art von Glas schon öfter gesehen. Die Tür bestand aus Stahl, daneben waren ein Lautsprecher und ein Sensorpad angebracht. Ohne einen RFID-Chip ging es hier nicht weiter. Sophie betätigte die Klingel.

»Ja?«, erklang eine rauchige Stimme.

»David Martin und Sophie Steinbach«, sagte sie. »Alvarez erwartet uns.«

Ein Summer war zu hören, sie konnten eintreten.

Drei Kameras überwachten den Eingangsbereich aus allen Richtungen. Erst als die Tür sich hinter ihnen geschlossen hatte, realisierte David, dass das hier eine Schleuse war. Vor ihnen gab es eine weitere Stahltür. Es summte erneut, sie konnten auch diese passieren.

Dahinter wartete eine Art Loft. Weitläufig und lichtdurchflutet. Es gab mehrere Büros, deren Front verglast war. So konnte jeder von jedem Punkt aus alles überblicken. Im zentralen Bereich befand sich ein runder Konferenztisch, an der Wand hing ein Monitor. Von dort gingen auf der unteren Ebene drei Büros ab. Zwei Treppen führten auf eine Galerie, wo David weitere Türen entdeckte.

Gleichzeitig gab es etliche Schächte, aus denen Kabel hervorragten. Über den meisten Konturensitzen und höhenverstellbaren Tischen hing noch Plastikfolie. Sie passierten einen Schrank mit codierten Schließfächern. Hier mussten wohl die Waffen eingeschlossen werden, wenn man kam oder in den Feierabend ging – er kannte das Prozedere von seinem alten Revier.

»Willkommen im Triple-C!« Ein Mann kam auf sie zugeeilt. Das schwarze Haar war kurz und perfekt gestylt, er trug einen Anzug und ein dezentes Lächeln auf den Lippen.

Sein Deutsch kam mit einem leichten Akzent.

»Markus Ebner, Sekretariat und Presse«, stellte er sich vor. »Ich segne jedes Statement ab, das rausgeht.« Er schüttelte ihnen nacheinander die Hand.

»Österreich?«, fragte Sophie. »Triple-C?«

Ebner nickte. »Wien. Cold-Case und das dritte C steht für Club.«

Der Mann schien sehr locker zu sein, was ganz nach Davids Geschmack war. Sophie stellte sich ebenfalls vor, er bildete das Schlusslicht.

»Wo ist denn der Chef, Herr Ebner?«, fragte er.

»Markus reicht. Alvarez ist gerade bei Ebba, aber dazu gleich mehr.« Er ging voran.

Sie folgten ihm und boten auch Markus das Du an. Im Raum lag der Duft von ›neu‹. Sie kamen an einer abführenden Küche vorbei, aus der Kaffeeduft in Davids Nase drang. Immerhin, die Maschine war schon benutzt worden; ein Vollautomat.

Doch, hier konnte man sich wohlfühlen.

»Wir haben noch ein paar technische Probleme«, erklärte Markus.

»Fehlen die Computer?«

»Die Einrichtung ist überall pünktlich angekommen. Wir haben ein voll ausgestattetes Labor, neuester Stand. Eine Waffenkammer, modernste IT.«

»Aber?«, hakte Sophie nach.

»Das Internet.«

David lachte auf. »Ist das ein Witz?«

»Es gab da wohl irgendwelche Probleme«, erklärte Markus. »Der Techniker sollte letzte Woche kommen, jedoch …«

»Wir sind in Deutschland«, sagte Sophie. »Gewöhnt euch dran, dass in diesem wunderbaren Industrieland unter der glänzenden Oberfläche nichts funktioniert. Man wird gezwungenermaßen pragmatisch.«

»Ebba ist schon dran und hat eine Lösungsidee.« Markus betrat einen akkurat aufgeräumten Raum.

Ein Schild neben der Tür wies ihn als sein Büro aus. Zwei versiegelte Stahlschatullen lagen bereit. Markus reichte ihnen beiden je ein Formular.

»Bitte den Empfang quittieren.«

David kritzelte seine Unterschrift auf das Papier und öffnete die Schatulle. Im Inneren lagen ein Etui mit seinem neuen Ausweis, eine Heckler & Koch SFP9 mit Holster sowie ein Stapel Visitenkarten, die an Zeugen oder

Kollegen verteilt werden konnten. »Ah, und da haben wir ja auch unsere E-Mail-Adresse.«

»Ohne Internet wird das zwar nichts mit der Nutzung, aber ein Schritt nach dem anderen.« Sophie grinste jugendlich-frech.

Markus' Mundwinkel zuckten. »Der Chef war weniger erfreut. Die Presse sammelt sich bereits. Und jetzt sind direkt zu Beginn alle Augen auf uns gerichtet. Wehe, da passiert ein Fehler.«

Sophie hatte das Smartphone herausgezogen und hielt es sich ans Ohr. »Ja, hallo, Herr Schröder, Steinbach hier. Ich diktiere Ihnen jetzt meine Mail-Adresse und die von David Martin. Bitte alle Auswertungen auch dorthin schicken.«

»Die Presse füttere ich schon mit den richtigen Statements«, erklärte Markus. »Gebt bitte alle Untersuchungsergebnisse an mich weiter.« Er deutete nach rechts. »Eure Büros sind hier unten, neben meinem. Oben sitzen der Chef, die IT und unser Profiler. Dort vorne führt ein Gang zu den Laborräumen; die befinden sich hinten. Ich setze mich mal an die erste Pressemitteilung.« Markus verabschiedete sich mit einem Nicken.

David kam nicht umhin, Markus' Knackarsch in der engen Hose zu bewundern.

»Das hab ich gesehen«, sagte Sophie mit Pokerface, nachdem sie das Telefonat mit Schröder beendet hatte. »Kein Liebesdrama am Arbeitsplatz.«

»Ihr Deutschen seid immer so ernst und bürokratisch. Wo bleibt da die Lebensfreude?«

»Du bist doch zur Hälfte Deutscher, hat Alvarez erwähnt.«

»Das ist die traurige Seite von mir.« Er zwinkerte ihr zu. »Die Französische ist für die Lebenslust zuständig.«

»Ich sehe schon, du wirst dir hier viele Freunde finden. Am besten überlasse ich dir das Reden.«

»Einverstanden.«

Sie ließen die letzte Treppenstufe hinter sich und wandten sich nach links. Am Ende des Gangs führte eine Tür in ein weitläufiges Büro, das mit Servern vollgestopft war. Eine Kühlung summte.

»Hier drüben!«, erklang eine Stimme aus einem anderen Raum.

Hinter einem Rechner saß eine Frau in den Dreißigern. Sie besaß eine Stupsnase, leuchtende Augen und hätte problemlos das Cover jedes Modemagazins schmücken können.

»Ebba Karlsson«, stellte sie sich vor. »Zuständig für die IT.« Sie tippte etwas auf der Tastatur und nickte. »Alles klar, wir haben Internet. Bis diese hiesige Firma in die Gänge kommt, habe ich uns für die Zwischenzeit einen 5G-Router aufgestellt, über den wir alle Rechner drahtlos connecten können. Das Passwort ist Ihre jeweilige Dienstnummer. Die Flatrate ist unbegrenzt, alles läuft über VPN-Verschlüsselung. Die notwendige Software ist auf den Rechnern bereits installiert. Falls Sie das Smartphone anschließen möchten, benötigen Sie aber eine spezielle App.«

David war stolz darauf, dass sein Unterkiefer nicht absackte. Er hatte nur jedes zweite Wort verstanden. »Das ist …«

»… toll«, ergänzte Sophie.

Mit einem lautlosen Blickwechsel verständigten sie sich darauf, dass sie Ebba Karlsson mochten, die eigene Unwissenheit aber lieber für sich behielten.

Sie boten einander das Du an und Ebba wies ihnen den Weg zu Alvarez' Büro. Der sprang auf, als sie eintraten, zog die Lesebrille ab und kam auf sie zugeeilt. »Schön, dass Sie da sind. Frau Steinbach, Monsieur Martin. Wie ich sehe, haben Sie das Willkommenspaket bereits erhalten. Waffen bitte ab jetzt einschließen, der Standardcode ist ihre Dienstnummer, den aber bitte sofort ändern.«

Sie bedankten sich.

»Nehmen Sie Platz, ich habe gerade erste Informationen von einem Herrn Schröder erhalten.« Alvarez sank wieder auf seinen Stuhl.

Er mochte in den Fünfzigern sein, hatte sich aber gut gehalten. Das Sakko spannte an den breiten Schultern, der Vollbart war gepflegt.

»Die Spurensicherung bringt alles hierher. Unsere Forensikerin, Zuzanna Tomszewska, sollte in den nächsten zwei Stunden eintreffen. Unser Profiler, Matteo Rossi, benötigt etwas länger. Sie werden beide also erst später kennenlernen. Ebba und Markus haben bereits losgelegt, sie waren glücklicherweise ohnehin früher in Berlin.«

Alvarez rieb sich über den Nasenrücken, während er den Bildschirm betrachtete.

»Die Daten wurden auch an Ihre Rechner geschickt. Es

handelt sich eindeutig um ein Massengrab. Die vollständige Bergung und Zuordnung der Knochen wird mehrere Tage in Anspruch nehmen. Herr Schröder will außerdem äußerste Vorsicht bei dem tot aufgefundenen Franzosen walten lassen.«

David rief sich die Szene wieder ins Gedächtnis. »Nicht dass der Boden gänzlich einbricht. Das würde beide Tatorte vollständig kontaminieren. Und mit kontaminieren meine ich: vollständig zerstören.«

Alvarez nickte. »Wir müssen bisher also das machen, wofür Europol am besten bekannt ist. Sie können von ihren Computern aus SIENA nutzen. Dabei handelt es sich um das Abfrageprogramm, mit dem sie auf das Europol-Datenbanksystem zugreifen können. Wir nennen es EIS.«

»Ein EIS in SIENA«, sagte Sophie. »Kann ich mir gut merken.«

»In Ihren Vorstellungsgesprächen haben wir das ja alles bereits besprochen, Sie sind beide für den Einsatz im Feld vorgesehen. Doch die Analysedateien müssen stets aktuell gehalten werden.«

David nickte bestätigend.

Europol war normalerweise dafür da, Daten in eine Datenbank zu speichern und daraus Bezüge abzuleiten. Eine Person fuhr ständig über eine Ländergrenze zu einem Drogenumschlagplatz und wieder zurück und war außerdem auch noch vorbestraft. Beide Fakten wanderten in eine Datenbank. Dieselbe Person traf sich mit einem Drogendealer. Und zack, besaßen sie ein Muster.

Drogen wurden beschafft und weiterverkauft. In der Datenbank wurden die Bezüge deutlich.

Ihr neues Team handelte ebenfalls danach. Muster finden, die ohne die moderne Technik vor vielen Jahren noch nicht auffindbar gewesen waren, und dadurch Cold Cases aufklärten. Gab es aktuelle Mordfälle mit Bezug zu alten ungelösten Fällen, wurden sie aktiv. Voraussetzung war, dass es sich um länderübergreifende Verbrechen handelte.

»Ich will, dass Sie über SIENA herausfinden, ob es irgendwelche Verbindungen zu dem toten Franzosen gibt. Wenn nicht, legen Sie einen neuen Datensatz über Vincent Durant an. Die Ermittlungen beginnen sofort.«

»Es würde mich wundern, wenn er durch Zufall dort abgelegt wurde«, sagte Sophie, »aber möglich wäre es. Jemand will ein Mordopfer in einem Abbruchhaus loswerden und hat keine Ahnung, dass sich darunter ein Massengrab befindet.«

»Da starten wir doch gleich richtig durch«, merkte David an. »Erst dieses verschwundene Mädchen, dann Monsieur Durant und das Massengrab als Überraschung.«

Bei diesem Gedanken überkam ihn eine vertraute innere Wut, fast schon Hass. Irgendwer hatte unzählige Leben beendet. Einfach ausgelöscht und den Angehörigen damit einen Teil ihrer Seele zerstört.

Er wollte die Person finden und bezahlen lassen.

»Alles okay?«, fragte Sophie mit gerunzelter Stirn.

David nickte. »Soweit das eben bei so einer Sache sein kann.«

»Ab in Ihre Büros«, sagte Alvarez. »Richten Sie sich ein, legen Sie los. Sobald unsere beiden Nachzügler hier sind, gibt es eine Besprechung. Wir brauchen Fakten, und zwar schnell.«

5. KAPITEL

Auf dem Weg zu ihren Büros legten sie einen Abstecher zur Küche ein und machten sich mit dem Kaffeeautomaten vertraut. Wer auch immer für das Innendesign zuständig gewesen war, musste ebenso für die Ausstattung der Küche verantwortlich gewesen sein. Selbst die Tassen waren aus Glas.

»Brauchst du Milch?«, fragte David und nahm eine Packung Hafermilch aus dem Kühlschrank, dessen Front dank einer Glastür einzusehen war.

»Himmel, wer hier putzen muss, kann einem wirklich leidtun«, erwiderte Sophie kopfschüttelnd. »Nein, danke, ich trinke ihn schwarz.«

David lachte. »Die werden hier auf jeden Fall etliche Flaschen Glasreiniger verbrauchen.«

Sophie ging voraus, an Markus' Büro vorbei, der konzentriert auf seinen Bildschirm starrte. Ihres war das nächste, das von David kam direkt danach.

Er prostete ihr mit seiner Kaffeetasse zu und bog gleichzeitig in seinen neuen Arbeitsbereich ein.

Der Regen prasselte gegen die raumhohe Fensterscheibe, wobei Sophie den Parkplatz vor dem Gebäude durch die Rinnsale hinweg nur erahnen konnte. Zu ihrer

Linken nahm ein leeres Regal die Wand ein, das ihr zumindest ein wenig Sichtschutz zu Markus verschaffen würde, sobald sie es befüllt hatte. In der Raummitte stand ein Schreibtisch, in Blickrichtung zu Davids Büro. Er schob gerade die Glaswand auf, die ihre Büros voneinander trennte.

»Oh, wir haben einen Direktzugang«, sagte sie schmunzelnd.

»Bevor ich am Morgen meinen ersten Kaffee intus habe, bin ich nicht aufnahmefähig«, erwiderte er mit einem Zwinkern.

Sie sah sich weiter um und stellte ihre Tasse auf dem Tisch ab. »Hier fehlen Grünpflanzen.«

David trank einen Schluck. »Drucker und Fax stehen auf dem Gang, die nutzen wir anscheinend alle gemeinschaftlich. Es ist nicht zu fassen, dass ihr in Deutschland noch Faxe verschickt.« Er schlurfte wieder in sein Büro. »Ich schau mal, was ich über unseren Toten in Erfahrung bringen kann. Vielleicht gibt es über ihn in Frankreich eine Akte.«

»Mal schauen, ob ich in der Zwischenzeit etwas über das Gebäude in Erfahrung bringen kann.«

Gerade als sie ihr Handy auf dem Tisch ablegte, ploppte eine Nachricht von Tina auf. Sie hatte Sophie den Namen der Obdachlosen geschickt, durch deren Anruf alles in Gang gesetzt worden war. Ihre Gedanken schweiften augenblicklich wieder zu Melissa Hubert. Jede weitere Stunde, die die Siebzehnjährige verschwunden blieb, machte ein Gewaltverbrechen wahrscheinlicher. Es fiel ihr immer noch schwer, sich von jetzt an komplett aus dem Fall herauszuhalten und Tina die Ermittlungsarbeit zu überlassen. Sie hatte geglaubt, neben ihrer neuen Arbeit bei Europol zumindest am Feierabend nach dem Verbleib des Mädchens recherchieren und Tina ihre Ergebnisse zuspielen zu können. Keinesfalls hatte sie damit gerechnet, sofort in einen aktuellen länderübergreifenden Fall integriert zu sein. Eher hatte sie sich alte Daten durchwälzen sehen.

Sophie schaltete ihren Computer an, der dank Ebba einsatzbereit war.

»Dann wollen wir doch mal schauen, was wir herausfinden können«, flüsterte sie und gab die Adresse des Fundortes in die Suchmaske ein.

Außer Zeitungsartikeln über Baumaßnahmen und Sperrungen der Straße gab es nichts. Das leer stehende Gebäude selbst wurde nirgends erwähnt und für das automatische Grundbuch-Abrufverfahren war die neue Europol-Abteilung noch nicht freigeschaltet. Da Sonntag war, musste sie sich bis morgen gedulden, um Auskunft beim Grundbuchamt einholen zu können.

Es klopfte an der Glasfront, wo Ebba vom Gang aus durch die offene Tür spähte. »Na, funktioniert alles?«

»Bisher war ich nur bei Google unterwegs. Aber es ist gut zu wissen, dass wir dich in der Nähe haben, falls wir nicht weiterkommen.«

Ebba kam herein und setzte sich seitlich auf den Tisch. »Wie bist du hier gelandet? Hast du dich direkt auf die Stelle beworben?«

Sophie nickte.

»Darf ich fragen, warum?«

»Ich brauchte einen Neuanfang, eine Herausforderung«, erwiderte sie zögernd. »Und du?«

Ebba zuckte mit den Schultern. »Ich hab mich vor drei Jahren im Urlaub in einen Deutschen verliebt und da Marc, im Gegensatz zu mir, mit seiner Familie nicht im Clinch liegt, war es leichter, wenn ich zu ihm ziehe. Es war herausfordernd, eine Möglichkeit für eine Versetzung zu finden. Aber jetzt bin ich hier.«

Sophie lächelte. »Für die Liebe geht man ungeahnte Wege. Habt ihr euch schon daran gewöhnt, euch nun jeden Tag zu sehen?«

»Frag mich das noch mal in einem Monat. Ich bin erst seit drei Wochen hier. Im Moment fühlt es sich an wie Urlaub.« Sie ging rückwärts Richtung Tür. »Für mich ist es also auch ein Neubeginn.«

Sophie hob den Daumen. »Falls du dich in Berlin nicht zurechtfindest, sag Bescheid. Ich wohne schon ewig hier.«

Ebba lächelte und nickte, bevor sie aus Sophies Büro verschwand.

David klopfte gegen die Glaswand und lehnte sich in den Durchgang ihrer Büros. »In den Datenbanken, die ich einsehen konnte, liegen keine Vermisstenanzeigen zu Vincent Durant vor. Ich habe mit einem alten Kollegen in Paris telefoniert. Er schaut mal, ob eventuell eine Strafakte zu ihm vorliegt.«

Sophie gab Lippenbalsam auf ihre Lippen und rieb sie aneinander. »Er ist noch nicht lange tot. Falls er hier auf Geschäftsreise war oder Urlaub gemacht hat, können wir vermutlich frühestens morgen mit einer Vermisstenanzeige durch die Familie oder den Arbeitgeber rechnen.« Sie öffnete ihre Bildergalerie auf dem Smartphone und betrachtete die Außenansicht des Gebäudes, das sie vor Ort fotografiert hatte. »Ich rufe mal meinen Vater an. Er ist hier aufgewachsen, quasi ein Berliner Urgestein. Vielleicht kann er mir etwas über den Fundort sagen.« Sie wählte die Festnetznummer ihrer Eltern.

»Deine Mutter hat Streuselkuchen gebacken«, meldete ihr Vater sich nach dem vierten Klingeln. »Willst du mit Jan zum Kaffee vorbeikommen?« Seine Stimme klang, als wäre er erkältet. In fünf Wochen wollten sie seinen 75. Geburtstag feiern.

»Klingt verlockend, aber ich bin heute schon zu meiner neuen Arbeitsstelle gerufen worden. Weshalb ich anrufe …«

»Hat Laura sich bei dir gemeldet?«, rief ihre Mutter im Hintergrund.

Sie sah kurz zu David, der sich wieder an seinem Schreibtisch niedergelassen hatte und nachdenklich die regenbenetzte Fensterscheibe betrachtete.

»Wir haben ein paar Nachrichten ausgetauscht. Ihr geht's gut.«

»Ich hab ihr etwas von dem Kuchen eingepackt, den werde ich ihr mit der Post schicken.«

Sophie unterdrückte ein tiefes Durchatmen. »Das ist lieb gemeint, aber in Hamburg gibt es Kuchen zu …«

»Mein Streuselkuchen ist ihr der liebste«, fiel ihre Mutter ihr ins Wort.

Sophie hatte jetzt nicht die Zeit und Geduld, mit ihr zu diskutieren. Lauras Gesicht, wenn sie das Paket öffnete, konnte sie sich bereits vorstellen.

»Papa, du kennst dich doch in Berlin gut aus«, sprach Sophie ihn direkt an, um zu verdeutlichen, dass das Kuchengespräch für sie beendet war. »Ich schicke dir mal per WhatsApp ein Foto von einer verfallenen Villa in Friedrichshain. Du weißt nicht zufällig, wer der Besitzer ist oder wozu das Gebäude zuletzt genutzt wurde?«

Sie stellte das Handy auf Lautsprecher und öffnete abermals ihre Galerie, um ihm das Bild zu senden.

»In Friedrichshain hab ich früher immer meine Kleider nähen lassen«, hörte sie ihre Mutter sagen. »Haben da nicht auch Inge und Walter Köhler gewohnt?«

»Nein, das ist keine noble Gegend«, erwiderte Sophie. »Der Richter und seine Frau lebten in Berlin-Karlshorst.«

Sie erinnerte sich daran, dass sie ihre Eltern einmal zum 60. Geburtstag des Richters begleitet hatte. Als Anwalt verkehrte ihr Vater damals in elitären Kreisen. Er war einer der gebildetsten Menschen, die sie kannte. Ein Bild auf einem Smartphone zu öffnen kostete ihn allerdings Zeit. Wahrscheinlich hatte er das Handy nicht einmal eingeschaltet und musste es erst hochfahren.

»Ist das Bild angekommen?«, wollte sie wissen.

»Ein alter Mann ist kein D-Zug«, kam es zurück. Sie hörte ein Rascheln und sein gelegentliches Räuspern.

Sophie ging in ihrem Büro auf und ab und sah durch die Glasfront eine übergewichtige Frau das Gebäude betreten. Sie schüttelte ihren Schirm aus, sah sich um, und im nächsten Moment blickte Oliver Alvarez von der Galerie aus zu ihr hinab und rief ihr etwas zu.

Die Frau mit der kurzen, eher altmodischen Föhnfrisur eilte die Stufen hinauf und rang dabei um jeden Atemzug. Oben angekommen war ihr Gesicht bereits rot angelaufen. Sie verschwand mit Alvarez in dessen Büro.

»Ah, ja, das Gebäude kenne ich«, sagte ihr Vater, als Sophie sich gerade wieder auf ihrem Schreibtischstuhl niederließ. »Nicht weit entfernt wohnte ein Juwelier, den ich mal vor Gericht vertreten habe. Er hatte durch einen Zwischenhändler Edelmetalle und Goldmünzen geschmuggelt. Die wurden im Westen preiswert aufgekauft und in der DDR zum zwölffachen Wert angeboten.«

»Und was ist nun mit dem leer stehenden Gebäude? Was weißt du darüber?«

»Wenn ich mich recht erinnere, war das ein Jugendwerkhof«, entgegnete ihr Vater und Sophie blieb für einen kurzen Moment das Herz stehen. In der DDR waren das Disziplinareinrichtungen gewesen. Spezialheime für Jugendliche, die nicht dem Staatsziel der sozialistischen Persönlichkeitsentwicklung entsprachen und somit als schwer erziehbar galten.

»Warum willst du das eigentlich wissen?«, erkundigte er sich.

»Danke, Papa, du hast mir wirklich weitergeholfen«, sagte sie, ohne auf seine Frage einzugehen. »Ich melde mich morgen wieder bei euch.«

Sie legte auf, bevor er weiter nachhaken konnte. In Gedanken sah sie das grausige Bild der übereinandergestapelten Skelette vor sich, die sie in dem zugemauerten Keller entdeckt hatten. »Ein Heim für Jugendliche …«, flüsterte sie vor sich hin.

Verdammt. Sie stand auf, klopfte an die Scheibe und bedeutete David, ihr zu folgen.

»Was ist los?«, erkundigte er sich, während sie vor ihm die Treppe hinaufstieg und Oliver Alvarez' Büro ansteuerte.

»Die menschlichen Knochen … Wir haben es wahrscheinlich mit Jugendlichen zu tun«, sagte sie und klopfte an die Glastür.

Alvarez sah von seinem Schreibtisch auf, die Frau mit der Föhnfrisur saß ihm gegenüber auf einem Stuhl und wandte sich zur Tür um. Er winkte David und sie herein.

»Tut mir leid, dass wir stören«, sagte Sophie beim Eintreten und warf David einen kurzen Blick zu. Er wirkte blass.

»Das macht nichts«, erwiderte ihr Chef. »Da kann ich Sie beide gleich mit ihrer neuen Kollegin bekanntmachen. Zuzanna Tomaszewska wird unser Team als Forensikerin verstärken.«

Zuzanna stand auf und trat ihnen entgegen, während Alvarez auch David und sie vorstellte. Sophie schätzte sie auf Ende fünfzig oder Anfang sechzig. Ihr Händedruck machte dem eines Bodybuilders Konkurrenz.

»Freut mich«, sagte sie mit Akzent und nickte ihnen zu.

Wie schon bei ihrem Eintreffen wirkten ihren Bewegungen hektisch. Sophie wusste noch nicht so recht, was sie von ihr halten sollte, und lächelte verkrampft.

Alvarez strich über seinen gepflegten Vollbart. »Ich habe Frau Tomaszewska bereits über unseren ersten Fall informiert. Sind Sie inzwischen zu neuen Erkenntnissen gelangt?«

Sophie seufzte. »Die gefundenen menschlichen Überreste sind wahrscheinlich einem Verbrechen des DDR-Systems zuzuschreiben.«

6. KAPITEL

David blickte hinaus in den Regen und sah die Rücklichter von Sophies Wagen in der Dunkelheit verschwinden. Damit war er allein im Büro. Sophie war bereits kurz nach der Teambesprechung aufgebrochen, die leider nichts mehr ergeben hatte. Sie mussten den Wust an Informationen erst einmal ordnen und sichten.

Hinzu kam, dass ihr Profiler – Matteo Rossi – es dank der Deutschen Bahn nicht geschafft hatte, rechtzeitig hier zu sein. Er würde erst morgen eintreffen.

Die Fotos vom Tatort waren vor wenigen Minuten eingegangen und er hatte sie studiert. Es gab ein paar Details, die ihm aufgefallen waren und die er baldmöglichst mit Sophie besprechen wollte. Doch für heute hatte er sich noch etwas anderes vorgenommen. Kurzerhand fuhr er den Rechner herunter, schlüpfte in seine Jacke und spannte vor dem Büro den Schirm auf.

Berlin zeigte sich im Herbst von seiner unangenehmen Seite; das kannte er bereits. Ein Grund mehr, auf schnellstem Weg in die U-Bahn zu verschwinden. Nach einem kurzen Sprint begrüßten ihn grelles Neonlicht und der Geruch von Urin. Ein Obdachloser hatte sich in eine Decke eingehüllt und blickte mit trüben Augen ins Nichts.

David klappte den Schirm ein und schüttelte die Regentropfen davon ab. Der Bahnsteig war leer, wie nicht anders zu erwarten an einem Sonntagabend. Die U6 fuhr gerade ein. Für die vier Haltestellen bis zum Halleschen Tor benötigte er nicht lange, daher blieb er stehen, lehnte sich seitlich gegen eine der Sitzwände. Aus Gewohnheit ließ er seinen Blick schweifen.

Zwei Teenager saßen eng umschlungen auf dem Sitzplatz und ihre Gesichter schienen zu verschmelzen. Sie konnten nicht voneinander lassen.

Er erinnerte sich noch gut daran, als es ihm auch so gegangen war, wenn auch stets mit einem Stich in der Brust. Küssen in der Öffentlichkeit war für zwei Jungs nicht gängig gewesen. Und als er mit seinem Freund in einer Disco in Endorphinen versunken geknutscht hatte, waren sie im Anschluss von den übrigen Besuchern wie Aussätzige behandelt worden.

»Andere Zeiten«, flüsterte er.

Die Türen öffneten sich und eine Nonne trat ein. David starrte sie an, was sie mit einem Lächeln beantwortete. Prompt wurde er rot und zuckte entschuldigend mit der Schulter.

Sie war das wohl gewohnt.

Berlin.

Sein Blick wanderte weiter.

Eine Mutter war mit ihrem Kind, nicht älter als etwa sechs Jahre, unterwegs. Sie trug eine Tupperbox mit Kuchen darin in der Hand. Der Kleine hatte noch immer Energie, schaute hinaus, schnitt Grimassen und ließ die

Beine aufgeregt baumeln. Die Mutter wirkte müde, die Augen waren von dunklen Ringen untermalt. Kamen sie von den Großeltern? Oder einem Geburtstag? Die Frau hätte eindeutig gerne geschlafen, ließ ihn aber nicht aus den Augen.

In Davids Innerem kratzte der altbekannte Schmerz, wollte an die Oberfläche.

Die Bahn fuhr ruckelnd im Zielbahnhof ein. Er sprang hinaus und eilte zum anderen Gleis, wo es mit der U1 weiterging.

Dieses Mal nahm er Platz und starrte auf die Scheibe, in der sich sein eigenes Gesicht halb durchsichtig spiegelte, Licht und Dunkelheit sich vermischten.

Er fragte sich unweigerlich, was Sophie antrieb. Auf der einen Seite waren sie sich ähnlich, das spürte er. Andererseits hatte sie sich nicht umsonst von ihrem alten Job in die Spezialabteilung versetzen lassen. Dafür musste es einen Grund geben. Genau wie bei ihm. David hatte nach vielen Jahren beim Jugendpsychologen und sogar einigen Sitzungen als Erwachsener begriffen, dass seine Triebfeder stets der Schmerz sein würde. Und der Versuch, diese Welt zu einer Besseren zu machen, andere vor dem zu schützen, was er hatte erleben müssen.

Die Bahn hielt am Kottbusser Tor. Er ging die Treppen hinunter und spannte den Schirm auf. Diese Ecke kannte er. Jetzt kam es ihm zugute, dass Berlin keine Unbekannte für ihn war und er in den vergangenen Jahren öfter hier unterwegs gewesen war. Die zweijährige Fernbeziehung hatte auch ihr Gutes gehabt.

Von ihrer Kollegin hatte Sophie den Namen der Zeugin erfahren, die das Abladen der Leiche über die Hotline gemeldet hatte. Eine Datenbankabfrage ergab daraufhin, dass besagte Erna Blau in der Gegend umherzog. Im Winter vor einem Jahr hatte sie sich in einer Garage versteckt, die zu einem Geschäft gehörte. Der Besitzer hatte sie angezeigt. Dadurch war ihr Name ins System gelangt.

Er wusste, wer ihm dabei helfen konnte, sie zu finden. Der Regen prasselte auf seinen Schirm und er wäre gerne ins Bett gekrochen, vorzugsweise mit einem anderen warmen Körper. Stattdessen ging es durch die dreckigen Straßen dieses Teils von Kreuzberg.

Sobald er sich näherte, verschwanden die Drogendealer, die hier ihren Stoff anboten, wie von Zauberhand in den Schatten. Die Aura eines Polizisten konnte jeder auf der Straße nach einiger Zeit sofort erkennen.

Davids Ex aus Berlin hatte auf Partys damit begonnen zu koksen. Das Ganze war ausgeartet. Irgendwann hatten ihre Leben sich voneinander entfernt, sodass eine Trennung unumgänglich geworden war. Deshalb verabscheute er die Dealer.

Auf der anderen Seite hatte er sich aufgrund dessen mit der Thematik befasst und nützliches Wissen gesammelt. Und durch Zusammenstöße zweier Banden wusste er, wer hier im Kiez das Sagen hatte. Jemand, mit dem man sich nicht anlegte, der seinerseits aber auch wusste, welche Grenze er besser nicht überschritt.

An einem unscheinbaren Haus drei Straßen weiter klingelte David im Erdgeschoss.

»Ja?«, hallte es aus der Freisprechanlage der Klingel.

»Ich will zu Pjetr.«

»Wer ist da?«

»Sag ihm, David Martin will ihn sprechen.«

Es knackte.

David stellte sich darauf ein, noch ein wenig warten zu müssen. An diesem Punkt wurden vermutlich hektisch ein paar Dinge in andere Räume geschafft. Der Rest, der bei so etwas übrig blieb, hätte jemanden wie Sophie dennoch dazu gebracht, zahlreiche Formulare auszufüllen und mit einem Team zurückzukehren.

Der Summer erklang.

Im Hausflur roch es nach kaltem Staub, die Wohnung stank nach Zigarettenrauch und Bier. Grimmige Blicke taxierten ihn, Arme wurden verschränkt.

»Kein Grund zur Sorge«, beschwichtigte David.

»Beim letzten Mal klang das noch anders.« Pjetr Nukov blickte ihm kalt entgegen. »Wie war das noch? Ah ja. Wenn du Manuel noch ein Gramm verkaufst, komme ich wieder und heb deinen Laden aus?«

David zuckte nur mit den Schultern. »Hat doch geklappt. Und ich habe meinen Leuten keinen Tipp gegeben.«

»Als ob die nicht von mir wüssten.«

Auf der Spüle standen benutzte Aschenbecher, leere und volle Bierflaschen auf dem Tisch. Die Tür zum Wohnzimmer war verschlossen, die Audienz beschränkte sich auf die Küche. Dass Pjetr nur ein fleckiges Unterhemd trug, sprach Bände. David wusste, der König dieses Kiezes unterstand auch anderen Größen, vermutlich einem der Clans. Doch das war ihm egal.

»Du hast die Nachrichten gehört?«, fragte David.

»Was interessiert mich Politik?«

Er unterdrückte ein Seufzen. »Massengrab in Friedrichshain.«

Die Stirnen der Männer umwölkten sich. Sie hassten die Polizei, doch es gab einen unausgesprochenen Kodex, wenn es um Mordfälle dieser Größenordnung ging. So etwas konnte die Geschäfte für Monate kaputtmachen.

»Damit haben wir nichts zu tun«, sagte Pjotr gefährlich leise.

»Davon gehe ich auch nicht aus. Aber jemand hat der Polizei einen Hinweis gegeben«, erklärte David. »Eine Obdachlose.«

»Name?«

»Erna Blau.«

Kurz huschte etwas über Pjotrs Gesicht. Bingo. Er kannte sie.

»Nie gehört.«

»Sollen wir das übliche Gehabe überspringen?«, fragte David. »Denn meine Antwort hat drei Buchstaben: SEK.«

»Als ob.«

»Du willst dieses Spiel nicht spielen, Pjotr. Nicht in dem Fall.« David hielt dem Blick des Drogenbosses stand und zeigte keine Gefühlsregung.

Auf einer tiefen Ebene seines Ichs wusste David, dass sie ihn nicht anrühren würden. Er musste es sich nur immer wieder bewusst machen.

»Du lässt uns in Ruhe?« Pjotr wollte sich einen Rest Ehre bewahren.

David hob zum Zeichen der Zustimmung beide Hände.

»Erna ist ein Urgestein«, erklärte Pjotr. »Normalerweise haben wir mit den Pennern nichts am Hut, die können eh nichts kaufen. Von denen kauft auch niemand. Wir behalten sie aber im Blick.«

»Weißt ja nie, ob es möglicherweise doch ein Undercover-Bulle ist«, warf einer der Kerle ein.

Ein Blick von Pjotr ließ ihn bleich zusammenfahren.

David lachte leise. Die Taktik war nicht dumm. Behielten sie die Obdachlosen im Blick, bemerkten sie jeden, der neu dazukam, und konnten prüfen, ob es sich um Polizisten handelte.

»Normalerweise hält Erna sich aus allem raus«, erklärte Pjotr. »Sie will einen warmen Platz zum Schlafen, eine Pulle ab und an, dann ist gut. Wundert mich also nicht, dass sie angerufen hat.« Er lachte heiser. »Da ist sie selbst schuld.«

»Wo finde ich sie?«

»Mal hier, mal da.« Pjotr zuckte mit den Schultern.

Einer seiner Leute räusperte sich, sah aber konzentriert zur Decke.

»In Worten«, bat David.

Pjotr schnaubte. »Wenn du was weißt, sag's ihm halt.«

»Sie lungert öfter an der Möckernbrücke rum. Oder in der Nähe. Altes Leben und so.«

David nickte und verstand. Sie alle wurden von Geistern ihrer Vergangenheit verfolgt, niemand blieb davon

verschont. Manche traf es nur schlimmer als andere.
»Danke.«

»Sonst noch was?« Pjotr verschränkte abermals die Arme.

»Euch einen schönen Abend.« David schenkte jedem einen kurzen Blick, prägte sich ihre Gesichter genau ein.

Natürlich würde er morgen ein paar Phantombilder erstellen und den Kollegen vom Rauschmitteldezernat Berlin rüberschicken, mit Kopie ans LKA. Er hatte nichts übrig für Drogendealer, gleichzeitig war ihm klar, dass in diesem Fall der Teufel, den man kannte, besser war, als den, den man nicht kannte. Ausrotten würde man das organisierte Verbrechen nie und hier in Berlin hatten die Drahtzieher es besonders leicht.

David zog die Tür hinter sich zu und trat in den Regen. Der Wind wehte ihm die Tropfen ins Gesicht, es wurde ungemütlicher.

Er sah auf die Uhr und entschied, dass der Besuch bei Erna Blau bis morgen warten konnte. Für den Fall der Fälle war es besser, wenn auch Sophie dabei war. Gerade Frauen, die auf der Straße lebten, hatten meist bereits Gewalt durch Männer erfahren. Sie waren eher geneigt, sich anderen Frauen anzuvertrauen.

Zurück in der U-Bahn, schüttelte David die Regentropfen ab und ließ sich durch das nächtliche Berlin fahren. In seinem Adressbuch waren sieben Nummern eingespeichert, die er jederzeit anrufen konnte. Drei davon würden sogar etwas mit ihm trinken gehen, die anderen sein Bett für ein paar Stunden mit menschlicher Wärme füllen.

Er gähnte.

Andererseits war er für einen Sonntagabend verdammt müde. Er verwarf den Gedanken an andere Menschen und betrat vierzig Minuten später die Wohnung; schälte sich aus der Kleidung und streifte eine Jogginghose über. Danach stellte er den Wasserkocher an. Der Tee wärmte Davids Glieder und er genoss das Aroma. Das also war er gewesen, sein erster Sonntag in Berlin. Nicht unbedingt, was er erwartet hatte.

So saß er im Dämmerlicht seiner Stehlampe, lauschte dem Regen und trank Tee.

7. KAPITEL

Nachdem sie am Morgen schon eine Weile wach gelegen und Jans leisem Schnarchen gelauscht hatte, schlich sich Sophie ins Bad. Unter der Dusche wusch sie sich den Duft der letzten Nacht vom Körper und lächelte bei der Erinnerung daran. Jan hatte die Initiative ergriffen und obwohl sie müde gewesen war, hatten seine Berührungen ihr Verlangen geweckt. Die gegebene Situation war für sie beide nicht einfach. Sie verstand, dass er einsam war. Das Haus war ohne ihre Tochter zu groß und zu leer. Da es einst Jans Großeltern gehörte und Laura hier aufgewachsen war, kam ein Verkauf jedoch nicht zur Sprache.

»Möchtest du Rührei zum Frühstück?«, rief Jan, nachdem er wach geworden war.

»Nein danke. Ich muss gleich los.«

Sein Seufzen war durch die Tür zu hören.

Sie trocknete sich ab, setzte die Kontaktlinsen ein und tuschte sich die Wimpern. Im Schlafzimmer schlüpfte sie in Jeans und Pullover. Ein Blick aus dem Fenster zeigte ihr, dass es zumindest nicht regnete. Jan hatte den Garten wintersicher gemacht. Einzig die große Kastanie war von seinem Baumschnitt verschont geblieben. Der Wind fegte durch ihre Baumkrone und verstreute die Blätter auf dem

Rasen, wo Jan sie nicht lange dulden würde. Zeus, der schwarze Kater ihrer Nachbarn, tapste durch das Laub und kletterte am Stamm hinauf.

Sophie folgte dem Duft des Kaffees und warf einen Blick auf ihre Uhr. David hatte ihr eine Nachricht geschrieben und wollte sich in einer Stunde mit ihr an der Möckernbrücke treffen. Er hatte wohl einen Hinweis darauf gefunden, dass die obdachlose Zeugin sich dort aufhielt.

»Was steht heute auf deinem Plan?«, fragte Jan, als sie die Küche betrat. Er reichte ihr eine Tasse Kaffee.

»Eine Zeugenbefragung«, erwiderte sie. Er wusste, dass sie ihm keine genauen Details ihrer Arbeit schildern durfte.

Er lehnte sich gegen die Kochinsel und musterte sie. »Wirst du heute zum Abendessen zu Hause sein?«

Sie zuckte mit den Schultern, pustete in ihre Tasse und trank einen Schluck.

»Morgen Abend sind wir bei Sandra und Sven zum Abgrillen eingeladen«, erinnerte er sie.

Das hatte sie verdrängt. Als würde Nachbars Kater ahnen, dass sie gerade von seinen Besitzern sprachen, schaute er durch die Terrassentür zu ihnen herein und maunzte. Sophie ließ Zeus ins Haus. Er rieb sich an ihrem Bein und schnurrte, während sie ihn hinter den Ohren kraulte. »Ich versuche da zu sein, kann aber nichts versprechen.«

Jan nahm eine Packung Katzenleckerlis aus dem Schrank, woraufhin Zeus sofort das Interesse an ihr verlor und zu ihm eilte. »Ich habe schon immer mit deiner Arbeit konkurrieren müssen«, sagte ihr Mann so leise, dass sie ihn kaum verstand. Er schüttete ein paar der Kräcker auf seine Handfläche, beugte sich zu Zeus hinab und ließ ihn aus seiner Hand fressen. »Immer habe ich darauf vertraut, dass du letztendlich weißt, wo deine Familie und dein Zuhause sind.« Damit richtete er sich auf und sah sie an. »Mittlerweile habe ich allerdings Zweifel daran.«

Sie spürte einen Stich in der Brust. Jan und sie kannten sich bereits seit der Schule, in der neunten Klasse waren sie zusammengekommen. Eine Teenagerliebe, wie sie jeder erlebte, doch ihre Beziehung war beständig geblieben, was Jans Verdienst war. Er hatte sich immer um sie bemüht und Verständnis für all ihre Marotten aufgebracht. Sie konnte an den Fingern abzählen, wie oft sie sich bisher in ihrer Ehe gestritten hatten. Jan war harmoniesüchtig und nahm sich zurück, damit sie glücklich war. Doch genau das störte sie manchmal. Ihr wäre es lieber, er würde auch mal auf den Tisch hauen. Einmal im Leben wollte sie richtig sauer auf ihn sein. Aber das war unmöglich. Selbst wenn er sie mal kritisierte, machte er gleichzeitig deutlich, wie viel sie ihm bedeutete. Das war auch der Grund, warum sie es nie übers Herz gebracht hatte, ihm ihren Fehltritt anzuvertrauen. Niemand wusste davon. Dass sie es für sich behielt, war ihr Beitrag, um ihre Familie zusammenzuhalten.

Sie trank ihre Tasse aus, stellte sie in die Spüle und trat auf Jan zu, der sie nach wie vor eingehend musterte. »Ich werde immer wissen, wo mein Zuhause ist.« Sie schlang die Arme um seinen Hals und lächelte ihn an.

Er seufzte und lehnte seine Stirn gegen ihre. »Versprich mir, dass wir uns ohne Laura nicht verlieren.«

»Das würdest du niemals zulassen«, erwiderte Sophie und streichelte über seinen Dreitagebart. »Und ich vertraue dir.«

Jan verzog den Mund zu einem schiefen Grinsen. »Das deute ich jetzt mal als Ja.« Er zog sie noch enger an sich und küsste sie.

Als Sophie sich wenig später verabschiedete und er ihr viel Erfolg bei der Mörderjagd wünschte, machte sich sofort ein Ziehen in ihrer Magengrube bemerkbar. Alles in ihr schrie danach, den oder die Verantwortlichen zu finden, die in einem Kellerverlies ein Massengrab hinterlassen hatten. So viele verlorene Seelen, deren genaue Anzahl sie bisher noch nicht einmal kannten. Wer waren sie gewesen? Hatte überhaupt jemand um sie getrauert? Wie viele Angehörige gab es da draußen, die durch diesen Fund vielleicht endlich Gewissheit erhalten würden? Wer auch immer dieses Massaker angerichtet hatte, Sophie würde nicht ruhen, bis sie die Antworten kannte. Sie war eine Getriebene und so, wie sie David einschätzte, ging es ihm genauso. Durch den Anruf der obdachlosen Frau war alles ins Rollen geraten. Im Fall des toten Franzosen tappten sie jedoch noch völlig im Dunkeln.

Sie ging zum Carport und wunderte sich über die schwarzen Lederhandschuhe, die unter dem Scheibenwischer des Tourans steckten. Jan gehörten sie nicht und er hätte sie auch nicht dort hinterlassen. Vermutlich hatte sie jemand auf dem Gehweg verloren und der Finder war davon ausgegangen, dass sie einer von ihnen verloren hatte.

Sophie verengte die Augen und betrachtete das geschlossene Gartentor, das sich nur elektrisch über die Fernbedienung öffnen ließ. Wer kletterte wegen einem Paar Handschuhe über ein Tor? Derjenige hätte sie auch einfach auf der Säule ablegen können.

Sie zuckte mit den Schultern und legte sie ihrerseits auf der Säule ab, damit der wahre Besitzer sie beim Vorbeigehen entdecken konnte. Im Auto drehte sie die Heizung hoch und stellte das Radio an. Den Sommer vermisste sie jetzt schon.

Berlin lag unter einer grauen Wolkendecke. Während der Fahrt achtete sie mehr als sonst auf die Obdachlosen, die das Stadtbild von jeher mit prägten. Ein verwahrloster Mann zog einen Karren hinter sich her, er schleppte sich eher, anstatt zu gehen. Seine Kleidung war ihm viel zu groß. Entweder hatte er sie von einer Sammelstelle erhalten oder war inzwischen so ausgemergelt, dass sie ihm nicht mehr passte. Neben einem U-Bahn-Eingang lag eine Gestalt in einen Schlafsack gehüllt, daneben zwei Plastikbeutel. Das war kein Leben mehr, nur noch ein Dahinsiechen. Sie waren alle vom Schicksal hart getroffen worden. Sicher hatten sie den Abstieg aus der Gesellschaft nicht freiwillig gewählt. Sie mussten jeden Tag ums Überleben kämpfen und als Frau war das für Erna Blau zweifellos noch mal eine ganz andere Hausnummer.

Sophie entdeckte David schon von Weitem, der auf der Möckernbrücke auf sie wartete. Er trug Jeans und Boots, dazu eine dunkelblaue Jacke. Sichtlich in Gedanken versunken, blickte er auf den Landwehrkanal.

Ihr gestriges Kennenlernen war gut verlaufen. Es gab nichts Schlimmeres, als mit jemanden zusammenarbeiten zu müssen, den man nicht mochte. Diese Erfahrung hatte sie kurz nach ihrer Vereidigung bei ihrer ersten Dienststelle machen dürfen. Dirk Maurer war ein egoistischer Arsch gewesen, der sich vor dem Chef hatte profilieren wollen. Sophie war für ihn eher Konkurrenz gewesen, doch in ihrem Job kam es auf Teamarbeit an. Im besten Fall ergänzten sich die Ermittler und bisher hatte sie den Eindruck, dass Commissaire Générale David Martin und sie gut zusammenpassten.

Sie parkte in einer Seitenstraße, stieg aus und stellte den Kragen ihres Mantels auf. Der Großstadtlärm von Automotoren, gelegentlichem Hupen und Signalhörnern von Krankenwagen war zu hören. Es roch nach der Dönerbude, an der sie vorbeikam.

David sah, dass sie sich ihm näherte, und kam ihr entgegen.

»Guten Morgen. Hast du heute schon mal einen Blick in die hiesigen Tagesblätter geworfen?« Er zog unter seinem Arm eine B.Z. hervor und reichte sie ihr.

»Guten Morgen«, begrüßte sie ihn und blätterte die Zeitung auf. »Gelesen nicht, aber im Auto hab ich es gerade in den Nachrichten gehört.«

Sie betrachtete das Bild der leer stehenden Villa und

las die Überschrift. »Massengrab in ehemaligem Erziehungsheim gefunden.«

»Die Presse stürzt sich natürlich auf das grausige Szenario«, sagte David. »Unser toter Franzose wird nur in einem Nebensatz erwähnt.«

»Hast du schon Rückmeldung zu ihm aus Paris?«

»Darauf warte ich noch.«

Wortlos gab sie ihm die Zeitung zurück und sah sich um. »Dann schauen wir mal, ob wir Erna Blau finden.«

Am südlichen Ufer befanden sich Wohnblöcke und das Technikmuseum mit einem kleinen Flugzeug auf dem Dach. Auf der anderen Uferseite verlief der Viadukt zur überdachten verglasten Brücke des Hochbahnhofs.

David deutete mit dem Kinn zur U-Bahn-Station. »Fangen wir dort an?«

Sophie wandte sich dem Park auf der gegenüberliegenden Straßenseite zu. »Seit es die Polizeiwache am Kotti gibt, sind die Dealer und Junkies hinter das Tempodrom gezogen. Lass uns dort mal nach ihr Ausschau halten. Zur U-Bahn-Station geht sie wahrscheinlich nur zum Betteln.«

Sie überquerten die Straße und liefen in den kleinen Park. Hier hatte sich vor dem Zweiten Weltkrieg der Anhalter Bahnhof befunden, der einst der größte Europas gewesen war. Die Natur hatte sich den Platz zurückerobert, nur das Eingangsportal war übrig geblieben, und vereinzelte konnte man teilweise noch alte Gleisanlagen erahnen.

»Woher weißt du eigentlich, dass Erna Blau sich hier aufhalten soll?«, erkundigte sie sich.

David rieb sich die Wange. »Ich sag es mal so ... es gibt gewisse Leute, die sich in diesem Milieu auskennen.«

Sophie sah ihn an und runzelte die Stirn. »Ich sollte besser nicht weiter nachhaken, oder?«

Als Antwort verzog er den Mund zu einem schiefen Grinsen. Anscheinend ging ihr neuer Kollege auch mal Ermittlungsansätzen nach, die im Graubereich der Regeln lagen. Aber solange sie dadurch in dem Fall vorankamen, würde sie einen Teufel tun, ihn daran zu hindern.

Im Vorbeigehen betrachtete sie den Spritzenabfallbehälter und entdeckte nur wenige Schritte weiter zwei der Drogenutensilien auf dem lehmigen Boden. Nachts würde sie in diesen Park freiwillig keinen Fuß setzen.

In Sichtweite erkannte sie eine Zeltplane zwischen den Sträuchern und folgte David, der direkt darauf zuhielt. Es würde schwer werden, von anderen Obdachlosen eine Auskunft über Erna Blau zu erhalten, da die sich gegenseitig deckten und versuchten, unnötigem Ärger aus dem Weg zu gehen. Sie witterten die Polizei schon von Weitem.

Ein betagter Mann saß vor einem Zelt auf einem leeren Getränkekasten und rauchte. Seine trüben Augen blickten ins Nichts, er nahm ihr Näherkommen erst wahr, als sie ihn erreichten. Sofort stand er auf und wich zurück. Seine Miene war von Unbehagen und Misstrauen gezeichnet.

»Hallo.« Sophie nickte ihm zu und lächelte. »Wir sind mit Erna verabredet«, log sie und vermied es, David und sich als Kriminalhauptkommissare vorzustellen.

Der Mann kratzte sich am Kopf und kräuselte die Lippen. »Welche Erna?«

»Du weißt genau, von wem wir reden«, mischte David sich ein. »Sie ist hier ein Urgestein. Wir sind nicht gekommen, um Ärger zu machen. Keiner hat etwas zu befürchten.«

Er kratzte sich wieder am Kopf, was Sophie augenblicklich ein Jucken auf ihrer Kopfhaut beschwerte. Einmal musste sie es mit Läusen aufnehmen, als Laura sich die winzigen Parasiten im Kindergarten eingefangen hatte. Die aufwendige Prozedur, sie wieder loszuwerden, würde sie niemals vergessen. Zuerst hatte sie gefühlt stundenlang die Nissen aus den langen Haaren ihrer Tochter gekämmt, dann mehrmals mit einer stinkenden Tinktur Lauras, Jans und ihre eigenen Haare gewaschen. Sämtliche Spielsachen und Plüschtiere waren in die Tiefkühltruhe verbannt worden, und die Waschmaschine lief zwei Tage lang ununterbrochen.

»Ick wees von nix und will einfach nur meene Ruhe ham«, erwiderte er und deutete mit dem Zeigefinger in Richtung des Landwehrkanals. »Von hier verscheuchen se uns immer, die meisten ham ihre Zelte ans Maybachufer verleecht. Icke halt mich da fern. Die ham da am Wasser ne Rattenplage.«

»Also finden wir Erna dort?«, hakte Sophie nach.

Der Mann zuckte mit den Schultern, zog mit einem grunzenden Geräusch Schleim seine Kehle hoch und spuckte ihn neben sich aus.

Mit einem Schütteln wandte sie sich ab und kehrte

auf den Pfad zurück. »Das Maybachufer verläuft auf der Kreuzberger Seite von der Rabitorstraße bis zur Kottbusser Brücke«, informierte sie David, sobald er sie einholte. »Das Sozialamt hat keine ausreichenden personellen Kapazitäten für die Betreuung der Obdachlosen und die Anwohner beschweren sich immer wieder über den Müll vor Ort. Das ist allerdings im ganzen Bezirk ein Problem.«

Er nickte. »In Paris gibt es auch Problemecken. Davor ist keine Großstadt gefeit.«

»Mit dem Auto brauchen wir ungefähr 15 Minuten.« Sie schlug den Weg zu ihrem Touran ein und blieb vor einer alten Litfaßsäule stehen, auf der ihr neben halb abgerissenen und zerfetzten Plakaten zurückliegender Veranstaltungen ein Foto von Melissa Hubert ins Auge fiel. Es war keine polizeiliche Vermisstensuche. Das DIN-A4-Blatt war eindeutig von Melissas Angehörigen oder Freunden gestaltet, ausgedruckt und unerlaubterweise in Berlin verteilt worden. Sie boten in ihrer Verzweiflung eine Belohnung von 20 000 Euro für denjenigen, der entscheidende Hinweise zu Melissas Verschwinden liefern konnte.

»Verdammt«, fluchte David neben ihr.

Sophie nickte. »Wir müssen herausfinden, wie lange das hier schon hängt. Wenn Erna Blau es gesehen hat, kann sie sich ihre Sichtung auch einfach ausgedacht haben, um das Geld zu kassieren.«

Sophie zog ihr Smartphone aus der Hosentasche, fotografierte den Vermisstenaufruf und schickte das Bild an ihre alte Kollegin Tina Spicker. Melissas Familie machte sich vermutlich keine Gedanken, welchen Einfluss ihre Eigeninitiative auf die Ermittlungsarbeit hatte. Die Belohnung konnte jeden, der in Geldnot war, zu einer Falschaussage verleiten.

David seufzte. »Dann lass uns diese Frau endlich finden.«

8. KAPITEL

Der Wind hatte aufgefrischt und trieb ein paar durchweichte Zeitungsfetzen über die Straße. Kälte lag in der Luft und das Wasser zu ihrer Rechten verströmte einen trostlosen Charme.

»Im Sommer ist es herrlich. Die Bäume leuchten grün, überall sind Menschen unterwegs, es gibt Essensstände.« Sophie machte eine ausladende Armbewegung. Wahrscheinlich fühlte sie sich bemüßigt, den Anblick zu verteidigen. »Jetzt im Winter …«

»Ist es Winter«, beendete David mit einem Lächeln den Satz. »Glaub mir, Paris macht keinen besseren Eindruck zu dieser Jahreszeit. Keine Stadt tut das.«

Sie gingen am Maybach-Ufer entlang und hielten die Augen offen. Auch hier hatten die Eltern von Melissa Hubert Plakate aufgehängt. Einige waren halb heruntergerissen worden, andere mit Farbe beschmiert.

»Dort.« Sophie deutete auf einen Mann mit verhärmten Gesichtszügen und dünnem grauen Haar, der gerade eine Mülltonne durchwühlte, offensichtlich auf der Suche nach Pfandflaschen.

»Guten Tag«, rief Sophie. »Wir suchen Erna Blau, können Sie uns vielleicht helfen?«

Der Kopf des Unbekannten ruckte in die Höhe, die Augen blitzten panisch. »Ne, kenne ick nisch.«

David zog einen der Fünfeuroscheine aus der Tasche, den er extra hierfür bereitgelegt hatte. »Wir müssen sie befragen, nichts Ernstes.«

Der Unbekannte rang sichtlich mit sich. Es galt das bekannte Sprichwort, dass Loyalität unter Obdachlosen lediglich als Front gegen die Polizei existierte. An erster Stelle stand jedoch stets das Überleben. Sie vegetierten am Rand der Gesellschaft dahin, besaßen keinerlei Sicherheit und Bindung. Es war ein Leben im täglichen Grau. In seiner Zeit in Paris hatte er mehr als einen sans domicile fix – oder kurz sdf – befragt.

Endlich hatte der Mann sich entschieden und schnappte den Fünfeuroschein aus Davis Hand, wie ein Raubtier seine Beute. »Die Straße runter. Schläft noch.«

Damit wühlte er wieder im Müll.

Sophie warf David einen kritischen Blick zu, nahm jedoch schweigend zur Kenntnis, dass die Methode schnell ein Ergebnis gebracht hatte. Gemeinsam begaben sie sich in die angezeigte Richtung. Nieselregen setzte ein und er schlug den Kragen seiner Jacke hoch. »Da vorne.«

Die Frau war eingewickelt in Decken und setzte sich im Eingang eines Zeltes auf, ihre Hände steckten in fingerlosen Wollhandschuhen. Um ihren Hals hatte sie sich mehrfach einen bunten Schal geschlungen.

»Erna Blau?«, fragte Sophie.

»Wer willn dat wissen?« Ihre Stimme war kratzig.

In diesen Augenblicken war David dankbar dafür,

zweisprachig aufgewachsen zu sein. »Sie haben die Hotline angerufen.«

Das weckte Ernas Aufmerksamkeit. Sie schälte sich aus dem Paar verschlissener Wolldecken hervor und rappelte sich keuchend auf. »Krieg ick jetzt Jeld?«

»Die Belohnung haben die Eltern des Mädchens ausgesetzt«, erklärte Sophie. »Nicht wir.«

»Aber ihr seid doch hier.« Untermalt von Keuchen und Stöhnen reckte sie sich, taxierte zuerst Sophie, dann ihn aus glasigen Augen. »Oder nich?«

»Wir nehmen Ihre Aussage auf«, sagte er. »Und wenn die sich als nützlich erweist, geben wir das an die Eltern weiter. Sonst könnte sich ja jeder melden.« David zog seinen Notizblock mit Stift hervor. »Wie war das denn an dem Abend genau?«

»Kalt«, sagte Erna. »Und nass.«

»Ist hier in Berlin nichts Neues«, kommentierte Sophie. »Aber was da *genau* gelaufen ist, müssten wir schon wissen.«

»Na, ick hab die jesehen, die Mörder. Also, einen. Der hat se aus dem Auto jezogen und abgelegt. War halt weiter wech.«

In diesem Augenblick realisierte David, dass direkt neben Erna eine Zeitung am Boden lag. Auf dem Titelbild war der ehemalige Jugendwerkhof zu sehen, darüber die Überschrift: *Toter Franzose weist Weg zu Massengrab.*

Nur ein Blick und die Frau würde sofort realisieren, dass sie das falsche Verbrechen beobachtet hatte. Ihre Hinweise konnten nicht zu Melissa Hubert führen, es war nichts zu holen. Sie würde also die Hand aufhalten und sich von *ihnen* bezahlen lassen, um überhaupt Geld zu bekommen.

»Welche Farbe hatte das Auto denn?«, fragte Sophie.

»Dunkel«, erwiderte Erna. »Nur unter de Straßenlaternen dann hell.«

Es war Sophie anzusehen, dass ihre Geduld bröckelte.

»Bisher ist das aber nichts Hilfreiches«, warf David ein. »Da brauchen wir etwas mehr.«

»Wat soll ick sajen.« Erna zog die Nase geräuschvoll hoch. »Sonst wes ick eben nur det Nummernschild.«

»Bitte was?«, entfuhr es ihm.

»Ick sachte …«

»Akustisch habe ich das verstanden«, unterbrach er sie schnell, und passte instinktiv seine Sprache an Ernas an. »Aber wieso sachste das denn erst jetzt? Wie lautet das Nummernschild?«

Erna konnte es vollständig nennen.

»Wenn Sie dachten, es wäre unwichtig, weshalb haben Sie es sich dann gemerkt?«, fragte Sophie.

»Bin jut mit Zahlen«, erwiderte Erna. »Is lange her. Hab mal für nen Zahlenschupser jearbeitet. Aber hab ihm dann zu oft erklärt, dass er dat Geld falsch ausgibt. Nämlich an seine Olgas im Puff und nicht für de Firma und de Leute dort. Dachte, der ändert dann was. Hat er auch. Ick bin jeflogen.«

»Das tut mir leid.« David meinte es ernst.

Auch Sophie schloss die Augen und sog scharf die Luft ein. »Das war nicht fair.«

»Wat wisst ihr schon?« Erna funkelte sie an, als sei es eine Beleidigung, dass Sophie und er behaupteten, ihren Schmerz zu verstehen.

Und vermutlich konnten sie das auch nicht. Sie besaßen andere Narben auf ihren Seelen. Zumindest bei sich selbst war er sich da sicher. David zog einen weiteren Fünfeuroschein aus der Tasche und reichte ihn Erna.

»Den will ick nich.« Sie wehrte seine Geste ab. »Nur, wat ick verdient hawe.«

David schob ihn wieder in die Tasche. Es musste schwer sein, sich auf der Straße seinen Stolz zu bewahren. Er hatte einmal bei einer Befragung in Paris jemanden kennengelernt, der das ähnlich gesehen hatte. Zwei Tage danach ging der Mann bei einem Disput dazwischen und wurde erstochen.

Das Gesetz des Dschungels machte vor niemandem Halt.

»Wir melden uns«, sagte Sophie.

Sie wandten Erna den Rücken zu und gingen wieder zum Auto. Keiner von ihnen sprach ein Wort. Befragungen dieser Art brachten Schuldgefühle mit sich. Sophie und er konnten jeden Tag nach Hause fahren, hatten es daheim trocken und waren in der Lage, regelmäßig eine warme Mahlzeit zu sich nehmen. Und hier, direkt in Sichtweite, vegetierten die Obdachlosen vor sich hin.

Er streifte den Gedanken ab. Stattdessen zog er das Smartphone hervor und kontaktierte die Zentrale.

»Ebner«, erklang die Stimme von Markus aus dem Handy.

»David hier. Wir haben ein Nummernschild, dafür bräuchten wir eine Fahndung. Mögliches Tatfahrzeug.«

»Ich gebe es an die hiesigen Kollegen weiter.«

David nannte die Nummer und legte auf.

»Hoffen wir, dass es was bringt«, kommentierte Sophie und lenkte das Auto in Richtung Tempelhof zur Zentrale. »Man sollte denken, dass Cold-Case-Projekte einem mehr Zeit lassen, aber dieses hier entwickelt für meinen Geschmack verdammt viel Druck.«

Minuten später fuhren sie auf den Parkplatz. Gerade als der Himmel seine Schleusen öffnete, entriegelten sie die Tür und traten ein.

»Punktlandung, würde ich sagen.« Markus Ebner kam herbeigeeilt. Mit seinem Anzug und den nach hinten gegelten Haaren wirkte er wie eine Kopie des ehemaligen österreichischen Kanzlers, Sebastian Kurz. Wenn er lächelte, erschienen jedoch sympathische Lachfalten um seine Augen. »Die deutsche Polizei hat die Fahndung nach dem Wagen eingeleitet.«

David schälte sich aus seiner Jacke und hängte sie in seinem Büro über den Stuhl. Sophie benutzte den Garderobenständer. Pistole und Dienstausweis schlossen sie in den Tresorfächern ein.

David hatte gerade den Rechner hochgefahren und sich in das System eingeloggt, als Schritte auf der Treppe erklangen.

»Kollegen, darf ich vorstellen«, ertönte die Stimme von Oliver Alvarez. »Das ist Matteo Rossi, unser Profiler.«

Neben ihm stand ein Mann mit südländischen Gesichtszügen, dichtem schwarzen Haar und einem Dreitagebart. Er war in Jeans und Turnschuhe gekleidet, trug darüber ein Hemd mit Weste.

»Freut mich sehr.« Er schüttelte ihnen nacheinander die Hand.

»Ebba und Zuzanna hat er bereits kennengelernt«, ergänzte Alvarez. »Was haben wir Neues?«

Sophie fasste die bisherigen Spuren zusammen.

»Ich habe mir alle Unterlagen angesehen«, schaltete sich Matteo Rossi ein. »Meine Einschätzung hängt aber stark davon ab, ob der unbekannte Täter Erna Blau bemerkt hat. Falls das nicht der Fall ist, hätte er die Leiche absichtlich ›präsentiert‹, damit diese gefunden wird. Hat er jedoch gesehen, dass die Obdachlose ihn beobachtete, hätte es auch eine Kurzschlussreaktion sein können. Schnell raus damit und weg, bevor die Polizei auftaucht. Möglicherweise haben wir zwei unterschiedliche Profile. Je nachdem, ob und wie die beiden Fälle miteinander im Kontext stehen, ergibt sich auch das Alter und unter Umständen gar eine Geschlechtsvarianz des Täters.«

»Können sie von der Automarke etwas ableiten?«, fragte David halb im Scherz.

»Kommt darauf an«, erwiderte Matteo mit einem Schmunzeln.

»Echt jetzt? Ich bin ja immer versucht, das Können von Profilern auszutesten«, erklärte er.

»Lassen Sie mich raten: Ich soll ein Profil von Ihnen erstellen?«

»Mit so wenig Hinweisen wie möglich«, ergänzte David.

»Also, ein Wahrsager bin ich nicht. Allerdings könnte ich mir Ihre Personalakte ansehen.« Matteo zwinkerte. »Aber das wäre natürlich nur halb so spaßig.«

Die Bemerkung erzeugte einen Kloß in Davids Magen. Glücklicherweise enthielt die Akte nicht seine Vergangenheit, sondern nur den Dienstweg, inklusive wichtiger Auszeichnungen und Beförderungen. Die Zeit davor hatte er niemandem gegenüber erwähnt. Weder vor seinen Kollegen noch irgendwelchen Chefs.

Erst mit ein wenig Verzögerung realisierte er, dass Matteo ihn musterte. »Keine Sorge, ich kümmere mich nur um die Täter. Für die mentale Gesundheit des Teams sind andere zuständig, das würde sich nicht mit meiner Stelle vertragen.«

»Wie schnell können Sie uns denn ein Profil liefern?«, fragte Sophie.

»Leider habe ich es erst verspätet hierher geschafft und mir gerade erst einen groben Überblick verschafft. Je mehr Informationen ich bekomme, desto schärfer wird das Profil. Und es handelt sich durchaus um ein fließendes Prozedere.« Rossi rieb sich die Nasenflügel. »Wir haben noch gar nichts zu unserer männlichen Leiche?«

»Bisher nicht«, entgegnete Sophie. »Aber die Kollegen in Frankreich sind dran. Wir fischen im Trüben, in Kürze müssten wir jedoch …« Ihr Smartphone klingelte. »Steinbach? Ja. Alles klar.« Sie legte auf. »Herr Schröder von der Spurensicherung will mich noch mal sprechen.«

»Das müssen Sie alleine machen«, sagte Alvarez nach

einem Blick auf sein Smartphone. »Die Leiche unseres Toten liegt auf dem Tisch des Landesinstituts.«

»Das übernehme ich sofort.« David nickte Sophie zu und sie erwiderte es. »Wenn wir uns aufteilen, beschleunigen wir das Ganze.«

Matteo Rossi wandte sich wieder der Treppe zu. »Ich mache mich an die Arbeit und bis heute Abend kann ich Ihnen zumindest ein rudimentäres Profil liefern.«

»Ich will schnellstmöglich alle bisherigen Fakten auf dem Tisch haben«, rief Alvarez.

»Alles klar, Chef.« Sophie schlüpfte in ihren Mantel, nahm Waffe und Ausweis aus dem Tresor und ging.

David machte sich zuerst einen Kaffee und gönnte sich fünf Minuten zum Durchatmen. Für den heutigen Tag war sein Koffeinpegel noch viel zu niedrig. Er blieb an der Maschine stehen, nippte an der Tasse und sah durch Markus' offene Bürotür zu, wie dieser eifrig auf der Tastatur tippte. Ständig schien er in Bewegung zu sein, strahlte dabei aber eine für seine Jugend überraschend geerdete Ruhe aus. Hinter ihm prasselte der Regen gegen die Scheibe und die Schlieren zeichneten ein verwaschenes Spiegelbild des Österreichers. David nahm den letzten Schluck Kaffee und stellte die Tasse zur Seite.

Bevor er ging, musste er sich zuerst auf dem Smartphone sein Ziel heraussuchen. Die Leiche war im Landesinstitut für gerichtliche und soziale Medizin gelandet, Turmstraße 21. Mit den Öffis würde er eine Dreiviertelstunde benötigen. »Ich mache mich mal auf den Weg. Mittagessen hole ich mir lieber erst danach.«

Markus grinste kurz in seine Richtung, bevor er weitertippte.

David hatte zwar bereits einige Obduktionen besucht, doch während es ihm mittlerweile gelang, emotionale Distanz zu wahren, schaffte sein Magen das mit der Distanz noch nicht so gut. Manchmal gewann die abrupte Übelkeit.

Nach der Stippvisite beim Tresor ging es in den Regen. In solchen Augenblicken beneidete er Sophie um ihren Wagen. Ein Mietauto in Berlin würde ihn allerdings ebenso in den Wahnsinn treiben wie in Paris.

Minuten später saß er in der Bahn und fuhr in Richtung Institut.

9. KAPITEL

Die Presseleute waren wie Aasgeier. Das Absperrband hielt sie zwar vom Grundstück fern, aber sie nutzten Leitern, um über den mannshohen zugewucherten Eisenzaun zu spähen und zumindest die Leute von der Spurensicherung fotografieren zu können, wenn diese Boxen aus der Villa zu den Transportern trugen.

Als Sophie direkt vor der Absperrung hielt und den beiden Polizisten ihren Dienstausweis präsentierte, spürte sie die Objektive der Kameras sofort auf sich. Ein paar der Reporter kamen herbeigeeilt und bombardierten sie mit Fragen. Doch sie ließ wortlos das Fenster wieder nach oben gleiten und fuhr im Schritttempo auf das Gelände, sobald die Polizisten ihr die Einfahrt gewährten.

Gestern war der Boden bereits matschig gewesen, heute betrat sie beim Aussteigen einen regelrechten Schlammtümpel. Bei dem ständigen Regen und den vielen Leuten, die hier ein und aus gingen, waren die Holzbretter, die sie vorsorglich auf dem Hinterhof ausgelegt hatten, nutzlos.

»Hallo, Frau Steinbach.« Frank Strunz von der Spurensicherung stand neben einem Transporter und winkte sie zu sich. »Der Chef wartet schon auf Sie.«

Sie ging zu ihm und nickte zum Gruß. »Kommen Sie gut voran?«

Strunz verzog den Mund und seufzte. »Wenn Sie sich umsehen, dann ahnen Sie die Antwort schon.« Er reichte ihr einen noch eingepackten Schutzanzug.

Sophie sah auf ihre lehmigen Stiefel, an deren Sohlen Erdklumpen hafteten.

Er zuckte mit den Schultern. »Sie können sich hier im Transporter umziehen. Geben Sie einfach ihr Bestes.«

Nun war es an ihr zu seufzen. Sie stieg über die Seitentür zu, zog ihren Mantel aus und hängte ihn neben anderen Jacken an einen freien Haken. Anschließend setzte sie sich auf eine der großen Transportboxen, entledigte sich der schweren Stiefel und streifte den Schutzanzug über.

»Die Schuhüberzieher gebe ich Ihnen im Haus«, rief Strunz und lief bereits in besagte Richtung.

Sophie nahm ihren Lippenbalsam aus der Hosentasche und fuhr sich damit über den Mund. Ihre bisherigen Entzugsversuche waren gescheitert. Mittlerweile hatten sich ihre Lippen an die Pflege gewöhnt und wurden sofort rissig, sobald sie darauf verzichtete. Zudem war es zu einem Ritual geworden, bei dem sie ihre Gedanken ordnete und sich innerlich zur Konzentration rief.

Sie schloss den Reißverschluss des Anzuges und kämpfte sich wieder in die Stiefel. Während sie Strunz folgte, schmatzten ihre Sohlen bei jedem Schritt. Vor dem Hintereingang strich sie den Lehm so gut wie möglich am Bordstein ab. Daran, dass die Überzieher ihren Zweck erfüllen würden, hatte sie berechtigte Zweifel.

Die Eingangshalle war von Strahlern erhellt. Überall standen Boxen, äußerlich identisch mit der, die sich im Transporter befand. Darin beförderten sie die Funde und Sophie wollte erst gar nicht wissen, worauf sie gesessen hatte.

Da sie nun wusste, dass sich in diesen Gemäuern einst ein Jugendwerkhof befunden hatte, versuchte sie sich vorzustellen, wie die jungen Heranwachsenden hier gelebt hatten. Ihr Blick glitt zu der Treppe, die ins Obergeschoss führte. Hatten sie in Schlafsälen oder Mehrbettzimmern geschlafen?

In der Halle löste sich die einst hellgrüne Farbe von den rissigen Wänden. Damals hatten die Stimmen der Jugendlichen das Haus erfüllt, jetzt waren es die der Frauen und Männer, die ihre letzten Spuren zusammensammelten.

Sophie nahm mehrere tiefe Atemzüge, um ihren Geruchssinn gezielt dem modrigen, faulen Geruch auszusetzen. Sie war schon bei einigen Obduktionen dabei gewesen und wusste, dass man sich durch diese Vorgehensweise am besten an den Gestank gewöhnte. David stand heute sicherlich auch nicht das erste Mal an einem Sektionstisch. Vincent Durant war nur 53 Jahre alt geworden, so viel hatte ihnen der Personalausweis verraten. Der Franzose konnte ihnen nicht mehr sagen, wie er zu Tode gekommen war. Ihnen blieb nur zu hoffen, dass sein Körper den zuständigen Rechtsmedizinern die entsprechenden Hinweise lieferte. Das Wie konnten nur noch die äußere und innere Leichenschau beantworten, das Warum mussten David und sie herausfinden. Wer hatte Vincent Durant getötet und anschließend in dem ehemaligen Jugendwerkhof abgelegt?

»Wo bleiben Sie denn?«

Frank Strunz stand vor dem Treppenabgang zum Keller und wartete auf sie. Den Anblick der übereinandergestapelten Skelette bekam sie nicht mehr aus dem Kopf. Warum hatte Gustav Schröder sie nochmals herbestellt? Anscheinend hatte sie das gesamte Ausmaß des Grauens noch nicht gesehen.

Während sie die Stufen hinabstieg, hörte sie bereits Schröders unverwechselbare tiefe Stimme. Er gab seinem Team Anweisungen; seine harsche Art und die jahrzehntelange Erfahrung hatten ihm ihren Respekt eingebracht.

»Kriminalhauptkommissarin Steinbach ist da«, ließ Strunz seinen Chef wissen.

Daraufhin kam dieser in geduckter Haltung aus einem in die Wand geschlagenen Durchbruch gekrochen. Wie die anderen trug er einen Schutzanzug, dazu eine Schutzbrille und Stirnlampe.

»Ich habe schon einige abscheuliche Verbrechen in meiner Laufbahn gesehen, aber das hier –«, er deutete hinter sich, hier –«, ein neues Level.«

Es war, als hätte er den süßlich-faulen Geruch des Todes mit aus dem verborgenen Raum getragen. Sophie musste sich zusammenreißen, nicht die Luft anzuhalten und stattdessen mehrmals tief durchzuatmen.

»Danke für die Vorwarnung.« Ihre Stimme hörte sich nicht so fest an, wie sie es beabsichtigt hatte. »Bringen wir es hinter uns. Zeigen Sie mir, was ich sehen muss.«

Er ging zu einem der im Gang verteilten offenen Metallkoffer und übergab ihr ein Paar Einmalhandschuhe. Nachdem Sophie sie übergestreift hatte, reichte er ihr zudem einen Plastikbeutel.

Sie hob die Augenbrauen. »Was soll ich damit?«

»Es gibt da drinnen keine großen Ausweichmöglichkeiten und der Fundort darf nicht verunreinigt werden.«

Um die Aussage seines Chefs zu untersteichen, gab Strunz einen Würgelaut von sich und zuckte anschließend mit den Schultern. »Sie wären nicht die Erste.«

»Nicht besonders ermutigend von Ihnen beiden.« Sophie strich sich die Haare hinter die Ohren und zog die Kapuze über den Kopf.

»Macht uns mal kurz ein wenig Platz hier drin«, rief Schröder, woraufhin zwei Frauen und ein Mann aus dem Gewölbe kamen. »Gönnt euch eine kurze Pause.«

Im Vorbeigehen nickten sie Sophie zu. Keiner von ihnen sagte ein Wort. Ihre Schritte hallten wie ein Trauermarsch auf den Stufen wider.

Fünf tiefe Atemzüge später schob sie sich hinter Schröder in den Raum, der sich als Massengrab herausgestellt hatte. Zwei Strahler ermöglichten die Sicht auf feuchte Ziegelwände. Der Boden bestand nicht aus Fliesen oder Zement, sondern aus blankem Lehm. Der Berg von menschlichen Knochen war inzwischen geborgen worden, von ihm war nichts mehr zu sehen.

Sophie hatte mit Schlimmerem gerechnet. Fragend sah sie Schröder an.

»Der Spürhund hat keine Ruhe gegeben und im Boden

neben dieser Wand gescharrt.« Er deutete zu einem weiteren Durchbruch, dessen Durchmesser kaum einen Meter betrug.

»Noch ein verborgener Kellerraum?«, flüsterte sie.

Schröder schaltete seine Stirnlampe ein. »Das müssen Sie sich ansehen.« Er ging vor der Wandöffnung auf die Knie und kroch in die Dunkelheit, wobei sich ihre Brust allein beim Zusehen einengte.

»Hier.« Strunz tauchte plötzlich neben ihr auf, was sie zusammenzucken ließ, und er reichte ihr eine Taschenlampe. »Die werden Sie brauchen.«

»Gibt es da drin keine Strahler?«

»Wir haben uns gerade Zugang verschafft und wollten zuerst diesen Raum hier spurenclean haben, bevor wir schweres Gerät auffahren und den zweiten Durchbruch vergrößern.«

»Frau Steinbach, sind Sie noch da?«, rief Gustav Schröder in der Dunkelheit.

Strunz machte eine einladende Handbewegung in Richtung des engen Durchbruchs. »Ein Schritt nach dem anderen. Der Chef meinte, das sollten Sie für ihre Ermittlungsansätze schnellstmöglich sehen.«

Es brachte ihr nichts, es noch länger hinauszuzögern. Bereits als sie mit Kopf und Oberkörper in die Öffnung vordrang, fiel ihr das Atmen schwerer. Es fehlte an Sauerstoff und die Düsternis trug auch nicht gerade dazu bei, dass sie sich besser fühlte.

»Bleiben Sie vorsichtshalber an der Wand«, sagte Schröder, als sie sich mit dem Lichtkegel ihrer Taschenlampe einen Überblick über den Raum zu machen versuchte. Er war ungefähr ähnlich groß wie der andere, glich ihm auch mit den Ziegelwänden und dem Lehmboden. An einigen Stellen war zu erkennen, wo der Spürhund gescharrt hatte.

»Sehen Sie hier …« Schröder hockte zwei Meter von ihr entfernt und rückte ein wenig beiseite. Hinter ihm war der Boden schon aufgelockert. Mit einer kleinen Schaufel berührte er vorsichtig einen herausragenden Arm.

Sie schnappte nach Luft. »Ein weiteres Opfer«, brach es aus hier heraus. »Noch nicht skelettiert?«

»Lassen Sie sich nicht täuschen.« Er winkte sie näher zu sich und legte mit der kleinen Schaufel auch die Schulter frei. Den Kopf ersparte er ihr, allerdings waren ein teilweise zersetztes Ohr und vereinzelte Haare zu sehen. »Hierbei handelt es sich um eine sogenannte Wachsleiche. In einem kalt-feuchten Milieu und bei fehlendem Sauerstoff kommt es zur natürlichen Mumifikation. Unter solchen Bedingungen werden Leichen oft so gut konserviert, dass auch noch nach Jahren die Gesichtszüge zu erkennen sind. Der menschliche Körper bleibt vorwiegend erhalten.«

Sophie schluckte schwer. Der penetrante Geruch brannte in ihren Augen und stach in ihrer Nase. Gerade konnte sie sich nicht daran erinnern, wo sie die Kotztüte zurückgelassen hatte.

»Das bedeutet also, dass diese Leiche, obwohl sie kaum zersetzt ist, genauso lange hier liegen könnte, wie die Skelette im Nebenraum?«

Schröder nickte und ließ seinen Blick über den Boden gleiten. »Der Hundeführer sagt, sein Schäferhund irrt sich nie. Wir werden unter dieser Lehmschicht vermutlich weitere Leichen finden.«

Sophie erhob sich und betrachtete nochmals im Lichtkegel der Taschenlampe den Boden. Der Hund hatte quasi überall gescharrt. Die Feuchtigkeit des Lehms war sichtbar an den Wänden hinaufgezogen. Nässe durchdrängte den Putz zwischen den Ziegeln.

Sie verengte die Augen und trat näher an die Mauer. »Hier sind Kratzspuren, also, vielmehr Eingravierungen.«

Schröder sah kurz auf und widmete sich dann weiter seiner Ausgrabung, während sie mit ihren behandschuhten Fingern über die Ziegelsteine glitt. Die weißen Abriebe waren Striche, als hätte jemand in einem Verlies Tage gezählt. Auf anderen erkannte sie hingekritzelte Zeichnungen. Eine Sonne, Bäume, Strichmännchen, die Buchstaben ML … Standen sie für einen Namen?

Der Ziegel war an der Stelle gebrochen, das M und das L wurden von dem Riss getrennt. Um den Stein herum war der Zement herausgebröckelt. Es schien, als könnte man den Ziegel aus der Wand lösen.

»Können Sie mir hier bitte mal leuchten?«, bat sie Schröder. »Ich brauche beide Hände.«

»Na klar.« Er kam zu ihr, nahm ihr die Taschenlampe ab und spendete ihr zusätzlich mit seiner Stirnlampe Licht.

Sophie zog ihren rechten Handschuh aus, schob ihren

Daumennagel in den Riss und bekam den Stein mit den anderen Fingern in der Fuge zu fassen. Vorsichtig bewegte sie ihn hin und her, wobei er sich zunehmend lockerte und sie die Hälfte mit dem L aus der Wand lösen konnte.

»Da steckt was drin«, stellte sie fest, als ihr im künstlichen Licht Metall entgegenstrahlte.

Die zweite Hälfte des Steins ließ sich nun problemlos herausziehen und Sophie brachte mit ihrer linken, noch behandschuhten Hand eine kleine Blechschatulle zum Vorschein.

»Ich brauche ein neues Paar Gummihandschuhe, bevor ich mir die Schatulle näher anschaue«, sagte sie und kroch im nächsten Moment durch die enge Öffnung aus dem dunklen Verlies.

»Schicken Sie bitte meine Leute wieder rein«, hörte sie Gustav Schröder noch hinter sich rufen. Strunz und drei seiner Kollegen warteten im angrenzenden Gang und hatten ihren Chef ebenfalls vernommen.

Sophie war froh, die grausigen Kellerräume hinter sich lassen zu können. Was war hier geschehen? Für so viele Opfer konnte unmöglich ein einziger Täter verantwortlich sein. Es war inzwischen offensichtlich, dass in diesem Gebäude Jugendliche zu Tode gekommen waren. Welche Verbrechen hatten sich in dem DDR-Jugendwerkhof abgespielt?

Im Nieselregen überquerte sie den Innenhof und zog sich in den Transporter zurück. Die Schatulle legte sie auf einer Plastiktüte ab und zog sich frische Handschuhe aus einer Pappbox. Die verrostete Metallschachtel war in der

Wand aufbewahrt worden, also hatte jemand ihren Inhalt verstecken wollen. Was auch immer sie gleich darin finden würde, sie hoffte inständig, es würde sie in ihren Ermittlungen weiterbringen.

Sophie setzte sich wieder auf die Transportbox und griff nach der Schatulle. Im selben Moment klingelte ihr Handy.

Sie öffnete den Reißverschluss des Schutzanzuges, zog es aus ihrer Hosentasche und las Davids Namen auf dem Display.

»Ich hätte dich auch gleich angerufen«, sprach sie in den Hörer.

»Es gibt endlich Rückmeldung aus Frankreich«, informierte er sie. »Du wirst nicht glauben, wo unser Toter gearbeitet hat.«

10. KAPITEL

»Eine unschöne Sache.«

David betrachtete den Toten. Die Todesursache war aus dieser Perspektive nicht eindeutig.

»Der Hinterkopf des Toten weist Verletzungen auf, die aber nicht ursächlich für das Ableben sind«, erklärte Doktor Suela Agabe. Sie zog ihre Handschuhe straff. Skalpell, Rippenschere und alle übrigen Utensilien lagen noch auf der Metallplatte in Griffweite, die elektrische Knochensäge stand, verbunden mit dem Elektroblock, an der Seite. Der Leichnam lag auf dem Metall des Sektionstisches, die Obduktion war abgeschlossen.

»Sondern?«, fragte David.

Er trug ebenfalls Handschuhe sowie Überzieher an den Schuhen und achtete sorgfältig darauf, nichts zu berühren.

Der Organtisch verlief über die komplette Breite im Fußbereich, mehrere Behälter standen dort, in ihrem Inneren befanden sich … nun, der Name verriet es.

»Der Körper weist diverse Traumata auf, das an der Schädeldecke ist nur eines davon. Hier wurde ein massiver Gegenstand benutzt, vermutlich aus Metall, wir haben winzige Spuren einer Legierung gefunden, die im Labor noch untersucht wird.«

Doktor Agabe deutete auf eine Schale, die ebenfalls auf dem Organtisch stand. »Holzsplitter, 4,2 Zentimeter breit.«

»Wurde also auch Holz zum Schlagen verwendet?«

»Zumindest deuten die Rückstände in Verbindung mit den Traumata darauf hin«, erklärte sie. »Die entsprechende Referenz habe ich in meinem Bericht ergänzt.«

»War es ein Kampf?«, wollte David wissen. »Er hat sich gewehrt und der Täter hat ihn weiter angegriffen?«

Doktor Agabe wiegte den Kopf von der einen zur anderen Seite. »Wenn ich mir die Bruchstellen genau ansehe, deutet das für mich darauf hin, dass mehrfach zugeschlagen wurde. Immer aus dem gleichen Winkel, was bedeutet, unser Toter hat seine Position nicht verändert. In einem Kampf wäre das aber der Fall. Zudem haben wir noch etwas anderes gefunden.«

An der Seite auf einem der Tische lagen mehrere ausgedruckte Bilder.

»Die wollten Sie mir aber nicht faxen, oder?«, versuchte sich David an einem Scherz.

Agabe lachte tatsächlich auf. »Endlich mal jemand mit Humor. Leider ist das gar nicht so weit von der Wahrheit entfernt, wir werden dazu angehalten, gewisse Referenzen auch auszudrucken, damit nichts verloren gehen kann. Sehen Sie die Einstichstelle?«

David beugte sich über das Foto. Es zeigte den Hals des Toten. »Seitlich, also vermutlich von hinten?«

»Korrekt. Jemand tritt aus dem toten Winkel heran, sticht blitzschnell zu und betäubt das Opfer.«

»Was sagt der toxikologische Befund?«

»Aufgrund des starken öffentlichen Interesses an dem Fall konnten wir die Auswertung auf die Überholspur schicken. Ein ziemlicher Cocktail war das. Alfentanil, Fentanyl, Remifentanil und Sufentanil – alles Opioide, die auch bei Vollnarkosen Anwendung finden. Natürlich kann ich zur Reihenfolge und der Menge nichts mehr sagen, der Abbau hatte bereits vor dem Mord begonnen. Dazu Alkohol.«

»Alkohol?«

»Das ist nicht untypisch.« Doktor Agabe ging zu einer kleinen Anrichte, auf der eine Tasse stand, aus der Dampf aufstieg. Sie trank einen Schluck. »Vermutlich war er abends unterwegs, um etwas zu trinken, kam aus der Kneipe oder dem Restaurant. Angetrunken hat er viel zu spät auf den Stich reagiert, die Opioide haben den Rest erledigt.«

»Später ist er dann wieder aufgewacht. Wahrscheinlich ein paar Stunden?«

»Auf jeden Fall«, bestätigte die Ärztin.

»Und anschließend wurden die Verletzungen zugefügt, noch während der Körper die Stoffe abbaute?«

Die Rechtsmedizinerin nickte bedauernd. »Da hat sich jemand ausgetobt. Die Spuren von Kabelbindern an Hand- und Fußgelenken sprechen eine eindeutige Sprache, ebenso wie die Verletzungen. Ihr Toter wurde gefoltert. Möglicherweise, um eine Information zu erhalten, vielleicht auch aus Rache. Zum Grund kann ich nichts sagen, doch die Person ist sehr methodisch vorgegangen. Keine der Verletzungen war letal, bis auf die letzte. Und der muss er schnell erlegen sein …«

»… andernfalls wären die Opioide vollständig abgebaut worden«, warf David ein.

»Exakt.« Die Ärztin stellte die Tasse wieder zurück auf die Anrichte.

David trat an den geöffneten Torso des Toten; bis jetzt war er noch nicht wieder verschlossen worden. »Gibt es sonstige Auffälligkeiten?«

»Unter den Fingernägeln war Erde zu finden«, erklärte Doktor Agabe. »Nicht mein Fachgebiet, aber wir lassen die Bestandteile gerade untersuchen. Falls sich Dünger oder irgendein anderer Stoff darin befindet, lässt sich der Ort eingrenzen. Darüber hinaus leider keine weiteren Auffälligkeiten. Im Magen befand sich Fleisch – er war kein Vegetarier –, dazu Pasta. Die Mahlzeit lag nicht lange zurück, deshalb meine Vermutung bezüglich des Restaurants. Für Ihre Ermittlungen sollten Sie noch etwas wissen.«

Erwartungsvoll musterte er die Ärztin.

»Ich hatte hier schon allerlei Fälle, darum fange ich gar nicht erst mit Beispielen an. Einige wollen vertuschen, dass es ein Mord ist, und stellen die Sache als Unfall dar. Das hätte ihr Täter durchaus auch tun können. Die verwendeten Betäubungsmittel deuten sowohl auf Kenntnisse der Anästhesie hin als auch auf Zugriffsmöglichkeiten auf die entsprechenden Stoffe. Opioide fallen in Deutschland unter das Betäubungsmittelgesetz und der Täter besaß gleich vier verschiedene Substanzen in ausreichender Menge für unser Opfer.«

»Handelt es sich also um einen Apotheker? Oder einen Arzt?«

»Ich bin Ärztin und käme da so leicht nicht ran, zumindest nicht unbemerkt«, widersprach sie. »Es gibt da eine Dokumentationspflicht. Selbst ein Apotheker könnte diese Mittel nicht einfach abgeben, nicht ohne eine Menge Fälschungsarbeit, was in der heutigen Zeit nur allzu leicht auffliegen kann.«

Zumindest an dieser Stelle war er dankbar für die Bürokratie in Deutschland.

Doch was ergab sich daraus?

Jemand besaß Zugriff auf medizinische Ressourcen und nutzte sie, um den Mann zuerst zu betäuben, im nächsten Schritt zu foltern und abschließend zu töten. Dabei hätte er das Ganze auf Basis dieser Medikamente problemlos als natürlichen Tod hinstellen können, wollte es aber nicht. Doch das bedeutete auch, dass er keine Angst davor hatte, über die Medikamente zurückverfolgt zu werden. Andernfalls hätte er lediglich warten müssen, bis diese vom Körper abgebaut worden waren.

Es war natürlich möglich, dass ein Rachemotiv hinter allem steckte. In dem Fall hatte der Täter möglicherweise die Beherrschung verloren und der Tod war nicht beabsichtigt gewesen. Oder zumindest nicht so schnell.

»Gibt es irgendeine Möglichkeit, die Medikamente zurückzuverfolgen?«, fragte David.

Doktor Agabe schüttelte jetzt aber den Kopf. »Ich wüsste nicht, wie, aber da sind Sie der Experte.«

Bisher wussten sie nicht einmal, ob der Tote in Deutschland oder Frankreich umgekommen war, daher gestaltete sich das als schwierig. »Wann war der Todeszeitpunkt?«

»Etwa vier Stunden vor der Ablage am Fundort«, erwiderte die Ärztin.

Was den Tatort auf Deutschland einengte. In wenigen Stunden eine Leiche von Frankreich nach Berlin zu schaffen war eine Herausforderung, die so gut wie unmöglich zu bewältigen war.

Der Medikamentenbezug konnte dadurch allerdings nicht genauer eingegrenzt werden.

»Sie bekommen meinen Bericht morgen«, erklärte Doktor Agabe. »Er wird auch das toxikologische Gutachten enthalten und – wenn wir es bis dahin schaffen – das mineralogische. Mir wurde gesagt, Sie verfügen in ihrer neuen Abteilung über eine Forensikerin.«

»Das ist richtig«, bestätigte David. »Sie wird sich mit Ihrem Bericht beschäftigen.«

»Ich bin da ohne Ego«, sagte Doktor Agabe. »Wenn etwas darin verborgen liegt, findet sie es hoffentlich. Meine Nummer steht dabei.«

David betrachtete seinen toten Landsmann ein letztes Mal. Was auch geschehen war, er würde es herausfinden. Es gab eine Menge, was an dieser Sache seltsam war. Vincent Durant war in Frankreich gemeldet, er hatte also dort gelebt. Es sei denn, sein Beruf hatte ihn nach Deutschland geführt.

»Ich danke Ihnen, Doktor.« Er verabschiedete sich, warf die Handschuhe und Überzieher in eine Mülltonne.

»Viel Erfolg«, rief sie noch.

Im nächsten Augenblick war er allein und eilte durch die Gänge des Instituts nach draußen. Auf der Straße atmete er tief ein und wieder aus. Beim nächsten Mal würde er sich darauf beschränken, mit Doktor Agabe das Ergebnis zu besprechen oder ihren Bericht zu lesen. Für gewöhnlich verzichtete er lieber auf Obduktionen.

Sein Smartphone vibrierte. David zog es aus der Tasche und blickte auf das Display.

Das Bild eines Wein trinkenden Kollegen war darauf zu sehen. Es gehörte zum Kontakt eines Kollegen und David hatte es damals in einer Bar aufgenommen. Eugene Bertrand arbeitete noch heute bei der Pariser Polizei.

Er nahm den Anruf entgegen. »Eugene. Mit dir hätte ich niemals gerechnet.«

»Wenn eine Anfrage von der noblen neuen Abteilung Europols eingeht, dann ist doch klar, dass ich mich darauf stürze«, meldete sich sein ehemaliger Kollege. »Die Zeitungen bei euch sind voll mit eurem Fall und bei uns berichten auch die ersten darüber. Lange wird es aber nicht mehr so ruhig bleiben.«

»Du denkst, die verlieren das Interesse?«

Eugene seufzte schwer. »Das Gegenteil, mein Lieber. Es werden auch bei uns mehr werden, deutlich mehr. Ich habe Vincent Durant durch den Computer gejagt und auch etwas gefunden.«

»Ah? Raus damit.«

»Er war in Frankreich gemeldet und hat auch hier gearbeitet«, sprach Eugene weiter. »Wir wissen noch nicht viel, doch er scheint seit zwei Tagen nicht zur Arbeit erschienen zu sein. Eine Vermisstenanzeige wurde nicht gestellt.« Er schwieg einen Augenblick. »Du wirst nicht glauben, was er beruflich gemacht hat.«

»Ich werde nicht raten.« David eilte in Richtung der U-Bahn-Haltestelle.

Die Rückfahrt würde wieder eine gute Stunde dauern.

»Vincent Durant arbeitete in einem Jugendheim.«

David stoppte im Lauf, das U-Bahn-Schild bereits im Blick. »Nicht dein Ernst!«

Sie fanden ein Massengrab in einem ehemaligen Jugendwerkhof der DDR, direkt neben einem toten Franzosen, der in einem Heim gearbeitet hatte?

Langsam entstand ein Bild. Er rief Sophie an, und während das Freizeichen erklang, eilte er zur U-Bahn.

11. KAPITEL

Sophie starrte auf das Foto, das ihr beim Öffnen der Schatulle sofort ins Auge gefallen war. Die Farbe war ausgeblichen, das Papier am Rand abgegriffen und an einer Stelle eingerissen. Es zeigte zwei Teenager. Ein Junge und ein Mädchen standen im Schnee, im Hintergrund befand sich eine Gebäudewand. Die beiden blickten mit ausdruckslosen Mienen in die Kamera, trugen Anoraks und Strickmützen.

Auf der Rückseite stand in blauer Tinte *Dezember 1984*. Ebenso ein verwischter und somit unleserlicher Name. Sollte das Lars oder Lara heißen?

In dem Transporter fanden sich allerlei Utensilien für die Beweissicherung. Sie nahm eine Plastiktüte aus einem Fach des Autoregals und gab das Foto hinein, bevor sie den weiteren Inhalt der Schatulle näher betrachtete.

Eine Anstecknadel mit dem FDJ-Emblem. Die Darstellung der aufgehenden Sonne als Symbol des Aufbruchs. In der DDR war die Freie Deutsche Jugend parallel zur Schule ein Erziehungssystem gewesen. Zudem fand Sophie in der Schachtel einen Stein in Form eines Herzens und eine herausgerissene Seite aus einer Zeitung, auf der eine nackte Frau abgebildet war.

»Ich dachte, Sie sind längst weg«, sagte Gustav Schröder. Er stieg zu ihr in den Transporter und reichte ihr eine durchsichtige Tüte, in der sie einen Ring erspähte. »Den hab ich gerade bei der Wachsleiche gefunden. Zart und vergoldet. Es handelt sich allem Anschein nach um ein Mädchen. Kleidung fehlt.«

Sophie hielt die Tüte gegen das Licht der Wagenbeleuchtung und betrachtete den zarten Ring mit dem grünen Glasstein in Form eines Kleeblattes. »So einen hatte ich auch mal. War wohl eine gängige DDR-Kinderschmuck-Kollektion.«

Schröder schälte sich aus dem Schutzanzug. »Wir brauchen jetzt erst mal einen größeren Durchbruch zu dem zweiten Keller und bessere Lichtverhältnisse. Dann wird sich zeigen, wie viele Opfer wir dort noch unter der Lehmschicht finden.«

Sophie unterdrückte ein Seufzen und tütete auch das Aktbild ein.

»Ach nee, war das in der Schatulle?«, wollte Schröder wissen und nahm ihr die Tüte mit dem Bild aus der Hand. »Das waren noch Zeiten. Einmal im Monat ein neues Nackedei.«

Neugierig hob sie die Augenbrauen. »Erzählen Sie mir mehr.«

Er grinste. »Sie brauchen gar nicht so zu schauen. Pornografie war in der DDR streng verboten. Die Monatsbilder im *Magazin* waren die Ausnahme. Mein Bruder hat die in unserem Zimmer aufgehängt.«

Schmunzelnd erwiderte sie: »Soso, Ihr Bruder.«

»Kein Wunder, dass damals alle auf FFK standen. Sonst bekam man ja bis auf die Nackedeis kaum was zu sehen.« Schröder rieb sich über die Halbglatze und gab ihr die Tüte mit dem Aktbild zurück. »Ich kannte einen, der hat Material aus dem Westen reingeschmuggelt, kopiert und unter der Hand vertrieben. Den haben sie für zwei Jahre eingebuchtet. Nach der Wiedervereinigung hat er selbst Pornos gedreht und ist reich geworden.«

Schröder war gute fünfzehn Jahre älter als Sophie. Sie hatte damals nicht viel bewusst von der DDR erlebt. 1988 war sie eingeschult worden und zu besonderen Anlässen trug sie damals die Pionierbluse und das blaue Halstuch. Ansonsten konnte sie sich nur noch daran erinnern, dass sie mit ihrer Mutter für Pfirsiche, Bananen oder eine Melone in einer langen Schlange anstehen musste.

»Wollen Sie den Ring gleich selbst der Forensik übergeben?«, fragte Schröder.

Sie schüttelte den Kopf und stand auf. »Schicken Sie ihn bitte mit den anderen Beweismitteln direkt an unsere Forensikerin Zuzanna Tomaszewska.«

Nachdem Sophie das Bild der Teenager abfotografiert hatte, übergab sie ihm auch die Schatulle samt deren gesichertem Inhalt und verabschiedete sich. Im Nieselregen ging sie zum Auto. Von den versammelten Fotografen waren nur noch zwei übrig geblieben. Die Dämmerung setzte bereits ein. Sie würden wohl morgen wieder aufs Neue nach Bildmaterial geiern.

Ihr Magen grummelte. Heute hatte sie den ganzen Tag über kaum etwas gegessen und war drauf und dran, einen Schnellimbiss anzusteuern. Da Jan wie immer Abendessen kochte und sich ein Abstecher ins Büro um die fortgeschrittene Uhrzeit nicht mehr lohnte, schrieb sie David spontan eine Nachricht, ob er vielleicht zu ihr nach Hause kommen wollte. So könnte sie zwei Fliegen mit einer Klappe schlagen. Gemeinsames Essen mit Jan und weitere Fallanalyse mit David.

Seine Zusage ließ nicht lange auf sich warten und sie informierte Jan in einer Sprachnachricht, dass sie Besuch von ihrem neuen Kollegen bekamen. Anschließend wählte sie Lauras Nummer.

»Hey, Mama«, ertönte die Stimme ihrer Tochter aus den Autolautsprechern.

»Hey, Süße. Ich bin auf dem Weg nach Hause und wollte nur mal kurz hören, wie es dir geht.«

Laura atmete schwer, ihre Schritte hallten. Es hörte sich an, als würde sie eine Treppe hochlaufen.

»Ich bin noch nicht groß zum Auspacken gekommen. Die neuen Kollegen sind nett, bis auf einen eingebildeten Schnösel, der sich für den nächsten Chefredakteur hält.« Schlüssel klimperten. »Wie läuft's zu Hause?«

»Zeus schläft oft in deinem Zimmer, und dein Vater …«

»Warte mal kurz«, unterbrach ihre Tochter sie.

Im Hintergrund war eine Frauenstimme zu hören. Anscheinend hatte eine Nachbarin ein Paket für Laura entgegengenommen.

»Da bin ich wieder. Oma hat mir ein Päckchen geschickt.«

Sophie schmunzelte. »Sie hat es wirklich getan.«

»Was getan?«

»Du wirst es sehen, sobald du es auspackst.« Gerade, als sie das sagte, bog sie in ihre Straße ein und sah in der Ferne einen Mann aus der Einfahrt kommen. Wenn Jan bis jetzt ein Mandantengespräch geführt hatte, würde es mit dem Essen später werden. Ein kurzer Halt am Imbiss wäre wohl doch keine schlechte Idee gewesen.

»Ich vermisse Papas Kochkünste«, sagte Laura, als hätte sie Sophies Gedanken gelesen. »Seit ich hier bin, hab ich schon ein kleines Vermögen für Lieferservice ausgegeben.«

Vielleicht würde Laura sich doch wider Erwarten über Omas Paket freuen. Hauptsache, der Streuselkuchen hatte den Transport überstanden.

»Ich werde es ihm ausrichten«, erwiderte sie. »Wenn es nach der Menge geht, kocht er noch immer für dich mit.«

Laura lachte. »Ja, er schickt mir fast täglich Fotos vom Essen.« Sie gähnte. »Ich spring jetzt unter die Dusche.«

»Alles klar. Wir hören uns. Und lass dich von dem Schnösel nicht ärgern.«

»Mach ich. Hab dich lieb.« Laura legte auf.

Sophie fuhr aufs Grundstück und parkte unter dem Carport. Es ging ihrer Tochter gut und allein das zählte. Über die Fernbedienung schloss sie das Gartentor wieder und lief zum Haus. Zeus saß auf dem Eingangspodest und begrüßte sie mit einem Maunzen. Neben ihm lagen schwarze Lederhandschuhe auf der Stufe.

Stirnrunzelnd hob sie sie auf. Heute Morgen hatte Sophie sie auf die Torsäule gelegt.

»Hast du die wieder hierhergeschleppt?« Sie kraulte Zeus hinter den Ohren. »Na komm, wir gehen ins Warme.« Sie nahm den Kater auf den Arm, schloss die Tür auf und roch beim Eintreten augenblicklich den Schmorbraten.

»Hey, da bist du ja schon.« Jan kam auf sie zu. »So pünktlich habe ich gar nicht mit dir gerechnet.«

»Der Weg ins Büro hätte sich nicht mehr gelohnt und ich hab einen Bärenhunger. David wird auch bald hier auftauchen. Du hast meine Nachricht gelesen, oder?«

Jan nickte und ging voraus in die offene Wohnküche. »Das Essen ist fertig. Ich halte es nur noch warm.«

Sophie nahm eine halb leere Weinflasche aus dem Kühlschrank und drei bauchige Gläser aus dem Regal. »Hattest du bis eben nicht einen Mandanten?«

»Nee, ich hab heute den ganzen Tag an einer Wirtschaftsprüfung gesessen.« Er goss die Kartoffeln in der Spüle ab.

Sophies Blick wanderte zurück in den Flur, wo sie die Lederhandschuhe auf dem Sideboard abgelegt hatte. Im selben Moment klingelte es an der Tür.

»Ich mach auf«, rief sie, ging zur Haustür, öffnete über die Freisprechanlage das Gartentor und entdeckte David. Er hielt den Kopf eingezogen und hatte den Kragen seiner Jacke aufgestellt. Die feuchte Kälte kroch heute aber auch jedem bis in die Knochen.

»Hast du gut hergefunden?«

»Mit der S-Bahn, ja, nur bei dem letzten Stück zu Fuß bin ich falsch abgebogen.«

Sophie schloss hinter ihnen die Tür. »Bist du eher der

Hausschuh- oder der Sockenmensch?« Sie deutete auf das Fach mit den Besucherpantoffeln. »Falls du magst, such dir welche aus.«

David ließ seine Straßenschuhe auf dem Abstreicher zurück und folgte ihr.

»Darf ich vorstellen, Commissaire Générale Martin«, stellte sie ihn vor, woraufhin Jan vom Herd zurücktrat und die Kochhandschuhe abstreifte.

»Einfach nur David.«

Sie schüttelten einander die Hand.

»Jan. Ich hoffe, du magst Schmorbraten?«

»Ich bin mir nicht sicher, ob ich schon jemals einen gegessen habe. Aber es riecht köstlich.«

»Wie lief es bei der Obduktion?«, erkundigte sich Sophie.

Jan verzog der Mund. »Das klärt doch bitte erst nach dem Essen, ansonsten vergeht mir der Appetit.«

»Die war glücklicherweise bereits abgeschlossen«, erwiderte David und wandte sich Sophie zu. »Durant wurde gefoltert«, flüsterte er. »Fesselspuren an Hand- und Fußgelenken, Gewalteinwirkung, und er wurde mit Opioiden betäubt.«

»An diese Betäubungsmittel kommt man nicht ohne Weiteres heran«, warf sie stirnrunzelnd ein.

Er nickte. »Entweder hat unser Täter eine Zugriffserlaubnis und muss diese dokumentieren oder er bedient sich auf dem Schwarzmarkt.«

»Da suchen wir die berühmte Stecknadel im Heuhaufen«, erwiderte sie und begann, den Tisch einzudecken.

Zeus hatte es sich auf dem Sofa gemütlich gemacht und schlief.

»Ja, ich fürchte, das wird uns in den Ermittlungen nicht weiterbringen.«

»Wo setzen wir also weiter an?« Sophie nahm von Jan die Schüssel mit den Kartoffeln entgegen. »Die Frage ist, warum er gefoltert wurde.«

»Und warum wurde seine Leiche ausgerechnet in einem ehemaligen Jugendwerkhof abgelegt, wo er doch selbst in Frankreich in einem Jugendheim als Betreuer arbeitete?«

Sophie nickte nachdenklich. »Vermutlich gibt es da einen Zusammenhang.«

Beide sahen sich an. »Wir müssen nach Frankreich«, sagten sie gleichzeitig.

»Aber ein heutiges Jugendheim hat doch nichts mit einem ehemaligen Jugendwerkhof der DDR gemein«, gab Jan zu bedenken.

»Was weißt du denn über Jugendwerkhöfe?«, fragte Sophie und faltete die Servietten.

»Frank hat letztes Jahr beim Klassentreffen ein wenig über die Erlebnisse seines älteren Bruders erzählt.«

Aufmerksam hob sie die Augenbrauen. Jan war in ihrer Parallelklasse gewesen, an einen Frank konnte sie sich nicht erinnern.

»Wen meinst du?«

Jan stellte den Schmortopf mit dem Braten auf das Holzbrett auf dem Tisch und begann, die Fleischscheiben auf den Tellern zu verteilen. »Na, Frank und Ralf Hauser. Frank wurde mit mir eingeschult und verschwand dann während der zweiten Klasse. Er und Ralf. Sein Bruder ging damals, glaube ich, in die neunte. Die beiden waren von einem Tag auf den anderen einfach weg. Erinnerst du dich nicht?«

Jetzt, wo er es erwähnte, hatte sie ein Bild von einem kleinen blonden Jungen vor Augen. »Stimmt, Frank war bei den Sportfesten immer so gut. Seinen älteren Bruder hab ich nicht auf dem Schirm. Aber hieß es nicht, die Eltern wären verunglückt und die beiden Brüder kamen zu den Großeltern in einen anderen Bezirk?«

Jan setzte sich. »Tja, das war die offizielle Version.« Er verzog den Mund. »Franks und Ralfs Eltern wollten mit ihnen in die BRD fliehen und sind entdeckt worden. Sie hatten sich mit den Söhnen in einem LKW in Fässern versteckt und wurden zusammen mit dem Fahrer inhaftiert.«

Sophie starrte ihren Mann an. Das hatte sie nicht gewusst.

»Kamen die Jungs tatsächlich zu den Großeltern?«, hakte David nach.

Jan schüttelte den Kopf. »Das war auch eine Lüge. Die durften ihre Enkelkinder zu dem Zeitpunkt nicht einmal sehen. Sie waren Söhne von Republikflüchtigen. Frank kam in ein Berliner Kinderheim und Ralf in den geschlossenen Jugendwerkhof nach Torgau.«

Sophie verspürte keinen Hunger mehr. Sie sah den zehnjährigen Frank in ihrer Erinnerung immer deutlicher vor sich. »Sie haben die Brüder getrennt«, flüsterte sie.

»Immerhin konnten die Großeltern die Jungs nach der Wiedervereinigung bei sich aufnehmen.«

David runzelte die Stirn. »Was ist denn mit den Eltern? Kamen die nicht frei?«

Jan sah David und sie abwechselnd an. »Die Mutter nahm sich im Gefängnis das Leben und der Vater wurde wohl von der Bundesregierung freigekauft. Aber sie haben nie wieder etwas von ihm gehört.«

»C'est vraiment la merde.« David atmete tief ein und stieß dann die Luft aus. »Im Ausland hat damals niemand gewusst, was hier wirklich abging.«

»Frank hat seine Vergangenheit aufgearbeitet, hat Familie und ist selbstständiger Elektriker«, berichtete Jan weiter. »Bei Ralf sieht das anders aus. Was er erlebt hat, hat ihn gebrochen. In Torgau herrschten Haftbedingungen. Die Jugendlichen sollten unter Zwang umerzogen werden, um in die soziale Gesellschaft zu passen.«

David zog die Augenbrauen zusammen. »Mit welchen Maßnahmen denn?«

Jan starrte auf seinen Teller. »Dort waren Essensentzug, körperliche Übergriffe und Einzelarrest in einer Dunkelzelle an der Tagesordnung.«

Stille setzte ein. Sophie spürte ein beklemmendes Gefühl in der Brust. Diese Jugendlichen hatten nichts verbrochen und dennoch so viel Leid ertragen müssen. »Was macht Ralf heute?«, erkundigte sie sich.

»Er lebt von Sozialleistungen, saß einmal wegen Körperverletzung und einmal wegen Diebstahl ein. Laut Frank leidet er immer noch unter Albträumen.«

Sie schwiegen und aßen, wobei Sophie in Gedanken in die Kellerräume zurückkehrte. Auf den feuchten Wänden waren Eingravierungen gewesen, unter anderem Striche, mit denen jemand offenbar Tage gezählt hatte. War dieser Raum einst eine Zelle gewesen?

Das Bild aus der Schatulle kam ihr wieder in den Sinn. *Lars* oder *Lara* stand auf der Rückseite des Fotos. Und *Dezember 1984*. Welches Schicksal hatte die beiden ereilt? Lebten sie noch? Selbst wenn früher in diesem Jugendwerkhof ebenfalls haftähnliche Zustände herrschten, erklärte das nicht die Vielzahl der menschlichen Knochen. Wie viele Leichen würden Schröder und sein Team jetzt noch zutage bringen?

»Sieh dir das bitte mal an«, bat sie ihn und zog ihr Handy aus der Hosentasche, um David das abfotografierte Bild zu zeigen. Dann berichtete sie ihm von dem zweiten verborgenen Keller und der Schatulle.

»Wir brauchen Zeitzeugen«, sagte er und sie nickten einander zu.

12. KAPITEL

David gähnte, während er mit müden Augen darauf wartete, dass die Wundermaschine des Büros seine Tasse füllte. Das Geräusch von aufgebrühtem Kaffee, der aus der Maschine lief, hatte etwas Beruhigendes.

»Ist das irgendeine Art von meditativem Zustand?«, fragte Sophie.

David zuckte zusammen und grinste breit. »Ohne meine morgendliche Koffein-Dosis verbleibe ich den Rest des Tages im meditativen Zustand.«

Er zog die Tasse unter dem Auslauf hervor und gab Hafermilch hinein. Sophie betätigte ihrerseits die Tasten. Das Geräusch von Kaffeebohnen, die gemahlen wurden, hallte durch die Küche des Büros.

»Antrag läuft«, rief Markus im Vorbeigehen. »Ich klemme mich dahinter und buche eure Flüge, damit ihr nach Frankreich fliegen könnt.«

»Wow, und da sag noch mal jemand, in Deutschland ginge es nicht zügig voran.« Sophie nahm ihre Tasse ebenfalls aus der Maschine.

»Er ist Österreicher, das zählt nicht«, neckte David sie.

Gemeinsam gingen sie in ihr Büro.

Das Abendessen gestern war hervorragend geeignet

gewesen, um die Details und das weitere Vorgehen zu besprechen. Wenn sie mehr erfahren wollten, brauchten sie Zeitzeugen. Und woher sie die bekamen, war auch klar.

»Das Ganze ist historisch gewachsen«, erklärte Sophie ihm. »Nach dem Ende der DDR wurde eine Behörde eingerichtet, die sich um die Unterlagen aus Stasi-Beständen kümmerte.«

»Eine Stasi-Behörde.« David nickte.

»Sie wurde nach dem jeweiligen Bundesbeauftragten benannt. Konnte man sich so auch recht gut merken. Birthler-, Jahn- oder Gauck-Behörde. Ist mittlerweile aber alles durch. Vor ein paar Jahren wurde daraus die Bundesbeauftragte für die Opfer der SED-Diktatur. Ist jetzt alles im Bundesarchiv eingegliedert.«

Was erst mal recht simpel klang. Andererseits war David klar, dass es das bei Behörden grundsätzlich nicht war.

Sophie schnappte sich das Telefon und hatte einen Anruf später einen der Behördenmitarbeiter an der Strippe. Sie sprach leise, während David sich daranmachte, einen Bericht für Alvarez aufzusetzen.

Eigentlich hatte er sich für heute Abend mit Giacomo zum Essen verabredet. Der Berliner wollte ihm seine Freunde vorstellen und die hiesige Community ein wenig näherbringen. Das würde wegfallen, wenn sie morgen zeitig nach Frankreich flogen. Oh, er hatte eine Menge wiedergutzumachen.

Sophie beendete ihr Telefonat. »Alles klar, ich habe

mit jemandem aus dem Archiv gesprochen. Aufgrund des Datenschutzes gibt es da ein paar Dinge zu beachten. Allerdings wird sich ein Herr Zepfel mit uns treffen. Er arbeitet dort und hat nach der Wende geholfen, die Daten zu sichern. Er ist mit der Materie der Jugendwerkhöfe vertraut.«

»Hervorragend. Wann denn?«

»Jetzt.« Sophie sprang bereits auf. »Kaffee auf Ex.«

David stöhnte betont laut auf, kam der Aufforderung dann aber nach. Mit verbrannter Zunge folgte er ihr.

»Wo erwartet uns der Herr denn?«, fragte er, als er neben Sophie in die U-Bahn trat.

»In einem Café in Kreuzberg«, erklärte sie. »Wir hatten Glück, er hat einen Auswärtstermin. Davor kann er mit uns sprechen.«

Glücklicherweise benötigten sie nicht lange, um ihr Ziel zu erreichen. In einem kleinen Café in der Nähe der Markthalle Neun saß ein gemütlich aussehender Mann in den Fünfzigern. Bei ihrem Eintreffen erhob er sich und schüttelte ihnen nacheinander die Hände.

Nachdem die Vorstellungsrunde überstanden war, bestellte David einen weiteren Kaffee, Sophie einen Tee.

»Schön, dass Sie es noch so kurzfristig einrichten konnten«, begann sie. »Ich habe ja bereits am Telefon berichtet, worum es uns geht.«

Herr Zepfel nickte nachdenklich. »Dachte ich mir doch, dass sich früher oder später jemand von den Behörden bei uns meldet. War ja in allen Zeitungen, die Sache mit dem Toten, und dann das Massengrab. Furchtbar.«

David betrachtete den Mann eingehend. Er trug Stoffhose und eine Weste über seinem Hemd, die aber spannte. Das Haar wurde bereits licht, die Wangen hingen herab. »Sie haben die Wende miterlebt?«

»Damals war ich Anfang dreißig«, bestätigte er. »Jetzt steht bald die Rente bevor. Kaum zu fassen, wie lange das schon her ist. Ist immer eine seltsame Sache, wenn andere über diese Zeit sprechen, die sie nicht selbst erlebt haben. Das klingt alles so weit weg. Aber wenn sie selbst da dringesteckt haben …« Zepfel deutete ein Kopfschütteln an.

Die Worte trugen eine Schwere in sich, die David vermuten ließ, Zepfel war der ehemaligen DDR gegenüber nicht wohlgesinnt. Die Tatsache, dass er für die Aufarbeitung alter Akten der Staatssicherheit zuständig war, deutete ebenfalls in diese Richtung.

»Jeder Mord ist eine Tragödie«, sagte David, »aber hier kommt so viel mehr hinzu. Wir möchten den Opfern einen Namen geben, die Verantwortlichen zur Rechenschaft ziehen.«

»Die werden wohl kaum noch am Leben sein«, sagte Zepfel. »Diejenigen, die damals in den höheren Rängen saßen, waren damals schon alte, eingefleischte Kommunisten. Die sind heute längst tot. Ist das nicht immer das Schreckliche?« Sein Blick wanderte von David zu Sophie und wieder zurück. »Nach dem Zweiten Weltkrieg saßen die Nazis überall in den Verwaltungen und der Regierung, nach der DDR haben die Kommunisten ihre Schäfchen ins Trockene gebracht. Denen ging es doch nach der

Wende nicht schlecht. Klar, man hat ein paar Stasi-Spitzel zur Rechenschaft gezogen, aber die wirklich Schlimmen sind einfach abgehauen.«

Geschichte besaß die Angewohnheit, Menschen in Bitterkeit zu stürzen.

»Wir glauben, es gibt einen Zusammenhang zwischen dem toten Franzosen und dem Jugendwerkhof«, schaltete Sophie sich sein. »Deshalb benötigen wir mehr Informationen darüber.«

»Sie erwähnten es.« Zepfel lehnte sich zurück und legte seine ineinander verschränkten Hände auf dem Bauch ab. »Es gibt natürlich gewisse Herangehensweisen. Der Jugendwerkhof war keine geheime Einrichtung, das lief offiziell. Hauptsächlich Kinder von Republikflüchtlingen sind dort gelandet. Heute kann man die Zustände nur als barbarisch bezeichnen. Und fragen Sie lieber nicht, was mit den Eltern geschah.«

»Gefängnis«, warf David ein.

»Das ist richtig, aber darunter dürfen Sie sich nicht das Gleiche vorstellen wie heute«, entgegnete Zepfel. »Die Frauen kamen in eine recht berüchtigte Einrichtung namens Hoheneck, im damaligen Bezirk Karl-Marx-Stadt. Dort wurden sie hart angefasst; von Isolations- und Dunkelhaft war da die Rede. Hinzu kam die Arbeit. Das Gefängnis war eine Produktionsstätte für das Textilkombinat ESDA Thalheim. Billige Arbeiterinnen, sag ich da nur. Und vergessen wir nicht den seelischen Schmerz. Stellen Sie sich vor, Sie wüssten, wo ihr Kind gelandet ist: Allein in einem Jugendwerkhof. Aber

Sie sind völlig machtlos, sitzen stattdessen hinter einer Nähmaschine und fertigen Kleidung an oder liegen in einer Dunkelzelle.«

David konnte Sophie ansehen, dass ihre Gedanken sofort zur eigenen Tochter sprangen. Er selbst hatte keine Kinder, konnte dieses Gefühl aber nachvollziehen. Was, wenn man eben nicht wusste, ob es den Liebsten noch gut ging? »Nun, wir benötigen natürlich alle Verzeichnisse, die es über die Insassen von damals gibt. Jugendliche, die dort gelandet sind, haben ja ebenfalls Akten.«

»Die kann ich Ihnen aber nicht einfach so geben«, sagte Zepfel.

»Müssen Sie nicht«, kam es von Sophie. »Wir haben schon einen offiziellen Antrag gestellt. Uns geht es mehr um die Struktur dahinter. Selbst in der ehemaligen DDR konnte man nicht einfach Jugendliche verschwinden lassen.«

»Sie wären überrascht, was in einer Diktatur möglich ist«, sagte Zepfel hart. »Und das ist genau das, was viele vergessen. Die Jugendlichen dort hatten nichts Böses getan, aber sie waren eben die Kinder von Personen, die fliehen wollten. Es gab niemanden mehr, der sich für sie einsetzte. Wissen Sie denn, wann diese Jugendlichen gestorben sind?«

David schüttelte bedauernd den Kopf. »Bisher nicht. Das ist unter anderem das Problem. Wir können zeitlich noch nicht alles fixieren, aber es muss über einen längeren Zeitraum geschehen sein. Das abrupte Verschwinden der Jugendlichen hätte irgendwelche Alarmglocken schrillen lassen, also ist es wahrscheinlicher, dass es einzeln passiert ist.«

Zepfel durchdachte das Argument und nickte schließlich. »Da stimme ich zu. Andernfalls wäre die öffentliche Wahrnehmung aufmerksam geworden, irgendwer hätte davon berichtet. Falls aber immer wieder mal jemand verschwunden ist, hätten die anderen Jugendlichen gedacht, dass derjenige entlassen worden ist. Die Eltern befanden sich aber noch immer im Gefängnis, was die Jugendlichen im Heim nicht wussten. Das hätte theoretisch funktioniert.«

David hatte den hypothetischen Ablauf bereits x-mal gedanklich durchgespielt. »Hören Sie, es muss Aufzeichnungen geben. Unterlagen, die von anderen Entscheidern abgezeichnet wurden. Das ist zwar alles mit in der Anfrage, aber wir brauchen diese Informationen möglichst schnell.«

Vincent Durant war sicher nicht alt genug, um damals in irgendeiner Form involviert gewesen zu sein. Doch wenn das nicht der Fall war, was hatte er dann damit zu tun? Welche Informationen wollte der Mörder?

Sie übersahen noch immer etwas.

Zepfel blickte auf seine Uhr. »Ich fürchte, mehr Informationen kann ich Ihnen dazu gar nicht geben. Und jetzt muss ich auch langsam los. Ihre offizielle Anfrage werde ich natürlich umgehend bearbeiten, sobald sie eingegangen ist. Ansonsten werde ich auch mal überprüfen, wer aus der damaligen Zeit noch am Leben ist. Falls es jemanden gibt, der einen Blick darauf hatte, finde ich ihn.« Er legte einen 10-Euro-Schein auf den Tisch.

David wartete, bis er mit Sophie alleine im Café saß. Das Frustrierende an dieser Art der Arbeit war, dass sowohl die Zeit als auch die Bürokratie gegen sie spielten.

»Seltsam, nicht wahr?«, sinnierte Sophie. »Zuerst passiert viele Jahrzehnte gar nichts und plötzlich kommt alles ins Rollen. Falls Vincent Durant in irgendeiner Form mit alldem zu tun hatte …«

David nickte. »Ich habe eine E-Mail an meinen Kollegen geschrieben. Die ersten Daten werden bereits ausgewertet, er hat einen Durchsuchungsbeschluss für das Jugendheim in Grenoble erwirkt, bis wir dort sind.«

Er konnte die Bälle förmlich vor sich sehen, mit denen sie jonglierten. Sie mussten schnellstmöglich der Spur in Frankreich nachgehen, damit dort niemand Unterlagen beiseiteschaffte. Gleichzeitig konnten sie mit den Informationen aus dem Bundesarchiv endlich den Datenabgleich beginnen.

Welche Jugendlichen waren dort untergebracht gewesen? Welche Angehörigen lebten noch? Und wer war zur damaligen Zeit als Erzieher oder Direktor verantwortlich gewesen?

Die Ermittlungen nahmen endlich Fahrt auf.

13. KAPITEL

Die Rückfahrt zum Büro verbrachten sie hauptsächlich schweigend, während sie sich in der U-Bahn gegenübersaßen. Die Räder quietschten auf den Gleisen und das typische Surren des Triebwagens hallte durch den Tunnel. Ohne den Lärm wäre Sophie bei dem beständigen Ruckeln eingeschlafen.

In den zurückliegenden Nächten war sie kaum zur Ruhe gekommen. Auch wenn sie bei der Kripo gefordert wurde, hatte sich über die Jahre dennoch so etwas wie Routine eingestellt. Die Kollegen wussten, wie jeder Einzelne von ihnen tickte, und sie waren stets nach bestimmten Abläufen vorgegangen. In der neuen Cold-Case-Abteilung Europols herrschte noch Chaos, was auch ein Nachteil war. Die Klarheit über ihre Zuständigkeit und die Erlaubnis zu notwendigen Einsichten mussten erst geklärt und freigegeben werden. Momentan war das alles eine Grauzone und sie verloren dadurch Zeit. Eigentlich sollten sie längst in einem Flugzeug nach Frankreich sitzen und nicht bis morgen abwarten müssen.

David und sie hatten bereits einen guten Anfang gefunden, begannen, sich aufeinander einzuspielen. Die restlichen Kollegen konnte sie noch nicht einschätzen.

Zwar waren sie alle Spezialisten und hatten es durch das strenge Auswahlverfahren geschafft, aber das sagte nichts über ihre Teamfähigkeit und Zuverlässigkeit aus. In ihrem alten Job hätte sie längst einen Anruf aus der Forensik erhalten und ein Zwischenfazit bekommen. Zuzanna Tomaszewska hingegen schien völlig in ihrem neuen Labor untergetaucht zu sein.

»Wir haben alle gegenseitig unsere Nummern erhalten, oder?«, fragte sie, als sie die U-Bahn-Station verließen.

David nickte. »Ich hatte gehofft, dass Matteo Rossi sich mal meldet und eine erste Analyse zum Täterprofil durchgibt. Das wollte er eigentlich schon bis gestern Abend machen.«

Schmunzelnd sah sie ihn an. Es war auffällig, wie sehr sich ihre Gedankengänge manchmal ähnelten.

»Was?« Er wusste ihr breites Grinsen anscheinend nicht zu deuten.

»Ich schlage vor, du schaust gleich mal in Rossis Büro vorbei und ich statte Frau Tomaszewska im Labor einen Besuch ab.«

»Das wollte ich auch gerade vorschlagen.« Jetzt lächelte er.

Der Wind hatte weiter aufgefrischt und trieb graue Wolken über Berlin hinweg. Stellenweise bedeckte nasses Laub den Gehweg. Vereinzelte Blätter einer Tageszeitung tanzten über den Boden. Sophie erkannte auf einem das Foto von Melissa Hubert und fragte sich unweigerlich, wie Tina in dem Vermisstenfall vorankam.

Sie nahm ihr Smartphone zur Hand und schrieb ihrer

alten Kollegin eine Nachricht, in der sie diesbezüglich nachhakte.

Bei der Zentrale angekommen, hielt David ihr die Tür auf. Gemeinsam passierten sie die Eingangsschleuse und sahen Ebba auf sie zukommen.

»Gute Nachrichten«, rief sie und strich sich eine Strähne ihrer langen blonden Haare hinters Ohr. »Unsere Abteilung ist jetzt für automatische Abrufverfahren freigeschaltet. Wenn ihr also Informationen von Ämtern oder aus Archiven braucht, dürft ihr offiziell darauf zugreifen. Ihr müsst allerdings protokollieren, wofür ihr die Daten benötigt und nutzt. Ich sage nur: Datenschutz. Es darf nichts nach außen dringen. Die jeweiligen Passwörter habe ich euch in eurem Passwortsafe hinterlegt.«

Sophie hob den Daumen. »Super, danke. Das hilft uns immens.«

»Da schau ich doch gleich mal, ob ich im Bundesarchiv etwas über unseren Jugendwerkhof herausfinde«, sagte David und entfernte sich. »Es dauert mir zu lange, bis Herr Zepfel nach seinen Terminen dazu kommt.«

»Du findest mich im Labor«, rief Sophie ihm nach, als er in sein Büro abbog.

Durch die Glasfront sah er sie an. »Du mich später bei unserem Profiler«, gab er zurück.

Ebba schmunzelte. »Ihr könnt euch auch jederzeit über eure Handys finden oder noch genauere GPS-Tracker nutzen. Die kann ich euch metergenau einstellen.«

»Unsere Nachbarn nutzen so ein Ding für ihren Kater«, sagte Sophie.

»Ich liebe Katzen«, erwiderte Ebba. »Hey, hat schon mal jemand gefragt, ob hier in der Zentrale Tiere erlaubt sind? In Uppsala hatte eine Innendienstmitarbeiterin immer ihren Hund dabei.«

Sophie betrat ihr Büro, hängte ihren Mantel über die Stuhllehne und begleitete Ebba dann zur Treppe. »Du kannst ja mal bei Alvarez nachhaken. Solange niemand eine Allergie hat, könnte er uns abstimmen lassen.«

Ebba verdrehte die Augen. »Bei Kollegen interessiert es auch niemanden, ob man auf die allergisch ist. Auf zu viel Deo und Haarspray zum Beispiel.« Mit dem Kinn deutete sie in Richtung Labor und stieg die Stufen hinauf. »Viel Spaß in der Forensik.«

Die Tomaszewska-Föhnfrisur brauchte eben genug Halt. Das altmodisch frisierte Haar und der feste Händedruck der neuen Kollegin waren Sophie nach ihrer ersten Begegnung in Erinnerung geblieben. Mal schauen, was sie in ihrem Fachgebiet so draufhatte.

Sie ging den Gang entlang, an dessen Ende ein Schild neben der Tür auf die Laborräume hinwies. Darunter prangte ein Glasdisplay mit Touch-Bedienung für den Zahlencode, der Sophie nicht einfiel. Hatten sie hierfür überhaupt einen erhalten? Die Asservatenkammer war nicht so leicht zugänglich. Ihr blieb nichts weiter übrig, als zu klopfen.

Während sie wartete, warf sie einen Blick auf ihr Smartphone und las Tinas Antwort. Nach wie vor war sie damit beschäftigt, von den Hunderten eingegangen Hinweisen aus der Bevölkerung die brauchbaren herauszufiltern. Sophie wusste, wie zeitraubend und deprimierend diese Arbeit war, wobei die Fahndungsblätter der Familie in Verbindung mit dem Belohnungsgeld zusätzlich Falschaussagen einbrachte. Es gab zu wenig Budget und Personal. Zwar wurden in dem Vermisstenfall aufgrund der Popularität die Ressourcen inzwischen aufgestockt, dennoch war es, wie immer, ein Wettlauf gegen die Zeit.

Seufzend steckte sie das Handy wieder in ihre Hosentasche und klopfte erneut – dieses Mal energischer.

»Habe ich es mir doch nicht eingebildet«, sagte Zuzanna Tomaszewska in ihrem polnischen Akzent, als sie schließlich öffnete. »Kommen Sie rein. Ich war hinten im Lager und habe das Klopfen kaum gehört.«

»Wie wäre es mit einer Klingel?«, schlug Sophie vor.

»Damit ich immer renne, wenn jemand rein will?«, kam die Gegenfrage. »Ich habe Besseres zu tun.«

Zuzanna versteckte ihre Föhnfrisur unter einer Haube. Sie trug einen weißen Kittel und Handschuhe.

»Wenn Sie bleiben wollen, müssen Sie Schutzkleidung tragen.« Die Forensikerin deutete auf ein Regal, in dem solche zu finden war. »Bitte nichts ohne mein Wissen anfassen. Ich muss noch mal ins Lager.« Sie verschwand durch eine Schwingtür.

Sophie sah sich im Raum um. An der gegenüberliegenden Wand standen ein Bedampfungs- und ein Trockenschrank. In der Raummitte ein Edelstahltisch mit integriertem Spülbecken. Auf ihm befanden sich zwei unterschiedliche Mikroskope. Pinsel, Skalpelle, Pinzetten, Wattestiel-Tupfer und farbige Schutzbrillen lagen bereit. Mit allerlei anderen Utensilien konnte Sophie nichts anfangen. In Regalen reihten sich Behälter, Dosen und Reagenzgläser aneinander.

Die raumhohen Fenster waren mit Milchglasfolie beklebt, zudem konnte das Labor durch Außenjalousien abgedunkelt werden. Dann fanden die forensischen Lichtquellen ihren Einsatz. Ein geöffneter Metallkoffer auf dem breiten Fensterbrett offenbarte eine teure Kameraausrüstung.

Sie zog die Schutzkleidung über und betrachtete auf dem Schreibtisch neben ihr die wechselnden Fotos des Bildschirmschoners. Zwei Dackel waren zu sehen, gefolgt von einem Familienfoto, auf denen die Vierbeiner vor einer drapierten Familie auf dem Rasen lagen. Zuzanna neben Mann und sechs Kindern.

Sophie sah zu der Schwingtür, durch die Zuzanna verschwunden war, und betrachtete dann wieder die wechselnden Bilder. Zur Sicherheit zählte sie die Kinder nochmals durch, die auf dem letzten Foto deutlich älter waren.

Die Forensikerin betrat wieder den Raum und folgte ihrem Blick.

»Sie haben sechs Kinder?«, fragte Sophie bemüht beiläufig.

Zuzanna stellte einen Karton auf dem Labortisch ab. »Ja, warum?«

»Sie haben meine Hochachtung. Ich war mit einer Tochter schon ausgelastet.«

Das Zucken um Zuzannas Mundwinkel zeigte den Ansatz eines Lächelns. »Mein Mann stammt auch aus einer Großfamilie. Man muss nur gut organisiert sein und zusammenhalten.«

Sophie nickte nachdenklich. Dann müsste sie das Teamwork eigentlich mehr als draufhaben.

»Wie haben Sie hier denn eine Wohnung gefunden, die groß genug ist? Das ist quasi Zauberei.«

»Mein Mann hat das Haus seines Onkels geerbt. Unsere ältesten Söhne sind schon verheiratet, die Töchter wohnen nicht mehr zu Hause. Wir haben nur noch unsere Adoptivkinder bei uns. Die beiden sind 13 und 15.« Sie hob ein weiteres Mikroskop aus dem Karton und stellte es im Gegensatz zu ihren sonst fahrigen Bewegungen mit einer auffälligen Sanftheit ab.

Sophie musterte sie. Diese Frau verbarg mehr in sich, als man auf den ersten Blick vermutete.

»Kommen Sie. Ich zeige Ihnen, was ich bisher habe.« Zuzanna verschwand wieder durch die Schwingtür, woraufhin Sophie ihr folgte. »Ich habe mit dem neusten Mordfall begonnen. Die Knochen können warten.«

Der Raum glich dem vorherigen, hielt aber noch mehr Gerätschaften bereit. Auf einem Edelstahltisch lagen Vincent Durants Kleidungsstücke ausgebreitet.

»Ich habe einige Fasern untersucht. Die Blutflecken stammen vom Opfer selbst, die Analysen der Hautschuppen und des Schweißes laufen noch.« Sie zog sich neue Einmalhandschuhe über und griff nach einer Schere. »Einen Fingerabdruck konnte ich sichern. Auf Leder kann man die mit der Lupe nicht erkennen. Da hilft Chemie.«

»Läuft schon eine Vergleichssuche in der Datenbank?«,

erkundigte sich Sophie und sah Zuzanna dabei zu, wie sie Durants Lederhandschuhe aufschnitt.

»Darum kümmert sich Ebba Karlsson.«

Sophie nickte und verengte die Augen. Die groben Nähte und die Riemen der Lederhandschuhe glichen denen der Handschuhe, die unter ihrem Scheibenwischer geklemmt hatten.

»Das ist ein Fabrikat aus der ehemaligen UDSSR«, erläuterte Zuzanna und deutete auf die Prägung im Innenfutter. »Die werden heute gar nicht mehr hergestellt.« Sie fotografierte es ab, trat zu dem anderen Tisch und zog einen Laptop heran, den sie mit der Kamera verband. Das Foto erschien auf dem Bildschirm und Zuzanna tippte etwas in die Suchmaske ein.

Währenddessen betrachtete Sophie die Lederhandschuhe nochmals eingehend. Die seitliche Einkerbung, die Nähte, der Riemen mit der billig wirkenden Schnalle …

Sie griff nach ihrem Handy und wählte Jans Nummer.

»Ist was passiert?«, meldete er sich nach dem zweiten Rufzeichen. »Um diese Uhrzeit rufst du mich sonst nie an.«

»Kannst du mir bitte kurz den Gefallen tun und in den Flur gehen? Dort liegen Lederhandschuhe auf dem Sideboard. Schau bitte mal nach, ob die im Innenfutter beim Handgelenk eine Fabrikatsprägung haben.«

»Okay. Gib mir 'ne Minute.«

»Solche Handschuhe wurden an die DDR geliefert«, sagte Zuzanna und tippte auf den Bildschirm, auf dem ein Oberstleutnant abgebildet war. »Für die Nationale Volksarmee und Volkspolizei.«

Sophie runzelte die Stirn. Jans zu hörende Schritte kamen ihr mit einem Mal überdeutlich laut vor.

»Auf diesem Pullover habe ich Haare gefunden«, ließ Zuzanna sie weiter wissen, während sie wieder an den Arbeitstisch trat, ihn zusammenlegte und in eine Tüte gab. »Die sind lang und brünett, gehören also nicht zu dem rothaarigen Opfer. In den Haarwurzeln konnte ich Zellen sichern, in denen persönliche Erbsubstanz steckt. Für die DNA-Analyse muss ich diese Zellen vervielfältigen. Dann kann ich die gefundene DNA mit anderen Spuren vom Fundort vergleichen. Die Sequenzierung ist ein langwieriger Prozess.«

Sophie atmete tief durch. »Das allgemeine Problem bei Ermittlungen. Die Auswertungen brauchen Zeit, die wir eigentlich nicht haben.«

Zuzanna nickte. »Es war auch eine synthetische Faser dabei. Ein grünes Kunsthaar, aus Polyester.«

»Es ist eine Markierung im Handschuh«, hörte sie Jan wie in weiter Ferne sagen. »Wozu willst du das wissen?«

Langsam ließ sie das Handy sinken und starrte auf die Fotografie, die Zuzanna soeben auf dem Laptop aufrief. Alles andere trat in den Hintergrund. Der Anblick des neongrünen Kunsthaares brannte sich förmlich in Sophies Netzhaut.

»Ist alles in Ordnung?«, hakte Zuzanna nach und stellte sich in Sophies Blickfeld.

Vor ihrem inneren Auge sah sie die vermisste Melissa Hubert vor sich. Ein zierliches Mädchen mit hüftlangen brünetten Haaren und einer neongrünen synthetischen

Strähne. Und sie dachte an die Behauptung der Obdachlosen, die angeblich einen Mann dabei beobachtet hatte, wie er die Vermisste bei der heruntergekommenen Villa aus einem Kofferraum hievte.

»Frau Steinbach?« Zuzanna schnippte vor Sophies Gesicht mit den Fingern.

»Ich habe DNA für Sie, die Sie mit der aus den brünetten Haaren vergleichen müssen. Schnellstmöglich.«

Sophie hoffte so sehr, dass sie sich irrte. Mit zittrigen Fingern tippte sie ihrer alten Kollegin eine Nachricht. Sie selbst hatte zu Beginn des Vermisstenfalls, im Beisein von Melissas Eltern, persönliche Dinge des Mädchens für die DNA-Bestimmung eingesammelt. Getragene Kleidung, Zahnbürste und Haarbürste.

Scheinbar hing alles zusammen. Ein Massengrab in einem ehemaligen Jugendwerkhof. Ein Toter, der zu Lebzeiten in Grenoble in einem Jugendheim arbeitete. Und Melissas Entführung. Lebte sie noch? Würden sie sie vielleicht sogar in Frankreich finden? Und was hatte es mit den verdammten Handschuhen auf sich?

»Rufen Sie mich bitte an, sobald die Vergleichsergebnisse vorliegen haben«, bat sie Zuzanna. »Das hat jetzt oberste Priorität.«

Sie eilte aus dem Labor. Ob David noch bei Rossi saß? Ihre Ermittlungen mussten dringend beschleunigt werden. Sie brauchten von dem Profiler eine erste Täteranalyse. Hoffentlich erreichten sie Frankreich, bevor es auch in diesem Jugendheim Tote gab.

14. KAPITEL

»Letztlich lassen sich die meisten Taten auf gewisse Grundstrukturen zurückführen«, sagte Matteo Rossi.

David saß ihm gegenüber und nippte an einer Tasse Kaffee. Sein Blut bestand mittlerweile zweifellos nur noch aus Koffein. »Rein statistisch.«

»Exakt«, bestätigte der Profiler. »Ein Großteil unserer Arbeit basiert auf Datenerhebungen, Statistiken der Vergangenheit. Es ist wie überall, sobald der Datenpool groß genug ist, kann man daraus Ableitungen treffen. Beispielsweise ist die Wahrscheinlichkeit hier groß, dass es sich um einen männlichen Täter handelt.«

»Weil?«

»Basierend auf dem Element der Folter, das Sie durch die Obduktion entdeckt haben, würde ich davon ausgehen, es gibt einen persönlichen Hintergrund. Bei einem solchen Motiv gehen die Betroffenen unterschiedlich vor.« Rossi hatte eine Tasse mit Schwarztee neben sich stehen, in den er einen Schuss Milch gegeben hatte. »Stirbt beispielsweise ein Kind, würde der Vater eher dazu neigen, sich eine Waffe zu kaufen und den Verantwortlichen direkt zu erschießen. Frauen haben den Vorteil – zumindest ein großer Teil von ihnen –, ihre Sorgen nicht in sich hineinzufressen, sondern darüber sprechen zu können; ihnen wurde, im Gegensatz zu Männern, beigebracht, dass sie ihre Gefühle anderen offenbaren können. Das hilft ungemein bei der Verarbeitung. Aber das mal außen vor gelassen, würde aufgrund der emotionalen Bindung eine Frau hier sogar brutaler vorgehen. Wie gesagt, es kommt stets auf die Begleitumstände und spezifische Charakteristiken an.«

»Schon klar.« David verstand durchaus, dass sie hier nur spekulierten. »Aber wäre dann in diesem Fall nicht eher eine Frau potenzielle Täterin?«

»Es kommen verschiedene Dinge hinzu«, sagte Rossi. »Wir haben die Nutzung von Betäubungsmitteln, also medizinisches Fachwissen und Zugriff auf Medikamente. Dann, wie es scheint, Folter, um etwas zu erfahren oder die Wut zu kanalisieren. Aber hier geht es schon weiter, wir wissen nicht, was von beidem die Intention war. Dazu hohe Mobilität, grenzüberschreitend. Kenntnisse der Orte, denn niemand bringt eine Leiche über die Grenze, um sie dann einfach irgendwo abzulegen. Mir scheint diese ganze Sache gut durchgeplant zu sein.«

»Und wenn wir all diese Statistiken zusammenlegen, kommen wir auf einen Täter, der …?«

Der Profiler setzte zum Sprechen an, wurde jedoch vom Klingeln des Telefons unterbrochen. Er nahm den Hörer ab. »Rossi?« Er lauschte. »Wir kommen.« Der Hörer landete mit einem Klack auf dem Basisgerät. »Das war Alvarez. Es gibt wohl Neuigkeiten.«

David erhob sich und verließ mit Rossi dessen Büro. Wie sich herausstellte, befanden sich Alvarez, Sophie, Markus, Ebba und Zuzannc Tomaszewska im Erdgeschoss. Sie saßen alle am Konferenztisch und diskutierten miteinander.

»Was gibt es?« David nahm Platz.

In wenigen Worten erzählte Sophie von den Handschuhen, die ihr jemand hingelegt hatte. Das war jedoch nicht alles. An Durants Leiche war außerdem ein neongrünes künstliches Haar gefunden worden.

Zuzanne Tomaszweska versprach, dass das rechtsmedizinische Gutachten samt toxikologischem Befund in Kürze eingehen würde. Die Spuren einer Legierung, die in Durants Kopfwunde sichergestellt wurden, stammten möglicherweise von einer Eisenstange.

»Du glaubst, der Fall um Melissa Hubert hängt mit dem Tod von Vincent Durant zusammen?«

»Der Mörder hat Durants Leiche im ehemaligen Jugendwerkhof abgelegt, wo sich ein Massengrab mit den Leichen vieler Jugendlicher befindet. Gleichzeitig hat Durant in einem Jugendheim gearbeitet. Und an der Leiche findet sich ein Haar von Melissa.«

David konnte nur zustimmend nicken. »Falls es tatsächlich das Haar des vermissten Mädchens ist, stellt sich die Frage, ob der Tote oder dessen Mörder für ihr Verschwinden verantwortlich ist.«

Ebba tippte bereits eifrig auf der Tastatur herum und warf ein: »Die französischen Kollegen sind informiert und gerade dabei, einen richterlichen Beschluss zu erwirken. Ich habe Tickets für den nächsten Flug gebucht, ihr brecht in zwanzig Minuten auf.«

»Dann Blitzrunde«, bat Alvarez. »Welche Arbeitshypothesen haben wir? Ich muss gleich die deutschen Kollegen informieren.«

»Durant könnte der Entführer von Melissa Hubert gewesen sein«, warf Ebba ein. »Jemand hat ihn gefoltert, um zu erfahren, wo sie sich befindet.«

»Das Haar von Melissa könnte so den Weg zu Durant gefunden haben«, stimmte David zu. »Und es würde erklären, warum ihr das Mädchen bisher nicht gefunden habt, Sophie. Er hat sie außer Landes gebracht.«

Sophie lehnte sich im Stuhl zurück und verschränkte nachdenklich die Arme. »Ich habe meine Kollegin bereits kontaktiert. Wir bekommen die DNA-Auswertung, die auf Basis von Melissas Zahnbürste erfolgt ist. Außerdem prüfen sie, wo die Eltern sind und in den letzten Tagen waren. Allerdings habe ich Herrn Hubert kennengelernt, der wirkte auf mich nicht wie ein Folterer.«

»Hat in dem Fall nicht viel zu sagen«, warf Matteo Rossi ein. »Verzweifelte Menschen begehen verzweifelte Taten. Außerdem könnten sie es zu zweit gewesen sein.«

»Aber warum rufen die dann nicht sofort die Polizei an, geben durch, wo sich ihre Tochter befindet, und übergeben den Scheißkerl?«, fragte Ebba.

Markus saß schweigend auf seinem Platz und notierte sich das Gesagte fürs spätere Protokoll. Zuzanna Tomaszewska lauschte mit wachem Blick und David war gespannt, welche Schlüsse sie ziehen würde.

»Sie könnten ihn aus Wut umgebracht haben oder damit sie nicht selbst im Gefängnis landen«, warf Ebba ein.

»Oder«, sagte David, »er hat letztlich zugegeben, Melissa bereits umgebracht zu haben. Und deshalb haben sie es getan, allerdings erklärt das nicht, warum er in dem ehemaligen Jugendwerkhof abgelegt wurde.«

»Sind wir denn sicher, dass diese Sache mit allem anderen zusammenhängt?«, fragte Alvarez.

Sophie lehnte sich in ihrem Stuhl nach vorne. »Die Handschuhe sind ein russisches Fabrikat und wurden in der DDR bei der Volksarmee und Volkspolizei genutzt; die sind nicht mehr so einfach zu bekommen. Da hat sich jemand ins Zeug gelegt, um eine Nachricht zu hinterlassen. Die Eltern von Melissa passen da nicht ins Bild, die sind außerdem viel zu jung, als dass sie in irgendeiner Form damit hätten zu tun haben können.«

»Hatte Durant irgendwelche Verbindungen nach Deutschland?«, fragte Alvarez. »Familie? Eltern?«

»Konnten wir bisher nicht überprüfen«, sagte David. »Da müssen wir das Einwohnermeldeamt durchforsten und ich habe keine Ahnung, wie weit die alten Daten überhaupt eingepflegt wurden.«

David versuchte, all die Fragmente zu einem Bild zusammenzufügen, doch bisher fehlten noch zu viele Teile.

»Wie steht es denn nun um die Zuständigkeiten?«, fragte Sophie.

Zuzanna Tomaszewska lachte auf. »Ist das jetzt wichtig?«

»Sie werden feststellen, dass die Bürokratie ein Eigenleben entwickelt, wenn es um derlei Fragen geht«, erwiderte Sophie. »Und das ist nicht nur in Deutschland so.«

»Der Punkt geht an Sie«, sagte Alvarez. »Ich habe bereits Anfragen erhalten. Die Deutschen wollen wissen, ob es noch immer in die Cold-Case-Zuständigkeit fällt, da ein aktuell laufender Vermisstenfall damit zusammenhängt. Ich habe Anfragen von der Staatsanwaltschaft, die bezüglich potenziellen Terrorverdachts nachhakt. Vergessen Sie nicht, dass es hier um grenzüberschreitende Verbrechen geht, da kann in Frankreich durchaus eine Terrorzelle sitzen. Falls ich das mit ›ja‹ beantworte, schaltet sich der Generalbundesanwalt ein. Und da sind wir noch gar nicht bei den Franzosen angekommen, die jetzt ebenfalls hellhörig geworden sind. Für die Erziehungsanstalten dort gibt es auch Zuständigkeiten und sofort ist die Politik im Spiel.«

»So eine richtige Antwort ist das nicht«, sagte Zuzanna Tomaszewska ohne jeden Humor.

Alvarez warf ihr einen Blick zu, den sie ungerührt erwiderte. »Einstweilen bleibt die Zuständigkeit bei uns, und wir werden überaus freundlich mit allen Kollegen zusammenarbeiten, damit niemand auf die Idee kommt, dies infrage zu stellen. Solange es keine neuen Erkenntnisse gibt, beschränke ich das auf die deutschen Kollegen, was den Entführungsfall angeht. Und die französischen Kollegen leisten Amtshilfe.«

Ebba hielt mittlerweile ein Tablet in der Hand und tippte darauf herum. »Ich habe eine Abfrage über SIENA laufen und darüber ein AWF erzeugt.«

David war kein IT-Genie, doch die Basics hatte er begriffen. Ebba hatte auf die Datenbanken von Europol zugegriffen und das Ergebnis gespeichert. In einem Analysis Work File. »Wonach hast du gesucht?«

»Vermisstenfälle«, erwiderte sie. »Eine Cold-Case-Datenbank gibt es ja noch nicht, die sollen *wir* aufbauen. Aber wenn es auffällig viele Vermisstenfälle ähnlicher Natur gibt, würde das System es bemerken.«

»Sie glauben an einen Entführungsring?«, fragte Zuzanna.

»Generell entwickle ich parallele zahlreiche Hypothesen, die ich dann prüfe«, erwiderte Ebba. »Datenbanken sind dumm, sie halten einem einfach Daten vor. Unsere Abfrage entscheidet darüber, ob Zusammenhänge überhaupt sichtbar werden. In diesem Fall gibt es allerdings keine statistischen Ausreißer, was die Häufigkeit angeht. Auch nicht, wenn ich lokal über die Grenze suche.«

Was letztlich gut war, schließlich hätten sie es andernfalls mit einem Täter zu tun, der immer wieder Jugendliche entführte und sein Unwesen bereits länger trieb. Andererseits schien es eine Verbindung zur ehemaligen DDR zu geben, die genau darauf hindeutete. Allein der Gedanke, dass sie ein ähnliches Grab in Frankreich erwartete, drehte David den Magen um.

Ein Blick auf die Uhr verriet ihm, dass sie in Kürze aufbrechen mussten. Die französischen Kollegen würden zuschlagen, sobald sie den Beschluss hatten. Also vermutlich noch heute. Niemand konnte es sich leisten abzuwarten, wenn vielleicht das Leben einer Vermissten auf dem Spiel stand.

»Wir bräuchten einen Privatjet oder so«, sagte David.

»Und ich eine Villa mit Pool«, entgegnete Alvarez trocken. »Doch während ich mit einer kleinen Mietwohnung vorliebnehmen muss, steigen Sie in das Linienflugzeug.«

Wie aufs Stichwort blickte Markus auf sein Smartphone, das gerade vibriert hatte. »Taxi ist da.«

Ein Rasierer und die Basics an Reinigungsutensilien würden sie am Flughafen besorgen und dann ging es schnellstmöglich weiter.

»Ich koordiniere die Kommunikation mit den Kollegen und halte Sie beide auf dem Laufenden«, schloss Alvarez ab.

»Sobald ihr in Frankreich eintrefft, wartet ein Mietwagen, und das Hotel ist gebucht«, ergänzte Markus. »Die Daten sind alle in eurer Mail.«

Ebba strich sich eine verirrte Strähne aus der Stirn. »Ich kümmere mich weiter darum, den Datenabgleich über SIENA durchzuführen und was Brauchbares rauszuziehen.«

»Nun ja, geben Sie mir alles, was sie über unseren Täter in Erfahrung bringen können, und ich verfeinere das Profil.« Matteo trank seinen Tee.

Und Zuzanna erhob sich einfach. »Ich mache meine Arbeit, wie immer.« Sie stapfte davon.

»Ich mag sie«, sagte David schmunzelnd. »In Form gegossene Rationalität mit Wucht.«

Gerade als sie Dienstausweise und Waffen aus ihren Tresorfächern nahmen, kam Markus auf sie zugeeilt. »Ich habe hier unsere Freigabe.« Er schwenkte zwei Blätter. »Ihr dürft eure Waffen mitnehmen. Ich habe sie für den Flug angemeldet und die Kollegen sind ebenfalls einverstanden.«

Ein Thema, an das David nicht mehr gedacht hatte. Sie überschritten immerhin die Landesgrenze und einheimische Behörden waren sehr eigen, was das Tragen von Waffen anging. Im Hintergrund waren noch immer nicht alle Strukturen etabliert.

Sie dankten Markus, nahmen die Bescheinigungen entgegen und saßen kurz darauf im Taxi.

Sophie tippte eifrig auf ihrem Smartphone herum.

»Jan?«, fragte David.

»Ja. Er wird keine Freudentänze aufführen. Wir sind heute Abend eigentlich bei unseren Nachbarn eingeladen.«

Soweit David Sophies Mann kennengelernt hatte, war dieser recht umgänglich. Andererseits hatte er natürlich nur die Fassade gesehen, die jedes Paar nach außen zeigte. Was hinter verschlossener Tür vorging, wusste er nicht.

»Geht es dir gut?«

Sophie nickte, seufzte dann aber auf. »Dieser verdammte Fall hat mich nicht losgelassen. Als ich ihn abgeben musste, hat mich das geärgert.«

»Kenne ich.«

Sophie blickte durch die regennassen Scheiben auf den vorbeihuschenden Verkehr. »Jetzt hat er mich wieder eingeholt und ich wünschte, es wäre anders.«

»Du glaubst, dass Melissa Hubert etwas Schlimmes zugestoßen ist?«

»Wir haben ein Massengrab gefunden«, entgegnete sie. »Eine Entführung ist per se schon schrecklich, aber immerhin gehen diese manches Mal gut aus. In diesem Fall steckt jedoch etwas weitaus Größeres dahinter, und das … ja, ich habe Angst, wir finden sie dort.«

David legte sanft seine Hand auf ihr Handgelenk. »Wenn das Flugzeug aufsetzt, wissen wir bereits mehr. Wir erfahren es von Bernard sofort, sollte Melissa gefunden werden.«

Das Taxi erreichte den Berliner Flughafen. David zahlte mit seiner Smartwatch und sie stiegen aus. Ein kurzer Lauf durch den Regen, dann standen sie in der Eingangshalle. Da sie kein Gepäck aufgeben mussten, war zumindest diese Hürde bereits genommen. Trotzdem hielt David den Beleg bereit, der sie ermächtigte, eine Waffe mitzuführen. Nicht auszudenken, wenn sie hier eine Panik auslösten und obendrein den Flug verpassten.

»Bereit?«, fragte er.

Sophie nickte entschlossen. »So bereit, wie ich nur sein kann.«

15. KAPITEL

Sophies Puls raste immer noch. Es brauchte eine Weile, bis ihr Geduldsfaden riss, aber dank der Angestellten der Autovermietung war er mittlerweile hauchdünn. Obwohl Markus bereits alles in die Wege geleitet hatte und die Frau ihnen eigentlich nur noch die Autoschlüssel hätte aushändigen müssen, waren diese für geschlagene zehn Minuten unauffindbar gewesen.

»Immerhin bin ich jetzt ganz und gar munter«, sagte sie, warf David einen kurzen Blick zu und konzentrierte sich dann wieder auf die Straße.

Er tippte etwas auf seinem Handy. »Eugene Bertrand, mein alter Kollege aus Paris, ist gestern Abend bereits in Lyon gelandet und direkt nach Grenoble gefahren. Ich hatte mit ihm geschrieben, bevor ich den Flugmodus eingeschaltet habe. Er wollte mich eigentlich auf dem Laufenden halten.«

»Aber bisher hat er sich noch nicht wieder gemeldet?«, hakte sie nach.

Er seufzte, wählte die Nummer des Kollegen und hielt sich das Handy ans Ohr.

»Guten Morgen. Wir sind gelandet und auf direktem Weg zum Jugendheim. Wie ist die Lage?«

Sophie war ihm dankbar, dass er sie teilhaben ließ, indem er mit Bertrand, der ihre Sprache wohl beherrschte, auf Deutsch kommunizierte. Während David der Antwort lauschte, verfluchte sie das Tempolimit. Laut Navi brauchten sie jetzt noch eine Stunde bis zum Ziel. Erst der verspätete Flug wegen Wartungsarbeiten, dann der verlegte Schlüssel des Leihwagens und nun musste sie ständig den Fuß vom Gas nehmen. Der kleine Citroën schien zudem bei 130 Stundenkilometern ausgelastet zu sein.

»Alles klar, wenn nichts mehr schiefgeht, sehen wir uns gleich«, sagte David zu seinem Gesprächspartner und legte auf.

»Bitte beschwöre es nicht herauf«, bat Sophie ihn.

Lächelnd zuckte er mit den Schultern. »Eine Straßensperrung hatten wir noch nicht. Oder wie wäre es mit einer Autopanne?«

Leicht schlug sie gegen seinen Arm und er prostete ihr mit seinem Kaffeebecher zu.

»Es müssen sich erst noch alle an die neue Europol-Abteilung gewöhnen, aber unsere Zuständigkeit ist geregelt. Die hiesige Polizei arbeitet uns zu. Alvarez hat bereits vorgestern die Durchsuchung von Durants Wohnung beauftragt. Die Mutter wurde inzwischen über seinen Tod informiert, die Befragung übernehmen wir.«

Sophie nahm ihren Kaffeebecher aus dem Getränkehalter und trank den letzten kalten Schluck. Im Flugzeug hatten sie ein wenig geschlafen, aber sie sollten sich trotzdem noch eine weitere Dosis Koffein besorgen.

»Als Bertrand gestern Abend in Grenoble ankam, war die Durchsuchung des Heims schon angelaufen«, ließ David sie wissen. »Melissa Hubert haben sie bisher nicht gefunden. Aktuell stellen sie dort immer noch alles auf den Kopf.«

»Falls es Parallelen zu unserem Jugendwerkhof gibt, sollten wir auch versteckte Kellerräume in Betracht ziehen«, entgegnete sie und klappte den Blendschutz herunter.

Die aufgehende Sonne färbte den Horizont purpurfarben. Grenoble lag am Fuß der Alpen. Das Hochgebirge war bereits gut zu erkennen.

David nahm sein Handy wieder zur Hand. »Ich schreibe Bertrand, dass wir den Bauplan des Jugendheimes brauchen. Aber noch wissen wir nicht, ob die Haare wirklich von der Vermissten stammen. Hat Zuzanna dir eine Einschätzung gegeben, wie lange sie für die Vergleichsanalyse der DNA braucht?«

Sophie schüttelte den Kopf. »Kommt drauf an, ob sie die Nacht durchgearbeitet hat. Ich gehe davon aus, sie meldet sich bei einem von uns beiden, sobald sie das Ergebnis liefern kann.«

Ihre Gedanken schweiften zu Melissas Eltern. Sie versuchte, sich in Anbetracht der derzeitigen Lage daran zu erinnern, wie ihre Vernehmung abgelaufen war. Doch ihr fehlten noch zu viele Puzzleteile. Sie hatten im Team schon sämtliche Theorien durchgesprochen und David und sie waren während des Fluges erneut alles durchgegangen. Dieses neongrüne Haar … Momentan konnten sie nur spekulieren, wie es an Durants Pullover gelangt war.

Sie nagte mit den Zähnen an ihren Lippen, tastete mit einer Hand in ihrer Manteltasche nach dem Lippenbalsam und trug ihn auf. »Ich grüble immer wieder darüber nach, was es mit den Handschuhen auf sich haben könnte. Es kann einfach kein Zufall sein, dass Vincent Durant das gleiche Fabrikat trug.«

David lockerte den Gurt und drehte sich ihr in seinem Sitz zu. »Die Frage lautet, ob sie ihm gehörten oder nur seiner Leiche überlassen wurden.« Er rieb sich die Schläfe. »Die Handschuhe sollten uns vielleicht den Hinweis liefern, dass wir uns mit der Vergangenheit des ehemaligen Jugendwerkhofs beschäftigen und uns dort gründlich umschauen sollten. Wäre der Polizeibeamte nicht mit seinem Bein durch den Boden gebrochen, wäre das Massengrab wahrscheinlich unentdeckt geblieben. Immerhin war der Keller zugemauert.«

Sie wurde das Gefühl nicht los, dass sie irgendetwas übersahen. Ihr kam wieder der Mann in den Sinn, den sie für einen von Jans Klienten gehalten hatte und den sie aus ihrer Einfahrt hatte kommen sehen. »Da muss noch etwas anderes dahinterstecken. Die Handschuhe wurden mir hingelegt, als die Presse schon von dem gefundenen Massengrab berichtete.« Sie sah David an. »Verdammt noch mal, ich habe denjenigen von Weitem gesehen. Wäre ich nur eine Minute früher heimgekommen, hätte ich ihm vor meiner Haustür gegenübergestanden.«

David nippte wieder an seinem Kaffee. »Ich bin kein

Profiler, aber wenn du mich fragst, liegt hier ein sehr persönliches Motiv vor. Immerhin ging er das Risiko ein, vor eurem Haus erwischt zu werden.« Er musterte Sophie von der Seite. »Und warum hinterlässt er die Handschuhe ausgerechnet dir? Genauso gut hätten sie in einem Paket per Post ins Büro geliefert werden können.«

Fragend hob sie die Augenbrauen. »Willst du damit sagen, ich könnte ihn kennen?«

Er zuckte mit den Achseln. »Ich überlege nur laut. Aber ich finde es beunruhigend, dass er weiß, wo du wohnst.«

Sophie seufzte. »Ich habe meine ehemalige Kollegin über die eventuellen Zusammenhänge und die Handschuhe informiert. Sie und ihr Team prüfen die nähere Umgebung unseres Hauses auf mögliche Videoüberwachungen. Jan wollte inzwischen unsere hauseigene checken. Er vertraut auf unsere Alarmanlage und die nächsten Tage fährt regelmäßig eine Streife vorbei, um nach dem Rechten zu sehen.« Sie nutzte die Freisprecheinrichtung des Wagens. »Ich rufe ihn mal an. Um den technischen Kram hab ich mich nie gekümmert. Keine Ahnung, ob unsere Außenkameras überhaupt funktionieren, geschweige denn, wie lange Aufnahmen zurückverfolgbar sind, bevor sie überspielt werden.«

David nickte. »Ich hake inzwischen mal bei Zuzanna nach.«

Wie sie bereits befürchtet hatte, war die Videoqualität ihrer Hausüberwachung nach Jans Angaben nicht die schärfste. Zwar hatte er den Mann gesichtet, doch dieser trug eine Kapuze, weshalb sein Gesicht nicht zu erkennen war. Ansonsten hatte er noch Jeans und einen grauen Anorak an, ohne auffällige Markenmarkierung. Das half ihnen nicht weiter.

»Jan gibt die Aufnahmen an Tina weiter«, ließ sie David wissen, nachdem sie ihre Telefonate beendet hatten. »Vielleicht können die Techniker noch ein wenig an der Schärfe schrauben. Im Moment ist es wohl zu verpixelt, um brauchbare Details erkennen zu können.«

David schob sein Handy in die Hosentasche. »Zuzanna hat uns bereits per Mail mitgeteilt, dass die Haare tatsächlich von Melissa Hubert stammen«, informierte er sie.

»Ernsthaft? Wir checken nicht ständig unsere Mails, ist ihr das nicht bewusst?«

»Das hab ich sie tatsächlich auch gefragt. Sie hat nicht angerufen, da sie uns nicht im Einsatz stören wollte.«

Sophie gab einen Laut von sich, der sich beinahe wie ein Knurren anhörte. »Wir müssen im Team dringend noch einmal unsere Kommunikationswege besprechen.«

»Jep.« Er sah gedankenverloren aus dem Seitenfenster. »Jetzt haben wir Gewissheit. Das vermisste Mädchen hat hiermit zu tun.«

Die restliche Fahrt verbrachten sie schweigend. David ging vermutlich wie sie in Gedanken noch mal alles durch. Aber im Moment wurden sie nicht schlauer. Sie würden das Jugendheim nicht eher verlassen, bis sie irgendeinen neuen Hinweis gefunden hatten.

Durch die umliegenden Berge war Grenoble ein beliebtes Skigebiet, doch Sophie konnte man damit nicht reizen. Sie war ein Sommer-, kein Wintermensch. Lieber schwitzte sie, als dass sie fror. Freiwillig würde sie sich auch nicht in eine der blasenförmigen Seilbahngondeln setzen, um zu einer am Berghang errichteten Festung zu gelangen. Sie begab sich nicht gern in Situationen, in denen sie ausgeliefert war. Deshalb hasste sie es auch zu fliegen. Beim Autofahren hatte sie selbst die Kontrolle und im Zug konnte sie gegebenenfalls die Notbremse ziehen.

Als sie etwas außerhalb der Stadt endlich in die Straße einbogen, in der sich laut Navi das Jugendheim befand, streckte sich David neben ihr. Das lange Sitzen spürten sie beide in den Knochen.

Das Gelände war von einem hohen Eisenzaun umgeben, hinter dem mehrere Gebäude zu erkennen waren, neben denen etliche Polizeiwagen und Transporter parkten. Das Eingangstor war verschlossen. Daneben stand ein Pförtnerhäuschen, aus dem ein Mann heraustrat und sie mit erhobener Hand zum Anhalten aufforderte.

Sophie atmete tief durch. Nach der langen Anreise und den ganzen Umständen war ihre Laune nicht die beste. »Also, ich wäre ganz sicher nicht auf die Idee gekommen, das Tor zu rammen, selbst wenn er mich nicht angehalten hätte.«

David schmunzelte. Gerade wollte sie gerne etwas von seinem Frohsinn abhaben. Sie setzte ein verkrampftes Lächeln auf und ließ ihre Scheibe hinunter.

»Guten Tag. Commissaire Générale David Martin und Kriminalhauptkommissarin Sophie Steinbach. Wir werden erwartet.«

Der Mann sah sie sichtlich irritiert an, weshalb sie ihren Dienstausweis zückte und ihm vor die Nase hielt. Da sich an seiner Miene nichts änderte, schaltete David sich ein und unterhielt sich mit ihm auf Französisch. Sie verstand nur Wortfetzen, Europol hörte sie dafür mehrfach. Dann öffnete der Pförtner endlich das Tor und ließ sie aufs Gelände fahren.

»Wenn das heute so weitergeht, brauche ich statt Kaffee eine Überdosis Baldrian-Tropfen.«

»Verstößt das nicht gegen die Dienstvorschriften?«, fragte David lächelnd und sie stiegen aus.

Ihnen näherte sich ein hochgewachsener Mann mit kurz rasierten Haaren, den David ihr als seinen ehemaligen Kollegen vorstellte. Eugene Bertrand sprach erfreulicherweise richtig gut Deutsch. Er führte sie in Richtung des Hauptgebäudes.

»Dort drüben sind die sanitären Einrichtungen und Unterkünfte«, erklärte er und deutete auf zwei einstöckige Häuser. »Mädchen und Jungen schlafen voneinander getrennt.«

Sophie sah hinter den Fensterscheiben Jugendliche, die das Geschehen beobachteten. Wahrscheinlich waren sie dazu aufgefordert worden, sich während der laufenden Durchsuchungen in ihren Zimmern aufzuhalten. Auf der Außenanlage waren nur Einsatzkräfte unterwegs.

»Ist ja wie in einem Ferienlager«, sagte sie und holte zu den beiden Männern auf.

»Wir haben inzwischen Gewissheit, dass die Haare, die an Vincent Durants Pullover gefunden wurden, von der vermissten Melissa Hubert stammen«, informierte David den ehemaligen Kollegen.

Dieser nickte und ging weiter voraus. »Dann müssen wir überprüfen, ob die beiden in irgendeiner Verbindung standen. Womöglich kannten sie sich auch.«

Sophie nahm ihr Handy. »Ich schicke der Kollegin, die eigentlich für den Vermisstenfall zuständig ist, ein Bild von Durant. Sie kann inzwischen Melissas Eltern befragen, ob sie ihn kennen. Falls sie das tatsächlich tun, müssen wir den Fall in einem ganz neuen Licht betrachten.«

Bertrand blieb auf den Eingangsstufen des Haupthauses stehen. »Dazu müssen auch Vincent Durants Angehörige befragt werden. Es gibt eine Lebensgefährtin und seine Mutter wohnt hier in Grenoble. Die sollten sich ein aktuelles Foto von Melissa Hubert ansehen.«

»Ja«, erwiderte David. »Und in Durants Wohnung würden wir uns auch gern persönlich umsehen.«

Bertrand sah zum Himmel, als würde er ein innerliches Stoßgebet abgeben. »Das wird ein Schlagabtausch der Zuständigkeiten.« Er verzog den Mund zu einem schiefen Grinsen. »Jetzt sind wir aber erst einmal in diesem Jugendheim und von dem vermissten Mädchen scheint hier niemand etwas zu wissen.«

Sophie schob sich an ihm vorbei, stemmte die schwere Eingangstür auf und betrat das Gebäude. »Nicht nur die Erzieher, sondern auch die Jugendlichen sollen sich Melissas Foto anschauen. Wir müssen wissen, wie die Jugendlichen hier behandelt werden. Und wir müssen herausfinden, ob es irgendwo versteckte Kellerräume gibt.«

16. KAPITEL

David sah, wie Bertrand die Augen verdrehte, als Sophie die Tür aufstieß und in der typisch deutschen Forschheit Kommandos gab. Vermutlich war ihr das nicht einmal bewusst. »Geh schon mal vor, Bertrand. Wir folgen.«

Sophie verlangsamte ihre Schritte, als David ihr den Arm auf die Schulter legte. »Hör zu, wenn wir hier weiterkommen wollen und die eigenen Kollegen nicht permanent an uns vorarbeiten sollen, musst du dich ein wenig zurückhalten.«

»Bitte?« Jetzt wirkte sie irritiert.

Bertrand eilte durch eine Eingangshalle, deren Boden mit billigem Linoleum ausgelegt war. Die Treppen bestanden aus Stein. Das Gebäude war irgendwann im 19. Jahrhundert errichtet und seitdem lediglich marginal modernisiert worden. Mit zügigen Schritten folgten sie ihm, doch David achtete darauf, dass sie noch nicht aufholten.

»Dir ist schon klar, welchen Ruf ihr Deutschen habt, oder?«

Sophie atmete schwer aus. »Wir sind effektiv?«

Er schmunzelte. »Regelversessen, perfektionistisch und ja, effektiv, solange die Dinge in einem gewissen Takt ablaufen. Hier muss ich nach außen etwas aktiver sein, als du, damit die Kollegen nicht dichtmachen. Wenn sie das Gefühl haben, Deutschland nimmt ihnen einen Fall weg, rennen wir nur noch gegen Mauern. Stell dir vor, das wäre dir umgekehrt passiert: Die französische Polizei hätte den Fall Melissa Hubert an sich gerissen und du hättest nichts mehr tun können.«

Sophie rang eine Sekunde mit sich, nickte dann jedoch. »Wenn du dafür sorgst, dass jeder Deutsch spricht, der dessen mächtig ist.«

Was bereits ein gewaltiges Zugeständnis darstellte, wie David wusste. Die meisten Kollegen waren in einer Zeit aufgewachsen, in der es überhaupt nicht infrage kam, das verhasste Deutsch zu sprechen. Auch Englisch war verpönt. Durch die nachfolgenden Generationen hatte sich das aufgelockert, Europa hatte für eine stärkere Bindung an den Nachbarn gesorgt. »Kriegen wir hin.«

»Danke.«

Sie holten zu Bertrand auf.

»Was habt ihr bisher?«, fragte David.

»Die örtlichen Kollegen wurden gestern informiert und der Durchsuchungsbeschluss verfügt«, erwiderte Bertrand. »Da es um das Leben einer Minderjährigen ging, war das alles verdammt schnell. Leider gab es Probleme mit dem Pförtner. Der hat wohl im Haus angerufen, dort weigerte man sich, die Tür zu öffnen und wollte zuerst einen Anwalt konsultieren.«

Sophie räusperte sich und fragte ohne jede Wertung und mit einem freundlichen Lächeln. »Aber das Tor wurde nicht aufgebrochen?«

»Da sich lediglich die Kollegen der hiesigen Wache vor Ort befanden, musste das Einsatzkommando erst von weiter her anrücken«, erklärte Bertrand. »Man hat wohl nicht mit Widerstand gerechnet, aber durch diese Verzögerung waren die Personen natürlich vorgewarnt. Kurz vor dem Eintreffen wurde dann geöffnet und die Durchsuchung begann.«

Innerlich stöhnte David auf. Ein kleiner Fehler mit großer Wirkung. Es hatte seinen Grund, dass im Falle einer Durchsuchung, die obendrein mit Kindeswohlgefährdung einherging, die Ermittler sofort zugriffen. Notfalls wurde die Tür gewaltsam geöffnet. »Lass mich raten, ihr habt nichts gefunden.«

»Das Chaos wurde erst vor wenigen Stunden geordnet und die Kollegen haben die Verzeichnisse geprüft. Alle Jugendlichen, die in den Akten vermerkt sind, befinden sich unversehrt auf dem Gelände.«

»Könnt ihr einen Bauplan des Gebäudes besorgen?«, fragte Sophie.

Sie erreichten den ersten Stock. Am Ende eines langen Ganges, in dem es nach Zitrusreiniger roch, diskutierten zwei Männer.

»Eine Kollegin ist gerade dran«, erklärte Bertrand.

Beim Näherkommen erkannte David, dass es sich bei einem der beiden um einen jungen Kollegen handelte, der die Uniform der Gendarmerie trug. Sein Gesicht war milchig weiß, was den einen Pickel betonte, der auf seiner Nase prangte.

Daneben hatte sich ein hagerer Kerl in den Fünfzigern aufgebaut. Er besaß grau meliertes Haar und war höchstens 1,60 m groß. Dadurch konnte David erkennen, dass der Hinterkopf des Mannes die ersten Anzeichen einer aufkommenden Glatze zeigte. Darüber hinaus vermittelte er mit Pullover und Cordhosen einen biederen Charme, den David nicht recht greifen konnte.

»Darf ich vorstellen«, unterbrach Bernard auf Deutsch. »Das ist Sylvan Marplié, der Direktor dieser Einrichtung.« Er stellte auch Sophie und David vor.

Besonders Sophie wurde von ihm abschätzig gemustert. »Sie bringen Chaos in unseren Ablauf. Chaos! Ihr Auftauchen ist ein Affront gegen uns. Ihre Kollegen durchsuchen sogar die Privaträume der Lehrer, und wozu? Wozu, frage ich?« Er schoss die Worte in einem schnellen Stakkato in gebrochenem Deutsch ab.

»Entführung einer Minderjährigen«, sagte Sophie in jenem freundlichen Ton, der David langsam Angst machte. »Das rechtfertigt doch zweifellos ein gewisses Chaos, Monsieur. Denken Sie nicht?«

Das Gesicht von Monsieur Marplié bekam einen Rotton. »Sie …«

»Nein!«, warf David ein, der wusste, wie man mit solchen Menschen umgehen musste. »Wir sind nicht hier, um mit Ihnen zu diskutieren, Monsieur, gewiss nicht. Nein. Es geht um das Leben eines Mädchens. Wir haben Fragen.« Er wartete nicht ab. »Das ist Ihr Büro? Gehen wir hinein.«

Was er auch tat.

Marplié kochte auf kleiner Flamme, folgte aber. Ebenso Bertrand und Sophie.

Der Raum war von einem muffigen Grau. Der Teppich sauber, doch alt. Auf dem überladenen Schreibtisch stand eine Tasse, daneben aufgestapelte Akten und Bücher. Mit einem Blick erkannte David, dass es Erziehungslektüre war. Ein Schrank an der linken Wand sah aus, als würde er jeden Augenblick seiner Last erliegen und zusammenbrechen. Rechter Hand war ein Waschbecken an der Wand angebracht, auf einem niedrigen Regal standen ein Wasserkocher und eine Kaffeemaschine.

Marplié nahm hinter seinem Schreibtisch Platz.

Es gab zwei Besucherstühle, weshalb Bertrand anbot zu stehen. Mit verschränkten Armen lehnte er sich gegen die Wand neben dem Waschbecken.

Dass an der ein Porträt des ehemaligen französischen Präsidenten hing, war bezeichnend. Vor allem, weil es sich um Jacques Chirac handelte, seines Zeichens zweimaliger Präsident der Nation.

»Unseren Jugendlichen geht es ausgezeichnet«, stellte Marplié klar. »Und diese Melissa Hubert ist nicht hier.«

David war klar, dass die Kollegen längst die Jugendlichen befragten, und um die Baupläne des Gebäudes wurde sich gekümmert. Das Original war bei einem derart alten Gebäude vermutlich nicht einfach mit dem Klick einer Computermaus aufzutreiben.

»Wie ich sagte, wir haben ein paar Fragen zu Monsieur Durant.«

»Tragisch, wirklich tragisch.« Zum ersten Mal wirkte Marplié betroffen.

»Wofür war er in Ihrer Einrichtung zuständig?«, fragte David.

»Nun, Vincent war meine rechte Hand«, erwiderte Marplié. »Er war in alle Akte der Verwaltung und Leitung eingebunden. Ein paar unserer besten Kräfte verdanken wir ihm.«

»Wie das?«, hakte Sophie ein.

Marplié wirkte, als sei es ihm zuwider, die Fragen einer Deutschen zu beantworten, tat es aber trotzdem. »Er besaß Kontakte. Als Absolvent einer Privatschule waren ihm Kreise zugänglich, die uns verwehrt sind. Wir bekamen Zulauf von hochqualifizierten Pädagogen, die es nicht störte, dass wir in einem Wintersportgebiet gelegen sind.«

David wechselte einen kurzen Blick mit Sophie.

Natürlich gab es bei Lehrern und Erziehern – wie in jedem Beruf – qualitative Unterschiede, was die Bewerber anging. Da spielte Vorbildung ebenso eine Rolle wie das Alter. Denn gerade in der Erziehung hatte sich der Lehrplan aufgrund neuer Erkenntnisse in den vergangenen Jahren gewandelt.

Eine Sache war jedoch gleich geblieben: die Bezahlung.

»Konnten Sie den Bewerbern ein überdurchschnittliches Gehalt anbieten?«, fragte David.

Die Einrichtung war privat finanziert, sah aber alles andere als gut ausgestattet aus. Der Lack der Holzrahmen an den Fenstern blätterte ab, das Glas wurde langsam blind.

»Manchen Menschen geht es nicht um Geld«, erwiderte Marplié Nase rümpfend. »Mit Jugendlichen zu arbeiten, ist eine Berufung. Es wärmt das Herz. Die hier Arbeitenden sind keine oberflächlichen Städter, es sind warmherzige Menschen. Wir haben eine Vermittlungsrate, die weit über dem Schnitt liegt. Die Jugendlichen, die in unsere Obhut gegeben werden, erhalten eine Erziehung und Wissen, etwas, das ihnen die Welt dort draußen nicht geben konnte.«

David betrachtete Marplié eingehend und war durchaus geneigt, diesem zu glauben. Der Direktor war von der Überlegenheit seiner Bildungseinrichtung überzeugt, die durch Zahlen belegt werden konnte.

Neben der Befragung von Durants Mutter und den Jugendlichen vor Ort mochte es durchaus angebracht sein, auch ehemaligen Bewohnern des Heims ein paar Fragen zu stellen.

»Kommen wir zurück zu ihrer rechten Hand«, sagte David. »Können Sie mir sagen, ob Monsieur Durant Ihres Wissens nach Feinde hatte?«

»Nicht unter seinen Kollegen und auch sonst nicht! Nein.«

»Alkoholprobleme?«

»Ich möchte doch bitten!«

»Ist das ein ja?«, fragte David, absichtlich provozierend.

»Nein!«

»Und das wissen Sie so genau, weil Sie auch privat miteinander verkehrten?«, schoss er hinterher.

»Es kam zu Arbeitsgesprächen in einer Gaststätte im

Ort«, erklärte Marplié, »doch darüber hinaus hatten wir ein rein dienstliches Verhältnis. Gut, aber dienstlich.«

»Hatte Monsieur Durant andere Freunde?«, fragte David. »Unter den Kollegen, meine ich.«

»Nicht dass ich wüsste.«

David runzelte die Stirn. »Da sind Sie sicher? Wenn er für den hohen Zulauf an Fachpersonal verantwortlich war – wie Sie sagten, durch Kontakte –, wieso hat er dann mit keinem von ihnen den Kontakt gesucht? In dieser Abgeschiedenheit ist man doch froh über jeden Freund, oder nicht? Außerhalb der Saison gibt es hier nur Einheimische.«

Marplié öffnete den Mund, schloss ihn wieder und zuckte mit den Schultern. »Ich verbringe meine Abende auch stets mit einem guten Glas Rotwein und bin trotzdem ein sozialer Mensch.«

Glücklicherweise schwieg Sophie an dieser Stelle, denn David konnte sich durchaus vorstellen, was sie dachte. Ihm ging es da ähnlich.

»Natürlich. Wären Sie so freundlich, für meinen Kollegen«, er deutete auf Bertrand, »die Namen aller Personen aufzuschreiben, die von Monsieur Durant über persönliche Kontakte angeworben wurden? Wir möchten sie ebenfalls befragen.«

Marplié nickte. »Der arme, arme Vincent.«

»Wir würden uns diese Einrichtung auch gerne ansehen«, meldete sich Sophie zu Wort. »Wären Sie so freundlich?«

»Ja, ja, natürlich.« Marplié erhob sich hinter seinem

Schreibtisch. »Alles, was hilft, dieses abscheuliche Verbrechen aufzuklären.«

Und zweifellos den Ruf der Einrichtung zu bewahren. Ein derartiges Polizeiaufgebot blieb nicht unbemerkt und es war nur eine Frage der Zeit, bis Journalisten eine Verbindung zwischen dem Tod eines Angestellten dieses Heims und der gefundenen Leiche in Deutschland herstellten. Das würde noch mal Öl ins Feuer gießen.

David schob seinen Stuhl zurück und schloss zu Monsieur Marplié auf. Sophie ging mit Bertrand hinter ihnen, der Gang war zu schmal, als dass sie nebeneinander hätten gehen können.

»Wir befinden uns hier im Verwaltungstrakt«, erklärte er. »Neben meinem Büro und meinen privaten Räumlichkeiten sind hier auch das Sekretariat und der Pausenbereich für Lehrer und Erzieher.«

»Wohnen die Erzieher auf dem Grundstück?«, fragte David.

»Es wird ihnen angeboten«, erklärte Marplié. »Doch die meisten haben das nur zu Beginn ihrer Anstellung in Anspruch genommen, bis sie eine Wohnung im Ort fanden. Manche nehmen auch die Fahrt in die Stadt auf sich.«

»Und wie stand es um Monsieur Durant?«, fragte David.

»Er hat im Haus seiner Mutter gelebt«, erwiderte der Direktor. »Sie ist Witwe. Im Erdgeschoss wohnt sie, das Obergeschoss war sein Reich.«

»Dem entnehme ich, er besaß keine Partnerin, keinen Partner«, sagte David.

»Er war liiert, aber ich habe sie nie kennengelernt«, erklärte Marplié. »Und *natürlich* mit einer Frau.« Auf Davids fragenden Blick ergänzte der Direktor: »Er war sehr männlich.«

Einschätzungen, die David nicht zum ersten Mal hörte und die mehr als einmal weit danebengelegen hatten. Doch das Privatleben von Vincent Durant würden sie an anderer Stelle untersuchen. Jetzt stand das Jugendheim im Fokus.

Gemeinsam mit dem Direktor, Bertrand und Sophie verließ er das Haupthaus.

17. KAPITEL

Dieser Marplié war ein seltsamer Kauz. Einerseits war er die Unfreundlichkeit in Person und schien mit seinen Ansichten ein paar Jahrzehnte verschlafen zu haben. Andererseits lag ihm die Zukunft seiner Jugendlichen offenbar am Herzen.

Während sie den gepflasterten Platz zu den Unterkünften überquerten, musterte er Sophie immerzu argwöhnisch von der Seite. Sie konnte nicht einschätzen, ob er generell etwas gegen Frauen mit einer gewissen Entscheidungsfreiheit hatte, oder ob ihm nicht passte, dass sie Deutsche war.

»Wie lange sind Sie hier schon Direktor?«, erkundigte sie sich betont freundlich.

Er trottete in schnellen kleinen Schritten neben ihr her und reckte das Kinn. »Seit fast zwanzig Jahren, ja, zwanzig Jahre. Aber ich war bereits zuvor die rechte Hand meines Vaters.«

Abrupt blieb sie stehen. »Ihr Vater war vor Ihnen Direktor des Heimes?«

»Er hat es 1938 gegründet.«

Da er nicht stehen geblieben war, holte sie wieder zu ihm auf. »Oh, dann wird die Einrichtung also durch ihre Familie finanziert?«

»Mein Vater hat als Bauinvestor begonnen und sich schließlich für das Wohl von Waisen eingesetzt. Seit seinem Tod setze ich sein Erbe fort. Wir erhalten Unterstützung aus staatlichen Zuschüssen und von privaten Investoren.«

David und sie warfen sich einen kurzen Blick zu. Er machte sich in seinem kleinen Heft Notizen.

Wie bereits bei ihrer Ankunft entdeckte sie hinter den Fensterscheiben der Unterkunftsbehausungen einige Gesichter.

»Verstehe ich das richtig, dass Sie hier ausschließlich Waisen beherbergen? Das ist kein Heim für schwer erziehbare Jugendliche?«

Marplié nickte. »Die meisten von ihnen hatten einen schweren Start ins Leben und keinerlei Zukunftsperspektiven. Durch die Aufnahme in unsere Einrichtung bekommen sie wieder eine Chance. Wie ich schon sagte, unsere Vermittlungsrate ist ausgezeichnet. Jawohl, ausgezeichnet.«

Sie hatten eins der zwei einstöckigen Häuser erreicht und er ging vor ihnen durch die Tür.

»Bisher sehe ich zu dem ehemaligen Jugendwerkhof und diesem Heim keine Parallelen«, flüsterte David ihr zu und ließ ihr den Vortritt.

Ein Gang führte bis ans andere Ende des flachen Gebäudes und war von gegenüberliegenden Türen gesäumt, die zu den jeweiligen Schlafräumen gehörten. Ansonsten gab es noch einen Toilettenraum. Die Duschen befanden sich laut Marpliés Angabe in dem separaten Sanitärgebäude.

»Hier müsste dringend modernisiert werden«, flüsterte sie David zu, als der Direktor sich gerade mit Bertrand unterhielt.

Er zuckte mit den Schultern. »Wenn er das hier hauptsächlich privat stemmt, lässt sich der Zustand nachvollziehen.«

Sophie folgte den Stimmen, die aus einer offen stehenden Tür drangen, und klopfte gegen den Türrahmen. Die acht Jugendlichen, allesamt Jungs, verstummten und sahen sie an. Auf den beiden Zimmerseiten standen sich jeweils zwei Doppelstockbetten gegenüber. Vor dem Fenster befanden sich ein Tisch und acht Stühle, links und rechts neben der Tür Kleiderschränke.

»Entschuldigt bitte, dass ich euch störe ...«, begann sie, als Marpliés sich im selben Moment an ihr vorbei ins Zimmer drängte.

Er sagte etwas auf Französisch zu den Jungs, wobei Sophie anhand seiner Stimmlage und seiner Geste erriet, dass er sie für ihre Unordentlichkeit rügte.

Zwei von ihnen saßen am Tisch und zeigten keine Regung. Die Jungs, die auf ihren Betten lümmelten, klaubten mit lustlosen Mienen ein paar Sachen zusammen, die auf ihren Decken verteilt lagen.

»Die Befragung musst du übernehmen«, sagte sie an David gewandt und unterdrückte ein Seufzen. »Ich schätze mal, dass sie kein oder nur bedingt Deutsch können.«

Er beugte sich zu ihrem Ohr herab. »Willst du dich in der Zwischenzeit mit Bertrand weiter umsehen? Ich nehme Marplié hier in Beschlag, damit er nicht an euch dranklebt.«

Sie antwortete ihm mit einem zufriedenen Lächeln, bedeutete Bertrand mit einem Nicken, dass er ihr folgen sollte, und verließ das Zimmer.

Während sie den Gang entlang zum Ausgang liefen, hörte sie Marplié auf Französisch schimpfen. Es gefiel ihm offenbar nicht, dass sie sich für die Befragungen aufteilten. Entweder verpasste er das Gespräch, das David mit den Jungs führte, oder ihren Besuch im Mädchentrakt.

»Ich brauche Sie als Dolmetscher«, sagte sie zu Bertrand und steuerte umgehend das Nachbargebäude an.

Es glich nicht nur äußerlich dem der Jungen, auch im Inneren waren die Räume gleich angeordnet.

Ein paar Mädchen huschten über den Gang und verschwanden in ihren Zimmern, als würden sie vor ihnen flüchten. Ihr Getuschel konnte sie zwar hören, aber wie bereits vermutet, nicht verstehen.

»Am besten fangen wir gleich im ersten Zimmer an, bevor Marplié uns wieder Gesellschaft leistet.«

Bertrand nickte ihr zu und klopfte an.

Auch hier gab es vier Doppelstockbetten, zwei Kleiderschränke und einen Tisch mit Stühlen. Statt Jungs sahen ihnen acht Mädchen entgegen. Sophie schätzte sie auf etwa 16. Sie stellte ihnen Fragen, die Bertrand übersetzte, und erhielt Antworten, die sie nicht weiterbrachten.

Bis auf ihr Genörgel über die eintönige Verpflegung fühlten sie sich in dem Heim gut aufgehoben. Sie hätten gerne mehr Freizeit und weniger Unterricht, was auch für ihr Alter keine Überraschung war. Eine beschwerte sich, weil die Tischtennisplatte schon seit Wochen kaputt war, mehrere andere, dass die Zeit für Social Media zu gering ausfiel. Dafür mussten sie sich für den Computerraum anmelden, in dem auch immer ein Betreuer mit anwesend war.

»Wie jetzt?« Sophie starrte den französischen Kollegen an. »Smartphones sind heutzutage nicht mehr wegzudenken, schon gar nicht bei Jugendlichen.«

Er zuckte mit den Schultern. »Wovon sollen sie sich die Handys samt Vertrag leisten? Sie besitzen nichts.«

Sie verschränkte die Arme vor der Brust. »Fragen Sie bitte mal nach, ob es da draußen noch Angehörige für sie gibt.«

Bertrand tat es und berichtete ihr kurz darauf von einer Tante, die ein Mädchen angegeben hatte. Die anderen sieben wussten nichts von weiteren Angehörigen.

Sophie rieb sich die Schläfe. Ihr tat es leid, welches Schicksal sie gemeinsam trugen. »Steht in den Akten, unter welchen Umständen die Jugendlichen hier aufgenommen wurden?«

»Die Kollegen sitzen dran. Ich hake mal nach.« Er zog sein Smartphone aus der Tasche und trat auf den Gang.

Die Mädchen sahen Sophie an und warteten offenbar darauf, wie es weiterging. Daher hob sie die Hand und verließ ebenfalls das Zimmer, wobei sie mit einer Frau zusammenstieß, die es gerade betreten wollte.

»Ups, Verzeihung.«

Die Dame atmete durch und begann, auf Französisch sie einzureden. Sie war ungefähr in Sophies Alter, trug ein Winterkleid und kniehohe Stiefel. Ihre blondierten kurzen Haare waren gewollt zerzaust gestylt.

»Ich verstehe Sie nicht. Do you speak English or German?«

»Sie sagt, der Chef hätte sie hergeschickt, damit sie sich um uns kümmert«, erklärte Bertrand, der sein Telefonat beendet hatte.

»Ich brauche keine Betreuung, danke.«

Er übersetzte und sie nickte der Frau lächelnd zu. Als sie das nächste Zimmer anvisierten, wich die Dame ihnen jedoch nicht von der Seite.

Sophie seufzte. »Wer ist sie überhaupt?«

Es folgte ein Austausch auf Französisch.

»Madame Petit arbeitet hier als Betreuerin.«

Entweder wollte die Dame sie tatsächlich unterstützen oder verhindern, dass eventuelle Probleme des Heims ans Tageslicht kamen. In Madame Petits Anwesenheit würden die Teenager sich wohl kaum über ihre Sorgen und Nöte äußern. Sophie starrte auf die nächste Tür. Eine weitere Befragung machte hier keinen Sinn. Sie würde nur dasselbe wie im vorherigen Zimmer erfahren.

»Wir sind hier fertig«, sagte sie. »Solange wir auf die Baupläne warten, würde ich die Befragung von Durants Mutter hinter uns bringen.« Sie lächelte Madame Petit an und ging rückwärts los. »Aber vorher müsste ich noch mal auf die Toilette. Darf ich da allein gehen oder möchte sie mich gern begleiten?«

Bertrand schmunzelte. »Ich warte mit ihr draußen«, erwiderte er und wandte sich Madame Petit zu.

Sophie bog in die Tür mit dem Toilettenschild ab und schloss sich in einer der drei Kabinen ein. Ihre Blase war randvoll. Neben dem eintönigen Plätschern hörte sie ein leises Schniefen und lauschte.

Als sie wenig später ans Waschbecken trat und sich die Hände wusch, sah sie hinter sich über den Spiegel die Kabinen, von der eine geschlossen war. Wer auch immer da drin war, weinte hörbar.

Sie trocknete sich die Hände ab und klopfte dann sanft gegen die Tür. »Alles in Ordnung?«

Kurz herrschte Stille, doch schließlich wurde das Schloss entriegelt und ein Mädchen schaute heraus. Ihre braunen Augen waren vom Weinen gerötet, die Wangen von Tränen benetzt. Sie schniefte und wischte sich mit dem Handrücken über die Nase.

Sophie trat wieder zum Waschbecken, zog ein Papiertuch aus dem Spender und reichte es ihr.

Das Mädchen schnäuzte sich. »Êtes-vous de la police?«

Sophie nickte. »Ja, Polizei.«

»Êtes-vous ici pour chercher mon amie?«

»Ich verstehe dich leider nicht.« Sie zuckte mit den Achseln und deutete auf ihr Ohr, während ihr Handy zu klingeln begann. Mit einem bedauernden Blick drückte sie dem Mädchen sanft die Schulter, nahm schließlich Davids Anruf entgegen und verließ den Toilettenraum.

»Ich bin hier durch«, sagte er. »Wie sieht es bei dir aus?«

»Bin gerade auf dem Weg nach draußen. Bist du auf was gestoßen?«

Sie lief an Bertrand und Madame Petit vorbei, die noch auf dem Gang standen und auf sie warteten.

»Nichts, was uns weiterhilft. Und du?«

»Auch nichts.« Damit stemmte sie sich gegen die Tür und trat nach draußen.

David stand mit Marplié vor dem Aufenthaltsgebäude der Jungs und sah ihr entgegen. Er nahm das Handy vom Ohr und legte auf.

»Übrigens sind die Akten bisher unauffällig«, informierte Bertrand sie, als er zu ihr aufgeholt hatte. »Sie können sie auch jederzeit einsehen. In den meisten Fällen ist ein Elternteil unbekannt und das andere verstorben, psychisch krank oder drogenabhängig.«

»Alles klar, danke.«

Marplié und Madame Petit wechselten einen kurzen Blick, der Sophie nicht entging. Noch immer war sie sich unsicher, was sie von den beiden halten sollte.

»Wir kommen später noch einmal auf Sie zu«, sagte sie zu Marplié und wandte sich dann an Bertrand. »Geben Sie uns bitte Bescheid, sobald die Baupläne eintreffen oder sich etwas Neues ergibt.«

Er nickte.

Sophie sah David an, deutete mit dem Kinn zum Auto und lief los.

»Wenn ich auf mein Bauchgefühl hören soll, würde ich sagen, der Heimleiter fühlt sich in unserer Anwesenheit nicht besonders wohl in seiner Haut.«

David schmunzelte. »Na ja, mir würde es auch nicht gefallen, wenn man bei mir zu Hause alles auf den Kopf stellt.«

Sie verzog den Mund. »Es hat ihm nicht gefallen, dass Bertrand und ich allein unterwegs waren.«

»Das habe ich auch bemerkt. Er hat gleich zum Telefon gegriffen und eine Betreuerin zu euch beordert.«

»Madame ...«, rief jemand.

Beide drehten sich um. Das Mädchen, das Sophie auf der Toilette getroffen hatte, kam ihnen nachgerannt, wurde aber von Marplié zurückgehalten.

»Tu as perdu ça dans les toilettes«, rief sie und hielt einen Ohrring in die Höhe.

»Schon gut«, beschwichtigte David den Direktor und winkte das Mädchen zu ihnen. »Du hast was auf der Toilette verloren«, übersetzte er für Sophie.

Marplié ließ sie los und sie kam näher. Ohne ein weiteres Wort übergab sie Sophie den Ohrring samt einem Zellstofftaschentuch und wandte sich sofort wieder ab.

»Das ist nicht meiner«, flüsterte sie und betrachtete die zarte Creole.

Ihr entging nicht, welchen argwöhnischen Blick Marplié dem Mädchen zuwarf, als sie an ihm vorbei zurück ins Haus eilte.

»Merci«, rief sie ihr noch schnell nach, doch sie war bereits durch die Tür verschwunden.

Um ihr Ärger zu ersparen, lächelte sie den Direktor an und setzte eine dankbare Miene auf. »Da bin ich froh. Die Creolen sind ein Geschenk meines Vaters.«

Immerhin schien er selbst ein gutes Verhältnis zu seinem Vater gehabt zu haben und konnte ihre gespielte Erleichterung hoffentlich nachvollziehen.

»Mir ist gar nicht aufgefallen, dass du heute Ohrringe getragen hast«, sagte David, als sie schließlich ins Auto stiegen.

Sophie betrachtete mit gerunzelter Stirn das Zellstofftaschentuch und faltete es auf.

Ou est mon amie Monique Moreau?, stand darauf geschrieben.

Sie reichte es David. »Was heißt das?«

Er las den Text und sah sie dann nachdenklich an. »Wo ist meine Freundin Monique Moreau?«, erwiderte er.

18. KAPITEL

David beendete das Telefonat. »Bertrand sucht die Akte von Monique Moreau heraus.«

Sie hatten das Auto abgestellt und bewegten sich auf das Haus von Vincent Durants Mutter zu. Diese lebte in einer Wohnung zwanzig Minuten vom Jugendheim entfernt und nicht in einem Haus, wie Monsieur Marplié behauptet hatte.

Die Hausfassaden in der Straße waren schon viele Jahrzehnte nicht gereinigt worden und von Abgasen angeschwärzt. Es gab fünf Parteien, wie die Klingel verriet.

»*M. Durant*«, las David und klingelte.

»Oui?«, kam es aus der Sprechanlage.

Er stellte sich und Sophie vor.

Da die Stimme am anderen Ende kratzig und verweint klang, hatten die Kollegen die Mutter wohl bereits informiert. Bertrand war, was das anging, gewissenhaft.

David wappnete sich innerlich.

Der Summer erklang und sie betraten das Haus. Der Flur roch muffig und die Briefkästen waren verbeult. Ein Kinderwagen stand daneben.

Sie nahmen die Treppen hinauf.

Am liebsten hätte David Sophie die Befragung überlassen. Sie bewegten sich auf seine Achillesferse zu, die Angehörigen der Opfer. Es war ihm stets wichtig, dass sie Gewissheit über den Verbleib der vermissten Person erhielten; auch wenn es die Nachricht von deren Tod war. Die Folgen davon konnte er zu gut nachempfinden. Der Schmerz im Inneren, der sich anfühlte wie eine graue Leere, die so viel wog, wie ein Felsbrocken.

Vincents Mutter stellte sich als Mathilda Durant vor und wechselte, als Sophie ihr die Hand schüttelte, in fließendes Deutsch. »Kommen Sie nur herein. Und schauen Sie nicht so verblüfft, mein verstorbener Mann war Deutscher. Vincent ist zweisprachig aufgewachsen.«

Die Wohnung besaß eine überschaubare Größe, vom Flur gingen drei Räume ab. Die Tür zum Schlafzimmer war offen und David bemerkte, wie sauber das Zimmer war. Das bezog sich auch auf den Rest der Wohnung. Obgleich Mathilda Durant die siebzig zweifellos bereits überschritten hatte, war alles blitzblank. Von all den kleinen Gegenständen, die sich über ein Leben ansammelten, war kaum etwas zu sehen.

Im Wohnzimmer bot sie den beiden einen Platz auf dem Sofa an, sank selbst in einen Sessel. »Mögen Sie einen Tee oder Kaffee?«

Beide verneinten.

Mathilda Durant war eine elegante Frau, die sich auch im hohen Alter sorgsam pflegte. David hatte im Verlauf seiner Befragung oft festgestellt, dass Männer dazu neigten, sich gehen zu lassen, je älter sie wurden. Man sank gerne in Jogginghosen auf die Couch, der Bauch wurde kugelrund und die Rasur war nicht mehr so wichtig. Im Fall der Frauen achteten diese nach wie vor sorgsam auf Frisur, Kleidung und eine angemessene Erscheinung.

»Mein Beileid für Ihren Verlust«, begann er das Gespräch und Sophie schloss sich sofort an.

»Ich danke Ihnen beiden.« Madame Durant faltete die Hände, unter ihren Augen lagen dunkle Ringe.

»Der Kollege hat sie bereits umfassend informiert?«, fragte David.

»Mein Vincent wurde in Deutschland gefunden«, erwiderte sie. »In Berlin. Ich habe natürlich von dieser schrecklichen Sache gelesen, wer hat das nicht? Ein Massengrab mit Jugendlichen! Entsetzlich. Und mein ...« Sie schluckte und sah zur Seite.

»Wir wissen noch nicht genau, wie das alles zusammenhängt«, erklärte David. »Aber die Tatsache, dass es sich um einen Jugendwerkhof handelt – eine Unterbringung im Osten des vormals geteilten Deutschlands – und Ihr Sohn in einem Jugendheim arbeitete, lässt auf eine Verbindung schließen.«

»Sie meinen, er war etwas auf der Spur?«, fragte Madame Durant.

David zuckte nur mit den Schultern. »Es wäre möglich.« Dass er ebenso gut in die Sache verstrickt gewesen sein konnte, ließ er absichtlich unerwähnt. Sollten sie in diese Richtung Andeutungen machen, würde sie ihnen nichts mehr sagen.

»Darf ich fragen, woher Ihr verstorbener Mann kam?«, fragte Sophie.

»Er stammte aus München«, erwiderte sie mit einem melancholischen Glanz in den Augen. »Ich reiste als junge Frau dorthin. Es war ein Sprachaustausch für ein Semester. Damals habe ich auch die Wiesn besucht, dieses riesige Fest.«

David wusste natürlich, was die Wiesn war. Er hatte dort selbst einige Male mitgefeiert und das eine oder andere heiße Erlebnis gehabt. »Wir kennen es.«

»Er war so betrunken, dass er umgefallen ist. Ihn einfach liegen zu lassen, ging einfach nicht. Also habe ich ihn mitgenommen und in der Gartenlaube meiner Gastfamilie in einen Schlafsack gesteckt. Am nächsten Mittag hat er mich als Dankeschön auf eine … Brezn und eine Wurst eingeladen. Et voilà, der Rest ist Geschichte.«

Die Wahrscheinlichkeit, dass Vincent Durants Eltern in irgendeiner Form in diese Sache verstrickt waren, strich David in Gedanken durch. Zeit, sich um den Sohn zu kümmern. »Und Vincent …«

»Oh, er war ein aufgeweckter Junge«, begann Madame Durant sofort. »Wir haben ihn zweisprachig aufgezogen und auf die Grenoble École de Management geschickt.«

Vincent Durant war Erzieher gewesen! Doch wenn es stimmte, was seine Mutter sagte, hatte er nicht einfach eine gute Schule besucht, er war auf einer der Grande Écoles gewesen, einer Elite-Schule. Deren Ansehen rangierte weit über dem von Universitäten. Sie wurden privat geführt, das wusste er. Da endete sein Wissen aber auch schon; es war eine geheime Welt. Gedanklich machte

David sich eine Notiz, Markus auf eine Recherche anzusetzen. »Das ist wahrlich beeindruckend. Hat er seinen Abschluss gemacht?«

»Oui«, bestätigte Madame Durant. »Er hatte eine große Karriere vor sich. Und dann … es war mir ein Rätsel. Eines Tages stand er vor mir und berichtete, dass er eine … wie ist das deutsche Wort … Umschulung machen wolle, um im Jugendheim zu arbeiten.« Sie wirkte noch immer fassungslos.

Und David konnte es nachvollziehen.

Mit einem Abschluss an einer der Grande Écoles hatten Vincent Durant alle Türen im Land offengestanden. Es wäre für ihn ein Leichtes gewesen, beispielsweise in die Politik zu gehen. Das Gehalt eines Erziehers war dagegen lachhaft.

Vermutlich war der Wunsch ihres Sohnes für Madame Durant gleichbedeutend, wie wenn er mit voller Überzeugung gesagt hätte, er will Autor werden. Eine brotlose Kunst. Und alle Abschlüsse wären damit wertlos.

»Was waren denn seine Gründe?«, fragte Sophie.

»Soziales Engagement«, erwiderte Vincent Durants Mutter. »Als habe er plötzlich seine Liebe für die politische Linke entdeckt. So sind wir nicht.«

David rief sich die Entwicklungen ins Gedächtnis. In Frankreich hatte es stets eine gesunde Feindschaft zwischen der politischen Linken und Rechten gegeben. Irgendwann hatte der daraus resultierende Stillstand die Bürger nur noch genervt. Emmanuel Macron hatte die Situation genutzt und die mittigen Ränder beider Seiten vereint, um eine neue Mitte zu erschaffen. Auf diese Art hatte er seine politischen Gegner pulverisiert und damals auch Davids Stimme bekommen.

Bedauerlicherweise war die Folge daraus, dass die Gräben wieder tiefer geworden waren und die Ränder im aktuellen Klima erstarkten.

»War Ihr Sohn denn politisch aktiv?«, fragte Sophie.

»Non, das ist ja das Seltsame gewesen«, erwiderte Madame Durant. »Damals war mein Mann gerade gestorben, deshalb vermutete ich eine Phase. Sollte er eben diese Umschulung machen, um zu merken, dass dies nicht sein Weg ist. Doch dann wurde er hier am Jugendheim angenommen – in der Verwaltung!«

»Wann war das?«, fragte David.

Madame Durant runzelte die Stirn. »Das ist jetzt zehn Jahre her. Ich habe ihm gesagt, er soll einfach spenden, damit hilft er mehr.«

»Wenn er zehn Jahre lang dort gearbeitet hat, war es dann nicht die richtige Entscheidung?«, fragte David.

»Aber er war nicht glücklich!«, begehrte Madame Durant auf.

»Wie kommen Sie darauf?«, wollte Sophie wissen.

»Ich habe es gemerkt. Von Jahr zu Jahr wurde er mürrischer und in sich gekehrter«, erklärte sie. »Wo er früher gelacht hat, wurde er ernst. Ich habe meinen Sohn nicht wiedererkannt. Jeden Morgen ging er in das Jugendheim und kehrte erst abends zurück. Dann traf er diese Frau.«

»Seine Lebensgefährtin?«, warf David ein.

»Oui. Sehr hübsch und beruflich erfolgreich«, sprach

Madame Durant weiter. »Anscheinend wohnt sie wohl in Grenoble, ist aber häufig überall in der Welt unterwegs. Sie arbeitet als Beraterin. Mehr weiß ich nicht. Von da an kam Vincent nur noch einmal die Woche vorbei.«

»Hat er nicht hier gewohnt?« Mittlerweile machte David sich eifrig Notizen.

»Nicht mehr.«

Er sah von seinem Block auf. »Aber alle sagten, dass er noch bei Ihnen wohnt.«

Sie nickte. »Mein verstorbener Mann und ich besaßen ein Haus, wo er eine Einliegerwohnung hatte. Doch vor acht Jahren bin ich hierher umgezogen. Mein Sohn hat eine eigene Wohnung in Grenoble. Ich nehme an, dort hat er auch diese Louise kennengelernt.«

Die Tatsache, dass er seinem Arbeitgeber die eigene Wohnung nicht mitgeteilt hatte, brachte David zum Nachdenken. Für die plötzliche Veränderung der persönlichen Einstellung gab es zahlreiche Gründe und natürlich mochte eine neue Lebensgefährtin ebenfalls Einfluss darauf genommen haben. Eine Mutter, die ihrem Sohn sehr nahestand, fasste dies möglicherweise als Zurücksetzung auf.

»Kennen Sie den Nachnamen dieser Louise?«, fragte Sophie.

»Louise Blanc«, erwiderte Madame Durant.

David notierte sich den Namen.

»Können Sie uns sagen, ob es sonst noch Auffälligkeiten im Leben Ihres Sohnes gab?«, fragte Sophie. »Oder beim Jugendheim?«

Sie seufzte auf und überlegte. »Manchmal sieht man diese Jungen im Ort in ihren Jogginghosen und Sportschuhen. Und die Mädchen brezeln sich auf, um ihnen zu gefallen. Die Jugend weiß doch gar nicht mehr, wie man sich vernünftig kleidet.«

»Ich meinte, abgesehen vom Verhalten der Jugendlichen«, warf David ein.

»Das Heim ist wohl sehr erfolgreich«, erklärte sie. »Der Bürgermeister selbst ist stolz darauf, dass etwas getan wird für diese armen Seelen. Durch meinen Vincent können sie Kontakte zu reichen Gönnern knüpfen und es gibt Familien, die Jugendliche adoptieren.«

David notierte sich das und wunderte sich gleichermaßen. Gerade im Adoptionsbereich war es schwierig, Jugendliche zu vermitteln. Jüngere Kinder, da hatten Paare durchaus Interesse, aber sobald diese älter wurden, gab es in der Statistik einen Knick.

An diesem Jugendheim passte Etliches nicht zusammen. Mit etwas Glück würde die Befragung der Adoptiveltern von einigen der Jugendlichen Aufschluss bringen.

»Eine letzte Frage noch, Madame Durant«, schaltete Sophie sich erneut ein. »Sie haben erzählt, dass Sie in einem großen Haus wohnten, seit einigen Jahren jedoch hier. Der Verkauf hätte Ihnen doch eine schönere Umgebung ermöglichen müssen, oder nicht?«

Madame Durant presste die Lippen zusammen und rang sich letztlich dazu durch zu antworten. »Vincent bat mich um Geld. Das hat allerdings nichts mit alldem hier zu tun, non. Es war lange davor.«

»Wofür hat er es denn benötigt?«, fragte David.

»Das spielt keine Rolle«, gab Madame Durant zurück. »Es hat nichts mit alldem zu tun! Und nun möchte ich mich hinlegen. Meine Migräne kehrt zurück. Der Verlust eines Kindes … Sie verstehen sicher.«

David verstand sehr wohl. Er hätte liebend gerne nachgebohrt, aber das würde aktuell nichts nützen. »Selbstverständlich. Danke für Ihre Zeit.«

Sie ließen sich aus der Wohnung geleiten.

Erst auf der Straße, wo sicher niemand zuhören konnte, wandte er sich Sophie zu. »Was denkst du?«

»Abrupte Änderung der persönlichen Einstellung, Annahme eines Jobs, der nicht passen wollte, und viel Geld von der Mutter. Die hat doch garantiert keine Ahnung, wofür er das gebraucht hat. Ein Blick in die Bankunterlagen wäre wohl sinnvoll.«

»Wie ich sein Können auf Basis der Vorbildung einschätze, hat er dafür gesorgt, dass die Spur des Geldes nicht zurückverfolgt werden kann«, sagte David. »Aber immerhin wüssten wir so die Höhe des Betrags. Die Konten des Jugendheims werden sowieso durchleuchtet.«

»Was ist hier nur los?«, sagte Sophie leise. »In was war Vincent Durant verwickelt?«

19. KAPITEL

Sophie stieg ins Auto und reichte David einen Becher Kaffee. »Die französischen Kollegen haben Durants Wohnung zwar bereits auf den Kopf gestellt, aber ich würde mich dort trotzdem gerne persönlich umsehen, wenn wir schon mal hier sind.« Sie gab die Adresse ins Navi ein, laut dem sie zu Durants Wohnung nur zehn Minuten brauchten. Dann startete sie den Motor und reihte sich in den zäh fließenden Verkehr ein.

David tippte auf seinem Handy eine Nachricht zu Ende, legte es ins Seitenfach der Tür und trank einen Schluck. »Ich habe einen Kollegen angefordert, der uns Zugang zu Durants Wohnung verschaffen kann. Und mit Bertrand habe ich auch gerade geschrieben. Ihm ist in der Akte etwas aufgefallen, das muss er sich aber noch mal genauer anschauen.«

Kurz nippte sie ebenfalls an ihrem Kaffee. »Okay. Und was konnte er dir über Louise Blanc erzählen?«

Er seufzte. »Quasi nichts. Sie arbeitet freiberuflich als Unternehmensberaterin. Bisher haben sie Louise Blanc noch nicht in ihrer Wohnung angetroffen und unter der Telefonnummer auf ihrer Website ist sie nicht zu erreichen.«

Sophie stellte ihren Becher ins Getränkefach. »Heißt das, Durants Lebensgefährtin weiß vielleicht noch gar nichts von seinem Tod?«

David zuckte mit den Schultern. »Zumindest nicht von der Polizei. Und hätte sie es durch die Medien erfahren, hätte sie sich sicher gemeldet.«

Sophie hielt an einer roten Ampel und rieb ihre kalten Hände aneinander. »Die Kollegen werden doch wohl herausfinden können, wo sie gerade steckt?«

»Leider nein. Sie hat keine Angestellten, die ihre Termine angeben könnten. Und Nachbarn grüßte sie zwar, sprach aber nie mit ihnen. Laut deren Angaben war sie kaum zu Hause und wenn sie mal da war, war sie immer in Eile.«

Die Ampel schaltete auf Grün.

»Und Angehörige?«

»Konnten bisher keine ermittelt werden. Wir müssen darauf hoffen, dass sie bald heimkehrt.«

Sophie griff wieder nach ihrem Kaffeebecher. »Was, wenn sie das nicht tut?«

David nahm sein Handy zur Hand. »Ich hake mal bei Alvarez nach, ob er schon über die Lebensgefährtin Bescheid weiß und auch bei uns jemanden auf ihre Suche ansetzen kann.«

»Die Beziehung der beiden kann nicht besonders innig gewesen sein«, warf Sophie in den Raum. »Selbst wenn sie eher eine Fernbeziehung geführt haben, telefoniert man in dem Fall doch regelmäßig miteinander, oder? Durant ist mittlerweile seit einigen Tagen tot. Sie müsste sich längst Sorgen machen, weil sie ihn nicht erreichen kann. Zumindest bei seiner Mutter hätte sie sich melden und nachfragen können.«

»Vielleicht gingen sie es locker an oder hatten Streit«, erwiderte David, während er Alvarez eine Mail schrieb.

Sophie seufzte. »Uns fehlen Indizien. Bisher können wir nur spekulieren.«

Ihre Gedanken wanderten wieder zu dem Mädchen, von dem sie das Zellstofftaschentuch erhalten hatte. Wenn sie später ins Heim zurückkehrten, würde Sophies erster Weg zu ihr führen. Sie wollte noch einmal persönlich mit ihr sprechen und sie ohne Marpliés Anwesenheit zu ihrer vermissten Freundin befragen. Bertrand saß inzwischen im hiesigen Polizeipräsidium. Die Akten aus dem Heim waren beschlagnahmt und dorthin gebracht worden. Sie hatten ihn gezielt auf die von Monique Moreau angesetzt. Die Mädchen waren gute zehn Jahre jünger als ihre Tochter. Doch es kam ihr vor wie gestern, als Laura noch ein Teenager gewesen war.

Vor einem U-förmigen Wohnkomplex, bei dem die Stellflächen nummeriert und somit anscheinend vermietet waren, parkte sie. Dass die Parkplätze vergeben waren, war ihr gerade egal.

»Wir kommen viel zu langsam vorwärts. Das ist echt frustrierend.« Gleichzeitig stiegen sie aus.

David kam um das Auto herumgelaufen. »Im Moment können wir nichts weiter tun, als Schritt für Schritt vorzugehen.«

Sie schloss ihren Mantel und sah sich um. In der Mitte

des achtstöckigen Wohnkomplexes befand sich eine Grünfläche mit Spielplatz und Parkbänken. Ein Mann saß dort und rauchte.

»Der Kollege mit dem Schlüssel müsste inzwischen da sein oder gleich eintreffen.«

Sophie nickte und ging auf den Hauseingang mit der Nummer 7 zu. »Die Durchsuchung und Beweismittelaufnahme ist bereits abgeschlossen?«

»Ja.«

Im Treppenhaus erwartete sie der Kollege, dem es vor dem Haus zu kalt gewesen war. Er trug einen voluminösen Schnauzer, der seine Oberlippe völlig verdeckte. Sie konnte nicht nachvollziehen, warum sich jemand freiwillig so einen Speise- und Tropfensammler im Gesicht heranzüchtete.

Nach einer kurzen Vorstellung gingen die beiden Männer voraus und verfielen in französischen Small-Talk. In der dritten Etage war an einer Tür ein polizeiliches Papiersiegel angebracht, das der Kollege mit einem Cuttermesser zwischen Tür und Rahmen durchschnitt und ihnen schließlich mit einem Schlüssel Zugang verschaffte.

»Gibt es eine Auflistung, welche Gegenstände die SpuSi sichergestellt hat?«, erkundigte sie sich, während sie schwarze Puderrückstände auf einer weißen Kommode betrachtete.

David wandte sich an den Kollegen und fragte nach.

Durants Einraumwohnung war winzig. Bei der grauen Schlafcouch stand der Bettkasten offen, aus dem wahrscheinlich die Bettwäsche entnommen worden war. Gegenüber befand sich eine Anbauwand. Das Fenster war in eine Küchenzeile integriert, in der auch eine Waschmaschine Platz gefunden hatte. Daneben führte eine Glastür auf den Balkon.

»Sie mailen uns die Asservatenliste«, informierte David sie. »Es ist auffällig, dass kein Handy, kein Laptop und nichts dergleichen gefunden wurden.«

Sophie ließ ihren Blick durch den Raum schweifen. »Was ist mit Bildern?«

»Sie mailen uns die Liste«, wiederholte David und betrat vor ihr das kleine Badezimmer, in dem eine Toilette und eine Dusche zu finden waren. Die gefliesten Wände waren in einer Grautonmarmorierung gehalten.

»In der Wohnung im Haus seiner Mutter hatte Durant sicherlich mehr Platz«, ließ sie David an ihren Gedanken teilhaben. »Weshalb verschweigt sie, aus welchem Grund ihr Sohn Schulden hatte und sich Geld von ihr borgte?«

»Bertrand meldet sich, sobald die Kollegen bei Durants Kontoaktivitäten etwas finden«, erwiderte David und kehrte mit ihr in den Wohnraum zurück. »Vielleicht gibt es außer der Mutter noch jemand anderen, der über seine Geldprobleme Bescheid wusste.«

Sophie nickte. »Wo wir wieder bei Louise Blanc wären. Die könnte es wissen.«

»Eventuell auch Kollegen«, ergänzte er.

»Findest du es nicht auch seltsam, dass Marplié nichts von dieser Wohnung wusste? Er glaubte, Durant würde noch im Haus seiner Mutter leben. Seinem Verhalten nach hatten er und Durant doch ein beinahe freundschaftliches Verhältnis.«

»Da wären wir wieder bei Mutmaßungen. Ja, er könnte gelogen haben und genauso gut könnten sie eine unterschiedliche Auffassung von Freundschaft haben. Ich binde meinem Chef und meinen Arbeitskollegen mein Privatleben auch nicht auf die Nase.«

Gespielt empört sagte sie: »Echt nicht? Ich hab darauf gehofft, dass du mich endlich mal in dein Liebesleben einweihst. Immerhin kennen wir uns nun schon ein paar Tage.« Sie versuchte, ernst zu bleiben, musste aber dennoch schmunzeln.

David beugte sich zu ihr herab. »Das, liebe Kollegin, überlasse ich Ihrer Fantasie.«

Jetzt lächelte sie ganz offen. »Dann wird es vielleicht schmutziger, als es in Wahrheit ist.«

Belustigt schüttelte er den Kopf. »Ich sollte mal ein ernstes Wort mit deinem Mann reden.«

Der französische Kollege stand in der Tür und brachte sich mit einem Räuspern in Erinnerung.

»Wir sind hier fertig, oder?«

»Ja, die Spurensicherung hat sogar die Pflanzenkübel auseinandergenommen. Aber immerhin können wir uns jetzt ein besseres Bild von Vincent Durant machen.« Sie verließ als Erste die Einzimmerwohnung und stieg im Treppenhaus die Stufen hinab. »Falls sie irgendwelche Fotos sichergestellt haben, möchte ich die bitte umgehend sehen.«

Sie fischte ihr Handy aus der Jackentasche und gab Louise Blanc in die Suchmaske ein. Auf der Website ihrer

Unternehmensberatung gab es kein Foto von ihr, was Sophie äußerst ungewöhnlich fand. Während David den Kollegen verabschiedete, lief sie schon langsam in Richtung Auto und suchte beim Gehen weiter. Die Frauen, die bei diesem Namen auf der Suchseite angezeigt wurden, ließen sich aber nicht einer Unternehmensberaterin zuweisen.

Als sie von ihrem Handy aufsah, bemerkte sie einen Mann, der das Nummernschild ihres Leihwagens fotografierte. Wenn sie sich nicht irrte, war es derjenige, der bei ihrer Ankunft auf der Parkbank geraucht hatte.

»Entschuldigung«, rief sie, woraufhin er davoneilte und um die nahe gelegene Hausecke bog.

»Sophie.« David winkte ihr zu und kam ihr eiligen Schrittes nach.

Sie schaute zwischen ihm und der Hausecke hin und her. Sollte der Mann den Leihwagen doch bei der Hausverwaltung wegen unberechtigtem Parken melden. In ihrer Strafzettelsammlung kam es auf einen weiteren nicht mehr an.

»Du glaubst es nicht«, stieß David aus, sobald er bei ihr ankam. »Bertrand ist bei Monique Moreaus Akte tatsächlich auf Ungereimtheiten gestoßen.« Er ging zur Fahrertür und setzte sich hinter das Steuer. »Ich erzähle es dir unterwegs.«

Sophie stieg eilig ein. Ihr Blick fiel auf das Zellstofftaschentuch in der vorderen Ablage, auf dem das Mädchen den Namen ihrer vermissten Freundin Monique Moreau notiert hatte.

»Inzwischen hat er weiter nachgeforscht und seine Vermutung hat sich bestätigt«, berichtete David, während sie in Richtung Heim aufbrachen. »Laut der Akte wurde sie vorgestern an ein Ehepaar vermittelt. Doch die angegebene Adresse der Adoptiveltern existiert nicht.«

»Und das bedeutet was?«, hakte sie nach. »Ist die Adresse fehlerhaft?«

»Das hat Bertrand auch erst gedacht und deshalb nach dem aktuellen Wohnsitz der Familie gesucht.« Er fuhr sich hektisch durch die Haare.

»Was heißt das jetzt?« Ungeduld schwang in ihrer Stimme mit.

»Chloé und Franz Robert, die angeblichen Adoptiveltern, wären jetzt über 90 und sind beide bereits seit zwei Jahren tot.«

20. KAPITEL

Dieses Mal saß David am Steuer, vermutlich war Sophies Gesicht deshalb dezent weiß.

Der Gedanke war einer von vielen, doch David fiel es schwer, die Hinweise zu ordnen. Jemand hatte sich sehr viel Mühe gegeben, Spuren zu verwischen. Ohne die Nachricht zu Monique Moreau auf dem Taschentuch würden sie noch im Dunkeln tappen.

»Rekapitulation«, sagte Sophie. »Ein Mädchen wird offenbar adoptiert. Das liegt zwei Tage zurück. Doch in den Akten stehen die Namen von Toten. Fazit?«

David war ihr dankbar dafür, die Auswirkungen der Enthüllung in logische Bahnen zu lenken. Genau das brauchte er gerade. Wenn es um Jugendliche ging, deren Leben durch Machtmissbrauch von Erwachsenen zerstört wurde, drehte ihm das den Magen um. Sein Filter funktionierte da einfach nicht richtig, nach dem, was in seiner eigenen Familie passiert war. »Es wäre möglich, dass noch weitere Akten betroffen sind. Die Adoptiveltern müssen flächendeckend geprüft werden. Möglicherweise ist deshalb die Vermittlungsquote so hoch.«

Laut Navi würden sie in zwölf Minuten das Heim erreichen.

»Doch wozu? Es gibt ausreichend Eltern, die noch adoptieren wollen. Wieso diese ungesetzliche Vermittlung? Klar, da spielt Geld eine Rolle, aber denen muss doch klar sein, dass etwas Derartiges auffällt. Und bei Jugendlichen würde doch niemand extra Geld zahlen, da gibt es im Gegenteil zu wenig Adoptionswillige.«

»So könnte Vincent Durant ins Bild passen«, überlegte David. »Er wurde erpresst und deshalb benötigte er das Geld. Falls er bei dieser Sache mitgemacht und jemand es bemerkt hat, würde es das erklären.«

War aus diesem Grund jemand so wütend auf ihn gewesen, dass er ihn umbrachte und nach Berlin schaffte?

Sophie schluckte betreten. »Das wirft natürlich eine alles entscheidende Frage auf.«

»Was passiert mit denen, die illegal vermittelt wurden?«, sprach David sie aus. »Da es sich um Jugendliche handelt, können wir Gott sei Dank das Thema Pädophilie ausklammern. Sexueller Missbrauch könnte es trotzdem sein. Oder die Jugendlichen landen in Bordellen irgendwo am Ende der Welt. Und wenn sie genug gearbeitet haben …«

»Werden sie getötet?«, fragte Sophie. »Ich weiß auch nicht, da kommt bei mir immer noch das Gefühl hoch, wir übersehen etwas.«

Glücklicherweise waren sie in Kürze nicht mehr auf Theorien angewiesen.

Davids Smartphone klingelte und er bat Sophie, das Gespräch auf Lautsprecher zu stellen.

»Wie weit seid ihr noch vom Heim entfernt?«, fragte Bertrand sofort.

»Drei Minuten, ich kann das Gebäude schon sehen«, erklärte David.

»Haftbefehl ist ausgestellt, ihr könnt euch Marplié schnappen«, sagte Bertrand. »Die Staatsanwaltschaft wird das Jugendheim unter staatliche Verwaltung stellen und alle Geldflüsse überprüfen. Diese Sache hat gerade eingeschlagen wie eine Bombe.« Er atmete schwer, offensichtlich rannte er. »Die Kollegen und ich machen uns auch sofort wieder auf den Weg zum Heim. Legt schon mal los.«

»Alles klar, wir sind jetzt da«, informierte David ihn und beendete die Verbindung.

Er parkte das Auto seitlich des Eingangstores, damit die Kollegen später vorbeikamen. Sie sprangen hinaus, wohlwissend, dass der Pförtner im Schneckentempo reagieren würde. Stattdessen eilten sie einfach vorbei und ließen das Auto zurück.

Marplié durfte nicht gewarnt werden.

Sie erreichten das Haupthaus und rannten die Stufen hinauf, den Weg zum Büro kannten sie ja. Und dieses Mal würde David es genießen, Sophie machen zu lassen.

Auf seinem Smartphone ging der Haftbefehl in digitaler Form ein, damit er sich notfalls darauf berufen konnte. Nicht auszudenken, wenn ein Verfahrensfehler dafür sorgte, dass der Direktor davonkam.

Sophie hämmerte gegen die Tür. »Monsieur Marplié!«

Stille.

David drückte die Klinke herab. Sie betraten den Raum und das Bild gehörte zu jenen, die sich ihm einprägen würden.

Der Direktor saß vornübergebeugt an seinem Schreibtisch. Er hatte sich in die rechte Schläfe geschossen. Das Blut war auf dem ganzen Schreibtisch verteilt, auf dem auch ein Blatt Papier lag. Die zugehörige Waffe lag auf dem Boden.

David war mit wenigen Schritten dort. »Abschiedsbrief. Er bedauert seine Taten, für die er und Vincent Durant die Verantwortung tragen.«

»Scheiße«, entfuhr es Sophie. »Das ist doch lächerlich, wer glaubt denn, dass die beiden so was allein aufziehen?! Und selbst wenn, wieso sollte jetzt das schlechte Gewissen zuschlagen? Das nehme ich ihm nicht ab.«

David gab ihr recht. »Er ist der Sündenbock. Und da beide tot sind, können wir niemanden mehr befragen.« Er rieb sich müde die Augen. »Verdammt noch mal! Ich habe keine Ahnung, was das alles soll oder wer dahintersteckt, aber auf mich wirkt das immer mehr wie eine größere Verschwörung.«

»Wenn noch weitere Personen in der Einrichtung mit drinhängen …«

»Werden sie schweigen«, beendete David Sophies Satz. »Sie haben ja jetzt gesehen, was ihnen sonst blüht.«

Einige Zeit später war ein Keuchen zu hören, dann kam Bertrand in den Raum geeilt. »Oh, merde. Das erklärst du dem Chef.«

Sie verließen zu dritt das Büro, nachdem David noch einmal den Abschiedsbrief, die Leiche und die Waffe fotografiert hatte und all das an Zusanna es für ihre forensische Auswertung benutzen konnte.

Im Gang warteten sie auf das Eintreffen der Spurensicherung.

»Euch ist klar, dass diese Sache jetzt eine Eigendynamik entwickelt, ja?« Bertrand suchte zuerst Davids Blick, dann den von Sophie. »Wir wissen noch nicht, wie weitreichend sie ist, doch wenn Monique Moreau nur die Spitze des Eisbergs ist … könnten noch viel mehr Jugendliche auf die gleiche Art ›vermittelt‹ worden sein. Und wenn man in Betracht zieht, was ihr in Berlin gefunden habt, lässt das nichts Gutes vermuten.«

Sophie machte eine beschwichtigende Handbewegung. »Vergiss bitte nicht, dass die Toten im ehemaligen Jugendwerkhof bereits seit Jahrzehnten dort liegen. Wir müssen nicht gleich vom Schlimmsten ausgehen.«

David nickte zustimmend. »Die Interessen der involvierten Personen müssen in Richtung Geld gegangen sein. Vielleicht haben sie einfach Jugendliche an reiche Ehepaare vermittelt, die normalerweise keine Zusage erhalten hätten.« Was er selbst nicht so recht glaubte.

»Du weißt so gut wie ich, dass kinderlose Ehepaare jüngere Kinder wollen«, sagte Bertrand. »Die Statistik ist da eindeutig. Wer sollte so viel Geld bezahlen, um einen Jugendlichen zu adoptieren?«

Was den Nagel bedauerlicherweise auf den Kopf traf.

Die Jugendlichen mussten befragt und betreut werden. Dafür brauchten sie auch Psychologen. Falls es weitere Ungereimtheiten zu verschwundenen Freunden gab, konnten diese das vermutlich am besten sagen und machten es so leichter, irreguläre Adoptionen aufzudecken.

Sie begaben sich in den Konferenzraum, der gerade zu einem provisorischen Hauptquartier umfunktioniert wurde. ITler schlossen ihre Laptops an, Listen wurden angelegt, Beweismaterial sichergestellt. Es musste abgeglichen werden, ob tatsächlich alle Jugendlichen überhaupt in Akten ›vorhanden‹ waren. Niemand konnte sagen, an welcher Stelle Unterlagen beschönigt worden waren.

Davids Smartphone klingelte und er ging mit Sophie zur Seite, als er Alvarez' Namen auf dem Display sah. Den Anruf schaltete David auf Lautsprecher, wohlwissend, dass die meisten französischen Kollegen sowieso kein Deutsch sprachen.

Nach einer kurzen Begrüßung kam Alvarez, der ebenfalls über Lautsprecher sprach und bei dem alle anderen aus dem Team saßen, zur Sache: »Unser Telefon steht nicht mehr still. Glücklicherweise hat Ihr Foto des toten Direktors uns vorgewarnt. Die französischen Kollegen sind sich noch nicht sicher, ob sie die Ermittlungen bei uns belassen wollen; so können sie uns später dann vorwerfen, wir hätten gepfuscht. Oder ob sie sie übernehmen wollen, weil es eben eine Ehrensache ist, so was aufzuklären.«

»Hier in Frankreich geht es auf jeden Fall hoch her«, sagte David. »Die Kollegen haben das Jugendheim übernommen. Es wird einstweilen unter staatliche Aufsicht gestellt, ich nehme an, dass die Jugendlichen auf andere Einrichtungen verteilt werden. Aber das muss die Bürokratie klären. Auf jeden Fall wird hier alles durchsucht, jeder Stein umgedreht. Sollte es hier Hinweise geben, wird man sie finden. Wie lange das dauert, steht auf einem anderen Blatt.«

»Darf ich etwas sagen?«, meldete sich Zuzanna Tomaszewska zu Wort.

»Aber klar, nur raus damit«, sagte David.

»Ich konnten bisher noch keine detaillierte Auswertung vornehmen, doch anhand des Bildes und des Briefes konnten ich etwas feststellen. Der Brief wurde von einem Linkshänder geschrieben, das Einschussloch befindet sich jedoch in der rechten Schläfe von Direktor Marplié.«

»Also, wie vermutet, kein Selbstmord«, sagte Sophie. »Die Spurensicherung wird nicht lange brauchen, um das zu bestätigen.«

»Wer auch immer dahintersteckt, wird bemerken, dass die Öffentlichkeit zunehmend aufmerksam wird. Und das bedeutet, derjenige wird anfangen aufzuräumen. Der Direktor könnte bloß der Startschuss gewesen sein.« Ihm fiel auf, was er da gerade gesagt hatte. »Verzeihung, das war keine Absicht.«

»Hoffen wir, dass es der einzige Schuss bleibt«, sagte Alvarez. »Bisher fehlt mir die Verbindung zum Massengrab in Berlin. Wir wissen nicht, wie viele Parteien involviert sind und was das Ziel der Operation war.«

»Sobald ich mehr Infos habe, werde ich Sie informieren«, sagte Tomaszewska.

»Ich horche bei meinen Kontakten in der französischen Polizei nach«, schaltete sich Markus ein. »Sollten die Zuständigkeitsstreitigkeiten ernst werden, sind wir gewarnt.«

Was David erneut vor Augen führte, wie gut Markus Ebner vernetzt war, trotz seiner jungen Jahre. Vermutlich kam er auch von irgendeinem österreichischen Eliteinternat, das Spezialisten in alle Welt verteilte. Immerhin, jetzt profitierten sie mal davon.

»Ich werde den Kollegen Feuer unterm Hintern machen, damit sie die Daten zur Verfügung stellen«, sagte Ebba. »Es geht schneller, wenn ich die in die Datenbank einspeise, sonst warten wir noch Wochen.«

Der Einzige, der zu diesem Zeitpunkt keine Möglichkeit hatte, seiner Arbeit nachzugehen, war Matteo Rossi. Dieser verkündete, dass es noch unklarer war, wer letztlich hinter allem steckte. Wie sollte er da ein einzelnes Profil erstellen?

Schließlich beendete David das Gespräch. »Bleibt die Frage, an welcher Stelle wir jetzt einhaken. Bis die Unterlagen gesichtet sind, wird es dauern. Wann die Lebensgefährtin von Durant auftaucht, keine Ahnung.«

»Die Jugendlichen«, sagte Sophie. »Ich möchte mit der Freundin von Monique Moreau sprechen. Sie hatte immerhin die Vermutung, dass etwas nicht stimmt und obendrein den Mut, mir das Taschentuch zu bringen.«

Sie bewegten sich mittlerweile durch einen wimmelnden Bienenschwarm zu Bertrand, der ihnen schicksalsergeben entgegenstarrte. Auch er war von der Entwicklung überrollt worden.

Aus einem Schneeball war eine Lawine geworden. Und die donnerte gerade auf sie alle zu.

21. KAPITEL

»Ich brauche dich jetzt bitte die ganze Zeit an meiner Seite«, sagte Sophie, während David und sie auf das Pförtnerhäuschen zusteuerten. »Die Sprachbarriere ist echt ein Problem und ich traue hier mittlerweile niemandem mehr über den Weg. Gerade wenn eine Psychologin bei der Befragung des Mädchens dabei ist, will ich keine falschen Worte in den Mund gelegt bekommen.«

»Klar, ich lass dich nicht alleine«, versprach er.

Der Pförtner war aus seinem Häuschen herausgetreten und sah ihnen entgegen. Sophie blieb stehen und ließ ihren Blick entlang des weitläufigen Zaunes schweifen. Nicht mehr lange, dann würde die Sonne untergehen und die Dunkelheit ihnen die Suche nach verdächtigen Spuren erschweren.

»Wenn es schon bei den Gebäuden keine Videoüberwachung gibt, hoffentlich zumindest bei der Grundstücksgrenze?«

David schüttelte den Kopf. »Das hier ist kein Gefängnis.«

»Selbst dabei bin ich mir nicht mehr sicher«, sagte sie und atmete tief durch.

Sophie drehte sich um ihre eigene Achse, überblickte

die entfernten Gebäude und einen Fußballplatz. Auf der Innenseite des Grundstücks verdeckten zum Teil Büsche den Zaun. Falls der Mörder keiner der Angestellten war, hätte er sich von allen Seiten Zugang verschaffen und den Pförtner umgehen können.

Da dieser ihnen etwas zurief, setzten sie sich wieder in seine Richtung in Bewegung. David antwortete ihm und es frustrierte sie, dass sie wieder mal nichts verstand.

Bevor sie zu Durants Mutter aufgebrochen waren, hatten sie Marplié noch gesehen. Für ihre Befragung und die Besichtigung von Durants Wohnung hatten sie etwa drei Stunden gebraucht und in dieser Zeit war der Heimleiter ermordet worden. Da Bertrand und das Einsatzteam bereits abgerückt waren, konnte sich tatsächlich jemand unbemerkt aufs Gelände geschlichen haben. Und genauso gut kamen alle Angestellten infrage, die anwesend waren. Selbst die Jugendlichen konnten sie momentan noch nicht als Tatverdächtige ausschließen.

Während David den Pförtner fragte, ob er in den letzten drei Stunden seine Position verlassen hatte, musterte Sophie ihn aus verengten Augen. Falls er der Mörder war, würde er ihnen das nicht auf die Nase binden. Laut seiner Antwort war er die ganze Zeit in seinem Häuschen gewesen.

»Frag ihn bitte, ob er eine Liste darüber führt, wen er aufs Grundstück fahren lässt.«

David tat es und lauschte seiner nicht enden wollenden Antwort.

»Nein. Die Angestellten besitzen eine Karte und können die Schranke selbst öffnen. Ansonsten hat Marplié ihn immer über geplante Gäste informiert. Und seit gestern fährt die Polizei ein und aus.«

Sie seufzte.

»Wenn bei der Einfahrt der Mitarbeiter Karten gelesen werden, muss abrufbar sein, zu welchen Zeiten sie kommen und gehen.«

David und der Pförtner verständigten sich wieder auf Französisch, bevor er dem Mann ins Häuschen folgte.

Sophie nutzte die Zeit, ging um das Pförtnerhäuschen herum und sah sich auch die Schranke noch einmal genauer an. Doch es waren nirgendwo Überwachungskameras zu entdecken.

»Unser Nachbar überwacht seinen Gartenteich, damit ihm niemand seine wertvollen Kois klaut«, sagte sie, als David wieder zu ihr kam. »Das hätte uns hier echt weitergeholfen.«

Er hielt ein Blatt Papier in der Hand und strich mit seinem Finger über eine Liste. »Heute sind nur sechs Mitarbeiter registriert worden. Zwei Betreuer, drei Küchenangestellte und der Hausmeister.« Er deutete mit dem Kinn zum Pförtner. »Laut Monsieur Duval sind die restlichen Angestellten über den Polizeieinsatz informiert worden und sollten zu Hause bleiben.«

Sie runzelte die Stirn. »Und das hat wer angeordnet?«

»Sylvan Marplié.«

»Hatten die französischen Kollegen das auf dem Schirm?«

»Ja, sie haben alle befragt und die Personalien wurden

aufgenommen«, beruhigte David sie, während sich ein Auto näherte.

Monsieur Duval trat an das Fahrerfenster, sobald der Wagen hielt. Und auch David ging näher.

»Das sind die Psychologen«, informierte er sie, als Duval die Schranke öffnete.

»Super, dann können wir jetzt das Mädchen befragen.«

Sie folgten dem Auto zu Fuß, während David Bertrand anrief und mit ihm das weitere Vorgehen besprach.

»Wir übernehmen die Jugendlichen und Bertrand sowie zwei andere Kollegen widmen sich in der Zwischenzeit den anwesenden Mitarbeitern.«

Sophie nickte. »Alles klar.«

Mit der zunehmenden Dunkelheit wurde es auch spürbar kälter. Fröstelnd schob sie ihre Hände in die Manteltaschen. An den Haustüren schalteten sich die Lampen ein.

Die fünf Psychologen betraten vor ihnen das Haupthaus. Sophie und David stiegen nach ihnen die Treppe zum Obergeschoss hinauf und trafen im linken Gang auf Bertrand, der die in Tränen aufgelöste Madame Petit zu beruhigen versuchte.

Unter Schluchzern und französischem Wehklagen stieß sie immer wieder Marpliés Namen aus, den zwei Männer in Schutzanzügen soeben im Leichensack aus dem Büro trugen.

»Schickst du mir eine Kopie der Obduktionsergebnisse?«, bat David Bertrand.

Der nickte. »Natürlich, mein Freund.«

»Sein Mörder könnte hier unter uns sein«, flüsterte Sophie und drängte sich an Madame Petit vorbei. »Fragt bitte jede und jeden, in welchem Verhältnis sie zu dem Direktor standen, und vergleicht dann, ob die Aussagen übereinstimmen. So können wir am ehesten aufdecken, ob jemand lügt.«

Bertrand nickte auch ihr zu. »Das Mädchen wurde in den Pausenbereich der Lehrer und Erzieher gebracht. Ich habe gerade eine Psychologin zu ihr geschickt. Die anderen Jugendlichen halten sich in den Unterkünften auf und stehen für Befragungen bereit.«

»Danke.«

Als Sophie vor David das Erzieherzimmer betrat, saß das Mädchen neben der Psychologin in der Mitte des Raumes an einer mit Tischen zusammengeschobenen Tafel. In gleichmäßigen Abständen dienten Servietten als Tischdeckchen, auf denen Holzvasen mit Kunstblumen standen. Es roch nach Tabak. Altmodische Schränke und Regale zierten die Wände. Die drei Fenster wurden von einer durchgängigen, ergrauten Gardine verdeckt.

Nachdem David Dr. phil. Camille Lemaire seinen und Sophies Namen genannt hatte, setzte die sich wieder einen Stuhl entfernt neben das Mädchen, das sich ihnen nun als Emilie vorstellte.

»Ich bin Sophie«, erwiderte sie und nahm mit David auf der gegenüberliegenden Seite der Tischreihe Platz. »Wir haben uns ja bereits auf der Toilette kennengelernt«, fuhr sie fort und lächelte Emilie an, um ihr ein wenig die Nervosität zu nehmen.

Während David übersetzte, betrachtete sie ihre zierliche Gestalt. Das Mädchen lehnte mit den Unterarmen auf dem Tisch und knetete die leicht zitternden Finger. Ihre Augen waren vom Weinen gerötet.

»Leg los, ich übersetze alles«, sagte David und zog seinen Notizblock hervor.

»Es ist ganz normal, nervös zu sein«, begann sie. »Du kannst uns vertrauen und ich gebe dir mein Wort, du wirst keinen Ärger bekommen, wenn du unsere Fragen ehrlich beantwortest. Es ist wichtig, dass du uns alles erzählst.«

Sie wartete, bis David die Übersetzung wiedergegeben hatte. Emilie sah ihn und Sophie abwechselnd an, wobei auch die Psychologin etwas zu ihr sagte. Doch schließlich nickte das Mädchen bereitwillig.

»Seit wann vermisst du deine Freundin?«, fragte sie und reichte ihr das Zellstofftaschentuch über den Tisch, auf dem die Nachricht geschrieben stand.

Emilie nahm es entgegen, fing augenblicklich wieder an zu weinen und begann auf Französisch zu erzählen.

»Monique ist vor zwei Tagen verschwunden«, übersetzte David zeitnah, während das Mädchen redete. »Sie wurde ins Büro des Direktors gerufen und ist nicht zurückgekommen. Und als Emilie sich nach ihr erkundigte, wurde ihr mitgeteilt, dass Monique an Adoptiveltern vermittelt wurde.«

David hatte kaum ausgesprochen, da berichtete Emilie weiter. Ihre Stimme wurde immer lauter und sie gestikulierte wild.

»Aber sie hat das nicht geglaubt, denn normalerweise

erfahren die Jugendlichen im Voraus davon und werden schon einmal mit den Eltern zusammengebracht, damit sie sich kennenlernen können. Das war bei Monique nicht der Fall. Die beiden waren beste Freundinnen und sie hätte Emilie davon erzählt. Außerdem waren noch all ihre Sachen da. Die sind erst heute Morgen geholt worden, als die Polizei ankam.«

Sophie sah David an. »Wer hat Moniques Sachen geholt?«

Er wandte sich an Emilie und hakte nach.

»Die Kollegen wussten da noch nichts von Monique Moreau«, flüsterte sie, als Emilie David gleichzeitig antwortete.

»Das war der Hausmeister«, informierte er Sophie und machte sich Notizen.

»Dann hat er wahrscheinlich Marpliés Anweisung befolgt.«

»Oder die von jemand anderem«, ergänzte David.

Sophie stand auf. »Frage Emilie bitte, wie lange sie und auch Monique bereits hier im Heim leben. Und ob ihr noch irgendetwas anderes aufgefallen ist.«

Sie lächelte das Mädchen an und ging zur Tür, um nach Bertrand Ausschau zu halten. Allerdings konnte sie ihn nicht sehen und hielt daher einen Gendarm auf, der an ihr vorbeilief.

»Schicken Sie bitte den Hausmeister hierher.«

Sein Blick machte deutlich, dass er kein Wort verstand.

»Please send the janitor in here«, versuchte sie es auf Englisch.

Er nickte und ging davon.

»Emilie ist seit acht Monaten hier, Monique war es länger als zwei Jahre.« David lehnte sich neben ihr an den Türrahmen und sah zu dem Mädchen zurück, das sich nun mit Camille Lemaire unterhielt. »Die Vermittlungen sind wohl generell schnell über die Bühne gegangen. Aber da wussten die Jugendlichen zumindest vorher Bescheid.«

Madame Lemaire winkte David wieder näher, woraufhin Emilie Sophie ansah und zu ihr sprach.

»Was noch seltsam ist …«, übersetzte David und stockte kurz, »ist, dass diejenigen, die adoptiert wurden, danach nie wieder erreichbar waren. Dabei hatten sie im Vorfeld ihre neuen Adressen hinterlassen, um mit ihren Freunden in Kontakt zu bleiben. Immerhin waren sie hier wie eine Familie.«

Sophie biss sich die Haut von ihrer Unterlippe. »Verstehe.«

Sie und David wechselten einen ahnungsvollen Blick. Die Wahrscheinlichkeit, dass sie in den Akten noch weitere Ungereimtheiten über Adoptionen finden würden, war gerade gestiegen.

»Was läuft hier für eine Scheiße?«, flüsterte sie und fuhr sich mit dem Balsamstift über die Lippen. »Ich will nicht noch mal ein Massengrab finden.«

David massierte sich den Nacken. »Hast du noch Fragen? Ansonsten würde ich Emilie meine E-Mail-Adresse geben und sie der Psychologin überlassen.«

»Ja, und es wäre gut, wenn wir sie auch auf irgendeinem Weg von uns aus kontaktieren könnten.«

Sie begleitete David zurück zum Tisch, ging um diesen herum und reichte Emilie die Hand. Da sie sich nicht selbst mit ihr verständigen konnte, blieb ihr nur, sie nochmals ermunternd anzulächeln.

Der Psychologin nickte sie zu und wandte sich dann zur Tür, durch die Bertrand soeben hereinschneite.

»Ich hab gehört, ihr sucht den Hausmeister? Tja, da könnt ihr euch hinten anstellen. Bis jetzt ist der Mann unauffindbar.«

Sophie starrte ihn an. »Er steht auf der Liste des Pförtners und war demnach hier.« Sie drehte sich zu David um. »Checkst du mal bitte die Liste, wann er wieder vom Gelände gefahren ist?«

»Das könnt ihr euch sparen«, entgegnete Bertrand. »Sein Auto steht auf dem Hof.«

»Na, der Mann kann doch nicht vom Erdboden verschluckt worden sein.«

Bertrand zuckte mit den Schultern. »Ich hab einen Kollegen zu seiner nahe gelegenen Wohnung geschickt, aber da hat niemand aufgemacht. Sein Handy lag hier im Gebäude in einem Keller, der wie eine Werkstatt eingerichtet ist. Madame Petit meinte, es wäre nicht seine Art, es liegen zu lassen. Er soll sehr zuverlässig und im Notfall auch bei Nacht zu erreichen gewesen sein.«

Sophie atmete tief durch und lief im Gang voraus. »Bitte sucht ihn weiter. Wenn er nicht auffindbar ist, müssen wir eine Fahndung rausgeben. Ein Fährtenhund soll die Zäune überprüfen.«

Die beiden Männer folgten ihr die Treppe zur Eingangshalle hinab. »Entweder finden wir ihn oder seine Leiche«, sagte David. »Falls er verschwunden bleibt, ist er flüchtig.«

Sie nahm ihr Handy zur Hand, um Alvarez über die neuen Erkenntnisse zu informieren. Da näherte sich ihnen ein Mann, der Bertrand zwei Pergamentrollen reichte.

»Die Baupläne sind da«, erklärte David ihr.

Sophie atmete erneut durch. Erst bekamen sie nichts und dann passierte alles auf einmal.

»Ich kümmere mich darum«, sagte David und nahm Bertrand die Pläne ab. »Wenn ihr mich braucht, findet ihr mich im Keller.« Er ging davon.

»Tu mir bitte den Gefallen und finde kein verstecktes Massengrab«, rief sie ihm nach und wandte sich von den Männern ab. Bevor sie Alvarez' Nummer wählen konnte, verkündete ihr Handy jedoch lautstark einen eingehenden Anruf, und der Name ihrer ehemaligen Kollegin Tina leuchtete auf dem Display auf.

»Hi, was gibt's?«

»Sag mir bitte, dass du bereits zurück in Deutschland bist.«

»Nein, und wie es aussieht, werde ich das morgen auch noch nicht sein«, antwortete sie.

Tinas Seufzen zog sich in die Länge. »Doch, ich denke, das wirst du.«

Sophie war inzwischen nach draußen gegangen und blieb stehen. »Warum glaubst du das?«

»Der Urgroßvater von Melissa Hubert wurde tot aufgefunden. Es handelt sich eindeutig um Mord.«

Sophie schloss die Augen. »Der Familie bleibt gerade auch nichts erspart. Darum müsst ihr euch aber kümmern. Ich bin da nicht zuständig.«

»Ich fürchte, das stimmt nicht«, erwiderte Tina. »Bei seiner Leiche wurden schwarze Lederhandschuhe sichergestellt. Und in ihnen haben wir einen Zettel gefunden, auf dem dein Name steht.«

22. KAPITEL

David bezahlte und ging mit dem Tablett zum Tisch.

Sie saßen im Flughafen in Berlin, waren mit einer gehörigen Verspätung eingetroffen. Genau deshalb hatten sie das Café aufgesucht.

Sophie war am Abend zuvor nach dem Gespräch mit ihrer Kollegin völlig aufgelöst zurückgekehrt, und gemeinsam hatten sie entschieden, sich sofort auf den Weg in Richtung Flughafen zu machen. Bertrand übernahm die Ermittlungen und Auswertungen in Frankreich.

Durch die Kurzfristigkeit des Rückflugs hatten sie flexibel sein müssen. Ein innereuropäischer Flug, der in den frühen Morgenstunden Deutschland erreichte, war die beste Möglichkeit gewesen. Es stand außer Frage, dass Sophie keine ruhige Minute haben würde, bis sie zumindest ein kurzes Gespräch mit ihrer ehemaligen Kollegin geführt hatte.

»Kaffee und Baguette schmecken nach einem nächtlichen Flug besonders gut«, sagte er und kaute. »Und Kommissarin Spicker wollte dich schnellstmöglich sehen?«

»Ihre Worte waren: direkt nach der Landung«, erwiderte Sophie. »Sie wusste natürlich nicht, wann wir ankommen. Ich habe ihr geschrieben, dass wir uns einfach direkt nach unserer Ankunft treffen.«

David lehnte sich zurück und genoss für einen Augenblick die Atmosphäre, die er so sehr mochte. Reisende und Reinigungspersonal waren unterwegs. Hier im Café saßen Businessmenschen mit übermüdeten Blicken und zerknitterten Anzügen. Dazwischen auch einige, die frisch wirkten, bei ihnen handelte es sich wohl um Abfliegende, keine Ankommenden.

»Bist du gar nicht neugierig?« Sophie taxierte ihn.

»Immer. Aber auf jedes Rätsel folgt ein weiteres«, erwiderte er. »Und in diesen Augenblicken können wir auch mal durchatmen. Selbst wenn es am Flughafen ist und ich mich eigentlich nach meinem Bett sehne.«

Sophie schien die Worte zu begreifen und sah sich um. »Die friedlichen Stunden?«

»Die friedlichen Stunden«, bestätigte er. »Unabhängig davon müssen wir wohl nun tatsächlich in Betracht ziehen, dass diese ganze Sache auch mit dir zu tun hat. Deutschland und Frankreich sind eine Sache, aber diese Lederhandschuhe mit deinem Namen …«

Sophie hatte es anfangs als Zufall abgetan, dass die Lederhandschuhe bei ihr aufgetaucht waren. Doch diese Theorie hatte sich damit als falsch erwiesen. Derartige Zufälle gab es nicht, das hatte der Zettel bewiesen.

»Du warst schon den gesamten Flug über so in dich gekehrt.« David betrachtete Sophie über den Rand der Tasse hinweg. »Was ist los?«

Nachdenklich erwiderte sie seinen Blick. »Es kommt

mir nur so unwirklich vor. Innerhalb weniger Tage ist so viel passiert und gleichzeitig hat der Anruf von Tina mir klargemacht, dass es schon mit Melissas Entführung begonnen hat. Weißt du, was ich meine? Das ist beängstigend. Der Entführer muss mich im Blick behalten haben, anders hätte er die Handschuhe nicht so platzieren können. Außerdem war das neongrüne Haar kein Zufall, kein Versehen.«

Darüber hatte er ebenfalls bereits nachgedacht. Für dieses Mal wollte er den Gedanken aber nicht weiterverfolgen. Er implizierte einfach zu viel.

Glücklicherweise summte sein Smartphone in diesem Augenblick. Er warf einen Blick darauf. »Das ist Ebba. Sie ist draußen.«

Ursprünglich hatte er die Bahn nehmen wollen oder ein Taxi, doch Sophie hatte gesagt, dass Ebba sie abholen würde.

David zuckte mit den Schultern und leerte seine Kaffeetasse mit einem letzten Zug. Das Baguette aß er auf dem Weg in Richtung Ausgang auf. Sophie ließ den Rest ihres Kaffees zurück, ebenso das Baguette.

Es war David bisher nicht klar gewesen, wie sehr die Entführung des Mädchens sie mitnahm. Er gehörte zu denjenigen, die das nachvollziehen konnten. Für die Menschen im Land war es nur eine Schlagzeile: Vermisste Jugendliche wird gesucht. Das Ergebnis ergab einen, vielleicht zwei Nachrichtenzyklen, je nachdem, wie das Ende des Falls aussah. Anders für die Familie. Sie bangte, zitterte, weinte; wurde von schlaflosen Nächten heimgesucht.

Eltern machten sich Vorwürfe, Geschwister verzweifelten in bleiernem Schweigen, das sich über das Elternhaus legte.

Ein Hupen erklang und riss David aus seinen Gedanken.

Sie eilten zu einem braunen Citroën.

Ebba stand dahinter, hatte den Kofferraum geöffnet. »Na, ihr? Die Suche nach der Melissa Hubert und dann plötzlich diese Handschuhe mit deinem Namen, Sophie, das ist alles so furchtbar. Deine ehemalige Kollegin hat uns die Daten geschickt.«

Sie verstauten die Rucksäcke mit den Reiseutensilien im Kofferraum.

Sophie setzte sich ohne Worte auf die Rückbank. Es brodelte sichtlich in ihr, und die Spannung nahm zu, jetzt, wo sie endlich wieder in Berlin gelandet waren.

David nahm auf dem Beifahrersitz Platz und schnallte sich an.

Ebba startete den Citroën und fuhr vom Parkplatz. »Wir haben mittlerweile quasi eine Liveschaltung mit allen möglichen Behörden, und fragt nicht, mit welchem Papierkram sich Alvarez rumschlagen muss. Die dachten alle, dass wird so ein Standardfall, den wir mit ein wenig Recherche aufklären, aber das hier sprengt jede Erwartung. Teilweise waren die Kompetenzen noch gar nicht geklärt.« Sie setzte den Blinker und bog ab. »Ihr solltet unseren Chef mal hören, der kann brüllen wie ein Raubtier. Verliert ja nicht schnell die Beherrschung, aber da gab es ein paar Bürohengste, die sind ihm derart auf den Sack gegangen …«

»Schade, das hätte ich gerne gehört.« David betrachtete im Vorbeifahren ein Straßenschild. »Wo fahren wir hin?«

»Zum Tatort«, erwiderte sie. »Dort wartet Tina Spicker bereits.«

»Hätte das nicht Zeit gehabt?«, fragte David. »Da wären wir alle nach einem Frühstück mit einer Menge Kaffee mit wachem Blick über die Sache gegangen.«

»Besser sofort.«

»Das klingt auch bei dir so seltsam.« Sophies Stimme klang rau. »Wurden die Handschuhe bereits genauer untersucht? Oder die Handschrift?«

Ebba gähnte und schüttelte den Kopf. »Ganz so schnell sind wir auch wieder nicht. Die Leiche von Albert Hubert – er ist Melissa Huberts Urgroßvater, väterlicherseits – wurde, wenn du so willst, erst vor einigen Stunden gefunden. Wir haben die Obduktion noch nicht einmal durchgeführt. Auch wenn der Todeszeitpunkt ziemlich eindeutig ist. Aber was das angeht, sprecht ihr besser mit Frau Spicker.«

Ebba lenkte den Wagen nach Weißensee.

David nickte auf dem Weg kurz ein und erwachte erst wieder, als das Auto zum Stehen kam. Er liebte lange Autofahrten. Egal wie aufgeregt oder gespannt auf etwas er vorher war, der Schlaf kam wie von selbst, sobald das Auto fuhr. Ein mehrstündiger Flug half natürlich auch dabei, dass er hundemüde war.

Sie hatten vor einem mehrstöckigen Gebäude gehalten, das so gar nicht in das typische Image des ehemaligen Ostens passen wollte. Es war stuckverziert und die

Fassade sauber. Auf vier Stockwerken beherbergte es mehrere Parteien.

»Damals, vor dem Mauerfall, haben hier die Bonzen gelebt«, sagte Sophie. »Wer dort ein Haus zugewiesen bekam, gehörte zur Partei, zum Kader. Gab sogar mal 'ne Fernsehserie, die so hieß.«

David stieg aus und reckte sich, seine Gelenke knackten. »Schöne Gegend.«

»Ich war oft am See«, erklärte Sophie. »Das Milchhäuschen allein lohnt sich schon. Hat DDR-Charme.« Sie rieb sich die müden Augen. »Mein Vater hatte öfter mit Mandanten hier aus der Gegend zu tun.«

Als sie auf die Tür zugingen, wurde diese bereits von innen geöffnet. Kriminalhauptkommissarin Tina Spicker trat heraus. »Hallo, Sophie.«

Sie umarmten einander kurz.

David schüttelte ihr die Hand. Sophie mochte zwar stets von ›Tina‹ sprechen, aber für ihn war sie natürlich nach wie vor Kriminalhauptkommissarin Spicker, wenn er mit ihr sprach.

Die Kollegin trug eine Jeansjacke, wie sie gerade wieder in Mode war, und darunter einen weiten Pulli und Jeans. Sie ging voraus, Ebba bildete das Schlusslicht. Im Gang roch es ein wenig muffig, darüber hinaus aufgeräumt. Nirgendwo stand ein Kinderwagen, kein Fahrrad. Ein Aufzug war nachträglich eingebaut worden.

»Im Haus wohnen sechs Parteien«, erklärte Frau Spicker. »Auf jeder Etage zwei. Alles gehobene Mittelschicht. Ist 'ne schöne Ecke von Pankow, Weißensee.«

»Albert Hubert ist zwar von Kollegen befragt worden«, sagte Sophie, »aber er war aufgrund seines Alters sowieso nicht verdächtig, das war eher Formsache.«

Im Zuge der weiteren Ermittlungen waren die Familienmitglieder – mit deren Einverständnis – auch finanziell abgeklopft worden. Es gab keine Auffälligkeiten. Eine Entführung durch Fremde fand wohl als Hauptarbeitshypothese Verwendung. Doch eine Lösegeldforderung war nie eingegangen.

Sie erreichten die Wohnungstür im ersten Stock.

»Die Eltern von Melissa Hubert haben zugestimmt, dass wir den Schlüssel behalten dürfen, bis die Untersuchung abgeschlossen ist«, sagte Frau Spicker.

»Wie geht es den beiden?«, fragte Sophie.

»Frag nicht. Zuerst wird die Tochter entführt, dann der Urgroßvater umgebracht. Die wissen gerade gar nicht, wie ihnen geschieht. Frau Hubert nimmt Beruhigungsmittel, der Mann ist sehr schweigsam geworden. Die halten gerade so durch.«

Der Schüssel klirrte, Frau Spicker schob die Tür auf.

Das Innere brachte den typischen Geruch von Tod mit sich, den eine Wohnung aufwies, sobald eine Leiche darin gelegen hatte.

»Wie lange war er bereits tot?«, fragte Sophie.

»Die Pflegekraft hat ihn abends verlassen und gestern am Morgen gefunden«, erklärte Kriminalhauptkommissarin Spicker.

Der Flur war mit hellem Parkett ausgelegt, die Wände weiß und mit dezenten Landschaftsaufnahmen behangen. An einem Garderobenständer hingen eine Herbst- und eine Winterjacke. Die Schuhe standen in Reih und Glied, alle sauber.

Albert Hubert hatte Wert auf Ordnung und Sauberkeit gelegt, es musste neben der Pflegekraft also auch jemand gegeben haben, der hier regelmäßig reinigte.

Linker Hand ging ein Tageslichtbad ab, das zur Straße führte. Geradeaus weiter lag das Wohnzimmer, rechts gelangte man ins Schlafzimmer.

»Er wurde im Wohnzimmer gefunden«, erklärte Tina Spicker. »Sein Schädel war zertrümmert und am Hals war eine Einstichstelle zu erkennen. Er saß auf dem Fernsehsessel, vermutlich hat der Täter blitzschnell gehandelt.«

Was dem Foltertod von Vincent Durant glich. Im Fall von Monsieur Marplié war die Todesursache allerdings ein Kopfschuss gewesen, getarnt als Selbstmord. Das passte nicht zum Modus Operandi dieses Täters.

»Die Obduktion wird morgen zwar durchgeführt, aber wir gehen da nicht von Überraschungen aus«, ergänzte Frau Spicker. »Anfangs haben wir uns den Kopf darüber zerbrochen, wie das alles zusammenhängt. Und das muss es einfach, solche Zufälle gibt es nicht.«

»Und, worauf seid ihr gekommen?«, fragte Sophie.

»Wir haben den Urgroßvater noch einmal komplett durchleuchtet«, erwiderte sie. »Und zwar besonders im Hinblick darauf, ob es Unterlagen zu ihm bezüglich seiner Arbeit in der ehemaligen DDR gibt. Stell dir vor, die gibt es. Und nicht nur das.« Sie deutete auf ein Bild, das auf der Kommode aufgestellt worden war.

Sophie ging darauf zu und erstarrte.

»Was ist?« Mit wenigen Schritten war David bei ihr.

In einem Rahmen war ein Bild eingesetzt, das drei Männer zeigte. Keinen davon kannte er.

»Das in der Mitte ist Albert Hubert«, hauchte Sophie. »Und der Mann links«, sie schluckte, »ist mein Opa.«

23. KAPITEL

Während der Fahrt zum Büro starrte Sophie die ganze Zeit das Foto an. Schon als Kind hatte sie ihren Opa nicht gemocht. Ihr gegenüber war er immer distanziert gewesen. Ein Mann mit eisernen Gesichtszügen, der stets Respekt einforderte und seine Offiziersuniform deutlich platziert über einem Kleiderbügel an der Schranktür hängen hatte. Außerdem war ihr nicht entgangen, dass er und ihr Vater früher ständig im Streit lagen.

»Bist du okay?«, fragte David, nachdem Ebba vor der Zentrale geparkt hatte und sie ausgestiegen waren.

»Ganz ehrlich … Ich weiß es nicht. Die Handschuhe, der Zettel mit meinem Namen und nun auch noch das Bild von meinem Opa.«

Während sie die Schleuse passierten, spürte sie Davids besorgten Blick. Jetzt war es eine Tatsache, dass es Botschaften an sie persönlich waren.

»Hast du inzwischen eine Idee, was Albert Hubert und dein Großvater zusammen zu tun hatten?«, hakte Ebba nach.

»Alle drei Männer auf dem Foto tragen Uniform«, erwiderte sie. »Demnach waren sie Kollegen. Und da Hubert das Foto eingerahmt und aufgestellt hat, wohl auch Freunde.«

Sie bog in ihr Büro ab, nahm ihren Autoschlüssel aus dem Schreibtischfach und verließ es wieder.

»Du meldest dich, ja?«, rief David ihr nach. Sein Blick war voller Mitgefühl, und ihr wurde bewusst, als Kollegen waren sie auch auf dem besten Weg, Freunde zu werden.

»Mach ich«, rief sie zurück.

David würde sie bei Alvarez entschuldigen. Sie hatte einen guten Grund, die Teambesprechung zu schwänzen. Anscheinend spielte ihr verstorbener Opa bei diesem ganzen Wirrwarr irgendeine Rolle. Und niemand hatte ihn besser gekannt als ihr Vater.

Bevor sie losfuhr, schrieb sie ihm eine Nachricht, dass sie auf dem Weg zu ihm war, und während der Fahrt telefonierte sie mit Jan und Laura. Doch es fiel ihr schwer, sich auf die Gespräche zu konzentrieren. Ihrer Tochter wollte sie keine schlaflosen Nächte bereiten und verschwieg daher, dass die aktuellen Ermittlungen sich gerade in ihr Privatleben verschoben. Und Jan vertröstete sie auf abends. Dann würden sie in Ruhe reden.

Als sie schließlich das Ortseingangsschild von Bernau hinter sich ließ, bog sie zwei Straßenkreuzungen weiter in die Wohnsiedlung ein, in der sie aufgewachsen war. In der DDR war das ein ausgewähltes Stadtviertel gewesen. Ihre Eltern hatten der Hausfassade inzwischen einen frischen weißen Anstrich verpasst und das Dach erneuern lassen. Die Ansicht des Vorgartens hatte sich seit ihrer

Kindheit ebenfalls verändert. Einst stand dort ein alter Weidenbaum, doch der war einem Blumenbeet gewichen.

Das Auto parkte sie vor der Garage und folgte dem gepflasterten Weg bis zur Eingangstür. Die Türklingel war noch die alte.

»Kleene, was machst du denn hier?« Ihre Mutter stand wie gewohnt in Bluse, Rock und behangen mit ihrem Goldschmuck vor ihr. Dazu trug sie eine Halbschürze. »Ich mach gerade Nudeln mit Gulasch. Willst du mit uns essen?« Sie drückte Sophie einen Kuss auf die Wange und eilte Richtung Küche.

Sophie schloss die Tür, zog die Stiefel aus und nahm sich Besucherpantoffeln aus dem Fach, auf denen jeweils ein Dackelkopf abgebildet war. Den Mantel ließ sie an einem Kleiderhaken zurück.

»Dein Vater ist im Wintergarten«, rief ihre Mutter. Aus der Küche hallte Schlagermusik.

Die Inneneinrichtung ihrer Eltern war eine Mischung aus alt und modern. Ein wandeinnehmendes Bücherregal, braune Holzmöbel, dunkelgrünes Sofa, ein Glastisch. Die Wandbilder, allesamt Kopien von Carl Spitzwegs Werken, steckten in goldfarbenen Rahmen.

Im Wintergarten waren die Fensterscheiben angelaufen. Johannes Steinbach saß in einem Korbsessel und las Zeitung.

»Hallo, Papa.«

Er sah auf. »Sophie ...« Der Blick auf seine alte Armbanduhr ließ ihn die Stirn runzeln. »Musst du um diese Zeit nicht arbeiten?«

Da er von ihrem Auftauchen überrascht war, hatte er ihre Nachricht anscheinend nicht gelesen. Wozu besaß er ein Handy, wenn er es nur gelegentlich einschaltete?

Seufzend ging sie zu ihm, drückte ihre Wange gegen seine und setzte sich in den Korbsessel neben ihn. »Ich bin im Dienst und brauche deine Hilfe.«

Er hob die buschigen Augenbrauen. »Als du mich das letzte Mal um Hilfe gebeten hast, warst du 17. Da ging es um dein Bewerbungsschreiben.«

Sophie nagte an ihrer Unterlippe und suchte gedanklich nach einem guten Einstieg. Ihr Opa war in diesem Haus ein Tabuthema und wenn es schieflief, würde ihr Vater sofort abblocken.

Er faltete die Zeitung zusammen, nahm die Lesebrille von der Nase und legte beides auf den Tisch. »So wortkarg kenne ich dich gar nicht. Was ist los?«

Sie nahm einen tiefen Atemzug. »Es geht um Opa.«

Die Miene ihres Vaters wirkte plötzlich wie versteinert und sein kurzes Zusammenzucken war ihr ebenfalls nicht entgangen.

»Kennst du dieses Foto?« Sophie hatte das Bild der drei Männer abfotografiert, öffnete auf ihrem Handy die Galerie und reichte es ihm.

Ihr Vater machte keine Anstalten, es entgegenzunehmen. »Du weißt, dass ich an diesen Mann keinen einzigen Gedanken mehr verschwenden will. Er war schon weit vor seinem Tod für mich gestorben.«

Sie nickte. »Ja, das weiß ich und es tut mir leid, wenn ich alte Wunden aufreiße.« Das Handy legte sie vor ihm auf dem Tisch ab. »Aber ich habe keine andere Wahl. Du bist der Einzige, der mir vielleicht weiterhelfen kann. In meinem derzeitigen Fall führt eine Spur zu ihm und ihn selbst kann ich nicht mehr befragen.«

Die Falten auf der Stirn ihres Vaters wurden noch tiefer. »Er ist seit vierzehn Jahren tot. Wie kann da eine Spur zu ihm führen?«

»Das ist die Frage, die nur du beantworten kannst«, erwiderte sie.

Er sah zum Fenster hinaus, besser gesagt betrachtete er die von Schwitzwasser beschlagene Scheibe. Dann atmete er tief ein und stieß die Luft geräuschvoll wieder aus. »Was willst du wissen?« Mit der Lesebrille wieder auf der Nase, musterte er das Handy, ohne es vom Tisch aufzunehmen.

Sophie tippte auf das Display, damit das Foto wieder aufleuchtete. »Weißt du, wer die beiden Männer neben Opa sind?«

Er nickte. »Hans Suhr und Albert Hubert. Sie waren ebenfalls bei der Stasi und mit Vater befreundet.«

Sophie rückte mit ihrem Korbsessel näher zu ihm. »Albert ist der Urgroßvater von Melissa Hubert«, informierte sie ihn.

Sein Blick machte deutlich, dass er ihr gerade nicht folgen konnte.

»Das Mädchen, an deren Vermisstenfall ich zuletzt gearbeitet habe«, ergänzte sie.

»Ach, von der hängen hier überall Plakate aus«, erwiderte er. »Warum ist es von Belang, ob Vater ihren Urgroßvater kannte?«

»Wollt ihr hier essen oder soll ich in der Küche eindecken?«, fragte ihre Mutter, während sie in den Wintergarten kam. Ihre Hände wischte sie dabei an der Halbschürze ab. Der Geruch von Gulasch waberte durchs ganze Haus und Sophie knurrte augenblicklich der Magen.

»In der Küche«, antwortete sie, um noch ein wenig Zeit mit ihrem Vater zu gewinnen.

»Du hast der Kleenen gar nichts zu trinken angeboten«, rügte sie ihren Mann.

»Ich brauche jetzt nichts, danke.« Sie wandte sich in ihrem Sessel wieder ihrem Vater zu und wartete, bis ihre Mutter in Richtung Küche verschwunden war.

So kurz und dennoch genau wie möglich schilderte sie ihm die Umstände. Der Vermisstenfall und das Massengrab im ehemaligen Jugendwerkhof. Das beides hing irgendwie zusammen. Die Handschuhe als Botschaft an sie. Und nun auch noch der Mord an Albert Hubert, bei dem das eingerahmte Foto stand.

»Er wurde ermordet?«, stieß ihr Vater aus und kratzte sich am Kopf. Sein Haar war noch dicht, dafür aber schlohweiß. »Wer bringt denn einen so uralten Mann um? Der war doch an die 100, oder?«

»98«, erwiderte sie.

Beide sahen sich an und schüttelten ratlos die Köpfe.

»Die Antwort muss in seiner Vergangenheit liegen und wahrscheinlich auch in der von Opa«, ließ sie ihn an ihren Gedanken teilhaben. »Hast du vielleicht noch andere Fotos aus dieser Zeit?«

»Nein, ich habe von diesem Mann nichts aufgehoben.«

Sophie unterdrückte ein Seufzen. Ihr Vater hatte sogar das Erbe ihres Opas ausgeschlagen und als Nächste in der Erbfolge war sie aus Solidarität seinem Beispiel gefolgt. Nach der Wiedervereinigung geriet ihre Familie wegen der Stasivergangenheit in Verruf und ihre Eltern hatten lange unter Anfeindungen zu leiden. Erst mit der Zeit wurde die Situation besser, da Anwohner der hiesigen Siedlung verstarben oder wegzogen und sich neue Familien in der Nachbarschaft niederließen, die nichts von ihrer Vergangenheit wussten.

»Was kannst du mir über Opa erzählen, was ich vielleicht noch nicht weiß?«, fragte sie, während ihre Mutter zeitgleich zum Essen rief.

Ihr Vater stützte sich auf dem Tisch ab und stand auf. »Was weißt du denn über ihn?« Er schlurfte vor ihr her in Richtung Küche.

»Ich habe ihn als strengen und lauten Mann in Erinnerung. Und an der Schranktür hing immer seine Uniform. Darum hatte ich wahrscheinlich Respekt vor ihm. Manchmal auch Angst. Er hat in meinem Beisein nie gelächelt.«

Da ihr Vater vor der Küche stoppte, lief sie beinahe in ihn hinein. Er drehte sich zu ihr um und kniff die Lippen zusammen. »Ich war sein einziges Kind«, sagte er und räusperte sich, weil seine Stimme brach. »Und das bedeutete für ihn, dass ich ihm Gehorsam zu leisten hatte.« Sein Blick verlor sich ins Leere, als kehrte er in Gedanken in die Vergangenheit zurück. »Bis ich acht war, nahm meine Mutter mich – so gut sie konnte – vor ihm in Schutz. Doch als sie schließlich starb, war ich ihm schutzlos ausgeliefert. Vater war zutiefst überzeugt vom SED-Staat. Als NVA-Verbindungsoffizier fungierte er als Direktkontakt zur Staatssicherheit. Er war offizieller Mitarbeiter der Stasi und machte das in seinem Umkreis auch voller Stolz publik. Mein Unbehagen darüber versuchte er mir mit Prügeln auszutreiben. So hatte er es in jungen Jahren im Krieg während der Naziherrschaft gelernt. Wer sich anpasste, überlebte. Und die Grausamsten bekamen auch noch Orden.«

»Kommt ihr?«, rief Mutter.

Ihr Vater atmete tief durch, betrat dann vor Sophie die Küche und ließ sich vor der Fensterbank auf seinem alteingesessenen Platz nieder.

Sophie setzte sich ihm gegenüber auf einen Stuhl und musterte ihn. Er hatte noch nie so offen mit ihr über ihren Opa gesprochen.

»Vielleicht hilft es dir weiter, wenn du im Bundesarchiv ein paar Stasi-Akten wälzt«, schlug ihre Mutter vor und schenkte ihr Limonade ins Glas. Sie hatte ihre Augen und Ohren überall. Dass sie im Wintergarten über Opa gesprochen hatten, war ihr nicht entgangen. »Wir haben uns erst wenige Wochen gekannt, als dein Vater zu meiner Mutter und mir gezogen ist«, erzählte sie und verteilte das Essen auf den Tellern. »Aber seinem Einfluss konnten wir nicht entkommen.«

Ihr Vater seufzte. »Als ich nach meiner Wehrpflicht die Ausbildung zum Diplomjuristen begann, trat er wieder in mein Leben und wollte mich dazu nötigen, die Juristenausbildung in Potsdam an der Hochschule des Ministeriums für Staatssicherheit abzulegen.« Mit seinem Löffel vermengte er die Nudeln mit dem Gulasch. »Zu diesem Zeitpunkt konnte ich ihn noch abwehren, aber als ich schließlich als Anwalt arbeitete, hatte ich gegen ihn keine Chance mehr. Er überwachte mich und drohte damit, mich ins Gefängnis zu stecken, wenn ich nicht kooperierte. Letztendlich blieb mir keine andere Wahl, als der Stasi unter Zwang beizutreten.«

Das Verhältnis zwischen ihrem Vater und Opa war immer schwierig gewesen. Doch über das gesamte Ausmaß wollten ihre Eltern bisher nie mit ihr sprechen. Dass ihre Familie eine Stasivergangenheit hatte, war ihnen und ihr unangenehm.

»Opa hat nicht nur dir, sondern auch vielen anderen Menschen Unrecht getan«, flüsterte sie und ergriff die auf dem Tisch liegende Hand ihres Vaters.

Mit einem Nicken stimmte er ihr zu. »Und Albert Hubert sicherlich auch. Vielleicht musste er deshalb am Ende seines Lebens auf gewaltsame Weise sterben.« Er drückte ihre Hand. »Ich frage mich oft, ob dein Opa wirklich ertrunken ist oder doch ertränkt wurde. Er und auch Hans Suhr sowie Albert Hubert waren als hauptamtliche Stasimitarbeiter mit allen polizeilichen Befugnissen ausgestattet. Sie durften verhaften, verhören, durchsuchen und konfiszieren. In vieles, was der obersten Geheimhaltung entsprach, waren sie involviert. Gut möglich, dass dein Opa damals zum Schweigen gebracht werden sollte, bevor er vielleicht etwas davon preisgab.«

»Aber dann hätten sie auch Albert Hubert schon früher ausgeschalten«, erwiderte sie. »Warum jetzt, wenn seine Tage doch aufgrund des hohen Alters längst gezählt waren?« Sie lehnte sich zurück und starrte gedankenverloren auf ihren Teller. »Wenn ich doch bloß die Zusammenhänge erkennen könnte. Das Massengrab, das Jugendheim, Melissas Entführung, jetzt der Mord an ihrem Urgroßvater und immer wieder diese Handschuhe.« Sie stützte die Ellenbogen auf den Tisch und verbarg ihr Gesicht in den Handflächen.

»Welche Handschuhe?«, fragte ihre Mutter.

Sophie ließ die Hände sinken. »Ach, keine Ahnung. Es werden immer wieder schwarze Lederhandschuhe gefunden, die wohl für mich bestimmt sind und mir anscheinend irgendeinen Hinweis liefern sollen. Das letzte Paar fand sich bei Albert Huberts Leiche.«

Ihre Eltern wechselten einen Blick, bevor sie Sophie wieder ansahen.

»Schwarze Lederhandschuhe?«, hakte ihre Mutter nochmals nach.

Sie nickte.

»Der damalige Deckname deines Opas lautete ›Schwarzer Handschuh‹«, ließ ihr Vater sie wissen und Sophie erstarrte.

24. KAPITEL

David drückte die Wohnungstür hinter sich ins Schloss, lehnte sich dagegen und genoss für einen Augenblick die Stille.

Er war übermüdet und noch immer überrollt von den Ereignissen in Frankreich und anschließend in Weißensee. Langsam streifte er sich die Schuhe von den Füßen, ging ins Wohnzimmer und warf die Jacke auf einen Karton.

Vor dem Fenster war es bereits dunkel, die Wohnung kalt. David drehte die Heizung hoch, ignorierte die vorwurfsvoll dastehenden Umzugskartons und ging stattdessen zum Kühlschrank. Mit einer Bierflasche sank er auf die Couch und trank.

Der Fall hatte eine Dynamik entwickelt, die kaum Zeit zum Nachdenken ließ. Die Teambesprechung war aufgrund der neuen Erkenntnisse um Sophies Großvater und die Ereignisse in Frankreich völlig chaotisch gewesen.

»Scheiße.« David trank einen weiteren Schluck und schaltete den Fernseher ein.

Das Erste brachte eine Sondersendung zu ihrem Fall. Vermutlich tat das gerade jeder Sender. Massengrab in Berlin reichte als Thema schon aus, damit sich die Journalisten darauf stürzten, aber wenn dann auch noch ein toter Direktor in Grenoble und eine Verbindung zu seinem Jugendheim dazukamen, standen die Nachrichten kopf.

David stellte die Flasche beiseite, lehnte sich zurück und sah zur Decke. Er hatte das Licht ausgelassen und die Scheinwerfer der vorbeifahrenden Autos hinterließen kurze Leuchtspuren auf dem Weiß der Zimmerdecke.

Irgendein Journalist würde die Verbindung zu den Steinbachs aufdecken, da war David sich sicher. Eine Stasi-Vergangenheit eignete sich hervorragend für eine Schlagzeile. Alvarez hatte darum gekämpft, dass sie den Fall behalten durften. Unter diesen Umständen müsste er Sophie die Zuständigkeit eigentlich entziehen. Die Regeln waren da verdammt klar.

Alvarez hielt ihnen den Rücken frei, doch er hatte bereits angedeutet, dass die Zeit gegen sie arbeitete. Wenn sie keine deutlichen Fortschritte machten, würde ihm diese Sache entgleiten. Sophie und ihm blieben noch achtundvierzig Stunden, danach konnte niemand mehr absehen, wie sich das Ganze entwickelte.

Sobald aus einem Fall eine Schlagzeile und Politik zu einem Teil der Gleichung wurde, konnte alles passieren.

David beobachtete einen Scheinwerferstrahl dabei, wie er über die Decke glitt und verschwand.

Sein Smartphone vibrierte. Der Name von Sophie erschien, was mit einem Foto ihres Autos verbunden war, das er fotografiert und in ihrem Profil als Bild hinterlegt hatte. »Ja?«

»Störe ich?«

»Ich lechze nach Neuigkeiten«, erwiderte er. »Wie war es bei deinen Eltern?«

Er konnte anhand der Hintergrundgeräusche heraushören, dass sie im Auto unterwegs war.

»Wie das so ist, wenn ein Schatten angesprochen wird, der über allem liegt«, erwiderte sie. »Das Thema geht auch meinen Eltern nahe. Die Beziehung zwischen meinem Großvater und meinem Vater war schon immer gestört.«

»Hast du sie gewarnt, dass möglicherweise die Presse auf sie aufmerksam werden wird?«, fragte er.

»Klar. Aber da mache ich mir bei meinem Vater keine Sorgen, der ist robust. Nach der Wende hat er das Gerede der Leute auch ertragen.«

David hatte am eigenen Leib erfahren, was die Presse mit jemandem machen konnte, der Teil einer Ermittlung wurde. Schlagzeilen, die Verdächtigungen implizierten und Halbwahrheiten streuten. Plötzlich musterten die Menschen, die zuvor freundlich gegrüßt hatten, den Betroffenen mit kritischem Blick. War am Vorwurf etwas dran?

»David?«, erklang Sophies Stimme. »Bist du noch da?«

»Ja, klar.«

»Gib ab und an mal einen Laut von dir, hier in Deutschland kann die Leitung ganz schnell weg sein«, erklärte sie. »Dann rede ich fünf Minuten und merke erst danach, dass es ein Selbstgespräch war.«

Er lachte leise. »Ich werde ab sofort grunzen.«

»Da fällt dir sicher etwas Besseres ein. Jedenfalls konnten meine Eltern mir zumindest eine neue Info geben. Dass mein Opa bei der Stasi war, wusste ich ja schon. Er war niemand, der bespitzelt wurde, sondern derjenige, der die Bespitzelung veranlasste. Und bei der Stasi besaß er einen Codenamen. Schwarzer Handschuh.«

»Das ist nicht dein Ernst?« Wie ein elektrischer Schlag fuhr diese Information in seinen Magen. »Aber du weißt nicht, wofür genau er zuständig war?«

»Da mein Vater und er sich spinnefeind waren, habe ich dazu keine Informationen«, erwiderte sie. »Und leider sind alle Beteiligten bereits so alt, dass wir kaum noch Kollegen von ihm finden werden. Hans Suhr, der dritte auf dem Bild, ist auch bereits tot. Ich lasse mal offen, ob die überhaupt antworten würden.«

»Dann bleibt wohl nur die Hoffnung, dass wir ein paar der Opfer identifiziert bekommen«, schloss er. »Mit dem medialen Interesse werden vielleicht auch Hinterbliebene aufmerksam und melden sich.« Er ergänzte die Zusammenfassung des Team-Meetings.

Kurz setzte Stille ein.

»Bist du noch da?«, fragte er.

»Achtundvierzig Stunden ist gar nichts in so einer Ermittlung.«

»Ich weiß.«

Sophie seufzte schwer. Ihre Müdigkeit schwang deutlich darin mit. Auch sie war seit über vierundzwanzig Stunden auf den Beinen, sah man von kurzen Schlafphasen im Flugzeug ab. Aber die konnte man kaum als entspannend einordnen. »Dann können wir wohl nur hoffen, dass Bertrand etwas findet oder einer der Finanz-Forensiker Geldströme aufdeckt.«

»Immer dem Geld folgen«, sagte David. »In achtzig Prozent der Fälle führt das zum Ziel. Wer weiß, vielleicht auch hier. Aber für heute ist es gut.«

»Da sprichst du ein wahres Wort gelassen aus. Meine Gedanken verknoten sich schon.« Sophie schlug auf die Hupe. »Idiot. Führerschein im Lotto gewonnen?«

»Also bitte, Frau Kriminalhauptkommissarin«, sagte David lachend.

»Ja, ja, lach du nur. Wir sehen uns morgen.«

»Nachdem wir ordentlich ausgeschlafen haben«, erwiderte er. »Zumindest neun Uhr ist drin. Momentan warten wir sowieso auf Datenrücklauf.«

»Bis morgen.«

Sie beendeten das Gespräch.

David atmete noch einmal durch, dann streifte er seine Kleidung ab und trat in die Dusche. Das Gefühl, der viel zu langen Reise mit zu wenig Schlaf von sich zu waschen, tat gut. Mit seinem eigenen Shampoo, seinem eigenen Duschgel.

Gerade als er sich Jogginghose und Shirt übergestreift hatte, klingelte es.

David ging zur Tür und Giacomos fröhliches ›Aufmachen‹ schallte ihm durch den Lautsprecher entgegen. Er kam dem Befehl nach, immerhin plagte ihn ein schlechtes Gewissen.

»Aha, der Kommissar ist auch wieder da.« Giaco trat die Tür hinter sich zu und verschränkte die Arme.

»Lass ja die Diva stecken«, forderte David. »Du schaust die Nachrichten und weißt, was los ist.«

Giaco zog ihn in eine Umarmung. »Stimmt. Aber für ein paar Sekunden wollte ich dich ärgern.«

»Ja.«

»Und weil ich das weiß, lass ich dich vom Haken.« Er tätschelte Davids Nacken. »Jetzt mach dich ausgehfertig.«

»Bist du irre?« David wich zurück.

»Du brauchst Ablenkung, das sehe ich dir an.« Er hob die Hand, um Davids Widerspruch im Keim zu ersticken. »Dieser Fall berührt mehr in dir, als es bei einem anderen Kommissar der Fall wäre.«

Davids Hals wurde eng. Manchmal reichte ein einziger feuchtfröhlicher Abend mit ausreichendem Anteil an Melancholie und Einsamkeit, um ein Geheimnis auszuplaudern. Giaco war der Einzige, mit dem er über alles gesprochen hatte, was damals vorgefallen war. Vor so vielen Jahren.

»Wir gehen was trinken, danach kannst du dich ins Bett legen«, bestimmte Giaco. »Das tust du mir zuliebe. Und dir zuliebe. Also, uns zuliebe. Best Bros.«

Was sollte er in diesem Fall auch sagen?

David benötigte zwanzig Minuten, um sich ausgehfertig zu machen. Sie fuhren gemeinsam mit der U-Bahn ins Prinzknecht, bestellten je ein Bier und David noch etwas zu essen. Es füllte sich schnell und sowohl Pärchen als auch Singles fanden ihren Weg in den Laden. Grüppchen bildeten sich.

»Na, reißt du dir heute noch jemanden auf?«, fragte Giacomo.

»Das würde meinen morgigen Tag ruinieren und hätte möglicherweise Auswirkungen auf mehrere Leben«, erwiderte er. »Aber dieses Thema schneiden wir nicht an.«

»Wann hast du zuletzt deine Eltern besucht?«, fragte Giaco.

»Echt jetzt?«

»Weißt du, ich habe Hochachtung vor dem, was du tust«, sagte Giacomo. »Aber ich weiß auch, warum du diesen Job angenommen hast. Angehörigen Antworten zu bringen, ist für dich eine Art Erlösung.«

David stöhnte auf. »Bitte nicht. Du hast versprochen, dass du keine Analyse von mir machst.«

»Das geht in deinem Fall von ganz allein, weil du diese dunkle Wolke vor dich her trägst«, sagte Giaco und trank sein Bier.

Glücklicherweise kam das Essen und entband David von einer Antwort. Er stocherte in seinem Salat herum, aß ein paar Pommes und hatte keinen Appetit für mehr. Giacomo opferte sich und vertilgte den Rest.

Dabei kam David eben doch zum Plaudern. Das meiste war sowieso in den Nachrichten zu lesen gewesen, aber er weihte Giacomo darüber hinaus auch in ein paar Kleinigkeiten ein, die nirgendwo in der Presse aufgetaucht waren.

Sie tranken noch ein Bier und David merkte langsam, wie ihm der Alkohol zu Kopf stieg. Gut, dass er nicht mehr fahren musste.

Ein paar Freunde von Giacomo tauchten auf, mit denen sie plauderten, und die ihn dazu überreden wollten, noch weiterzuziehen.

»Mach nur«, sagte David.

»Träum weiter.« Giaco verabschiedete sich von den Freunden und kehrte mit David zurück in dessen Wohnung.

Irgendwie lag David dann auf seinem Bett, trug nur noch Slip und Shirt. Giacomo lag neben ihm. Sie waren befreundet und mehr würde niemals sein. Doch genau diese Nähe benötigte David jetzt.

»Ich habe nur eine Decke.« Davids Stimme wurde schon schwer.

»Seit wann ist das ein Problem?« Giaco zerrte einen Teil davon unter David weg und kuschelte sich darunter. »Voll kalt draußen. Wir sollten im Sommer mal wieder einen Urlaub in Italien machen.«

David erinnerte sich an den Anblick des kristallklaren Wassers, sanfte Wellen und Sonne von morgens bis abends. Es war viel zu lange her. Er wandte das Gesicht nach links, wo Giacomo lag. »Danke.«

»Immer. Weißt du doch.«

»Bei dir alles gut?«, fragte David und fühlte sich schlecht, weil er das nicht längst gefragt hatte.

»Ach, na ja, das Kennenlernen mit Rico ist nicht so gut gelaufen. Genau genommen wird es nicht fortgesetzt.«

»Was?« David versuchte, sich aufzurichten, doch da der Alkohol auf unangenehme Art die Umgebung beeinflusste, blieb er liegen. »Wieso hast du mir das nicht gesagt?«

»Ach, Kleiner.« Giacomo tätschelte ihm die Seite. »Heute ging es um dich. Es war wichtig, dass du nicht allein bist. Ich habe die Nachrichten verfolgt, hat doch jeder. Massengrab in Berlin. Gibt auch ein paar Bilder von dir und dieser Sophie Bach.«

»Steinbach.«

»Wie ist die so?«, fragte Giacomo.

»Sehr nett. Typisch deutsch, aber echt in Ordnung … boah, du hast es schon wieder getan! Hör auf, das Thema zu wechseln. Ri …«

»Ist Vergangenheit.« Giaco drehte sich auf die Seite und sah ihn an. »Dir ist hoffentlich klar, dass die Presse dich auseinandernehmen wird. Je länger dieser Fall dauert, desto mehr nehmen sie auch euch unter die Lupe; das gesamte Team.« Er drehte sich zurück und war kurz darauf eingeschlafen.

David lag noch lange wach und dachte über die Worte nach. Er hatte Sophie gewarnt, doch dabei sich selbst vergessen. Letztlich trugen sie alle Dinge mit sich herum, die besser nicht in der Presse auftauchen sollten.

Alvarez hatte ihnen 48 Stunden versprochen. Sie beeilten sich besser. Was auch immer danach geschah, war nicht länger abzusehen.

25. KAPITEL

Sophie parkte unter dem Carport und schloss das Gartentor über die Fernbedienung. Sie freute sich auf einen ruhigen Abend mit Jan. Einfach mal auf der Couch die Beine hochlegen, dazu ein halbes Glas Wein. Morgen sahen sie dann weiter. Hoffentlich fanden sie zu dem Decknamen ihres Opas eine Akte, damit endlich etwas Licht ins Dunkel kommen würde.

Als sie das Haus betrat, kam Jan ihr im Flur entgegen und nahm ihr den Mantel ab. Es roch nach dem Lachsfilet, von dem er schon am Telefon gesprochen hatte.

Wortlos schlang sie die Arme um seine Mitte und schmiegte sich an ihn, wobei er sie ebenfalls umarmte und auf den Scheitel küsste.

»Komm erst mal ganz in Ruhe an. Das Essen braucht noch ein Weilchen. Vielleicht willst du vorher zum Entspannen ein Bad nehmen?«

Sie löste sich von ihm, stellte sich auf die Zehenspitzen und küsste ihn auf die Wange. »Da würde ich sofort einschlafen. Aber ich spring schnell unter die Dusche.«

Während Jan in die Küche zurückkehrte, ging sie ins Schlafzimmer, um saubere Wechselsachen zu holen, und verschwand dann im Bad. Das heiße Wasser tat gut. Der

Wasserfallstrahl massierte ihre verspannten Schultern, doch ihre Gedanken kamen einfach nicht zur Ruhe.

In Frankreich fahndeten sie nach dem Hausmeister, von dem sie nicht wussten, ob er selbst ein Opfer oder Marpliés Mörder war. Und von Monique Moreau, deren angebliche Adoptiveltern bereits verstorben waren, fehlte auch jede Spur. Das Mädchen war von einem Tag auf den anderen spurlos verschwunden. Ebenso wie Melissa Hubert. Doch wie hingen ihre Vermisstenfälle zusammen? Die eine hatte keine Familienangehörigen mehr und lebte bis zu ihrem Verschwinden im Heim. Und die andere hatte zwar Familie, doch gerade war ihr Urgroßvater ermordet worden, der mit Sophies Opa bekannt gewesen war.

Sie stellte das Wasser ab und rieb sich mit dem Handtuch gröber als notwendig trocken. Es machte sie wahnsinnig, dass sie nicht vorankamen. Immer wieder tauchten neue Fragen auf. Die Zeit war gegen sie und rann ihr durch die Finger. 48 Stunden waren ein Witz. Auf keinen Fall wollte sie wegen persönlicher Befangenheit von den Ermittlungen abgezogen werden.

Nachdem sie ihre Haare mit dem Föhn ein wenig angetrocknet hatte, schlüpfte sie in eine Jogginghose und ein T-Shirt. Jan war noch mit Kochen beschäftigt und nebenher lief der Fernseher, der durch die offene Verbindung zum Wohnzimmer gut zu sehen war. Gerade kamen Nachrichten, in denen sie auch den Fall um den ehemaligen Jugendwerkhof wieder zum Thema machten. Kurzerhand schaltete sie auf einen anderen Sender.

»Tut mir leid, ich brauche eine Pause davon.«

»Alles gut, das Essen ist gleich fertig. Schenkst du uns schon mal den Wein ein?«

Sie trat zum Kühlschrank und sah sich nach Zeus um, den sie draußen ununterbrochen miauen hörte. Vor der Terrassentür war er aber nicht zu sehen.

»Dieser Kater geht mir heute schon eine ganze Weile auf den Keks«, sagte Jan. »Er riecht den Lachs und möchte gerne etwas abhaben.«

Sophie schenkte Wein in zwei bauchige Gläser und nahm dann eine Tüte mit Leckerlis aus dem Schubfach. »Vielleicht lässt er sich damit ein wenig beschwichtigen.« Ein paar davon schüttete sie sich auf die Handfläche und ging zur Terrassentür.

»Lass ihn aber nicht ins Haus, sonst haben wir beim Essen keine Ruhe«, rief Jan ihr nach.

Sie schaltete das Terrassenlicht ein, trat nach draußen und zog die Tür hinter sich zu. Zeus' Miauen war laut und deutlich zu hören, doch er kam nicht wie erwartet zu ihr gerannt.

Mit einem Schnalzen rief sie: »Leckerli.«

Sein Schatten huschte durch den Garten. Vor dem Werkzeugschuppen entdeckte sie ihn.

»Na, komm schon her.« Sophie ging in die Hocke und öffnete ihre Hand.

Nun kam er zu ihr gesprungen und ließ sich die kleinen Happen schmecken. Doch kaum hatte er sie verschlungen, fing er wieder an zu miauen.

»Was ist denn heute los mit dir?«, fragte sie, und im selben Moment war ein Rascheln zu hören.

Der Kater trottete in Richtung des Geräteschuppens davon und setzte sein Jammern fort.

Vielleicht richtete sich dort gerade ein Igel sein Winterquartier ein?

Kaum dass sie den Gedanken zu Ende gebracht hatte, vernahm sie neben dem Rascheln eine Art Stöhnen.

Sophie verengte die Augen und lauschte. Was war das?

»Kommst du auch mal wieder rein?«, rief Jan durch die einen Spaltbreit geöffnete Terrassentür.

Ohne ihren Blick von den Umrissen des Schuppens abzuwenden, streckte sie den Arm nach hinten aus. »Hol mir bitte mal mein Handy. Das müsste auf der Anrichte liegen.«

»Stimmt was nicht?«

»Jetzt mach schon«, sagte sie energischer, da sie das Stöhnen erneut hörte.

Jan kam zurück, drückte ihr das Handy in die Handfläche, stellte sich neben sie und folgte ihrem Blick in die Dunkelheit.

»Sag mir, was los ist!«

»Da ist irgendetwas.« In ihrem Magen machte sich ein ungutes Gefühl breit. Derjenige, der ihr die Handschuhe hinterlassen hatte, war schon einmal auf dem Grundstück gewesen. Sie konnte nicht ausschließen, dass er wieder hier war.

»Sophie, du gehst da nicht alleine hin«, stieß Jan aus, als er das Stöhnen ebenfalls hörte.

Sie schaltete die Taschenlampe ihres Handys ein. »Du bleibst hier und rufst im Notfall die Polizei.«

Ihr Tonfall machte ihm deutlich, dass sie sich jetzt auf keine Diskussion einlassen würde. Darum blieb er zurück, während sie sich dem Geräteschuppen langsam näherte.

Zeus sprang durch den Lichtkegel der Handylampe und sie zuckte zusammen. Sophie konnte spüren, wie ihr Blut in ihrer Halsschlagader pulsierte.

»Wer ist da?«

Auf der Vorderseite des Schuppens war nichts und niemand zu entdecken. Allerdings wich das gelegentliche Stöhnen jetzt einem Wimmern.

Langsam ging sie weiter um den Schuppen herum und blieb abrupt stehen, als sie neben dem aufgestapelten Feuerholz einen zusammengekrümmten Menschen liegen sah.

Innerhalb weniger Sekunden nahm sie das Bündel im Ganzen wahr. Lehmverkrustete, löchrige Socken, die Beine an den Knöcheln mit einem Kabelbinder gefesselt. Ein verdreckter cremefarbener Mantel, blutige Handgelenke, ebenfalls mit Kabelbindern zusammengezurrt. Braunes, langes Haar, in dem sich Laub verfangen hatte. Eine neongrüne Strähne.

Das Licht ihrer Handylampe zuckte von Sophies Zittern.

»Ruf einen Krankenwagen«, schrie sie zum Haus zurück und sank neben Melissa Hubert auf die Knie. »Vermisstes, verletztes Mädchen. Wir brauchen auch die Polizei.«

Das Mädchen blickte sie aus halb geöffneten, trüben Augen an. Es zitterte am ganzen Leib. Auf den schmutzigen Wangen hatten Tränen ihre Spuren hinterlassen. Ein Knebel im Mund dämpfte jeden möglichen Schrei.

»Schon gut.« Langsam streckte Sophie die Hand nach Melissa aus, wobei sie von ihr zurückzuweichen versuchte. »Ich tue dir nichts. Du bist jetzt in Sicherheit.«

Behutsam löste sie den Knebel, woraufhin das Mädchen hustete und mehrfach schluckte. Ihre Mundwinkel waren vor Trockenheit eingerissen und blutig.

»Um Himmels willen«, stieß Jan hinter ihr aus, als er Melissa beim Näherkommen erblickte. Er hielt sich sein Handy ans Ohr und gab der Rettungszentrale die Info, dass das Mädchen bei Bewusstsein war.

»Ich bin gleich zurück und befreie dich von den Fesseln«, versprach Sophie mit sanfter Stimme und erhob sich. »Die Kabelbinder bekomme ich ohne eine Schere nicht durch«, flüsterte sie Jan beim Vorbeigehen zu.

Sie rannte ins Haus, nahm im Flur den Autoschlüssel aus der Manteltasche und hetzte zum Carport. Im Sanitätskasten würde sie alles finden, was sie brauchte, und außerdem hatte sie im Kofferraum stets Einmalhandschuhe und Plastiktüten dabei.

Auf dem Weg zurück in den Garten ging sie in Gedanken den weiteren Ablauf durch. Ein Rettungswagen und die Polizei waren unterwegs. Sie musste Alvarez, David und die SpuSi verständigen. Aber erst einmal brauchte Melissa Hilfe. Und bevor die Sanitäter eintrafen und bei ihrem Rettungseinsatz sämtliche Spuren unbrauchbar machten, sollte sie zumindest ein paar wenige gesichert haben.

»Gehst du bitte vor zur Straße und weist die Rettungskräfte ein?«, bat sie Jan, als sie wieder bei ihm und Melissa ankam.

»Okay.« Er eilte davon.

In der Ferne war bereits ein Martinshorn zu hören, aber in Berlin hörte man die ständig, und es war nicht gesagt, dass es sich um den Rettungswagen handelte, der für Melissa bestimmt war.

»Ich befreie dich jetzt von den Kabelbindern«, sagte sie und zog sich Handschuhe über.

Im Sanitätskasten befand sich eine Schere, mit der sie die Fesseln an Fuß- und Handgelenken löste, und die Kabelbinder dann in eine Plastiktüte legte.

»Kannst du dich aufrichten? Hast du Schmerzen?«

Melissa stemmte sich mühsam auf die Unterarme und Sophie half ihr in eine Sitzhaltung. Es war ihr deutlich anzumerken, dass sie unter Einfluss eines Narkotikums stand. Ihre Pupillen waren stecknadelgroß und sie schaffte es kaum, die Augen offen zu halten.

»Kannst du mir sagen, was mit dir passiert ist?«, fragte sie, obwohl das Mädchen in diesem Zustand offensichtlich nicht vernehmungsfähig war.

»Ich … will nach Hause«, war das Einzige, was Melissa hervorpresste.

Sophie nickte. »Ich informiere gleich deine Eltern. Sie kommen dann zu dir ins Krankenhaus.«

»Nach Hause …«, flüsterte das Mädchen. Ihre Lider flatterten und sie schloss die Augen.

Sophie hielt sie und legte sie vorsichtig wieder nieder.

Sie fühlte am Hals nach Melissas Puls und brachte sie in eine stabile Seitenlage. Das Martinshorn war nun schon ganz nah.

Hastig stopfte sie auch den Knebel in eine Tüte und faltete die Rettungsdecke aus dem Sanitätskasten auseinander. Während sie den Körper des Mädchens mit der silbernen Seite bedeckte, kontrollierte sie die Manteltaschen und zog aus einer ein Paar schwarze Lederhandschuhe hervor. Ihr lief ein Schauer über den Rücken. Das Fabrikat war ihr mittlerweile vertraut. Melissa war hierhergebracht worden. Die Handschuhe wurden ihr wohl als Botschaft an Sophie beigelegt und sollten ihr vermutlich einen Hinweis auf ihren Opa liefern.

Zeus tauchte neben ihr auf und miaute. Sein schwarzes Fell würden sie wahrscheinlich überall an Melissas Sachen finden. Wer weiß, wann sie das Mädchen erst entdeckt hätten, wenn er nicht gewesen wäre. In den Nächten sanken die Temperaturen derzeit bis auf sechs Grad.

Das Martinshorn war verstummt und das Blaulicht flackerte über das Hausdach hinweg. Sophie verscheuchte den Kater. Als Jan sich mit zwei Rettungssanitätern und einem Mann, dessen Jackenaufschrift ihn als Arzt auswies, näherte, legte sie die Handschuhe auf dem Feuerholzstapel ab.

»Das ist Melissa Hubert, 17 Jahre alt«, informierte sie den Arzt. »Sie galt seit zehn Tagen als vermisst. Ich bin Kriminalhauptkommissarin und in ihren Vermisstenfall involviert. Die Polizei ist auch bereits verständigt.«

Sie sah Jan an, der ihr bestätigend zunickte.

Der Arzt kniete sich neben Melissa. Er schob ein Augenlid nach oben und leuchtete mit einer Pupillenlampe hinein. Einer der Sanitäter stellte seinen Rucksack vor ihm ab und kniete sich auf ihre andere Seite.

»Vor wenigen Minuten war sie kurz ansprechbar«, ließ Sophie ihn wissen. »Ihr wurde bestimmt ein Narkotikum verabreicht. Benebeltes Verhalten, Sprachschwierigkeiten.«

»Wie lange liegt sie schon hier?«, erkundigte er sich.

Jan zuckte mit den Schultern. »Das kann ich nicht sagen. Ich war heute noch nicht im Garten.«

Er öffnete ihren Mund und sah hinein. »Die Atemwege sind frei.«

Der Sanitäter ihm gegenüber maß in der Zwischenzeit Melissas Vitalwerte.

Sophie zog sich etwas zurück und warf einen Blick auf die Zeitanzeige ihres Handys. Es war kurz nach 21 Uhr. Sie wählte Alvarez' Nummer.

Während sie ihrem Vorgesetzten schilderte, was geschehen war, trafen auch zwei Polizisten ein, die Jan befragten. Der Arzt legte einen Venenzugang. Die Rettungssanitäter schoben eine Rolltrage heran, auf die sie Melissa umlagerten.

»Notaufnahme Charité?«, rief sie und drückte das Handy kurz an ihre Brust.

Der Notarzt nickte ihr zu.

»Ich verständige Melissas Eltern und werde selbst mit ins Krankenhaus fahren«, informierte sie Alvarez. »Sobald Melissa wieder ansprechbar ist und die Ärzte es erlauben, werde ich sie befragen.«

»Gut, ich schicke derweilen die Spurensicherung zu Ihnen. Vielleicht hat der Entführer ja doch ungewollt etwas hinterlassen«, erwiderte er.

»Die Kabelbinder, mit denen Melissa gefesselt war, sowie den Knebel und die Handschuhe habe ich bereits sichergestellt. Im Krankenhaus lasse ich mir ihre Kleidung übergeben.«

»Alles klar. Wenn sich etwas Neues ergibt, lassen Sie es mich unverzüglich wissen.« Er legte auf.

Anschließend wollte sie David anrufen, doch da traten die Polizisten näher, um auch sie zu verhören. Unglücklicherweise waren es keine Männer, die sie kannte. Sophie musste ihren Dienstausweis vorhalten und schilderte ihnen kurz und knapp ihre Sicht der Dinge. Nebenher schrieb sie David eine Nachricht. Im Grunde konnten sie in dieser Nacht nichts weiter tun, solange Melissa nicht vernehmungsfähig war. Vielleicht schlief David schon. Wenn er ihre Zeilen las, konnte er selbst entscheiden, ob er in die Charité nachkommen wollte.

Nach dem Gespräch mit den Polizisten raffte sie die Tüten mit den Beweismitteln zusammen, die noch beim Fundort lagen. Während sie die Handschuhe ebenfalls eintütete, fiel aus einem ein Stück Papier heraus.

»Was hast du da?«, fragte Jan und trat neben sie.

Sophie faltete das Papier auseinander und starrte auf eine Fotografie ihres Opas. Er trug seine Uniform und genau solche Handschuhe.

26. KAPITEL

Um halb drei in der Nacht wurde David wach. Wie so oft wusste er zuerst nicht, wo er sich befand. Das Gefühl von Fremde wurde einen Augenblick später von gänzlichem Erwachen durch Begreifen ersetzt.

»Berlin«, hauchte er.

Ein Blick zur Seite zeigte ihm, Giacomo schlief. Regelmäßige Atemzüge und entspannte Gesichtszüge gaben David die Gewissheit, dass er ihn nicht geweckt hatte. In seinem Fall war die Blase schuld.

Er schob sich an Giacomo vorbei aus dem Bett und eilte zur Toilette. Die Wohnung war klein und hellhörig, also verzichtete er auf die Spülung. Das reichte auch noch am Morgen. Auf dem Weg zum Bett erblickte er das Smartphone auf dem Couchtisch. Er hatte völlig vergessen, es an das Ladegerät zu hängen.

David stolperte über eine Teppichfalte, fluchte lautlos und nahm das Gerät. Durch die Bewegung leuchtete der Bildschirm auf. Eine Nachricht von Sophie war eingegangen. Während er nach dem Ladegerät griff, tippte er darauf.

Und erstarrte.

Sein Gehirn versuchte im Halbschlaf die Schlagworte

›Melissa Hubert‹ und ›Charité‹ in Einklang zu bringen. Verdammt! David wählte sofort Sophies Nummer, doch sie ging nicht ran. Glücklicherweise hatte sie ihm für Notfälle auch die Nummer ihres Mannes gegeben. Bereits nach dem ersten Klingeln nahm der ab.

»Jan?«, fragte David sofort. »Wie sieht es aus, wie geht es der Kleinen? Ich habe eben erst Sophies Nachricht gelesen. Ist sie noch im Krankenhaus? Charité?«

»Ist sie«, bestätigte Jan. »Und geht nicht an ihr Smartphone. Da die Eltern von Melissa ebenfalls informiert werden und sie garantiert auch Tina Spicker angerufen hat, dürfte da die Hölle los sein.«

»Ich fahre hin und gebe dir Bescheid. Vielleicht solltest du …«

»Auf keinen Fall gehe ich schlafen«, gab Jan zurück. »Ich warte hier, bis Sophie wieder da ist. Schlafen könnte ich jetzt sowieso nicht.« Er fasste zusammen, wie sie Melissa Hubert gefunden hatten.

David konnte sich den Schock lebhaft vorstellen. Er schaltete das Gespräch auf drahtlose Kopfhörer und lauschte Jan. Gleichzeitig schlüpfte er in Jeans und Pulli, gab etwas Zahnpaste auf seinen Finger und wischte sich damit einmal über seine Zähne. Zwei Striche mit dem Kamm und die Haare waren notdürftig geglättet.

»Sophie ist im Krankenwagen mitgefahren«, sagte Jan. »Ich hätte sie gern begleitet, aber das wollte sie nicht. Kann ich ja verstehen, trotzdem sitze ich hier auf glühenden Kohlen.«

»Immerhin weißt du, dass es ihr gut geht«, erwiderte

David. »Der Rest ist einfach Ermittlungsarbeit. Ich fahre los.«

»Halt mich bitte auf dem Laufenden.«

»Versprochen.« David legte auf.

Er kritzelte für Giacomo eine Nachricht auf einen Notizzettel, packte Schüssel, Geldbeutel und Dienstausweis in seine Lederjacke und streifte auch diese über. So ausgerüstet ging es hinaus in die Berliner Nacht. David fröstelte. Er wollte zurück ins warme Bett.

Stattdessen bewegte er sich in Richtung U-Bahn, entschied sich aber um, als ein Taxi in Sichtweite vorbeifuhr. Der Fahrer reagierte auf sein Winken und fuhr rechts ran. Er sprang hinein. »Die Notaufnahme der Charité.«

Glücklicherweise begriff der Fahrer, dass David nicht der Sinn nach einem Gespräch stand.

Für derart chaotische Fälle gab es natürlich kein Protokoll, doch da die Uhr tickte und die Presse in wenigen Stunden Bescheid wissen würde, wählte David die Nummer ihres Chefs.

»Alvarez?«

»Martin hier. Sind Sie informiert?«

»Frau Steinbach hat mich angerufen«, bestätigte er. »Die Ereignisse waren etwas hektisch, aber ich habe die Spurensicherung bereits zur Adresse der Steinbachs geschickt und auch die deutschen Kollegen kontaktiert. Schlaf wird in unserem Job bekanntlich überbewertet.«

»Wie wahr«, sagte David. »Ich unterstütze Sophie in der Charité.«

»Sehr gut. Danach gönnen Sie beide sich aber noch ein

paar Stunden Ruhe«, befahl Alvarez. »Wir sind hier nicht untätig. Die nächste Teambesprechung habe ich für vierzehn Uhr angesetzt. Davor tragen wir alles zusammen, was wir können. Herr Ebner ist im ständigen Kontakt mit Frankreich und Frau Karlsson … nun ja, sie macht irgendwas mit Datenbanken. Frau Tomaszenwska hat sich in ihrem Labor verkrochen und meldet sich, sobald sie etwas hat.«

David lachte leise. »Klingt doch nach einem Team, das langsam das Quietschen in den Gelenken loswird.«

»Viel Erfolg.«

David legte auf, als das Taxi sein Ziel erreichte. Er bezahlte den Fahrer elektronisch mit seinem Smartphone und sprang aus dem Fahrzeug. In der Klinik half ihm der Empfang weiter, nachdem er sich ausgewiesen hatte.

Minuten später erreichte David den Wartebereich der Notaufnahme. Sophie saß mit verschränkten Armen auf einem Sitz und döste vor sich hin. Neben ihr saß Kriminalhauptkommissarin Tina Spicker.

»Hey, ihr beiden«, grüßte David.

Sophie fuhr auf. »Sind sie da?«

»Ganz ruhig.« Frau Spicker legte ihr die Hand auf die Schulter. »Keine Eltern weit und breit.«

»David?« Sophie erhob sich. »Was machst du hier? Ich dachte, du liest meine Nachricht erst am Morgen.«

»Kommt davon, wenn man zu viel trinkt und auf Toilette muss«, erwiderte er. »Wie geht es dem Mädchen? Und wo sind die Eltern?«

»Die sind gerade auf der Fahrt hierher«, erklärte

Sophie. »Sie haben die Schwester der Mutter in Thüringen besucht. Erst das Verschwinden ihrer Tochter und dann auch noch der Tod des Urgroßvaters … Es ging beiden nicht gut und sie mussten mal raus.«

»Wir warten auf sie«, sagte Kriminalhauptkommissarin Spicker.

David nickte nur und verstand. Dieser Fall war für Sophie und ihre Kollegin zu etwas Persönlichem geworden. Von Derartigem wurde abgeraten, doch es kam vor.

»Erzähl mir, was passiert ist«, bat David.

Sie nahmen alle drei Platz, und Sophie berichtete von einem Kater als Lebensretter, der sie praktisch gezwungen hatte, im Garten nachzusehen. Dabei erwähnte sie ein weiteres Paar Handschuhe und ein Bild ihres Großvaters. »Viel mehr weiß ich nicht«, kam sie zum Schluss. »Seitdem bin ich hier.«

»Einer meiner Kollegen von der Nachtschicht hat vorhin Melissas Kleidung abgeholt«, sagte Kriminalhauptkommissarin Spicker. »Sie wurde eurer Frau Tomaszewska gebracht.«

Was wohl erklärte, weshalb diese bereits im Labor zugange war. Alvarez hatte die Fäden in der Hand und jonglierte mit der Tätigkeit seiner Leute. Gut so.

David stand auf. »Jetzt hole ich uns erst mal einen Kaffee.«

Auf dem Weg war er an einem Kaffeeautomaten vorbeigekommen. David wählte drei Americanos aus – zu dieser Zeit ging es nur um Koffein, Milch war überflüssig – und brachte sie zurück in den Wartebereich.

Sophie nippte dankbar an ihrem Becher.

Schweigend saßen sie im Neonlicht, doch dann erklangen schnelle Schritte.

»Wo ist sie?« Melissas Mutter war eine Frau im mittleren Alter mit lockigem dunkelblondem Haar. Sie trug einen grauen Mantel und auf ihrem Gesicht lag eine Mischung aus Panik und Hoffnung.

Die Wangen von Melissas Vater besaßen einen Rotstich und er atmete schwer. »Mein Mädchen.«

Sophie und Tina Spicker erhoben sich gleichzeitig und stellten ihren Kaffeebecher beiseite.

Während Sophie berichtete, eilte Frau Spicker aus dem Raum, um die zuständige Ärztin zu holen.

»Ist sie ... war sie ...?« Die Stimme ihres Vaters brach. »Wurde meinem Kind Gewalt angetan?«

Sophie stockte.

»Da kommt die Ärztin«, sagte David. »Lassen wir doch sie alles erklären.«

Doktor Marsa Biobaku hatte ihr Haar zu einem Dutt gebunden. Unter ihrem weißen Kittel trug sie einen Bleistiftrock. Sie war die Chefärztin und umgeben von einer Aura der Kompetenz. »Sie sind Herr und Frau Hubert?«

»Das sind wir«, sagte Melissas Vater. »Wie geht es unserem Mädchen?«

Doktor Biobaku konsultierte kurz ihren Pager, dann bedeutete sie den Huberts, ihr zu folgen. Tina Spicker, Sophie und er schlossen sich an.

Das Büro von Doktor Biobaku erwies sich als spartanisch eingerichtet. Auf dem Tisch stand ein Bilderrahmen, von dem ein Mann und ein Sohn hervorlächelten.

»Ihrer Tochter geht es den Umständen entsprechend gut«, berichtete die Frau Doktor. »Sie hat ein paar leichte Hämatome, Fesselverletzungen und ist unterkühlt. Außerdem haben wir in ihrem Blut Spuren eines Betäubungsmittels gefunden. Details kann ich erst nach dem toxikologischen Gutachten nennen. Sie ist zudem dehydriert. Nichts davon ist lebensgefährlich oder wird bleibende Schäden hinterlassen.«

»Wurde sie …?« Herr Hubert rang mit sich.

»Ihr wurde keine sexuelle Gewalt angetan«, sagte die Ärztin. »Auch das haben wir untersucht.«

Durch die Eltern des Mädchens ging ein Aufatmen. Der Vater von Melissa schloss die Augen. Sein Albtraum hatte sich nicht bewahrheitet.

David nahm wahr, dass auch Sophie aufatmete. Als Mutter waren ihr vermutlich ähnliche Befürchtungen durch den Kopf geschossen wie den Huberts. Doch unterm Strich war die Sache nicht nur gut ausgegangen, sie war zudem ein statistischer Ausreißer. Ein Entführungsopfer, das einfach so im Garten einer Polizistin gefunden wurde und keine Vergewaltigung hatte durchleiden müssen?

Zu diesem Zeitpunkt hätte David sein nächstes Gehalt darauf verwettet, dass die Entführung mit dem Tod des Urgroßvaters zusammenhing. War von ihm etwas erpresst worden?

»Dürfen wir sie sehen?«, fragte Melissas Mutter.

»Sie ist noch nicht ansprechbar«, erwiderte Doktor Biobaku. »Doch Sie können gerne zu ihr. Ich gebe einer Schwester Bescheid.«

Die Ärztin öffnete die Tür und rief jemanden herbei, der die Huberts zu ihrer Tochter brachte.

Nachdem die beiden gegangen waren, schloss Doktor Biobaku die Tür. »Sie wollen vermutlich wissen, ab wann eine Befragung möglich ist?«

»So ist es«, sagte Sophie.

»Das verabreichte Mittel wird in einigen Stunden abgebaut sein. Wie lange genau das dauert, hängt vom Metabolismus der jeweiligen Person ab. Das unterscheidet sich.«

»Gäbe es theoretisch die Möglichkeit, sie vorher aufzuwecken?«, fragte Kriminalhauptkommissarin Spicker. »Ich frage nur theoretisch.«

»Nein«, stellte die Ärztin klar. »Ich habe auch Zeitung gelesen und mir ist klar, unter welchem Druck Sie stehen. Doch für mich steht das Wohl der Patientin an erster Stelle. Wir sprechen hier von einer Teenagerin, die durch die Hölle gegangen ist. Körperlich wird sie genesen, doch alles Weitere kann ich noch nicht beurteilen. Eine Befragung ist erst in einigen Stunden möglich. Ob die Eltern dem zustimmen, bleibt ihnen überlassen.«

Minderjährige Personen konnten nicht zu einer Aussage gezwungen werden. Die Eltern durften ablehnen und selbst in einer Mordermittlung war da nicht viel zu machen. Andererseits ging er stark davon aus, dass die Huberts den Tod des Urgroßvaters aufklären wollten.

Und wenn Melissa dazu beitragen konnte, würden sie hoffentlich zustimmen.

»Gibt es sonst noch etwas, das Sie uns sagen können?«, fragte er an die Ärztin gewandt. »Eine Besonderheit? Auffälligkeiten? Irgendetwas?«

Doktor Biobaku schüttelte den Kopf. »Nichts auf den ersten Blick Sichtbares. Wie gesagt, wir müssen noch den toxikologischen Bericht abwarten, allerdings erwarte ich da keine Besonderheiten. Bei den Hämatomen am Körper des Mädchens gehe ich von einem Sturz aus. Oder sie hat sich massiv gegen die Fesseln gewehrt. Doch sie wurde nicht misshandelt, so viel kann ich sagen.«

»Danke, Frau Doktor.« David ging zur Tür.

»Gerne.«

Kriminalhauptkommissarin Spicker und Sophie folgten ihm hinaus. Im Wartebereich sammelte David die Kaffeebecher wieder ein.

»Erpressung?«, fragte Sophie. »Melissa wird entführt, ihr Urgroßvater kurz darauf ermordet. Durant starb in der Zeit dazwischen und hatte mit einem Jugendheim zu tun, in dem ein Mädchen verschwand.« Leise fluchte sie. »Wir haben Dutzende von Puzzleteilen und Theorien, aber die Verbindung fehlt.«

»Ich würde sagen, wir gehen jetzt erst einmal schlafen«, sagte David. »Mit wachem Geist arbeitet es sich besser. Hier können wir nichts mehr tun.«

Die beiden Frauen stimmten zu und sie teilten sich alle drei ein Taxi. David stieg als Letzter aus und schlenderte zurück in die Wohnung.

Als er wieder neben Giacomo ins Bett kroch, war er hellwach. Der Gedanke an Melissa Hubert, die am Ende eines von Neonlicht beleuchteten Flurs in einem Krankenhausbett lag, begleitete David bis in seine Träume.

27. KAPITEL

Sophie schlief wie ein Stein. Nach den anstrengenden letzten Tagen, in denen sie kaum zur Ruhe gekommen war, brauchte ihr Körper die Erholung dringend. Zudem war mit Melissas Auftauchen ein riesiger Haufen Ballast von ihr abgefallen.

»Ach, übrigens hat Frau Brecht heute Morgen geklingelt«, sagte Jan nach dem Frühstück und begann, den Esstisch abzuräumen. »Unseren Nachbarn ist der nächtliche Tumult bei uns nicht entgangen. Krankenwagen und Polizei. Ihr Mann hat schon wilde Theorien in Umlauf gebracht. Du kennst ihn ja. Der alte Brecht zerreißt sich ständig über was das Maul.«

Sophie räumte den Geschirrspüler ein. Sie musste wirklich wie ein Stein geschlafen haben, wenn sie nicht einmal das Klingeln gehört hatte. »Was hast du Frau Brecht erzählt?«

Er stellte den Orangensaft in den Kühlschrank. »Im Grunde nichts. Hab ihr gesagt, du hattest einen Einsatz.«

»Gut. Sandra schrieb mir deshalb auch und ich hab nur geantwortet, es hatte mit meiner Arbeit zu tun. Wir sollen Zeus in den nächsten Tagen keine Leckerli geben. Er hat wohl Durchfall.«

Jan lachte. »Das sagt sie so leicht. Dieser Kater zerkratzt uns die Terrassentür, wenn wir ihn nicht reinlassen.«

Sophie schmunzelte. »Gerade jetzt hat er sich die Leckerli verdient. Er ist ein kleiner Held. Aber zum Glück weiß er das nicht und muss jetzt eben mit der Diät durch.«

Am liebsten wollte sie die Zeit vordrehen, um Melissa endlich befragen zu können. Während des späten Frühstücks, das eher ein Mittagessen gewesen war, hatte sie mit Melissas Eltern telefoniert. Nachdem sie erfuhren, dass die Entführung ihrer Tochter allem Anschein nach mit dem Tod des Urgroßvaters zusammenhing, stimmten sie der Vernehmung zu. Sie wollten, dass der Täter gefasst wurde. Sophie musste nur noch abwarten, bis Melissa in besserer Verfassung war.

»Bist du sicher?«, fragte Jan, als sie sich gedankenverloren eine dritte Tasse Kaffee einschenkte. »Dein Koffeinspiegel ist bald so hoch wie der Mount Everest.«

Mit einem Seufzen warf sie einen Blick auf ihr Handy.

Jan kam um den Küchentresen herum und legte seine Hände auf ihre Schultern. »Die Huberts melden sich, sobald Melissa vernehmungsfähig ist. Du darfst dir nicht so viel Druck machen. Dieser Fall zehrt dich völlig aus. Ich meine, wann warst du das letzte Mal im Wohnwagen am See? Von dort konnte dich bisher nichts und niemand fernhalten. Aber momentan gönnst du dir keine Auszeit.«

Sie fuhr mit ihren Händen über seine Unterarme. »Wir sind ein neues Team, auf das gefühlt tausend Augen gerichtet sind und darunter sind nicht alle Befürworter. Wenn wir unseren ersten Fall vermasseln, könnte die komplette Cold-Case-Abteilung wieder eingestampft werden. Alle glaubten, wir stecken unsere Köpfe erst einmal monatelang in alte Akten. Aber stattdessen wurden wir sofort ins Chaos katapultiert. Es fing mit zwei unterschiedlichen Fällen an, die sich gerade zu einem verflechten. Und wir tappen immer noch im Dunkeln.« Sophie löste sich von Jan und sah auf ihre Armbanduhr. »Glaub mir, ich vermisse den See. Aber in einer Stunde steht die nächste Teambesprechung an.« Schnell küsste sie ihn auf den Mund. »Ich muss los.«

»Auf mich wartet auch Arbeit.« Er ging Richtung Arbeitszimmer. »Ich frag dich gar nicht erst, ob du zum Abendessen daheim bist.«

Sophie zog sich im Flur die Stiefel an. »Ich schreib dir. Außerdem musst du auch nicht immer kochen. Wir hatten schon lange keinen Döner mehr.«

Jan lehnte im Türrahmen. »Lass mir mein Hobby und ich lass dir deins«, erwiderte er und zwinkerte ihr zu.

Mit einem sehnsüchtigen Blick warf sie den Kopf in den Nacken und blickte an die Zimmerdecke. »Du weißt nicht, wie gern ich gerade eine Ruderrunde einlegen würde.« Sie zog den Mantel über und winkte ihm zu.

Während der Fahrt war sie gedanklich am See. Die Herbst- und Wintermonate überbrückte sie sonst immer im Hallenbad, aber momentan blieb ihr nicht einmal Zeit zum Schwimmen. In ihrem Job wurde sie großzügig entlohnt, für die derzeitigen Überstunden war sie jedoch unterbezahlt. Keine Ahnung, wann sie die jemals abfeiern sollten. Solange sie den Täter am Ende fassten, war es ihr egal. Sophie hatte sich nicht des Verdienstes wegen für den Job entschieden. Sie wollte dazu beitragen, Verbrecher aus dem Verkehr zu ziehen. In der DDR hatte ihr Opa unbestreitbar zu genau denen gezählt, und seit er in ihren Ermittlungen herumspukte, ahnte sie, dass er noch weitaus schlimmer gewesen war, als sie bisher angenommen hatte.

Nachdem sie auf dem Parkplatz der Zentrale angekommen war, sah sie David am Fenster stehen. Er hob zwei Kaffeebecher in die Höhe, zeigte ihr, dass er schon auf sie wartete. Wenn er bereits nach ihr Ausschau hielt, gab es vielleicht Neuigkeiten.

Sie beeilte sich, durch die Schleuse zu kommen, und begab sich sofort in sein Büro.

»Guten Morgen, Lieblingskollegin.« David strahlte sie an. »Oder sollte ich eher sagen, guten Mittag?«

»Egal, was es ist, was dir so gute Laune macht … Sag es mir. Ich will was davon abhaben.«

Lachend reichte er ihr einen Kaffeebecher.

»Wenn ich den trinke, düst mein Blutdruck durch die Decke. Ich hatte heute schon drei.«

David zuckte mit den Schultern. »Besser für mich. Dann gehört er eben auch mir, sobald ich ihm einen Schuss Hafermilch verpasst habe.«

Sie verschränkte die Arme vor der Brust. »Okay, raus mit der Sprache. Was ist passiert?«

Sein Grinsen reichte von einem Ohr zum anderen.

»Wir haben einen ehemaligen Insassen des Jugendwerkhofes ermittelt.«

Sophie klatschte in die Hände. »Das wurde auch Zeit. Worauf warten wir noch? Lebt er in Berlin?«

»Er sitzt in der JVA Tegel ein. Hat wohl einige Raubdelikte auf dem Kerbholz.« David ging voraus in Richtung Konferenzraum. »Ich habe für heute Nachmittag einen Besuchstermin vereinbart, warte nur noch auf die offizielle Genehmigung von dessen Anwalt für eine Vernehmung.«

»Sehr gut«, erwiderte sie, nahm ihm nun doch den zweiten Kaffeebecher aus der Hand und trank einen Schluck, was er mit einem Schmunzeln registrierte.

»Ich habe gerade mit einem französischen Kollegen telefoniert«, sagte Markus, der aus seinem Büro kam und sich ihnen anschloss. Er und Sophie nickten einander zu. »Der Hausmeister des Jugendheimes konnte noch nicht ausfindig gemacht werden und zu Durants Lebensgefährtin gibt es auch noch keine Spur.«

»Die Kollegen machen vor Ort ihren Job und wir hier unseren«, sagte David.

»Wenn wir uns beamen könnten …« Sophie seufzte.

»Zuzanna wird nicht an der Teambesprechung teilnehmen«, sagte Markus. »Sie steckt noch mitten in der Spurenanalyse. Melissa Huberts Sachen wurden in den frühen Morgenstunden geliefert. Bisher hat sie nur Rostflecken und Katzenhaare sicherstellen können.«

»Wenn es schwarze Katzenhaare sind, haben die nichts mit ihrem Aufenthaltsort der letzten Tage zu tun. Unser

Nachbarskater war mit ihr in Kontakt«, ließ Sophie die beiden wissen. Im selben Moment klingelte ihr Handy.

Während die Männer in den Konferenzraum einbogen, blieb sie auf dem Gang zurück und nahm Tinas Anruf entgegen.

»Die Ärztin aus der Charité hat mich gerade angerufen«, meldete sie sich, bevor Sophie überhaupt zu Wort kam. »Melissa ist wach und ihr Zustand lässt eine Befragung zu.«

»Ich mache mich sofort auf den Weg«, erwiderte sie. »Treffen wir uns in einer halben Stunde? Die Erlaubnis der Eltern haben wir.«

»Alles klar. Bis gleich.« Tina legte auf.

Sophie schob ihren Kopf durch die Tür, ohne den Konferenzraum zu betreten. Alvarez, Ebba, Matteo, Markus und David saßen an dem langen Tisch, nur Zuzanna fehlte.

Alvarez hob den Daumen, als Sophie ihn darüber informierte, wohin sie ging. Melissas Befragung musste schnellstmöglich erfolgen. David bedeutete ihr mit seiner Hand am Ohr, dass sie telefonieren würden. Sie nickte ihm zu und eilte dann davon.

Heute begannen die Ermittlungen mit Tempo. Während sie sich um Melissa kümmerte, würde David nach der Besprechung in die JVA Tegel fahren. Beides konnte sie in dem Fall weiterbringen. Wenn nicht, befanden sie sich in einer Sackgasse.

Bis zur Charité brauchte sie dreißig Minuten. Tina wartete am Empfangsschalter auf sie. Gemeinsam fuhren sie mit dem Fahrstuhl in die siebte Etage.

»Hoffentlich kann das Mädchen etwas Licht ins Dunkel bringen«, sagte Tina, nachdem sie sich im Schwesternzimmer angemeldet hatten. Eine Psychologin der Charité wartete dort bereits auf sie.

»Melissa ist in schlechter mentaler Verfassung«, sagte Ines Otto und lief voraus. »Es ist mir bewusst, dass Sie ihre Arbeit machen müssen und eine schnelle Befragung für Ihre Ermittlungen entscheidend sein kann.« Vor der Zimmertür blieb sie stehen. »Aber gehen Sie behutsam vor. Das Mädchen ist traumatisiert. Wenn Ihre Anwesenheit sie zu sehr mitnimmt, werde ich das Gespräch beenden. Die Genesung der Patientin steht an erster Stelle.«

»Natürlich«, erwiderte Sophie und hielt dem abschätzenden Blick der Psychologin stand, bis diese endlich vor ihnen das Krankenzimmer betrat.

Melissas Eltern waren anwesend. Der Vater saß vor dem Fenster auf einem Stuhl, die Mutter auf der Bettkante bei Melissa.

Das Mädchen sah ihnen mit müden Augen entgegen. Ihre Haut war blass, was die dunklen Augenringe umso auffälliger hervortreten ließ. Unsicherheit spiegelte sich in ihrer Miene und Haltung wider.

Sie hielt die Bettdecke vor ihrer Brust umklammert, ihre Finger zitterten. Die Handgelenke waren blutunterlaufen, auf den Einschnitten hatte sich Schorf gebildet. In ihrer Armbeuge steckte eine Kanüle, die mit einem Tropf verbunden war.

»Das sind die Kriminalhauptkommissarinnen Sophie

Steinbach und Tina Spicker«, stellte Ines Otto sie den Eltern vor.

Sophie nickte ihnen zu. »Wir kennen uns bereits. Danke, dass Sie uns diesen Besuch ermöglichen.«

Herr Hubert presste die Lippen zusammen, schluckte schwer und wandte sich an seine Tochter. »Frau Steinbach und Frau Spicker haben ein paar Fragen an dich. Wir sind bei dir. Du musst keine Angst haben.«

Ihre Mutter streichelte über Melissas Hand, wischte sich eine Träne von der Wange und nickte ihrer Tochter bestärkend zu. Dann stand sie vom Bett auf, während sich ihr Mann ebenfalls erhob und ihnen seinen Stuhl anbot.

»Danke.« Sophie rückte den Stuhl neben das Bett, Tina zog sich einen zweiten heran und platzierte ihn am Bettende. Scheinbar wollte sie ihr bereitwillig die Leitung der Vernehmung überlassen.

Die Eltern lehnten sich ans Fensterbrett, Ines Otto neben der Tür gegen die Wand.

»Hallo, Melissa.« Sie lächelte das Mädchen an. »Du kannst dir gar nicht vorstellen, wie sehr wir uns freuen, dass du wieder bei deinen Eltern bist.« Kurz sah sie zu Tina. »Wir beide haben nach dir gesucht.«

Melissa blickte zu ihren Eltern. Sie zog die Bettdecke bis zu ihrem Hals. »Aber Sie haben mich nicht gefunden«, flüsterte sie.

Das war kein Anfang, wie Sophie ihn sich gewünscht hätte. Melissa musste ihnen vertrauen, sonst würde es schwer werden, alle Details aus ihr herauszubekommen.

»Zeus hat dich gefunden«, erwiderte sie sanft. »Kannst du dich an gestern Abend erinnern?«

Melissa dachte nach und schüttelte schließlich den Kopf.

Sophie hoffte, dass das mit dem Narkotikum zusammenhing und keine gänzliche Amnesie war.

»Zeus ist ein schwarzer Kater. Er ist total niedlich und verschmust. Aber wehe, es sind keine Leckerlis im Haus. Dann gibt er keine Ruhe und miaut ununterbrochen. Mein Mann ist seinetwegen schon mal nachts zur Tankstelle gefahren, um welche zu besorgen, nachdem Zeus sein Gejammer stundenlang unter unserem Schlafzimmerfenster durchgezogen hat.«

Um Melissas Mundwinkel zuckte ein kurzes Lächeln.

»Und gestern Abend hat er auf der Terrasse miaut. Doch als ich ihm ein paar Leckerlis bringen wollte, ist er nicht gleich zu mir gekommen, er verhielt sich anders als sonst. Zeus hat dich gefunden und mich zu dir geführt.«

Melissa verengte die Augen. »Dann haben Sie den Krankenwagen gerufen?«

»Das war mein Mann. Ich habe dich in der Zwischenzeit von deinen Fesseln befreit.«

Sie nickte kaum merklich und strich sich nachdenklich über ihre Handgelenke.

»Die Erinnerungslücken liegen vielleicht daran, dass du betäubt warst«, tastete Sophie sich weiter vor.

Melissa suchte wieder den Blickkontakt zu ihren Eltern. Der Psychologin schenkte sie keine Beachtung.

»Ich hab aber nicht alles vergessen.«

Das war ein Lichtblick. Tina schob unauffällig ihren Fuß gegen ihren.

»Kannst du dich an etwas erinnern, was uns dabei helfen könnte, deinen Entführer zu finden?«

Sophie hatte den Eltern versprochen, den Tod des Urgroßvaters nicht zu erwähnen. Das Mädchen musste gerade genug verarbeiten.

»Ich hab ihn nicht gesehen. Meine Augen waren verbunden.«

»Hat er mit dir gesprochen?« Sophie lehnte sich zurück, um Melissa ein wenig die Anspannung zu nehmen. »Wie hat sich seine Stimme für dich angehört?«

Wieder glitt Melissas Blick zu ihren Eltern. Ein Schulterzucken folgte. »Ganz normal, halt wie von einem Mann.«

»Würdest du seine Stimme eher alt oder jung einschätzen? Hatte er einen Dialekt oder eine andere Auffälligkeit?«

Sie raffte ihr Bettlaken zu einem Knoten zusammen. »Ich weiß es nicht. Vielleicht ein bisschen Dialekt. Aber ich kann nicht sagen, welcher.«

Damit kam Sophie nicht weiter. »Hast du etwas von deiner Umgebung wahrnehmen können? Irgendwelche Geräusche oder Gerüche?«

Melissa schloss die Augen und atmete tief ein.

»Wir sollten das an dieser Stelle für heute beenden«, mischte sich Ines Otto ein, stieß sich von der Wand ab und kam näher.

»Nein, schon gut.« Melissa sah Sophie wieder an.

»Ich war in einem Raum ohne Fenster. Die Augen musste ich mir nur verbinden, bevor er reinkam. Da war eine Matratze auf dem Boden und ein Eimer, wenn ich mal musste. Sonst nichts. Nur eine Glühbirne an der Decke, kahle Wände und so ein Ventilator drin. Manchmal hab ich ein Rattern gehört. Vielleicht von einer Baustelle oder einer U-Bahn.«

Anscheinend war Melissa in einem Keller festgehalten worden. Der Täter hatte sie nicht misshandelt, was dafür sprach, dass sie ein Mittel zum Zweck gewesen war. Mit ihrer Entführung wollte er etwas erreichen und die Spuren führten zu ihrem Urgroßvater.

»Hast du diese Geräusche regelmäßig gehört?«, fragte Tina.

Melissa pulte an ihrer Nagelhaut.

»Nein, nur ab und zu.«

»Dann war es keine U-Bahn und vermutlich auch keine Baustelle«, flüsterte sie und machte sich Notizen.

»Fällt dir noch irgendetwas ein, das uns nützlich sein könnte? Hast du vielleicht mitbekommen, ob noch jemand anderes bei ihm war? Oder hat er dir etwas erzählt?«

Melissa sah erneut zu ihren Eltern. Doch dieses Mal war etwas anders. Sie schien hin- und hergerissen zu sein. Ihre Finger begannen wieder zu zittern und ihre Augen füllten sich mit Tränen.

»Er wollte mich bestimmt nur einschüchtern«, presste sie hervor. »Er hat gelogen.«

Sophie runzelte die Stirn. »Womit gelogen?«

Tränen rannen an Melissas Wangen hinab und sie schluchzte auf. Glücklicherweise schien Ines Otto zu erfassen, dass das Mädchen kurz davor war, etwas preiszugeben. Sophie bemerkte, wie unruhig die Psychologin wurde, aber sie hielt sich zurück.

»Er hat doch gelogen, oder?«, fragte Melissa an ihre Eltern gewandt.

Die beiden sahen sich verunsichert an.

»Wobei?«, hakte nun auch ihr Vater nach.

»Er hat mir erzählt, dass Uropa das ständig gemacht hat«, erwiderte sie zögernd.

»Was gemacht?«

Ihr Schluchzen nahm weiter zu. »Mädchen in meinem Alter in ein Verlies gesperrt.«

28. KAPITEL

David ging zwischen den beiden Torpfosten hindurch und betrat den Hof der JVA Tegel. Mit der U6 und ein wenig Beinarbeit war die Justizvollzugsanstalt gut erreichbar. Der Anwalt von Guido Knoppke hatte einem Besuch zugestimmt, nachdem David diesem versichert hatte, seinen Mandanten mit der Befragung nicht zu belasten.

Ein guter Anwalt hätte wohl dennoch darauf bestanden, einen Termin zu vereinbaren, bei dem auch er anwesend war. Glücklicherweise handelte es sich um einen Pflichtverteidiger und das Verfahren gegen Guido Knoppke war bereits abgeschlossen. Er wurde hier einfach nur als Zeuge befragt.

Im Pförtnerhaus musste David sich ausweisen und den entsprechenden Papierkram ausfüllen. Seine Waffe hatte er im Revier gelassen, in die JVA hätte er diese sowieso nicht mitnehmen dürfen.

Ein sportlicher Schließer namens Jonas Paulke holte ihn ab und erklärte die Regeln für den Fall eines Alarms, was in seiner Zeit hier noch nie vorgekommen war. David musterte ihn von oben bis unten und war von dem breiten Kreuz und dem Knackarsch beeindruckt.

»Wie ist Herr Knoppke denn so?«, fragte David.

»Auf den ersten Blick ganz sympathisch.« Jonas Paulke bedeutete ihm zu warten, damit die zweite Tür der Schleuse geöffnet werden konnte. »Aber das sind die meisten. Laut Akte hat er mehrfache Verurteilungen wegen Körperverletzung hinter sich. Da verstehe ich die Leute echt nicht. Zuerst Strafe und dann auf Bewährung, aber die machen einfach weiter. Den Letzten hätte er mit seinen Schlägen beinahe in den Rollstuhl geprügelt.«

David hatte die Akte vor seinem Besuch angefordert und akribisch durchgearbeitet. Matteo Rossi hatte ihm einen Crashkurs im statistisch ausgeprägtesten Verhalten von Heimkindern verpasst. Im Gespräch würde David explizit darauf achten.

Herr Paulke öffnete die Tür und führte ihn in Richtung der Besucherräume. Überall standen Wachen, er wurde genauestens überprüft. David kannte bereits andere Gefängnisse in Deutschland und spürte hier in Berlin einen leicht anderen Ton. Die Wachen waren weniger grimmig, eine Atmosphäre von Menschlichkeit lag in der Luft, die er sonst in zahlreichen Justizvollzugsanstalten, auch in Frankreich, vermisste.

»Hat Herr Knoppke sich hier bisher etwas zuschulden kommen lassen?«, wollte David wissen.

Der Geruch von Stein und Bodenreiniger stieg ihm in die Nase.

»In der ersten Woche«, erwiderte der Schließer. »Da hat er einen seiner Mitinsassen angegriffen. Der kam ihm wohl zu nahe. Die Sache war unangenehm, aber Sie wissen ja, wie das ist: Danach hatte er sich Respekt verschafft und keiner hat ihn mehr falsch angesehen.«

»Eine kalkulierte Aktion?«

Manche Insassen suchten an ihrem ersten Tag bewusst das Alpha-Tier und griffen es an, um ihren eigenen Status darzustellen, so viel wusste er.

»Er fällt eher in die Kategorie ›unberechenbar‹, wenn Sie verstehen, was ich meine.«

David nickte. Insassen, die einfach mit dem Strom schwammen und in Ruhe gelassen werden wollten. Sie fielen nicht auf, verlebten ihre Tage im Gefängnis. Doch wenn ein Trigger ausgelöst wurde, konnten sie die Kontrolle verlieren. Gerade bei Heimkindern war dies die wahrscheinlichere Variante. »In seiner Akte stand von dem Vorfall gar nichts.«

Paulke zuckte nur mit den Schultern. »Keine Zeugen. Andere Häftlinge haben sie getrennt und als wir eintrafen, war es quasi bereits vorüber. Jeder wusste, was passiert ist.«

Aber niemand wollte aussagen; das alte Spiel.

Die letzte Tür wurde geöffnet und sie gingen durch einen Vorraum, in dem weitere Besucher warteten. Der Bereich mit Tischen und angeschraubten Stühlen schloss sich an. Der Schließer führte David zu einem Tisch gegenüber der Tür in der Ecke.

Dort saß bereits ein Mann, der ebenso gut in einem Magazin für Bodybuilder als Model auftauchen könnte. Dass seine Schultern die Kleidung nicht sprengten, war ein Wunder. Er trug ein weißes Rippshirt und Jogginghosen.

Kurz bevor sie ihn erreichten, schloss David noch eine Frage an: »Er hat keinen Ausgang?«

»Bei wiederholtem tätlichen Angriff geht das nicht«, erklärte der Schließer. »Erst wenn der Psychodoc das Okay gibt.« Damit wich Paulke an die Wand zurück und machte auf diese Art deutlich, dass er das Gespräch im Auge behalten würde.

»Guten Tag. Ich bin Kriminalhauptkommissar David Martin.« Er nutzte absichtlich die deutsche Entsprechung seines Titels, das unterband den Erklärungsbedarf. »Danke, dass Sie einem Treffen zugestimmt haben.«

»Wenn's hilft.« Knoppke nickte nur, machte aber keine Anstalten, die dargebotene Hand zu erreichen.

Immerhin bestand auf diese Art keine Gefahr, dass er sie zerquetschte.

David zog seinen Notizblock samt Stift aus der Tasche. Er notierte Datum und Ort sowie die beteiligten Personen. Gerade als er die erste Frage stellen wollte, kam ihm Guido Knoppke zuvor.

»Sie wollen was über das Höllenloch wissen, stimmt's?« In seine Augen schlich sich Panik.

»Für ein paar Antworten dazu wäre ich Ihnen tatsächlich sehr dankbar«, sagte David. »Allerdings möchte ich keine alten Wunden aufreißen.«

Die Berichte, die er zur Vorbereitung auf das Gespräch gelesen hatte, lagen ihm noch schwer im Magen. Er ließ seinem Gegenüber Zeit.

»Es war …« Der Blick glitt ins Nichts. »Hölle trifft es

nich. Jeder denkt da anders, ne? Die hielten uns für Tiere. Wollten uns brechen und neu zusammenbauen.«

»Hatten Sie dort Freunde?«

»Freunde.« Knoppke gab ein grunzendes Geräusch von sich. »Gab ja Stockbetten in den Zimmern und wir waren da immer 'ne Menge Kinder. Leid schweißt zusammen, ne. Mussten täglich Runden laufen. Und wenn einer es nich gepackt hat, haben wir ihn an den Füßen mitgeschleift. Hinter uns her. Wie Packesel. Einmal war ich's. Wurde geschleift, danach war die Haut überall aufgescheuert.« Seine Finger wanderten zu seinem Arm, rieben über die Haut.

David wusste, dass es in zahlreichen Jugendwerkhöfen ähnlich gewesen war. Einer davon – Torgau – hatte es zu unrühmlicher Bekanntheit gebracht. Die Zustände schienen in Guido Knoppkes Heim ähnlich gewesen zu sein.

»Heute reden se alle über Männlichkeit«, sinnierte er. »Damals ham wir alle geheult, ne? So jung waren wir. Aber die wollten uns kaputt machen. Weil wir gegen den Staat waren.« Er ballte die Fäuste. »Die Haare haben sie uns rasiert, damit wir nix Eigenes haben. Aber damit ham se uns auch gleichgemacht.«

David erinnerte sich an die Bilder der Zellen, in denen die Jugendlichen in Einzelhaft auf dem Boden kauerten. Er hatte Berichte gelesen, in denen von der Sehnsucht, ins echte Gefängnis zu gelangen, erzählt wurde, weil es dort weniger schlimm war als in einem Jugendwerkhof.

Obgleich er im Verlauf seiner Laufbahn schon viel

Schreckliches gesehen hatte, war er doch stets verblüfft darüber, was Menschen sich gegenseitig antun konnten. Und zu oft unter dem Deckmantel verklärter moralischer Überlegenheit.

»Können Sie mir sagen, ob damals Jugendliche verschwunden sind?«, fragte er und kam sich gleichzeitig unbeholfen und hilflos vor gegenüber dem Schmerz des Mannes.

Guido Knoppke lachte auf. »Ständig. Mal waren sie da, mal weg, ne? Und dann tauchten sie in anderen Gruppen wieder auf. Das ging rundum. Manche blieben weg. Wir hatten ja keine Übersicht, waren mit Überleben beschäftigt.« Bei diesen Worten wirkte er wie ein alter Mann, gebeugt von den Erfahrungen, die er vor Jahrzehnten gemacht hatte.

Niemand konnte ihm den Schmerz nehmen.

David wusste, dass die Dämonen der Vergangenheit den seelischen Schmerz jederzeit heraufbeschwören konnten. Manch einer wurde davon gebrochen.

Andere wurden Kriminalhauptkommissar.

»Können Sie mir ein paar Namen von damals nennen?«, fragte David. »Ich weiß, es ist lange her …«

»In meiner Gruppe waren das der Jan, Axel, Marko, Florian und ich.« Knoppke rieb sich über die Augen. »Wir waren oft in Einzelhaft. Den Fuchsbau gab es bei uns auch. Davon wurde geflüstert. Versteht man erst, wenn man dort war. Stundenlang im Dunkeln kauern, fühlt sich an wie Ewigkeit. Irgendwann funktioniert man nur noch, ne? Wir waren Maschinen. Aber kaputte.«

»Haben Sie noch Kontakt zu jemandem von damals?« David notierte sich eifrig Stichpunkte.

»Nee, Die sind ihren Weg gegangen, ich meinen.« Er sah sich um. »Aber manchmal kommt mir jemand zu nahe und dann … raste ich aus. Hier drin ist es gut.«

»Und die Schl… Erzieher von damals?«

Knoppke lachte leise. »Schließer trifft es auch. Oder Foltermeister. Das waren sadistische Scheißer. Aber ich erinnere mich noch an Karla Hausmann, die war richtig schlimm. Hat den Jungs immer gerne Stoppeln verpasst. Und dann gab es noch Karl Brumm, der hat gerne in den Fuchsbau geschickt, konnte die nächste Gelegenheit dazu kaum erwarten.« Knoppke verschränkte die Arme. »Manchmal kam auch Besuch.«

»Besuch?«

»Hohe Tiere. So richtig in feinem Zwirn, ne? Ham nach Stasi gerochen. Da wurden wir aufgestellt und mussten strammstehen.«

»Aber die haben nie Namen genannt?«

»Nee, garnich. Hab sie ein paarmal reden hören. Einer kam öfter. Einmal sogar mit Ausländern. Die haben ganz komisch geredet.«

»Aber Sie wissen nicht in welcher Sprache?«

Er schüttelte den Kopf. »Is zu lange her. Und außer Deutsch und ein paar Brocken Russisch kann ich nichts.« Knoppke runzelte die Stirn. »Da gab es einmal ’nen Streit. Zwischen den Ausländern und der Hausmann. Dann kam der Stasi-Mann wieder. Wir sind gerade zum Laufen. Da hat sie ihn auch begrüßt, Herr Stein oder so.«

David besaß glücklicherweise ausreichend Kontrolle über seine Mimik, um sich nichts anmerken zu lassen. Er notierte ein Fragezeichen, fragte jedoch nicht nach. Falls Knoppke diese Verbindung zog und als Nächstes ein Pressevertreter hier saß, wurde sich das Ganze noch stärker auf Sophie fokussieren.

Von der unruhigen Energie des Anfangs war bei Guido Knoppke nichts mehr zu spüren. Jetzt wirkte er müde und abgeschlagen, als habe das Gespräch ihm alles abverlangt. David schloss das Notizbuch. »Ich hole uns einen Kaffee, bevor wir weitermachen.«

Knoppke wirkte ehrlich verblüfft. »Das … is ja nett.«

»Milch, Zucker?«

»Beides.«

David erhob sich. Sofort trat Paulke zu ihm. Er erklärte dem Schließer, was er vorhatte, und ging hinaus. Der Kaffeeautomat war nicht zu übersehen und tatsächlich nicht der schlechteste. Das Ergebnis plätscherte in die Becher und allein der Duft ließ Davids Lebensgeister wieder ein Stück weiter erwachen. Nach den letzten Tagen benötigte er jedes Gramm Koffein, das er bekommen konnte. Neben wachen Nächten, Flügen und dem Einsatz in Frankreich bewegte ihn der Fall an sich. Hinzu kam der Druck der Presse, alle Augen waren auf sie gerichtet – und das gleich in zwei Ländern.

Er zog einen weiteren Becher hervor und betrachtete sinnierend, wie die schwarze Brühe hineinplätscherte.

Gewalt zwischen Erwachsenen war schlimm genug. Doch zwischen oder gegenüber Jugendlichen weckte es oft Unverständnis. Natürlich geboren aus der Perspektive eines Menschen, der wohlbehütet aufgewachsen war. Im Falle der DDR waren die Kinder linientreuer oder unauffälliger Familien sicher herangewachsen. Man sah abschätzig auf die Problemfälle herab, die Störer des sozialen Friedens.

Die wenigstens machten sich die Mühe, hinter die Kulissen zu blicken. Damals wie heute.

David drängte die Gedanken zurück.

Mit den richtigen Informationen konnten sie einen Unterschied machen.

Er gab einen Schuss Milch in beide Kaffees – Hafermilch suchte man hier vergebens –, und Zucker in den von Knoppke.

Dann ging es zurück in den Raum.

Er nahm wieder Platz und schob dem Häftling den Becher zu.

»Danke. Das ist schon nett.« Knoppke trank langsam und schloss dabei die Augen.

Für jemand, der nächtelang im Dreck gekniet hatte, musste sich alles wie Luxus anfühlen. Selbst das Innere einer Zelle in der JVA.

»Wissen Sie, warum ich hier bin?«, fragte David, einem Impuls folgend.

Knoppke schwieg lange, nickte schließlich. »Wir ham Fernsehen. Ich hab mich schon gefragt, wann einer kommt. Keine Ahnung, ob ich's gehofft hab oder Angst davor hatte. Aber so schlimm sind sie wenigstens nich.«

»Danke.«

Guido Knoppke nickte abgehackt. »Ist ’ne Schande. Hätte jedem von uns passieren können. Trotzdem hat’s über dreißig Jahre gedauert, bis es überhaupt jemandem auffällt, ne? Bis einer nachfragt.« Knoppke blickte in Richtung Fenster. »Dreißig Jahre und ’n Massengrab.«

David trank schweigend.

29. KAPITEL

»Ich fasse es nicht«, sagte Tina, als sich die Fahrstuhltür schloss. »Das kann kein Zufall sein. Melissas Urgroßvater muss die Verbindung zu ihrem Vermisstenfall und dem ehemaligen Jugendwerkhof sein.«

Sophie nickte. »Ja, so sehe ich das auch. Der Täter hat nicht nur einmal, sondern mehrmals behauptet, dass ihr Urgroßvater früher Mädchen wie sie in einen Keller gesperrt hat. Es war ihm also wichtig, ihr diese Information einzutrichtern.«

Der Gedanke an ihren eigenen Opa ließ Sophie nicht los. Er und Albert Hubert waren Arbeitskollegen und zudem wohl befreundet gewesen. Die Lederhandschuhe sollten ihr als Hinweise auf ihren Opa dienen, dessen war sie sich inzwischen sicher. Und allein bei der Vorstellung, er könnte die gleiche Vorliebe wie Hubert gehabt haben, drehte sich ihr der Magen um.

Sie verließen den Fahrstuhl und gingen zum Ausgang.

»Vermutlich hat er das ganz bewusst gegenüber Melissa geäußert, um uns auf den nächsten Zusammenhang zu stoßen«, sagte Tina. »Denkst du, diese besagten Mädchen befinden sich unter den Leichen, die wir im Keller des Jugendwerkhofes gefunden haben?«

Sophie blieb stehen. »Das müssen wir nun herausfinden. Lass uns noch mal in Huberts Wohnung fahren und schauen, ob wir dort Hinweise auf seine frühere Tätigkeit bei der Stasi finden. Irgendwelche Dokumente oder Bilder. Mein Team ist bereits auf Aktensuche, auch was meinen Opa angeht. Vielleicht lässt sich etwas über seinen Decknamen ›Schwarzer Handschuh‹ finden.«

Tina verengte die Augen. »Bevor wir zu seiner Wohnung fahren, sollten wir bei eurer Forensikerin vorbeischauen. Als wir Albert Hubert ermordet in seinem Sessel aufgefunden haben, hielt er ein aufgeklapptes Fotoalbum in der Hand. Es war blutverklebt und wurde von der SpuSi sichergestellt.«

»Hast du einen Blick hineingeworfen?«, fragte Sophie.

»Wie gesagt, es war voller Blut und ich wollte keine Spuren verwischen. Auf der geöffneten Seite waren Gruppenfotos zu sehen, die ich seiner Familie zugeschrieben habe.«

Sophie rieb sich die Schläfe. »Okay, dann erst zu Zuzanna. Ich nehme mal an, du bist mit deinem Auto da?«

»Ja, ich fahre dir hinterher«, erwiderte Tina und sie gingen auf dem Parkplatz in verschiedene Richtungen davon.

Sophie wartete an der Ausfahrt und bog schließlich auf die Straße, nachdem Tina sich ihr in ihrem Volvo anschloss.

Das Fotoalbum konnte alles oder nichts bedeuten. Gut möglich, dass Hubert gerade in Erinnerungen schwelgte, als der Täter ihn überraschte. Aber ebenso konnte ihn der Unbekannte genau dazu gebracht haben. Falls sein

Motiv tatsächlich mit dem Jugendwerkhof zusammenhing, wollte er Hubert vielleicht vor seinem Tod noch mal etwas vor Augen führen.

»Handelst du aus Rache?«, flüsterte sie gedankenverloren und wählte über die Freisprechanlage die Telefonnummer ihrer Eltern.

»Steinbach«, meldete sich ihr Vater nach dreimaligem Klingeln.

»Hey, Papa. Sag mal, du hast nicht zufällig eine Ahnung, ob Opa einen Bezug zu dem Jugendwerkhof hatte?«

»Nee. Davon hätte er mir auch nicht erzählt. Mir war klar, dass ich ihm nicht vertrauen konnte, und umgekehrt war es genauso.«

»Und Albert Hubert und Hans Suhr, die beiden Männer, die mit ihm auf dem Foto waren? Vielleicht hast du mal was aufgeschnappt?«

»Also, der Hubert war FDJ-Kreisleiter. Ihm unterstanden die Pionierleiter der Berliner Schulen.«

»Okay, das ist interessant.«

»Hilft dir das weiter?«

»Womöglich, ja. Wenn er in Kontakt mit Schulen und FDJlern stand, dann wohl auch mit damaligen Jugendwerkhöfen.«

»Und du glaubst, der Hubert könnte mit dem gefundenen Massengrab zu tun ha…?« Er stockte. »Moment mal, denkst du etwa, mein Vater hängt da irgendwie mit drin?«

Sie rieb sich mit der flachen Hand übers Gesicht. »Eventuell wusste Opa davon«, warf sie in den Raum.

Schweigen antwortete ihr.

»Ich hoffe, dass sich deine Vermutung nicht bewahrheitet«, sagte er nach zähen Sekunden. »Vater hat das Ansehen unserer Familie schon genug beschmutzt. Er ist tot, verdammt noch mal. Wann werden wir endlich frei von seinem Einfluss sein?«

Sophie unterdrückte ein Seufzen. Sie räusperte sich, fand aber keine angemessenen Worte. Wie gern würde sie ihrem Vater das alles ersparen. Ihr selbst setzte die ganze Situation ebenfalls zu. Seit ihr klar geworden war, dass ihr Opa bei alldem irgendeine Rolle spielen musste, spürte sie eine Schwere in der Brust. Wie eine Schlinge zog sie sich immer fester. Von Stunde zu Stunde schien sie heftiger nach Atem zu ringen.

»Ich melde mich, sobald ich mehr weiß«, versprach sie. Auch wenn es ihr lieber wäre, konnte sie ihrem Vater neue Erkenntnisse nicht verschweigen. »Grüß Mama.«

»Mach ich.« Seiner Stimme war die Sorge deutlich anzuhören. Er legte auf.

Sophie drehte das Radio lauter und hoffte, ihren Gedanken durch die Musik eine kleine Auszeit zu verschaffen. Allerdings erwies sich das als Trugschluss. Während sie auf den Parkplatz fuhr, waberte ihr Opa nach wie vor durch ihr Hirn.

Tina parkte neben ihr. Sie stiegen gleichzeitig aus und gingen auf die Zentrale zu. Wenn alles nach Plan lief, müsste David in der JVA sein. Sie hatte ihm eine Sprachnachricht geschickt und in Kurzform von Melissas Vernehmung berichtet. Da er bisher nicht geantwortet hatte, saß er vermutlich noch dem ehemaligen Insassen gegenüber.

»Geht's dir gut?«, fragte Tina, der ihre innere Zerrissenheit scheinbar nicht entging.

Sophie hatte sie angemeldet und lotste sie mit durch die Schleuse. »Ich komme klar.«

Tina hielt sie am Arm zurück. »Ich bin auf deiner Seite, aber ich kann die Information, dass wir bei den Ermittlungen auf deinen Großvater gestoßen sind, nicht ewig zurückhalten. Dein Chef hat dir Zeit eingeräumt, meiner wird wahrscheinlich sofort deinen Abzug von dem Fall fordern, wegen Befangenheit.«

»Ich bin dir für jede Stunde dankbar«, erwiderte sie. »Danke.«

Tina lächelte zögernd. »Bis morgen Mittag kann ich es noch irgendwie rechtfertigen, die Information nicht sofort weiterzugeben. Aber ab dann setze ich meinen Job aufs Spiel.«

Sophie atmete tief durch. »Also lass uns endlich das fehlende Puzzleteil finden.« Sie warf einen Blick zu den Büros, um sicherzugehen, dass David auch wirklich nicht anwesend war. Dann schlug sie den direkten Weg zum Labor ein.

Mittlerweile hatte sie sich die Zahlenkombination gemerkt und gab sie ins Codeschloss neben der Tür ein. Zuzanna saß am Arbeitstisch und blickte gerade durch ein Mikroskop. Als sie eintraten, sah sie auf und kam Tina und ihr entgegen.

»Ich habe noch nichts Relevantes gefunden, sonst hätte ich mich gemeldet«, sagte sie und nickte Sophie zu.

»Das ist Kriminalhauptkommissarin Tina Spicker.«

Sie deutete auf sie und stellte ihr dann Zuzanna vor. »Wir würden gerne einen Blick in das Fotoalbum werfen, das von Albert Huberts Fundort geliefert wurde.«

»Ah, darum habe ich mich bereits gekümmert.« Zuzanna lief in den benachbarten Raum und forderte sie mit einer Handbewegung auf, ihr zu folgen. »Ich habe Blut und Fingerabdrücke sichergestellt.« Sie reichte Sophie eine Packung mit Einmalhandschuhen, wovon Tina und sie sich jeweils ein Paar überstreiften.

Das Album lag eingetütet im Regal. Zuzanna trug es zu dem Edelstahltisch in der Mitte des Raumes und nahm es aus der Hülle.

»Wenn Sie mich brauchen, ich bin nebenan.« Sie verschwand durch die Schwingtür.

»Na, dann wollen wir mal sehen.« Tina klappte das Fotoalbum vorsichtig auf, musste dann aber ein wenig energischer werden, da die Seiten durch das eingetrocknete Blut zusammenklebten.

Sophie spreizte ihre Finger und trat neben Tina. Es graute ihr davor, womöglich neue Details über ihren Opa herauszufinden, die sie erschüttern könnten. Gleichzeitig befürchtete sie, dass das Album nutzlos war und sie in ihren Ermittlungen weiter feststeckten.

»Das sieht nach einem Familienurlaub aus«, mutmaßte Tina und blätterte auf die nächste Seite.

Der Ostseestrand mit seinen Dünen und einem dahinter aufragenden Hotel waren zu sehen. Hubert saß in einem Strandkorb und auf einem anderen Foto saß seine Frau auf demselben Platz. Sie waren geschätzt um die sechzig und hatten sich immer gegenseitig fotografiert. Am Strand, im Wasser, bei Ausflügen, im Hotel.

»Erkennst du die Seite wieder, die aufgeklappt war, als ihr Huberts Leiche gefunden habt?«, fragte Sophie.

Tina blätterte mehrere Seiten um. »Hier, die ist es.«

Sophie zog das Album näher zu sich und betrachtete die Gruppenfotos. Hubert stand zwischen zwei Erwachsenen und drei Jugendlichen, die man auf den ersten Blick tatsächlich für seine Familie halten konnte. Zu dieser Zeit musste Melissas Mutter, seine Enkelin, im Kindes- oder Teenageralter gewesen sein. Doch ihre Gesichtszüge konnte sie bei keinem der zwei Mädchen wiederfinden.

Der Junge ganz außen kam ihr hingegen bekannt vor. Aber woher? Sie löste das Foto aus dem Album und hielt es auf Augenhöhe.

»Lässt du mich an deinen Gedanken teilhaben?«, brachte Tina sich wieder in Erinnerung.

»Dieser Junge …«, Sophie tippte auf ihn, »… kommt mir bekannt vor.« Sie griff zu ihrem Handy, scrollte durch ihre Bildergalerie, und hoffte, dass sie sich nicht irrte. Dennoch zuckte sie innerlich zusammen, als sie das Bild vor sich sah, das sie im Mauerwerk des verborgenen Kellers in der Schatulle gefunden hatte. »Das ist derselbe Junge«, flüsterte sie und hielt Tina ihr Handy vor die Nase. »Und er lebte definitiv in dem Jugendwerkhof.«

Tina ließ ihren Blick zwischen den Fotos hin und her wandern. »Dann haben wir hiermit den Beweis, dass Albert Hubert vor Ort war.«

Sophie legte das Handy auf den Tisch und blätterte im Album weiter. Auf den nachfolgenden Bildern war das Gebäude sogar im Hintergrund zu sehen. Hubert hatte sich mit Jugendlichen fotografieren lassen und die Erwachsenen waren vermutlich Mitarbeiter des Jugendwerkhofes.

»Ich hoffe, der ehemalige Insasse konnte David etwas berichten, was uns weiterhilft«, sagte sie. Im selben Moment begann ihr Handy zu klingeln.

»Ich bin's«, meldete sich Markus, sobald sie rangegangen war. »Du, ich sitze hier gerade an der Stasiakte, die zu dem Decknamen ›Schwarzer Handschuhe‹ angelegt wurde.«

Der imaginäre Klumpen in ihrem Magen schwoll weiter an. »Und? Ist darin etwas Auffälliges vermerkt?«

»Komm am besten mal in mein Büro, wenn du wieder im Haus bist«, wich er ihr aus. Was auch immer er gefunden hatte, am Telefon wollte er es ihr scheinbar nicht sagen.

»Bin schon da«, erwiderte sie. »Du findest mich im Labor.«

»Oh, na dann komm ich mal rüber.«

»Ja, bis gleich.« Sie legte auf und atmete tief durch. »Das war unser Sekretär«, erklärte sie Tina. »Anscheinend erhalte ich eine schlechte Nachricht zu meinem Opa.«

Sophie wich Tinas mitfühlendem Blick aus und widmete sich wieder dem Album. Die Gesichter der Mädchen und Jungen gruben sich in ihr Gedächtnis ein und würden sie sicher eine Weile in ihren Träumen verfolgen. Dabei fiel ihr ein Junge ins Auge, der auf einem Foto direkt neben Albert Hubert stand. Während dieser in die Kamera lachte, wirkte seine Miene wie versteinert.

»Das gibt's doch nicht …« Erst war sie unsicher. Aber je länger sie ihn betrachtete, desto sicherer erkannte sie ihn. »Das ist Janko Kleeberg.«

Tina runzelte die Stirn. »Wer?«

»Ich kenne ihn von früher. Er kam jeden Sommer in den Ferien mit seinen Eltern und seinem Bruder Heiko für drei Wochen an den Werbellinsee. Ich war dort bei meiner Oma im Wohnwagen quasi Dauergast.« Sie durchforstete das Album weiter, ob auch Heiko auf einem Foto zu entdecken war, wurde jedoch nicht fündig.

»Warum war er dann in einem Heim?«, hakte Tina nach. »Sind seine Eltern gestorben?«

Sophie sah sie an. »Das weiß ich gar nicht. Ich glaube, in unserem letzten gemeinsamen Sommer war ich sechs und er ungefähr vierzehn. Im Wohnwagen meiner Oma hängt heute noch ein Bild von einem Campingfest, auf dem er auch ist. Deshalb kann ich mich an sein Aussehen erinnern. Und vielleicht auch, weil seine Augen verschiedenfarbig waren. Das hat sich mir eingeprägt.« Abwesend strich sie sich eine Haarsträhne hinters Ohr. »Janko reiste mit seiner Familie immer aus Thüringen an. Doch dann sind sie einfach nicht mehr gekommen.«

Tina verzog den Mund. »Aber, wenn er aus Thüringen stammt …«

»… warum landet er dann ausgerechnet in Berlin in

einem Jugendwerkhof?«, brachte Sophie die Frage zu Ende. Sie rieb sich über die Stirn. »Das ist seltsam.«

»Was ist seltsam?«, fragte Markus, der im selben Moment den Raum betrat.

»Das sag ich dir, sobald du mich über die Akte aufgeklärt hast«, entgegnete sie.

Er legte sie abseits des Albums auf dem Tisch ab. »Es wurden Seiten herausgerissen«, ließ er sie wissen. »Bevor das Volk Zugang zu den Stasizentralen erhielt, wurde viel vernichtet.«

»Aber du hast etwas gefunden, was du mir zeigen willst?« Sie trat zu ihm und begann die Akte durchzublättern.

»Seite 5«, sagte er, wartete allerdings nicht ab, bis sie das dünne Papier mit den auf Schreibmaschine getippten Informationen überflogen hatte. »Es wird kein Name zu ›Schwarzer Handschuh‹ preisgegeben. Aber derjenige, der sich dahinter versteckt, war als Zulieferer für den Jugendwerkhof zuständig.«

»Zulieferer wovon?«, fragte Tina.

»Von Jugendlichen«, las Sophie mit schwerem Herzen vor. »Mein Opa hat Neuzugänge beschafft.«

30. KAPITEL

»Da hatte ich wohl Glück«, brach Guido Knoppke das Schweigen.

David runzelte fragend die Stirn.

»Na, wenn die so viele der anderen ums Eck gebracht haben, dann hätte es mich auch erwischen können, nee?«

David nickte. »Wir versuchen alles, um die damaligen Hintermänner zu finden. Weil ...« Er unterbrach sich selbst. Über ein laufendes Verfahren durfte er keine Auskunft geben.

»Hängt mit Frankreich zusammen?« Guido Knoppke trank einen weiteren Schluck und nickte dann. »Die Pressefuzzis ahnen das doch schon.«

»Stimmt.« Dass Vincent Durant in Frankreich in einem Jugendheim gearbeitet hatte, war mittlerweile öffentlich bekannt. »Deshalb ist es wichtig, dass wir die damaligen Verantwortlichen erwischen. Und die Gründe für die Morde herausfinden.«

»Das waren alles Irre, ne? Die haben alle umgebracht, die nicht ›korrigierbar‹ waren. Sozial zersetzende Elemente.« Den letzten Satz hatte Knoppke in einem dozierenden Tonfall von sich gegeben.

Und im Normalfall hätte David dem zugestimmt.

Staatsorgane, die genauso vorgingen, gab es in Diktaturen zuhauf. Es war auch möglich, dass die obere Riege des Heims schlicht psychopathisch veranlagt war, doch etwas Derartiges unter den Teppich zu kehren war nicht so einfach. Er ging daher von staatlicher Beteiligung aus.
»Das würde die damaligen Ereignisse erklären, aber wir haben hier einen Bezug zur Gegenwart.«

Guido Knoppke stellte den Kaffeebecher ab und wirkte sichtbar traurig. »Man denkt, es hört auf. Die Mauer wird eingehauen und alles wird besser. Aber die Monster gab es auf beiden Seiten der Grenze, ne? Und sie helfen einander.«

David konnte erneut nur nicken. So wie es zahlreichen hochrangigen Nazis gelungen war, nach dem Fall des Regimes zu fliehen, waren auch Stasi-Mitarbeiter untergetaucht. Oder in neuen Positionen sogar recht gut davongekommen. Wen interessierten da noch die Opfer von damals?

»Dieses Mal kommen die nicht davon«, sagte David.

»Sie sind wie ich.« Knoppke taxierte ihn.

Der abrupte Themenwechsel erwischte David kalt und er konnte den anderen Mann nur anstarren. »W-was?«

»Keine Ahnung. Aber Sie haben den Blick, ne?Irgendwas haben Sie erlebt. Deshalb jagen Sie jetzt.«

Es war einer jener seltsamen Augenblicke, in denen David tatsächlich eine Art Seelenverwandtschaft spürte. Und das ausgerechnet zu einem Insassen einer Justizvollzugsanstalt in Deutschland. Wie leicht hätte er selbst auf diesen Weg abdriften können. Jahrelang hatte er von

Selbstjustiz geträumt. »Fällt Ihnen noch etwas ein, das uns dabei helfen könnte, den Betroffenen auf die Spur zu kommen? Irgendwas?«

Guido Knoppke überlegte. »Von den Strafen wissen Se ja. Vom Fuchsbau und dem Dechsenkäfig.«

»In den Akten war von einer Zelle mit der Bezeichnung ›Fuchsbau‹ zu lesen, aber nichts von einem Dechsenkäfig.«

»Das war ... wie sagen sie heute? Slang.« Knoppke lachte heiser. »Der hieß Eidechsenkäfig. Aber wir ham alle nur Dechsenkäfig gesagt.«

David notierte sich die Bezeichnung, die er für einen Strafraum sehr untypisch fand. Und wieso war dieser in den Akten nicht aufgetaucht?

»Und gab es Unterschiede?«, fragte er.

»Beim Fuchsbau kamen sie ins Zimmer zurück und ham geheult«, erwiderte Knoppke. »Beim Dechsenkäfig waren sie weg.«

»Für immer?«

»Manchmal kamen sie noch mal zurück, waren aber irgendwie anders. Schweigsam. Hatten vor allem Angst.«

Davids Magen drehte sich um. Konnte es so simpel sein? Jugendliche wurden sexuell missbraucht und der Dechsenkäfig stand dafür? Falls dies jemand mit ausreichend Einfluss ermöglichte, könnte es sogar funktionieren. Nicht umsonst wurden solche Dinge auch heute noch in geschlossenen Systemen mit rigoroser Machtstruktur Jahre später publik. Es wurde einfach nicht hinterfragt, was hinter der verschlossenen Tür geschah.

Doch weshalb waren einige davon dann nicht zurückgekehrt?

»Der eine kam nich zurück«, sagte Knoppke plötzlich. »Und der Bruder is durchgedreht.«

David schwieg, warf seinem Gegenüber aber einen auffordernden Blick zu.

»Das waren Geschwister und die hatten beide so ein Monodings. Die Augen hatten unterschiedliche Farben bei beiden«, erklärte er. »Monoirgendwas. Jedenfalls war das seltsam. Die sagten, dass der Bruder bald wieder da ist, aber dann kam er nich. Armer Kerl. Den anderen Bruder ham sie nich mehr ruhig bekommen. Mussten ihn sogar betäuben.«

»Betäuben?!«

»Einmal hat er nachts getobt, wir ham es gehört. Hat alles kurz und klein geschlagen. Er will zu seinem Bruder. Und dann wurde es still. Ab da war er jeden Tag wie ein Zombie. Ist über den Hof gewandelt, die Augen ganz trüb. Ham ihm was gespritzt, hat der Marcel gesagt. Der hat das gesehen.«

Der Gedanke, dass die Geschwister getrennt worden waren, der Bruder möglicherweise einer der Toten im Massengrab gewesen war, spülte puren Hass durch Davids Adern. Hätte er einen der Verantwortlichen jetzt vor sich, wäre es gut möglich, dass er nicht für dessen Unversehrtheit garantieren konnte.

»Und der Junge ist dann auch verschwunden?«, fragte David.

»Nee.«

»Nicht?!«

»Hätten sie vermutlich getan, die Monster, ne? Er kam immer wieder in den Fuchsbau. Gab Getuschel, dass er bestimmt als Nächstes in den Dechsenkäfig muss. Aber dann …« Knoppke legte eine Kunstpause ein.

»Dann?«

»… ist die Mauer eingeschlagen worden, ne? Ein paar der Monster sind einfach nich mehr gekommen. Andere haben die Moralischen gespielt.«

David lehnte sich zurück und durchdachte das Gehörte. Die Jugendlichen waren also über einen langen Zeitraum gestorben. Vermutlich, um sie zum Schweigen zu bringen. Trotzdem waren laut Knoppkes Aussage einige wieder aus dem Dechsenkäfig zurückgekehrt. Wieso diese Selektion?

»Haben Sie noch den Namen des Jungen? Der durchgedreht ist.«

Knoppke dachte nach und David unterdrückte den Impuls, aufgeregt an seiner Lippe zu knabbern. Dieser Junge hatte überlebt und war damit eine der bedeutendsten Spuren, die sie besaßen.

»Jan?«, sagte Knoppke, wirkte aber nicht überzeugt. »Ja… Janko! So hieß der. Die kamen aus Thüringen.«

»Und wieso war er in Berlin untergebracht?«, fragte David, während er eifrig mitschrieb.

»Selber Grund wie bei den meisten«, erwiderte Knoppke. »Republikflucht der Eltern und dabei erwischt worden. Tut nicht gut, wenn man rauswill aus dem Käfig.«

Unweigerlich fragte sich David, was aus den Eltern geworden war. Hatten sie ihre Kinder nach ihren Gefängnisaufenthalten ewig weitergesucht? War wenigstens Janko zu ihnen zurückgekehrt? Und wie lange hatten sie sich gefragt, was aus ihren Söhnen geworden war? Fragen ohne Antworten.

»Sie sind so weiß im Gesicht«, sagte Knoppke. »Müssen Sie kotzen?«

»War wohl der Kaffee. Magen und so.«

»Ja klar.« Knoppke glaubte ihm offensichtlich kein Wort.

Falls die Eltern noch lebten, falls Janko es tat, würde David vermutlich bald eine Nachricht erhalten. Wie so viele andere, die nach wie vor warteten. Die Identitäten aus dem Grab würden geklärt werden – sie *mussten* geklärt werden!

»Ich habe gelesen, dass Sie in ein paar Monaten entlassen werden«, wechselte David das Thema.

Knoppkes Gesicht bekam einen mürrischen Anstrich. »Sieht wohl so aus, ne?«

»Machen Sie was draus«, bat David. »Sonst haben die von damals gewonnen.« Er klappte das Notizbuch zu. »Ich kümmere mich drum, dass es aufhört.«

Ein langer Blick maß David von oben bis unten. »Vielleicht schaffen Se das ja wirklich.«

Damit wandte er sich ab und nickte Paulke zu, damit dieser ihn wieder hinausbrachte. Für Knoppke ging es zurück durch alle möglichen Schleusen in das Innere der JVA Tegel. Seltsam, dass er sich an jenem Ort wohlfühlte, der seinem alten Gefängnis doch so ähnlich war. Und auch wieder nicht. Denn die Bedingungen waren natürlich anders.

Menschen trugen vielfältige Narben mit sich herum und gingen unterschiedlich damit um.

»Konnte er Ihnen weiterhelfen?«, fragte der Schließer.

David nickte schweigend.

Der Weg zurück verlief in einseitigem Gespräch, seine Stimmung war einfach zu gedrückt. Draußen atmete er auf, zog das Smartphone hervor und wählte die Nummer von Bertrand.

»David, wie geht's?«, fragte er auf Französisch.

Er erwiderte die Floskel und ging sofort zum Dienstlichen über. »Habt ihr was?«

»Absolut nichts von den Verschwundenen«, erwiderte er. »Die Lebensgefährtin und der Hausmeister sind wie vom Erdboden verschluckt. Der Tod von Marplié … in dem Fall gibt es keine verwertbaren Spuren. Es waren Profis am Werk, die ihren Ausweg frühzeitig geplant haben.«

»Da gehe ich jede Wette ein«, sagte er. »Hör zu, ich brauche von allen Angestellten die Familienhistorie. Hinweise, ob es Verbindungen in die ehemalige DDR gab, und sei es nur über mehrere Ecken.«

»Glaubst du denn, es gibt einen Zusammenhang?«

»Momentan habe ich keine Ahnung, wie groß diese Sache ist. Wir wissen nicht einmal, ob sich das auf die frühere DDR und Frankreich beschränkt oder auch weitere ehemalige Ostblock-Staaten betrifft.«

»Ich setze jemanden dran und schicke dir alles, was ich finde«, versprach Bertrand.

»Noch etwas: Lasst noch mal jemanden, das gesamte

Areal des Jugendheims durchsuchen; Spürhunde, Metalldetektor, alles.«

»Wir hatten weitere Opfer eigentlich ausgeschlossen«, sagte Bertrand.

»Geh auf Nummer sicher«, bat David. »Wir haben in den Überresten hier in Berlin auf jeden Fall genug Eisenanteil gehabt – Gürtelschnallen und anderes Zeug –, dass ein Detektor anschlägt.«

»Deine Stimme gefällt mir gar nicht«, sagte Bertrand nach einer Weile. »Was ist los?«

»Ich hatte ein Gespräch mit einem ehemaligen Insassen des Jugendwerkhofs«, erklärte David. »Den Ablauf dessen, was da vor sich ging, kann ich mir ungefähr vorstellen, aber ich verstehe den Grund noch nicht. Wenn irgendetwas Sexuelles dahintersteckt, bringt man doch nicht alle um! Das lässt sich niemals nachvollziehen. Einreisen in die ehemalige DDR über einen der damaligen Satellitenstaaten waren simpel und kaum nachzuvollziehen. Wer auch immer dorthin kam, blieb anonym.«

»Wäre auch ein großer Aufwand für sexuellen Missbrauch«, sagte Bertrand. »Und dass das System heute noch existiert, ergäbe keinen Sinn. Wer heute Sex haben will, muss nur das Internet anwerfen und sich eine Sexarbeiterin buchen. Ist in den meisten Ländern doch total legal. Die Jugendlichen waren um die sechzehn. Das ist moralisch übel, aber rechtlich könnte man niemandem etwas.«

Was David zu der Frage führte, ob es sich eben doch um eine politische Sache gehandelt hatte. Aber warum dann heute noch damit weitermachen? »Ich muss Sophie informieren. Schreib mir sofort, wenn du die Daten hast und die Überprüfung des Geländes durch ist.«

»Alles klar.«

David unterbrach die Verbindung, brachte die restlichen Meter zur U-Bahn hinter sich und stieg ein. Obwohl noch immer zahlreiche Fragen offen waren, begann der Schleier sich zu lüften. Sie kamen dem Wie näher.

Er wählte ihre Nummer. »Sophie? Wo bist du?«

»In der Zentrale«, erwiderte sie, die Stimme seltsam hohl. »Ich bin hier mit Zuzanna, Markus und Tina. Es gibt neue Erkenntnisse.«

»Auf meiner Seite auch. Aber du zuerst.«

»Komm am besten her, ich habe Alvarez schon Bescheid gegeben, dass er das Team zusammenrufen soll. Wir haben hier ein größeres Problem als bisher gedacht.«

»Alles klar. Kannst du Ebba bitte sagen, sie soll nach einem Janko suchen, der wohl damals …« Sophies Aufkeuchen ließ ihn innehalten. »Alles okay?«

»Die Suche nach ihm läuft schon«, erwiderte sie. »Wir sind auch auf ihn gestoßen. Und ich kenne ihn. Mehr, sobald du da bist.« Sie legte auf.

David schob das Smartphone in die Tasche und blickte in das graue Berlin hinaus. Er dachte an Guido Knoppke, an die Mutter von Vincent Durant und den toten Direktor Marplié. Alles verschmolz zu einem Bild, das er noch nicht vollständig erkennen konnte.

Doch eines war bereits klar: Das Ergebnis würde ihnen und der Welt nicht gefallen.

31. KAPITEL

Sophie trank ihren sechsten Kaffee. Sie saß neben David, Ebba, Zuzanna und Markus am Konferenztisch und starrte auf die elektronische Pinnwand, die Alvarez bediente. Bilder, Lagepläne und Dokumente waren eingeblendet. Er tippte mit dem Zeigefinger auf das neu platzierte Foto, auf dem Janko neben Albert Hubert vor dem Jugendwerkhof zu sehen war.

»Liegt uns inzwischen ein aktuelles Bild von Janko Kleeberg vor?«, erkundigte er sich bei Ebba.

Sie tippte unablässig auf ihrem Laptop. »Ich bin gerade im Melderegister an den Ausweisdokumenten aller in Deutschland lebenden Janko Kleebergs dran. Aber ich sehe da bei keinem eine Ähnlichkeit zu diesem Jugendlichen.« Mit dem Kinn deutete sie zur Pinnwand, ohne von ihrem Bildschirm aufzusehen.

»Zwischen dem Foto und heute liegen 35 Jahre«, warf Markus ein. »Mit meinem vierzehnjährigen Ich hab ich heute auch nicht mehr viel gemein.«

»Ich hab bereits einen Alterungsfilter eingesetzt«, ergänzte Ebba und zuckte mit den Schultern. »Der, den wir suchen, ist anscheinend nicht in Deutschland gemeldet.«

»Janko müsste heute Anfang fünfzig sein«, sagte Sophie gedankenverloren. »Er stammte aus Thüringen.«

»Dort habe ich ihn zuerst gesucht.« Ebba seufzte. »Ich checke jetzt die Sterbeurkunden.«

David stützte die Ellenbogen auf den Tisch und massierte sich die Schläfen. »Bitte lasst ihn nicht tot sein. Er ist unsere heißeste Spur.«

Markus sah Alvarez an. »Die Presse sitzt uns im Nacken. Nachdem Melissa Hubert wieder aufgetaucht ist und ihr Urgroßvater ermordet wurde, sind die wie die Aasgeier. Ich muss denen morgen etwas zuwerfen, damit sie erst mal Ruhe geben. Irgendeinen Brocken.«

Alvarez nahm die Lesebrille ab und kratzte sich den gepflegten Vollbart. »Sagen Sie denen, die menschlichen Überreste aus dem ehemaligen Jugendwerkhof weisen außer Knochen kaum noch Gewebe auf, und daher lässt sich keine Todesursache feststellen. Weitere Informationen geben wir aufgrund der laufenden Ermittlungen nicht raus.«

»In einer Zeitung habe ich gelesen, dass es möglicherweise ein Massensuizid war«, warf Zuzanna ein.

Markus verzog die Lippen. »Wenn sie keine Infos kriegen, denken sie sich etwas aus.«

David wandte sich an Sophie. »Sie starben zu unterschiedlichen Zeitpunkten. Daher sind es vermutlich diejenigen, die laut Guido Knoppke in den Dechsenkäfig gekommen waren und nicht wieder zurückkehrten.«

Sie nickte nachdenklich. »Ich frage mich, wieso mein Opa Jugendliche aus der ganzen DDR für den Jugendwerkhof beschaffte.« Allein bei der Bezeichnung »beschaffte« bekam sie eine Gänsehaut. Genau so war es in der Stasi-Akte vermerkt worden. »Es gab genügend solche Einrichtungen. Warum also holte er sie nach Berlin?«

»Das musste er wahrscheinlich gar nicht«, sagte Alvarez. »Es gab etliche Familien, die von Berlin nach West-Berlin flüchten wollten und dafür anreisten. Wenn sie geschnappt wurden, kamen die Kinder dann in eine ortsansässige Einrichtung.«

In dem Punkt konnte Sophie ihm nicht widersprechen. Aber ihr Bauchgefühl sagte ihr, dass mehr dahintersteckte. Es hatte einen Grund gegeben, weshalb ihr Opa die Jugendlichen in genau *diesen* Jugendwerkhof brachte. Und Janko könnte ihr dazu vielleicht eine Antwort liefern.

»Bist du weitergekommen?«, fragte sie Ebba.

Diese nahm die Hände von der Tastatur und hob sie in die Höhe. »Keine Sterbeurkunde, die zu unserem Janko Kleeberg passt, aber sein Vater ist mittlerweile verstorben.«

»Kannst du die aktuelle Adresse der Mutter oder des Bruders ermitteln?«, hakte Markus nach.

»Hab ich schon. Die Mutter lebt jetzt in der Schweiz. Aber über den Bruder und Janko finde ich nichts.« Sie blies die Wangen auf und ließ geräuschvoll die Luft entweichen. »Da stimmt etwas nicht. Es ist, als hätten sie nie existiert.«

Alvarez setzte sich zu ihnen. »Dann müssen Sie beide in die Schweiz«, sagte er und sah David und Sophie abwechselnd an.

»Das wird uns wieder Zeit kosten.« David warf ihr einen kurzen Blick zu.

Spätestens morgen musste Tina ihren Chef über Sophies Opa aufklären. Dann war Sophie nur noch einen Anruf davon entfernt, von dem Fall abgezogen zu werden.

Kurz kam ihr der Gedanke, einfach mit Jankos Mutter zu telefonieren. Aber das, was sie wissen könnte, war zu wichtig. Ihre Kinder waren quasi nicht existent. Sie mussten ihr gegenübersitzen und ihre Mimik und die Atmosphäre deuten können. Selbst bei einem Videocall konnten ihnen entscheidende Details entgehen. Eine Vernehmung war wie ein Schachspiel. Zug um Zug versuchte man, den Gegenspieler in die Enge zu treiben. Sie mussten Jankos Mutter in die Augen sehen, um in sie vordringen zu können.

Sophies Gedanken schweiften zu dem Foto im Wohnwagen ihrer verstorbenen Oma, auf dem Janko mit abgebildet war. Sie hatte die Campingfeste geliebt. Mit den Kleebergs und Jankos Onkel hatten sie auch hin und wieder zusammen auf der Uferwiese gegrillt.

»Es gibt einen Onkel, der damals in Berlin lebte. Er kam mehrmals für einen Badetag zum See und schlief bei den Kleebergs mit im Zelt.«

»Gib mir seinen Namen und ich finde ihn für dich«, erwiderte Ebba.

Sophie schüttelte nachdenklich den Kopf. »Keine Chance. Den weiß ich nicht mehr. Vielleicht Kurt oder Karl. Sein Familienname war nie Thema.«

Ebba runzelte die Stirn. »Den Stammbaum einer ganzen Familie aufzustellen wird mich eine Weile kosten.«

»Er kann auch einfach ein guter Freund der Familie gewesen sein. Zumindest haben Janko und Heiko ihn immer mit Onkel angesprochen. Aber das habe ich auch.« Sie verengte die Augen, weil ihr etwas in den Sinn kam. »Meine Oma und die Kleebergs haben sich gut verstanden. Sie hat ständig Briefe und Postkarten verschickt. Gut möglich, dass sie auch dem Onkel mal geschrieben hat.«

»Und du weißt nicht zufällig, ob sie die Adresse noch irgendwo hinterlegt haben könnte?«, fragte David.

»In ihrem Adressbüchlein in einer Schublade des Wohnwagens«, erwiderte sie.

Alvarez nickte ihr zu. »Gehen Sie.«

Sie stand auf, nahm ihren Mantel von der Stuhllehne und eilte aus dem Raum.

»Warte, ich begleite dich.« David holte umgehend zu ihr auf.

Gemeinsam verließen sie die Zentrale und gingen über den Parkplatz. Zwischen den grauen Wolken schimmerte ein violetter Himmel hervor. Es dämmerte bereits.

»Falls uns das weiterbringt, kann Alvarez leicht erklären, warum er dich nicht sofort von den Ermittlungen abgezogen hat«, sagte David und stieg auf der Beifahrerseite ihres Autos ein. »Er geht trotzdem für dich ein Risiko ein.«

Sie startete den Motor. »Wenn mein Opa noch leben würde, sähe das anders aus. Dann wäre ich schon längst raus. Aber so ist meine Befangenheit diskutabel.«

Sophie sah auf die Uhrenanzeige im Wagen. Bis zum See brauchten sie knapp eine Stunde.

David lehnte sich zurück. Er verfiel in Schweigen, und Sophie nutzte die Zeit, um Jan zu informieren, dass sie nicht zum Abendessen zu Hause sein würde.

Eine Dreiviertelstunde später erreichten sie Eichhorst und bogen in die Waldstraße ein, die zum Campingplatz führte. Früher hatte sie es geliebt, mit ihrer Oma durch den Wald zu streifen und Pilze zu sammeln. Janko und Heiko hatten sie hin und wieder begleitet. Allerdings suchten die Jungs nie nach Pilzen, sondern nach Fröschen.

»Sie sind in dem besagten Sommer einfach nicht mehr gekommen«, sagte sie und brach damit das Schweigen. »Meine Oma hat sich gewundert und als der Onkel der Kleebergs – oder wer auch immer er war – mal zum Baden kam, haben sie lange im Wohnwagen zusammengesessen und miteinander geredet. Ich kann mich noch daran erinnern, wie ich im Vorzelt auf einer Luftmatratze lag und eine Hörspielkassette von Pittiplatsch und Schnatterinchen angehört habe. Das Gespräch der beiden Erwachsenen hat mich nicht interessiert.«

»Pitti was?«

»Pittiplatsch ist ein kleiner Kobold und Schnatterinchen eine gelbe Ente. Diese Puppenfiguren waren im DDR-Fernsehfunk der Renner. Die liefen immer während des Sandmännchens. Und danach hieß es, ab ins Bett.«

David schmunzelte.

»Was? Ich war damals sechs. Ich hab die Kassette rauf

und runter gehört. Herr Fuchs und Frau Elster waren auch der Hit.«

Er schmunzelte immer noch. »Und mit dem Sandmännchen wurde den Eltern praktisch vorgeschrieben, dass sie ihre Kinder um diese Zeit ins Bett zu bringen hatten?«

Sophie stoppte am Eingang des Zeltplatzes vor der Schranke und hielt ihre Einfahrtskarte an das Lesegerät der Säule. »Na ja, da haben sich tatsächlich die meisten dran gehalten. Für mich war es auch eine Selbstverständlichkeit, danach schlafen zu gehen. Wenn das liebe Sandmännchen den Schlafsand aus seinem Säckchen holte und in der Luft verstreute, hab ich mir aber die Augen zugehalten, damit ich nicht müde wurde. Ich hab dann im Bett immer noch heimlich mit meinen Puppen gespielt.«

»Ich kenne nur den kosmischen Sandman, der alle Träume kontrolliert. Ist eine ganz nette Serie auf Netflix. Mit deinem Sandmännchen hat der vermutlich nicht viel zu schaffen.«

Sophie fuhr auf den Parkplatz am Waldrand. Sie betraten den Sandweg zu den Dauercamperplätzen und Sophie sog sehnsüchtig die frische Seeluft ein. Wie hatte sie diesen Ort vermisst! An den Wegen spendeten Laternen Licht. Die Wellen plätscherten sanft ans Ufer und der Wind rauschte durch die Baumkronen, aus denen sich letzte Blätter lösten und durch die Luft tanzten.

»Frau Steinbach …«

Dem alten Zeltplatzwart war ihre Ankunft nicht entgangen. Er kam ihnen nachgeeilt, weshalb sie stehen blieb und auf ihn wartete.

»Hallo, Herr Gruner.«

»Sie habe ich ja lange nicht hier gesehen«, sagte er und nahm David in Augenschein.

»Die Saison ist vorbei und beruflich gibt es viel zu tun«, erwiderte sie.

Er nickte. »Ich hab mir schon Sorgen gemacht. Normalerweise schauen Sie fast alle zwei Tage vorbei. Ihr Mann war aber einmal da und hat Ihr Ruderboot winterfest gemacht.«

Da er David nach wie vor musterte, war diese Information wohl eher für ihn bestimmt.

»Darum hatte ich ihn gebeten.«

»Ich bin ein Arbeitskollege«, sagte David, dem Paul Gruners Bedenken inzwischen auch klar geworden waren.

Herr Gruner verengte die Augen. »Soso …«

Diesem Mann entging hier auf dem Zeltplatz nichts und wenn man nicht aufpasste, war man am nächsten Tag Klatschgesprächsthema Nummer eins.

»Sagen Sie, erinnern Sie sich an eine Familie Kleeberg, die früher im Sommer jedes Jahr hierher zum Zelten kam?«

Er dachte kurz nach. »Ja, da klingelt was bei mir. Die sind dann plötzlich nicht mehr gekommen und ich bin auf einem Teil der Buchungskosten sitzen geblieben.«

Sophie machte einen Schritt auf ihn zu. »Und manchmal hat ein Mann bei ihnen im Zelt übernachtet. Eventuell der Onkel. Kennen Sie zufällig den Namen?«

»Hören Sie mir mit dem auf.« Er winkte ab. »Hat hier übernachtet, ohne sich anzumelden und zu bezahlen. Als würde ich so was nicht merken. Hab ihn erwischt und ihm eine zusätzliche Strafzahlung aufgebrummt.«

»Sein Name?«, hakte Sophie nochmals nach.

Er kratzte sich am Kopf. »Kurt und irgendwas mit W. Ich glaube Wagner, bin mir aber nicht sicher.«

»Es gibt doch sicherlich Dokumente über die damaligen Buchungen«, meldete David sich zu Wort. »Da müsste er eingetragen sein.«

Paul Gruner nickte. »Ja, die hab ich noch irgendwo rumliegen.«

Sophie setzte einen bettelnden Blick auf. »Wären Sie bitte so nett und würden die für uns raussuchen?«

Er lächelte. »Als könnte ich Ihnen etwas abschlagen. Bis wann brauchen Sie den Namen denn?«

»Sie sind ein Schatz, das werde ich Ihnen nicht vergessen«, erwiderte sie. »Wir benötigen ihn sofort. In der Zwischenzeit warten wir im Wohnwagen meiner Oma auf Sie.« Dankbar tätschelte sie ihm den Arm und ging dann davon.

»Du bringst den Mann gerade um seinen Feierabend«, flüsterte David, nachdem sie eine gewisse Distanz zwischen Paul Gruner und sich gebracht hatten.

»Falls uns das Adressbüchlein meiner Oma nicht weiterhilft, ist das unsere letzte Option.«

Ihr Blick fiel auf den Steg, von dem aus sie früher immer ins Wasser gesprungen waren. Janko war ein guter Schwimmer gewesen. In ihrem letzten Sommer hatte er hier vor Ort sein silbernes Schwimmabzeichen zum goldenen erweitert.

»Es tut mir so leid für Heiko und Janko. Als die Kleebergs nicht mehr hergekommen sind, war ich traurig. Aber im nächsten Jahr hat schon niemand mehr nach ihnen gefragt. Alle sind davon ausgegangen, dass sie sich einen anderen Urlaubsplatz gesucht haben. Dass die Eltern wegen versuchter Republikflucht im Gefängnis und ihre Kinder in einem Jugendwerkhof gelandet waren, das hat keiner geah…«

Sie stockte mitten im Satz und blieb so abrupt stehen, dass David in sie hineinlief.

»Hoppla, entschuldige.«

Sie starrte auf ihr Vorzelt, in dem Licht brannte.

»Was ist los?«, flüsterte David.

»Das ist mein Wohnwagen. Und da Jan zu Hause ist, dürfte sonst niemand hier sein.«

»Vielleicht hat er das Licht brennen lassen, als er wegen deines Bootes hier war«, schlug David als Möglichkeit vor.

Sophie näherte sich dem Vorzelt und zog so leise wie möglich den Reißverschluss auf. Als sie schließlich auf den Wohnwagen zutraten, war ihnen klar, dass sich jemand unbefugt Zugang verschafft hatte. Das Vorhängeschloss war aufgebrochen worden. Wahrscheinlich mit einem Bolzenschneider.

»Da ist keiner mehr drin«, sagte David, der durchs Fenster in das beleuchtete Innere des Wohnwagens spähte.

»Verdammt.« Sophie hob das beschädigte Schloss vom

Boden auf und trat ein. Hektisch sah sie sich nach Dingen um, die fehlen könnten. Da blieb ihr Blick an den Unterlagen hängen, die ausgebreitet auf dem Tisch lagen.

Zuletzt hatte sie sich dort noch mal die Kopie der Akte zu Melissas Entführungsfall vornehmen wollen. Doch das hier war etwas anderes. Sie quetschte sich auf die Sitzbank und nahm eines der Dokumente auf.

»Willst du den Einbruch nicht melden?«, fragte David. »Bevor wir etwas anfassen, sollten Spuren genommen werden.«

»Schau dir das an«, flüsterte sie, woraufhin er ihr gegenüber Platz nahm und ebenfalls nach einem Dokument griff.

»Das scheinen irgendwelche alten Krankenakten zu sein.« David nahm ein weiteres Blatt zur Hand. »Die sind alle von einem Doktor Weiland erstellt worden.«

Sophie raffte ein paar Blätter zusammen und überflog die Zeilen darauf. »Das sind Totenscheine.«

32. KAPITEL

Im zittrigen Licht des Wohnwagens hatte David sich auf der harten Sitzfläche niedergelassen, auf der ein dünnes Kissen drapiert war. Vor ihm auf dem Tisch lagen noch immer die ausgebreiteten Unterlagen, chaotisch durcheinandergeworfen. Neben dem Waschbecken befand sich ein Besteckständer. Die Griffe der Messer und Gabeln waren mit Plastik bezogen. Alles hier atmete den Geruch einer längst vergangenen Zeit.

Die Papiere vor ihm trugen den Teil des damaligen Grauens mit sich. Die Daten auf den Unterlagen sprachen für sich, alle waren in der ehemaligen DDR abgezeichnet worden. Von einem Doktor Weiland.

»Es sind nicht nur Totenscheine«, sagte Sophie. »Hier sind ganze Behandlungsabfolgen verzeichnet. Jugendliche, die mit Betäubungsmittel ruhiggestellt wurden. Überdosiertes Schmerzmittel, Antidepressiva. Anforderungen für OP-Material.«

Es waren Hunderte von Berichten unter den Totenscheinen.

»Lass uns Ordnung hineinbringen«, sagte David. »Offensichtlich hat das jemand für dich hinterlassen, damit du einer Spur nachgehen kannst.«

Während sie schweigend arbeiteten, fotografierte David einen Teil der Unterlagen und schickte die Daten an Ebba. Sie konnte nach Doktor Weiland suchen und im nächsten Schritt die Namen auf den Totenscheinen mit der Identität der gefundenen Leichen im Jugendwerkhof abgleichen, sobald sie identifiziert worden waren.

»Hier.« Sophie stoppte. »Da wird eine OP beschrieben, die am 2. März 1984 durchgeführt wurde. Oh Gott.«

»Was?« David rutschte seitlich von der Sitzfläche und kam um den Tisch herum. Er beugte sich über ihre Schulter und überflog die Zeilen. »Organentnahme und Retransplantation. Die haben einen Organhandel aufgezogen.«

Der Name des Spenders bestand aus einem Nummernkürzel, das nicht zuzuordnen war. Vermutlich war genau das gewollt. Der Empfänger war ebenfalls chiffriert, allerdings mit dem Kürzel FR. David schnappte sich einen weiteren Bericht, um seinen Verdacht zu bestätigen. »Bei den Empfängern steht immer ein Länderkürzel.«

Sophie ließ das Papier mit zitternden Händen sinken. »Die haben Kinder von DDR-Flüchtlingen in einen Jugendwerkhof gebracht, dort die medizinischen Daten gesammelt und deren Organe an ausländische Personen verkauft.«

David nahm wieder Platz und ging in Gedanken die neuen Informationen durch. »Das ist ebenso brillant wie grausam. Im System der DDR waren diese Jugendlichen unsichtbar. Jeder wusste, dass sie von ihren Eltern getrennt worden waren, aber sie verschwanden im Anschluss von der Bildfläche.«

»Hier.« Sophie deutete auf ein vergilbtes Blatt, das mit Schreibmaschine getippt worden war. »Andere Jugendwerkhöfe haben ihnen Alter, Gewicht und Blutgruppe ihrer Insassen geschickt.«

»Dann wurden vermutlich bei Bedarf auch Jugendliche verlegt. Die müssen ein Netzwerk im Ausland gehabt haben. Völlig unbemerkt. Das Organ wurde transplantiert, der Besucher kehrte nach Hause zurück.«

»Und die Jugendlichen endeten als Leichen.« Sophies Gesicht war kreidebleich.

»Nicht alle.« David zog seinen Notizblock hervor. »Laut Guido Knoppke gab es auch Jugendliche, die in den Dechsenbau mussten und zurückkamen. Aber die waren schweigsam und traumatisiert.«

»Die anderen wurden umgebracht«, sagte Sophie kalt. »Und ihre Identität einfach ausgelöscht. Die Eltern konnten schließlich nichts mehr sagen. Und wenn der Staat mit drin hängt, ist es doch simpel, einen ›Verstorben‹-Stempel draufzuklatschen und die Akte zu vergraben. Es bleiben keine Hinweise.«

David ordnete die Unterlagen weiter. »Nachdem die Mauer gefallen war, haben die ihren ganz eigenen Friedhof einfach zugemauert. Die meisten Jugendlichen sind noch heute traumatisiert, Guido Knoppke ist nur ein Beispiel. Es gab keinen Versuch, sich zu rehabilitieren.«

»Und mein Opa … Ich brauche kurz frische Luft.«

Sophie sprang auf und verließ den Wohnwagen. David konnte nicht einschätzen, ob sie tatsächlich allein sein wollte. Er gab ihr fünf Minuten und folgte dann.

Sie war ein paar Schritte gegangen und beobachtete den See. Natürlich hörte sie ihn kommen. »Mir will das einfach nicht in den Kopf. Wie kann ein Mensch das Leben anderer auf getippte Zeilen und Bargeld reduzieren?«

»Ich weiß, dass die DDR damals aus finanziellen Gründen kurz vor dem Zusammenbruch stand – bevor sie dann tatsächlich zusammenbrach.« David trat neben sie und gemeinsam lauschten sie der Brise, die im Mondlicht Wellenmuster auf dem Wasser erzeugte. »Geldquellen waren gern gesehen.«

»Aber doch nicht solche!«

»Da stimme ich dir zu. Damals galten andere moralische Grundsätze für sie. Wer gegen die Gesellschaft war, hatte wohl die Unantastbarkeit des Lebens verwirkt.«

»Mein Opa! Wenn ich das meinem Vater erzähle, wird er zusammenbrechen.« Müde rieb sie sich die Augen. »Und die Presse wird durchdrehen. Das ist der Stoff, aus dem Event-Serien gemacht sind.«

David atmete tief ein und wieder aus. »Ich habe drinnen noch etwas gefunden.«

»Noch schlimmer?«

»Komm schon.«

Sie kehrten in den Wohnwagen zurück. David hatte das Papier bereits zu Sophie geschoben. »Schau mal auf das Datum.«

Auf dem Papier stand in der oberen rechten Ecke der 6. August 1997. Abgezeichnet von Doktor Weiland. »Es ging nach der Wende weiter.«

»Was nur logisch ist«, sagte David. »Dieses Netzwerk

muss bereits zu Zeiten der DDR weit über die Landesgrenzen hinaus gereicht haben, anders hätte das nicht funktioniert. Die haben danach einfach den Ort verlegt.«

»Durant«, hauchte Sophie. »Natürlich! Er kam doch von dieser Eliteschule. Die Stelle im Jugendheim nahm er an, um Leute dorthin zu vermitteln, die Organe benötigten. Reiche Leute.«

»Und Marplié gehörte vermutlich dem Netzwerk an. Auf diese Art haben sie die Verbindung hergestellt, ganz nach dem alten Muster. Nur löschten sie dieses Mal nicht einfach Identitäten aus, sie sorgten offiziell für eine Adoption. Auf diese Art verschwand der Jugendliche aus den Akten des Heims. Und natürlich fragte keiner mehr nach.«

Sophies Blick glitt über die Papiere. »Deshalb wurde Durant im Jugendwerkhof abgelegt. Der Täter wollte, dass es endlich publik wird und die ganze Welt sieht, was damals passiert ist. Er hat den Schleier weggezogen, damit wir realisieren, es geht heute immer noch weiter. Daher kommen nur ehemalige Insassen oder deren Angehörige als Täter infrage.«

Damit blieb nur ein einziger Schluss. »Er jagt die Verantwortlichen von damals. Und alle, die ihnen heute noch zuarbeiten.«

»Deshalb die Entführung von Melissa«, sagte Sophie, während sie langsam die Zusammenhänge erkannte. »Es ging um ihren Urgroßvater. Der Täter wollte irgendeine Information von ihm. Und ich sollte darauf aufmerksam gemacht werden, dass mein Opa …«

Es rumorte an der Tür. »Hallo? Frau Steinbach?«

»Einen Augenblick.« Sophie sprang auf.

Vermutlich wollte sie das Chaos verstecken. David folgte ihr zur Tür.

Der Platzwart schwenkte einen Zettel. »Das hätte ich ja nie gedacht.«

»Danke, dass Sie das noch möglich gemacht haben.« Sie streckte die Hand aus.

»Von wegen Onkel!« Er reichte ihr den Zettel. »Schauen Sie nur.«

Mit gerunzelter Stirn blickte Sophie auf einen Namen, der mit krakeliger Handschrift dort notiert war. David konnte von seiner Position keine weiteren Details erkennen.

»Kurt Walter«, las sie. »Sollte mir das was sagen?«

»Ja, wissen Sie das nicht mehr? Na ja, wahrscheinlich waren Sie da einen Ticken zu jung«, sagte der Platzwart. »Das war aber damals ’ne große Sache. Der Walter war doch Fluchthelfer. Hat Familien in den Westen geschleust. Das hat auch ’ne ganze Zeit geklappt, bis die Stasi dahinterkam.«

Sophie starrte auf den Zettel. »Na klar, die haben sich hier getroffen! In Thüringen war den Kleebergs das zu heikel, da gab es Nachbarn, Bekannte, es wurde getuschelt. Deshalb war er ständig hier.«

In Davids Geist nahm das Bild immer klarere Formen an, gleichzeitig beunruhigte ihn eine Menge von dem, was er schloss. Denn die Folge deutete in eine schlimme Richtung.

Sein Smartphone klingelte. Er bedeutete Sophie, dass er sich ein paar Schritte zurückzog, während sie weiter mit dem Platzwart sprach. Auf dem Display stand der Name von Ebba.

»Hey«, grüßte David. »Konntest du mit den Daten was anfangen?«

»Ha! Der Rechner hat förmlich geleuchtet und die Datenbank geblinkt. Du wirst gleich lachen.«

»Glaub ich eher nicht.«

»Die Suche nach Doktor Weiland ergab einen Cold-Case-Bezug.«

»Nicht dein Ernst?«

»Er wurde 2002 getötet«, sagte Ebba. »Konnte nie aufgeklärt werden. Allerdings gab es laut toxikologischem Gutachten eine ganz bestimmte Betäubungsmittelmischung in seinem Blut. Und jetzt rate mal, woher wir die kennen?«

»Vincent Durant.«

»Ding, ding, ding, der Kandidat erhält hundert Punkte. Der Doktor wurde aber nicht nur getötet, sondern auch beklaut. Er war als Anästhesist tätig. Freischaffend, konnte also von Praxen ›angemietet‹ werden. Ist gar nicht so unüblich. Er wurde in seiner eigenen Praxis tot aufgefunden, der gesamte Medikamentenbestand war weg. Damals ging die Polizei davon aus, dass Junkies eingebrochen waren und alles hatten mitgehen lassen, um das Zeug zu Geld zu machen.«

»Das könnte unser Täter gewesen sein«, sagte David. »Auf diese Art kam er an das Anästhetikum. Selbst zwanzig Jahre später kann er das noch einsetzen. Wenn Medikamente abgelaufen sind, sollen sie zwar nicht mehr eingenommen werden, aber letztlich schwächt sich lediglich der Wirkstoff ab.«

Auf diese Art hatte der Täter sich Betäubungsmittel besorgt, deren Herkunft nicht mehr nachvollziehbar war.

»Erwähnenswert wäre da noch etwas.« Ebba räusperte sich. »Die Todesart. Doktor Weiland wurde ›geöffnet‹ und seine Organe entnommen. Jemand hat sie in Gläsern auf den Tisch gestellt.«

Der Gedanke entsetzte David, gleichzeitig passte das exakt zu einem Rachefeldzug. Der Hass gegen den Mann, der so viele Jugendliche auf dem Gewissen hatte, lenkte die Wege des Täters in mörderische Bahnen.

In wenigen Sätzen fasste er für Ebba die Erkenntnisse des Abends zusammen, auch was den Fluchthelfer Kurt Walter betraf.

»Falls du zu dem was findest, brauchen wir das auch«, sagte David.

Er konnte hören, wie die Finger über die Tastatur huschten.

Ebba keuchte auf. »Tot. Er wurde erschlagen.«

»Was?« David runzelte die Stirn und sah zu Sophie.

»Moment.« Ebbas Stimme klang abwesend. »Okay, hör zu. Er wurde tatsächlich von der Stasi verhaftet. Allerdings erhielt er eine überraschend milde Strafe. Gerade mal ein Jahr. Es gibt hier ein paar Artikel, die darauf hinweisen, dass Walter in den Stasi-Akten auftaucht. Er hat damals wohl einen Deal gemacht. Geringe Haft, dafür lieferte er alle Familien aus, die mit ihm fliehen wollten.«

»Kannst du bitte prüfen, ob eine davon die Familie Kleeberg war?«

»Die Zeit käme in etwa hin«, sagte Ebba.

»Nehmen wir mal an, Janko ist am Leben und hat Kurt Walters Verrat herausgefunden. Dann könnte er ihn getötet haben.«

»Kurt Walter starb 1995«, sagte Ebba. »Da müsste Janko Anfang zwanzig gewesen sein.«

»Dann war Walter vielleicht der Erste«, sinnierte David. »Später kam Doktor Weiland. Das lässt darauf schließen, dass er zum damaligen Zeitpunkt noch nichts von Sophies Großvater wusste, sonst hätte er diesen auch erledigt. Aber irgendwann muss er die Information zum Netzwerk erhalten haben. Nachdem die Mauer gefallen ist, muss Janko doch irgendwo aufgetaucht sein. Nach dem Vorfall mit seinem Bruder könnte er hinter alldem stecken.«

»Ich sehe, was ich tun kann.«

»Danke dir.« David legte auf.

Sophie nutzte sein Auftauchen, um sich vom Platzwart zu verabschieden. Erst zurück im Wohnwagen weihte David sie ein.

»Er wird nicht aufhören«, sagte Sophie. »Und dieses Netzwerk ist garantiert noch nicht trockengelegt. Lass uns alle Unterlagen abfotografieren und sofort an Ebba schicken. Danach tüten wir alles ein.«

Sie nahmen Platz und begannen mit der Arbeit.

Irgendwo in diesem Stapel befanden sich weitere Hinweise. Wer hatte bei den Entnahmen assistiert, wer Organe erhalten? Was wusste der Täter bereits? Bis jetzt hinkten sie ihm immer zwei Schritte hinterher.

»David!« Sophie starrte auf eine der Papierseiten. »Das hier ist ein Totenschein. Der Name.« Sie drehte sie so, dass er ihn lesen konnte.

»Janko.« David seufzte auf.

33. KAPITEL

Sophie zog eine Stofftasche aus einer Schublade. »Wir packen alles ein und durchleuchten jeden, der damals mit diesem Doktor Weiland zu tun hatte. Immerhin wurde er bezahlt. Da muss es Kontobewegungen geben.«

David nickte nachdenklich. »Nach dem Fall der Mauer musste sich doch irgendwer um die Kinder kümmern. Die Jugendwerkhöfe sind nicht einfach weitergelaufen. Hoffe ich.«

Sie lehnte sich gegen die Küchenzeile. »Guido Knoppke konnte uns ein wenig weiterhelfen. Ehemalige Erzieher wissen aber noch mehr. Gibt es da nach wie vor keine Ergebnisse?«

»Manche sind nach der Schließung des Jugendwerkhofes in den Ruhestand versetzt worden und inzwischen verstorben«, erwiderte David. »Andere wurden entlassen. Die waren nicht leicht zu finden, aber Ebba hat wohl mittlerweile zwei von denen ermittelt.« Er rieb sich über die Wange. »Guido Knoppke hat von einer Karla Hausmann und einem Karl Brumm gesprochen. Allerdings scheinen diese Leute nie existiert zu haben. Es ist nichts über sie zu finden. Ebba vermutet, dass die beiden Strippenzieher des Verbrecherrings waren und unter dessen Deckmantel andere Namen erhalten haben, als die Mauer fiel. Gut möglich, dass sie rechtzeitig ausreisten und jetzt in anderen Jugendheimen ihr Unwesen treiben. Vorausgesetzt, sie leben noch.«

Sophie spürte wieder diesen Knoten im Magen. Der Gedanke, dass das damalige Netzwerk noch existierte und Jugendheime weiterhin für illegalen Organhandel missbraucht wurden, bescherte ihr eine Gänsehaut. »Wir können nicht einfach rumsitzen und abwarten.« Mit dem Zeigefinger deutete sie zur Tür. »Da draußen zahlen offenbar nach wie vor Jugendliche mit ihrem Leben, weil sich jemand ihre Organe kauft.«

David nickte. »Du hast recht. Aber ich glaube, wir haben nicht die geringste Chance, das alte Netzwerk aufzudecken. Da waren Profis am Werk, um es zu vertuschen. Aber durch Durant haben wir die Verbindung nach Frankreich. Dort muss etwas zu finden sein.«

»Vielleicht suchen wir an der falschen Stelle«, flüsterte sie gedankenverloren. »Warum Monique Moreau plötzlich verschwand, können wir uns jetzt denken. Da haben die Verantwortlichen gepatzt und die falsche Adoption nicht ausreichend verschleiert.«

»Weil wir sie in die Enge getrieben haben«, entgegnete David. »Das Polizeiaufgebot hat Eindruck gemacht. Es ging zu schnell und ihnen blieb nicht genug Zeit.«

Sophie begann, im engen Gang des Wohnwagens auf und ab zu gehen. »Die sind in Frankreich längst über alle Berge. Dass dort nach und nach weitere Jugendheime kontrolliert werden, wird denen klar sein.

Was wir noch höchstens irgendwo finden können, sind die Leichen, die sie bei diesem Wahnsinn hinterlassen haben.«

David tippte etwas auf seinem Handy. »Ich informiere Bertrand über den Organhandel. Dass wird ihnen bei der Fahndung nach dem Hausmeister noch zusätzlich Druck machen. Das Heim steht inzwischen unter staatlicher Aufsicht. Die Jugendlichen dort haben nichts mehr zu befürchten.«

Sie nickte ihm zu, nahm ihren Mantel vom Haken und verließ den Wohnwagen. Während David telefonierte, wollte sie frische Luft schnappen. Sie brauchte einen klaren Kopf, doch im Moment spürte sie die Müdigkeit ihren Körper heraufkriechen.

Gedanklich ging sie noch einmal alle Fakten durch und spazierte über die Uferwiese. Der Rasen war aufgeweicht und gab unter ihren Stiefelsohlen ein schmatzendes Geräusch von sich.

Die Laternen hier hatte es in ihrer Kindheit noch nicht gegeben. Damals stand bei ihrer Oma für die Nacht noch ein Eimer bereit, doch wenn sie ein größeres Geschäft machen musste, waren sie gemeinsam mit Taschenlampen zu den Plumpsklos gelaufen.

Das war unheimlich gewesen, weil sie dafür ein Stückchen in den Wald hineingehen mussten. Und den Gestank hatte Sophie jetzt noch in der Nase.

Ihr Blick fiel auf den Spielplatz, der heute auch nicht mehr mit dem von damals vergleichbar war. Früher gab es eine kleine und eine große Wippe. Janko und Heiko waren immer darauf balanciert. Sie hatte es nur einmal versucht und sich beim Sturz das Knie aufgeschlagen.

Die Jungs waren nett zu ihr gewesen. Obwohl sie fast zehn Jahre jünger als die beiden war, hatten sie Sophie beim Toben nie ausgeschlossen und sich um sie gekümmert.

»Hier steckst du.« David kam näher. »Bertrand konnte es nicht fassen. Du kannst dir sicher vorstellen, dass in Frankreich die Hölle los ist.«

Sie blickte zum Waldrand, zu der Stelle, von der man früher zu dem kleinen Freilichtkino gelangen konnte. Das war eigentlich nur eine Holzbühne gewesen, auf der ein Besitzer eines mobilen Kinos eine Leinwand gespannt und aus dem gegenüberliegenden Schuppen mittels Projektor den Film abgespielt hatte. Sie erinnerte sich noch, wie sie zwischen Janko und Heiko auf einem Campingstuhl saß und Dirty Dancing schaute. Danach wollte sie unbedingt in die Tanz-AG.

»Guido Knoppke sagte, Heiko verschwand irgendwann und Janko drehte daraufhin durch, richtig?«

David nickte.

Sie presste die Lippen zusammen und tastete in der Manteltasche nach ihrem Balsam. »Von Janko lag ein Totenschein in den Unterlagen, von Heiko aber nicht.«

David nickte abermals. »Worauf willst du hinaus?«

»Ist nur so ein Gedanke …« Sie trug sich den Lippenbalsam auf. »Falls Karla Hausmann und Karl Brumm tatsächlich in den Organhandel integriert waren und neue Namen erhielten, sind die Verantwortlichen bei manchen Insassen, die überlebt haben, vielleicht genauso vorgegangen. Sie könnten eine neue Identität bekommen haben und eingeschüchtert worden sein.«

David strich sich durchs Haar. »Aber Guido Knoppke hat seinen Namen behal…«, warf er ein und stockte. Er sah Sophie an. »Weil er nicht wirklich mitbekommen hat, was dort ablief.«

Jetzt war es an Sophie zu nicken. »Andere aber schon. Entweder sie starben oder sind so manipuliert worden, dass sie sich bis ans Ende ihres Lebens vor den Konsequenzen fürchten, falls sie reden sollten.«

»Dann würden Totgeglaubte noch leben«, nahm David den Ball auf. »Und selbst wenn sie reden sollten, fehlen ihnen Beweise.«

»Es sei denn, jemand richtet sein Dasein darauf aus, die Verantwortlichen zu finden und sie für ihre Taten büßen zu lassen.« Sophie ließ sich auf einer Parkbank nieder. »Ich meine, es gehört doch jahrelange Recherche dazu, die Drahtzieher aufzudecken, oder? Mein Opa, Albert Hubert, Vincent Durant, Doktor Weiland …«

David setzte sich neben sie. »Es gibt wahrscheinlich noch andere Tote, von denen wir bisher nichts wissen.«

Sophie stand auf und starrte auf den im Mondlicht schimmernden See. »Jeder Totenschein kann gefälscht sein. Also könnte auch Janko noch leben.«

Er schwieg und eine Weile blickten sie gedankenverloren über den See.

»Ich schau mal, ob ich noch irgendwo ein Ersatzschloss für den Wohnwagen rumliegen habe«, sagte sie.

»Dann sollten wir heimfahren und versuchen, etwas zu schlafen.«

»Ja, klingt gut«, erwiderte er. »Bis morgen kann Ebba uns hoffentlich etwas Neues liefern.« Er streckte die Beine aus. »Ich warte hier auf dich.«

Sie trottete davon. Wenn sie sich recht erinnerte, musste im Werkzeugkasten ein Schloss liegen, das sie dort auch tatsächlich fand. Was fehlte, war ein Schlüssel. Aber bis sie ein neues gekauft hatte, würde es seinen Zweck erfüllen. Sie durfte nur bei ihrem nächsten Besuch den Bolzenschneider nicht vergessen.

Ein letzter Rundumblick, dann schaltete sie das Licht aus und verließ mit der Stofftasche, in der sich Doktor Weilands Unterlagen befanden, den Wohnwagen.

David saß nach wie vor auf der Bank. Sie rief nach ihm und schlug den Weg zum Parkplatz ein, wobei er sie auf halber Strecke einholte.

Die Fahrt verbrachten sie größtenteils schweigend. David war in seinen Sitz gesunken und lehnte mit der Schläfe an der Scheibe. Gerade als Sophie sich fragte, ob er eingeschlafen war, klingelte sein Handy.

»Ich bin's noch mal«, sagte Ebba, nachdem David den Anruf angenommen und die Freisprechfunktion eingeschaltet hatte. Sie gähnte. »Ich habe eine schlechte und eine gute Nachricht. Die schlechte zuerst: Nach der langen Zeit kann ich Doktor Weilands Geldströme nicht mehr nachvollziehen. Morgen versuche ich es gerne noch mal, im Moment streikt mein Hirn allerdings. Ich bin gefühlt seit drei Tagen ununterbrochen auf den Beinen.«

»Ruh dich aus«, erwiderte David. »Wir sind auch gerade auf dem Weg ins Bett.«

»Auf eine Sache bin ich allerdings gestoßen«, unterbrach Ebba ihn. »Sein Name taucht in einem tschechischen Artikel von 2002 auf, in dem erwähnt wurde, dass Doktor Weiland ehemaliger Beteiligter einer Firma war. Die stellen medizinische Materialien her. Flexülen, Spritzen und solches Zeug. Das Unternehmen existiert noch.«

Sophie und David sahen sich an.

»Alles Dinge, die er für seine illegalen Operationen brauchte«, sagte er.

Sie nickte. »Suchst du uns bitte die Adresse des Unternehmens raus?«, bat sie Ebba. »Wir sprechen uns morgen früh mit Alvarez ab. Die Firma sollten wir uns mal vor Ort ansehen.«

»Mach ich. Dann erst mal gute Nacht.«

»Gute Nacht«, sagten sie im Chor.

David legte auf und schob das Handy in seine Jackentasche. »In Frankreich haben sie eine Sondereinheit gegründet, die alle Adoptionen der letzten Jahre nachverfolgt. Die Fahndung nach dem Hausmeister wird ab morgen öffentlich gemacht und die Medien werden eingeschaltet. Wir fahren nach Tschechien. Und wenn uns die Firma nicht weiterbringt, sollten wir Jankos Mutter in der Schweiz einen Besuch abstatten.«

Nachdem Sophie David abgesetzt hatte, drehte sie das Radio lauter, um sich wachzuhalten. Als sie später in ihre Einfahrt fuhr, brannte im Haus kein Licht mehr. Sie zuckte zusammen, weil Zeus ihr auf dem Weg zur

Haustür vor die Füße sprang. Während er schnurrend um ihre Beine strich, kraulte sie den Kater hinter den Ohren. Er verschwand anschließend durch die Hecke aufs Nachbargrundstück.

Im Flur zog sie sich den Mantel sowie die Stiefel aus und schlich sich in die offene Wohnküche. Jan hatte ihr im Kühlschrank einen Teller mit Chili sin Carne hingestellt. Sie verfrachtete ihn in die Mikrowelle und schenkte sich ein Glas Wasser ein. Dann setzte sie sich mit dem dampfenden Essen an den Tresen, zog ihren Laptop heran und öffnete ihr Mailfach.

Sophie hatte gehofft, dass Ebba ihr die Adresse des tschechischen Unternehmens bereits geschickt hatte und sie sich den Standort schon mal über Street View anschauen konnte. Aber es war keine Mail von ihr angekommen. Das hatte nun auch noch bis morgen früh Zeit.

Sie trank von ihrem Wasser und verschluckte sich an der Kohlensäure. Während sie hustete, öffnete sie eine andere Mail, die sich als Werbung entpuppte. Sophie löschte sie und kontrollierte in diesem Zuge ihren Spam-Ordner, wobei sie bei einer Mail hängen blieb, der eine PNG-Datei anhing.

Sie schob den Teller beiseite und den Laptop näher heran. Wenn sie das Bild öffnete, zog sie sich womöglich einen Virus auf den Rechner. Vor sechs Stunden war die Mail eingegangen. Die Absenderadresse war eine kryptische Folge aus Zahlen und Buchstaben. Der Betreff machte Sophie allerdings stutzig. *Adam Roux*

Das war der Name des französischen Hausmeisters …

Sophie zögerte nicht länger und tippte auf die Bilddatei. Sie kannte Roux' Aussehen von einem Fahndungsbild der französischen Kollegen. Er saß auf dem Bild gefesselt und geknebelt auf einem Stuhl und sah in die Kamera. Hinter ihm befand sich ein Fenster, durch das eine Brücke zu erkennen war …

Noch während sie auf das Bild starrte, verschwand die E-Mail wie von Geisterhand. Was sie auch versuchte, sie konnte sie nicht wiederfinden.

34. KAPITEL

David sank auf sein Bett, gähnte und genoss das Gefühl eines vollen Magens. Für den heutigen Abend hatte er sein Smartphone abgeschaltet, ließ den Laptop zugeklappt und würde früh schlafen gehen. Es wurde Zeit, seinen Rhythmus wieder in saubere Bahnen zu lenken.

Mit einem schnellen Blick auf den Nachttisch bemerkte er, dass da noch kein Wasserglas stand. Er schlug die Decke zurück und ging in die Küche. Die Heizung machte Probleme, doch glücklicherweise mochte er die frische Kühle des Berliner Herbstes, die durch die Fugen in die Wohnung sickerte. Außer Shorts und T-Shirt trug er nichts.

Er schnappte sich ein Glas, ließ Wasser aus der Leitung hineinfließen und trank; füllte es erneut. Auf dem Weg zurück zum Bett blickte er durch das Fenster hinaus in die Dunkelheit, die nur von Straßenlaternen durchbrochen wurde. In ihrem Schein sah er einen sanften Sprühregen. Fast glaubte David, ihn auf seinem Gesicht spüren zu können. Er mochte diese Art von Regen. Und er liebte es, in diesen Stunden die Stille und Ruhe aufzunehmen, wenn die Welt langsamer wurde.

Die letzten Tage hatten ihn mit Eindrücken überflutet und noch dazu so schnell, dass er kaum die Ruhe gehabt hatte, alles zu verarbeiten. Ein neues Land, neue Kollegen, ein länderübergreifender Mordfall. Dazwischen wenig Privates. Er trank erneut.

Wenn alles glattging, würden sie morgen nach Tschechien aufbrechen, um sich die Firma anzusehen, an der Doktor Weiland zu Lebzeiten Anteile besessen und von der er OP-Utensilien bezogen hatte. Ebba würde nach Informationen zu diesen Verflechtungen suchen. Immerhin musste es eine erbberechtigte Person geben, an die die Anteile gefallen waren. Und wer hatte die Firma gegründet? Dinge dieser Art ließen sich nicht einfach so verschleiern.

David stellte sein Glas ab und schlüpfte unter die Bettdecke. Seine Gedanken trieben von hier nach da und die wohlige Wärme des Halbschlafs umfasste ihn. Er glitt davon und träumte, wie es an seiner Tür pochte. Kurz darauf erneut. Schließlich öffnete er die Augen.

»David?!«, erklang Sophies Stimme.

Er schüttelte die Verwirrung ab, sprang aus dem Bett und eilte zur Tür. Es klackte, als er den Schlüssel drehte – er schloss über Nacht stets ab – und öffnete.

»Sophie?«

»Es tut mir leid. Kann ich reinkommen?«

»Klar.« Er trat beiseite.

»Dein Handy war aus.«

»Ja, sorry. Ich habe alle möglichen Leute auf Notfallumgehung, die wecken mich manchmal.« Er schloss die Tür. »Was ist los? Wie bist du überhaupt ins Haus gekommen?« Sein Geist war eindeutig noch zu träge.

»Die Tür war nicht vollständig geschlossen, ich konnte sie einfach aufdrücken.« Sie wirkte fahrig und untypischerweise irgendwie … ratlos. »Ich habe eine Mail bekommen. Angehängt war ein Bild.«

Er stöhnte auf. »Du hast es geöffnet?«

»Äh, ja. Ach, es war kein Virus. Jemand hat mir über eine kryptische Einmal-E-Mail-Adresse ein Bild des Hausmeisters geschickt. Er saß gefesselt auf einem Stuhl.«

»Bitte was?! Zeig es mir.«

»Das ist es ja.« Sophie ging durch den Gang in den Wohnbereich. »Die Mail war weg. Einfach so.«

David eilte ihr hinterher. »Was meinst du damit, sie war weg?«

»Auf dem Weg hierher habe ich gegoogelt und dann Ebba angerufen«, erklärte Sophie. »Man kann E-Mails tatsächlich zurückrufen, allerdings nur unter bestimmten Voraussetzungen. In meinem Fall geht sie davon aus, dass ein privater Server genutzt wurde und man durch eine Veränderung des DNS … also, letztlich wurde das irgendwie so gemacht, dass sie nicht zurückzuverfolgen oder wiederherstellbar ist, weil die Mail vom Server gelöscht wurde und dadurch auch aus meinem Postfach.«

David versuchte erst gar nicht, der Erklärung zu folgen. »Und das Bild konntest du nicht zuvor speichern?«

»Ich hatte nur ein paar Sekunden«, erklärte sie. »Wie hätte ich das denn machen sollen? Und ich wusste ja nicht, dass die sich löscht.« Sophie zog seinen Schreibtischstuhl hervor und nahm darauf Platz. »Aber ich bin mir zu 98 Prozent sicher, Roux ist in Prag. Ich liebe diese Stadt und war gefühlt schon hundert Mal dort. Durch das Fenster hinter ihm war die Karlsbrücke zu sehen. Ich habe sie dank der Türme und Statuen erkannt.«

David verschränkte die Arme und realisierte mit einem Mal, dass er lediglich Shorts trug. Seine Jeans lag im Schlafbereich neben dem Bett. Er schlüpfte schnell hinein. »Wenn der Täter sich den Hausmeister geholt hat, dann bedeutet es, der war tatsächlich involviert. Deshalb das Bild. Machen wir uns nichts vor, Adam Roux ist mittlerweile garantiert tot. Als Nächstes … wären dann wohl die Personen innerhalb der Firma dran, die in Bezug zu dieser Sache stehen. Und damit haben wir ein doppeltes Problem. Wenn der Mörder erfolgreich ist, haben wir danach mehrere Tote und ein drittes involviertes europäisches Land. Man wird Schuldige suchen, fragen, wieso das nicht verhindert wurde. Wir sind der perfekte Sündenbock. Und sollten die Organhändler unseren Täter aufhalten, werden sie danach alle Spuren verwischen und untertauchen.« Er ballte die Fäuste. »Damit wird den Angehörigen jede Hoffnung auf einen Abschluss genommen.«

Sophie sah David lange an. »Willst du mir nicht langsam sagen, welche Schatten dich verfolgen?«

»W-was?«

»Ich bin nicht blind, weißt du. Wir haben alle unsere Gründe für die Versetzung zu dieser neuen Stelle. Aber bei dir … da blitzt immer etwas durch, wenn es darum geht, dass Angehörige eine Antwort bekommen.«

David erwiderte ihren Blick und fühlte sich eins mit dem Moment. Er stand mitten in der Nacht in seiner Wohnung, die von Straßenlaternen vor dem Fenster erleuchtet wurde. Der muffige Geruch des alten Teppichs stieg ihm in die Nase und er sah auf Sophies Gesicht jene Müdigkeit, die auch ihm in den Knochen saß. Langsam atmete er ein und wieder aus. »Als ich im Teenageralter war, sollte ich einmal auf meinen jüngeren Bruder aufpassen. Eigentlich wollte ich aber lieber mit Freunden auf eine Party gehen. Eine Waldparty, die waren damals ziemlich angesagt und wir wohnten am Waldrand. Win-win. Ich habe ihm eingebläut, schlafen zu gehen.« Er spürte die alte Schwere, die ihn hinabzuziehen drohte. Bilder von tanzenden Menschen und Lagerfeuern. Das Gefühl von Freiheit, welches er seit dieser Nacht nie wieder gespürt hatte. Denn danach war seine Welt dunkler geworden.

»Er muss mir nachgelaufen sein.« David schluckte, seine Stimme war leise. »Ich dachte, er schläft. Erst am nächsten Morgen haben wir bemerkt, dass er fort ist.«

»Oh Gott.« Sophie erwiderte seinen Blick mit einfühlsamem Entsetzen.

»Die Polizei kam, eine Suche wurde gestartet.« Er zuckte mit den Schultern. »Sie haben ihn nie gefunden.«

»Bis heute nicht?«

»Bis heute nicht. Die Ehe meiner Eltern ist daran zerbrochen. Mein Vater war Polizist, hat nie aufgehört zu suchen; irgendwann wurde er ›beurlaubt‹. Er ist verbittert und gebrochen. Meine Mutter hat den Kreuzzug gegen

Verbrecher zu ihrer Lebensaufgabe gemacht und ging in die Politik. Beide geben bis heute mir die Schuld. Sie sprechen es nicht offen aus, aber ich kann es an ihren Blicken sehen. Deshalb bin ich auch kaum noch zu Hause.«

»Das tut mir sehr leid«, hauchte Sophie.

Vermutlich dachte sie gerade daran, wie sie auf den Verlust eines Familienmitglieds reagieren würde. Das taten sie alle. Aber sich in einen fiktiven Gedanken zu versetzen, war etwas anderes, als es wahrhaftig zu erleben. David hatte es erlebt.

Das Hoffen auf Nachricht. Das Zusammenzucken, wenn das Telefon klingelte. Die Blicke der anderen, mal voller Vorwurf, mal voller Mitleid. Seine Selbstvorwürfe und die psychologischen Sitzungen.

Sie feierten nicht länger Weihnachten oder irgendwelche Geburtstage. Seit dem Verschwinden von Jules waren sie zu Maschinen geworden. Selbst heute verspürte David manches Mal einen Stich von Schuld, sobald er lachte und sich über etwas freute. Welches Recht hatte er dazu?

»Der Fall muss bei dir ja alle Schleusen öffnen«, sagte Sophie.

»Das wird jeder Fall«, erklärte er. »Und am Ende werde ich den Angehörigen höchstpersönlich mitteilen, was mit ihren Liebsten geschehen ist. Melissa Hubert lebt, ihre Eltern können wieder aufatmen. Aber Unzählige können das nicht, ihre Fälle vergammeln in irgendwelchen alten Aktenschränken. Diese neue Einheit kann wenigstens für Gerechtigkeit sorgen und einen Schlusspunkt setzen. Deshalb ist mir diese Arbeit wichtig. Aber sie ist auch nicht leicht.«

Er lehnte an der Wand, starrte erneut hinaus in den Sprühregen und spürte eine Mischung aus der alten Schwere, die stets mit den Erinnerungen kam, und Erleichterung, weil er mit Sophie darüber gesprochen hatte.

»Danke, dass du dich mir anvertraut hast«, sagte sie. »Ich wollte keine Wunden aufreißen.«

»Es ist wichtig, dass du es weißt«, erklärte er. »Weißt, wer ich bin. Immerhin müssen wir uns vertrauen.«

Sophies Smartphone vibrierte, sie hatte eindeutig nur darauf gewartet. Mit zwei schnellen Daumenbewegungen nahm sie an und stellte auf Lautsprecher. »David hört mit, Ebba. Was hast du für uns?«

»Echt Leute, das ist meine dritte Dose Energy-Drink. Ich muss mir eine Luftmatratze ins Büro legen, wenn das so weitergeht. Also, hört zu, ich habe da glücklicherweise mein ganz eigenes Netzwerk. Jemand hat sich alle Mühe gegeben, über verschiedene Firmenkonstrukte und Beteiligungen etwas Undurchschaubares aufzubauen. Da sitzen Anteilseigner in Russland, China oder klassisch auf den Caymans. Verfolgt man die Spuren, stößt man auf Betonwände, sage ich euch. Wäre Weiland nicht gestorben, hätten wir das nicht entschlüsseln können. Doch es gab tatsächlich ein Testament, das im Falle seines Todes die Anteile einem Fond zuführt.«

»Die wollten die Kontrolle nicht verlieren«, sagte David. »Deshalb dürfen die Anteile nicht an die Familie vererbt werden, sondern gehen zurück an die Firma.«

»Ich habe noch immer Dutzende offene Spuren, aber einige der Beteiligungen sind alt«, sprach Ebba weiter. »Da geht es um Gründungen, die nach der Wende im Chaos gemacht wurden. Wenn ihr glaubt, dass es in Deutschland chaotisch zuging, dann schaut euch mal den Verlauf bei den ehemaligen Staaten des Warschauer Paktes zu der Zeit an. Irgendwer hat weit im Voraus gedacht und bereits zu dem Zeitpunkt Fäden verknüpft. Ich gehe jede Wette ein, zu dem Zeitpunkt gab es Firmen, die das Ganze steuerten. Und zwar von außerhalb der DDR. Was gibt es Besseres als ein Land, das kurz vor der Pleite steht und komplett diktatorisch geleitet wird. Egal, jedenfalls hatte nicht nur Weiland einen Anteil an der Firma. Die Lebensgefährtin von Durant konnte ich über mehrere Ecken ebenfalls zuordnen. Und der Witz an der Sache ist, dass diese Firma zwar riesige Summen einnimmt, aber natürlich alles in Liechtenstein versteuert. Und jetzt kommt's: Offiziell stellen sie medizinische Produkte her und verschicken diese nach Russland und China. Seit dem Angriffskrieg vom Februar 2022, den Russland gegen die Ukraine gestartet hat, gibt es aber verschiedene Embargos. Und zack, versenden sie die doppelte Menge nach China. Über Nacht.«

»Das ergibt gleich doppelt keinen Sinn«, sagte Sophie. »China kauft doch keine medizinischen Produkte von uns? Es ist eher umgekehrt der Fall. Die produzieren dort doch viel billiger. Und selbst wenn, würden die nicht über Nacht die Abnahme verdoppeln.«

»Ich habe es noch nicht aufgedröselt, wie sie die Mengen so geschickt verschleiern können, aber da stimmt noch viel mehr nicht. Die Mengen vom Import und Export sowie weitere offizielle Daten. Es hat sich jemand wirklich Mühe gegeben, etwas zu konstruieren, was auf dem Papier funktioniert. Und alles Nachprüfbare verschwindet an den Ländergrenzen. Aber das wurde natürlich zu einer Zeit begonnen, als es die EU in ihrer heutigen Form noch nicht gab.«

»Was heißt das für uns?«, fragte David. »Können wir ein Spezialteam hinschicken, das den Sitz stürmt?«

»Nicht ohne Beweise«, sagte Ebba. »All das hier sind Indizien, die ich auch erst zu Papier bringen muss, damit Alvarez loslegen kann. Wir brauchen mindestens noch vierundzwanzig Stunden, eher achtundvierzig, bis da alles sauber seinen Weg gegangen ist.«

»Bis dahin ist es zu spät und ich bin vom Fall abgezogen«, sagte Sophie. »Normalerweise hätten wir das Bild aus der E-Mail an die Kollegen geschickt, und die hätten das geklärt, aber ohne blockt uns die Bürokratie. Diese Mistkerle sind weg oder tot. Und unser Täter wird – wenn alle Betroffenen von damals nicht mehr leben – ebenfalls untertauchen.«

Das Klacken von Ebbas Tastatur war zu hören. »Ihr habt, mit den Befugnissen unserer Abteilung, die Möglichkeit, nach Tschechien zu gehen und vor Ort zu ermitteln. Zwar bekommt ihr keine Unterstützung, aber die können wir später anfordern. Ich suche gerade alle Hotelzimmer mit Blick auf die Karlsbrücke ab, ihr fahrt sofort los.«

Manchmal vergaß David, dass sie mit der neuen Abteilung eben auch andere Möglichkeiten besaßen. Sie *mussten* nicht sofort Kollegen unterrichten, obgleich es zum guten Ton gehörte. Sie *konnten*.

»Okay.« Er gähnte. »Ich sehe schon, worauf das hinausläuft. Ich mache mich kurz im Bad fertig, du suchst die Route raus, Sophie.«

»Klingt nach einem Plan.«

Ebba meldete sich wieder zu Wort. »Ich habe schon Alvarez kontaktiert und Markus angerufen. Der Streber stand fünfzehn Minuten später hier, als wäre er ausgeschlafen. Er hat alle notwendigen Formulare rausgesucht und steht bereit. Sobald ihr Roux gefunden habt, ziehen wir die Kollegen hinzu.«

Es tat gut zu wissen, dass das Team hinter ihnen stand. David betrat das Bad und blickte in den Spiegel. Er mochte müde aussehen, doch er spürte auch den vertrauten Jagdtrieb. Er würde die Verantwortlichen nicht davonkommen lassen. Keinen von ihnen.

35. KAPITEL

Prag lag im Nebel. Im Licht der Straßenlaternen zogen Barockgebäude und gotische Kirchen an ihnen vorbei. Nicht umsonst sprach man von der Stadt der hundert Türme.

»Ja, das ist eindeutig die Brücke von dem Foto«, sagte Sophie, als sie in Sichtweite der Karlsbrücke parkte. »Die Statuen, die Türme am jeweiligen Ufer …« Sie deutete auf eine angestrahlte Kuppel, die auf der gegenüberliegenden Uferseite hinter Dächern aufragte. »Die Kreuzherrenkirche habe ich auch im Hintergrund gesehen.«

David runzelte die Stirn. »Wieso kennst du dich hier eigentlich so gut aus?«

Sie eilten in Richtung der Brücke. »Ich war schon öfter in Prag. Die Gegend kenne ich. War ja eines der wenigen Ziele, die wir bei geschlossener Grenze besuchen konnten. Und Jan und ich waren auch erst vor Kurzem für ein Wellnesswochenende da.«

»Dagegen hätte ich auch nichts einzuwenden«, rief David, da sie mittlerweile rannten.

Mit der aufgehenden Sonne lichtete sich der Nebel, der über der Moldau waberte. Auf der Fußgängerbrücke trafen die ersten Händler ein und bauten ihre Stände auf, um Souvenirs, Schmuck und selbst gemalte Bilder zu verkaufen. Nicht mehr lange, dann würde es auf der Brücke vor Touristen nur so wimmeln.

David stoppte, nahm sein Handy zur Hand und öffnete die Datei mit den infrage kommenden Gebäuden, die Ebba ihnen geschickt hatte.

»Der Blickwinkel aus dem Fenster lässt nur diese Gebäudereihe direkt am Ufer zu.« Sophie deutete darauf.

Treppen führten von der Brücke hinab. Die benachbarten Häuser waren lückenlos miteinander verbunden.

In einer Gasse im Uferbereich fuhr ein Transporter im Schritttempo an ihnen vorbei und Sophie stellte sich vor, wie der Täter hier gerade Roux' Leiche fortbrachte. Auf dem Fahrersitz saß jedoch eine zierliche Frau, die kaum das Lenkrad überblickte.

»Lass uns Roux finden«, sagte Sophie seufzend und stemmte die Holztür des ersten Hotels auf.

Der Empfangsraum war so groß wie ihr Wohnzimmer. Eine dunkle Blumentapete zierte die Wände. Zwei moosgrüne Ohrensessel standen an einem runden Holztisch, auf dem ausgebreitete Zeitschriften lagen. Es roch, als hätte jemand gerade einen blumigen Raumduft versprüht.

An dem kleinen Schalter saß ein älterer Herr mit schütteren grauen Haaren und einer schmalen Brille auf der Nase, den Sophie auf Deutsch grüßte. Sie hatte bisher noch nie erlebt, dass die Angestellten in Prager Hotels kein Deutsch sprachen.

»Was kann ich für Sie tun, gnädige Frau?«, fragte er

mit Akzent. Sein Namensschild wies ihn als Jaroslav Novák aus.

Sie hielt ihren Dienstausweis in die Höhe und im Anschluss Roux' Fahndungsfoto. »Hat dieser Mann bei Ihnen eingecheckt?«

Der Mann kniff die Augen zusammen. »Ich bin nur im Nachtdienst tätig. Da müssen Sie meine Kollegen vom Tagdienst fragen.« Er schob sich die Brille höher auf die Nase und betrachtete das Foto. »Wie lautet sein Name?«, fragte er, obwohl dieser darunter stand.

David lehnte sich gegen den Tresen und warf Sophie einen frustrierten Blick zu.

»Suchen Sie bitte nach Adam Roux«, bat sie Jaroslav Novák, obwohl die Chancen schlecht standen, dass der Hausmeister sich mit diesem Namen eingebucht hatte. Vielleicht hatte der Täter ihn auch unter einem Vorwand ins Hotel gelockt? Er würde ihn kaum hineingeschleift haben.

Novák suchte auf der Tastatur beinahe nach jedem Buchstaben, beugte sich weit zu dem Bildschirm vor und verneinte schließlich.

»Wann kommt Ihre Ablösung?«, erkundigte David sich.

Novák wandte sich schwerfällig zu der Uhr um, die hinter ihm an der Wand hing. Da diese elf anzeigte, war es offensichtlich, dass sie stehen geblieben war.

»Es ist kurz vor sieben«, informierte sie ihn mit Blick auf ihre Armbanduhr.

»Meine Kollegin Zlata übernimmt hier um 7.30 Uhr.«

Hätte sich die Mail mit dem Beweisfoto nicht gelöscht, wären sie mit einem ganzen Einsatzteam samt Durchsuchungsbefehl vor Ort und könnten sich die Zimmer einfach ansehen. Stattdessen durften sie nicht einmal die Kontaktdaten der Hotelmitarbeiter anfordern, um alle zu befragen. Und in der Zwischenzeit machten der Täter und der Organhändlerring, was sie wollten.

Sophie unterdrückte ein Seufzen und reichte Novák ihre Visitenkarte. »Wir werden inzwischen zum nächsten Hotel gehen. Rufen Sie mich bitte an, falls Ihre Kollegin uns weiterhelfen kann.«

»Natürlich, ja.« Er sah ihnen nach.

»Noch nichts Neues von Ebba«, informierte David sie mit Blick auf sein Handy.

»Vielleicht kriegen wir jemanden aus den Hotels dazu, uns ein unbewohntes Zimmer zu zeigen. Von außen sehen die Fenster alle gleich aus. Aber innen kann ich mehr Vergleiche mit dem Foto ziehen.«

Drei Eingänge weiter hielt David ihr die Tür zum nächsten Hotel auf. Dieses war um einiges größer und vor allem moderner. Ein Teil der Wände war mit Mosaiksteinen verkleidet, die sich auch in der Front des hellen Tresens wiederfanden. Vasen mit frischen Blumen standen auf Sockeln.

»Guten Morgen«, grüßten sie gleichzeitig und liefen auf die zwei Empfangsdamen zu. Die Langhaarige von beiden sortierte gerade Briefumschläge in Zimmerfächer, ihre Kollegin stand am Kopierer.

Nachdem sie sich ausgewiesen hatten, begannen sie

mit der Befragung. Die beiden konnten sich nicht erinnern, Adam Roux' Gesicht jemals gesehen zu haben, und sein Name ließ sich erwartungsgemäß nicht in der Hoteldatenbank finden.

»Es würde uns sehr weiterhelfen, wenn wir uns mal eins Ihrer Zimmer mit Blick auf die Moldau ansehen dürften«, sagte David und setzte sein charmantestes Lächeln auf.

Die beiden Frauen wechselten einen kurzen Blick, bevor die Langhaarige an den Computer trat. »Tut mir leid, die Zimmer zur Flussseite sind alle belegt.«

»Dann ein anderes?«, bat David. »Die Einrichtung ist doch bestimmt ähnlich, oder?«

Sie sah wieder auf ihren Bildschirm. »Zimmer 4 ist frei«, informierte sie ihre Kollegin und nickte dieser zu.

»Folgen Sie mir bitte«, forderte diese David und Sophie auf, nahm eine Schlüsselkarte aus einem Fach und lief voraus.

Das Zimmer befand sich im Erdgeschoss, auf einem Gang mit drei weiteren. Die dunkle Holztür knarzte, als die Dame ihnen öffnete. Sie trat beiseite.

David ließ Sophie den Vortritt und sie richtete ihre Aufmerksamkeit sofort auf das Fenster. Die Rahmen waren an diesem Gebäudekomplex von außen und innen gleich. Daher nahm sie das Fensterbrett und den Plattenheizkörper darunter in Augenschein.

»Haben Sie diese Art von Heizkörpern in allen Zimmern?«, erkundigte sie sich und sah sich nach der Frau um.

Sie nickte bestätigend.

»Dann sind wir hier falsch.« Sophie wandte sich an David. »Der auf dem Foto war ein Röhrenheizkörper.«

»Okay, also auf zum nächsten Hotel.«

Sie bedankten sich und traten wenig später wieder auf den gepflasterten Platz, der in der Mitte von einer Baumallee gesäumt und mit diversen Infotafeln ausgestattet war. Auf der gegenüberliegenden Straßenseite entdeckte Sophie eine kleine Polizeistation.

»Ob die tschechischen Kollegen gerade Zeit hätten, uns bei der Suche zu helfen?« Sie deutete mit dem Kinn in besagte Richtung.

David schmunzelte. »Du meinst einfach so, aus reiner Freundlichkeit, ohne dass wir etwas in der Hand haben?«

Das Klingeln ihres Telefons vermischte sich mit seiner Antwort. Es war eine unbekannte tschechische Nummer.

»Steinbach«, meldete sie sich.

»Hier ist Jaroslav Novák. Kommen Sie zurück. Zlata würde sich das Foto gern anschauen.«

»Wir sind in 30 Sekunden da«, erwiderte sie, legte auf und lief mit David drei Hauseingänge zurück.

Zlata war eine Frau in den Fünfzigern mit einem braunen Pagenschnitt. Herr Novák hatte sich bereits umgezogen, wollte sich ihre Befragung aber anscheinend nicht entgehen lassen.

»Jaroslav hat mir bereits erzählt, dass Sie einen Flüchtigen suchen«, sagte Zlata akzentfrei und reichte ihnen die Hand.

David öffnete auf seinem Handy das Fahndungsfoto und übergab es ihr.

Während die Frau das Bild betrachtete, konnte Sophie regelrecht dabei zusehen, wie Erkenntnis ihre Miene erhellte.

»Sie haben ihn gesehen?«, hakte sie sofort nach.

Zlata sah wie in Zeitlupe von Davids Handy auf. »Er ist hier«, bestätigte sie.

Novák tippte auf der Tastatur. »Welcher Gast ist das?«

Seine Kollegin deutete auf den Bildschirm.

»Adam Ronaldo.«

David zog die Augenbrauen in die Höhe und räusperte sich. »Anscheinend ist er Fußballfan.«

Männerstimmen näherten sich und Sophies Herz schlug augenblicklich schneller. Für einen Rückzug war es zu spät, daher musterte sie die beiden Fremden, die nun die Treppe herabkamen, akribisch.

»Guten Morgen«, grüßte der ältere Mann auf Deutsch. Augenscheinlich handelte es sich um Vater und Sohn.

»Guten Morgen«, erwiderten Zlata und Novák gleichzeitig, während David und sie einfach nickten.

»Sind wir wieder die Ersten beim Frühstück?«, fragte der Jüngere und ging durch eine Schwingtür neben dem Empfangstresen.

»Guten Appetit«, wünschte Novák, als auch der andere durch die Tür verschwand.

David und Sophie wechselten einen hastigen Blick. Wenn Roux im Hotel war, konnte auch der Täter noch hier sein.

»Wir müssen dringend mit diesem Mann sprechen«, sagte Sophie. »Wie lautet seine Zimmernummer?«

»Ist er gefährlich?«, antwortete Zlata mit einer Gegenfrage.

David zögerte und sie ebenfalls. Doch falls ihnen niemand aus freien Stücken die Tür öffnete, hatten sie ein Problem. Sie konnten keinen Durchsuchungsbefehl vorweisen und die Tür nicht einfach eintreten.

Ihr Blick fiel auf Zlatas Ehering.

»Haben Sie Kinder?«

Ein Nicken war die Antwort.

Sophie lächelte. »Ich habe eine Tochter und wie jede Mutter wünsche ich mir nichts mehr, als dass es ihr gut geht.« Sie deutete zur Treppe. »Wir müssen unsere Töchter und Söhne vor diesem Mann beschützen. Mehr darf ich Ihnen nicht sagen.«

Zlata riss die Augen auf.

»Zweiter Stock«, sagte Novák an ihrer Statt. »Drittes Zimmer rechts.« Er öffnete eine Schublade und zog eine Schlüsselkarte hervor. »Ich bringe Sie hin.« Er kam um den Tresen herum und ging voraus.

Sophie musste an sich halten, ihn nicht schneller vor sich her zu treiben, und auch David war die Ungeduld anzusehen.

Als sie schließlich vor dem besagten Zimmer stehen blieben, fuhr Sophie ein Schauer über den Rücken. Sie presste die Lippen zusammen, während Novák an die Tür klopfte.

Sie lauschten. In der Stille klangen ihre hektischen Atemzüge umso lauter.

»Zimmerservice«, rief sie mit gespieltem Akzent und klopfte ein weiteres Mal.

Nichts.

»Ich muss das Zimmertelefon überprüfen«, nuschelte Novák und gab sich damit selbst eine offizielle Erlaubnis, bevor er ihnen die Tür mit der Schlüsselkarte öffnete.

David und sie griffen nach ihren Dienstwaffen und er zog sich hastig zurück. David stieß die Tür auf und betrat vor ihr das enge Zimmer. Obwohl sie geahnt hatten, was sie erwartete, zuckte Sophie bei Adam Roux' Anblick zusammen.

Wie auf dem Foto saß er vor dem Fenster, das einen Ausblick auf die Karlsbrücke und die Altstadt gewährte. Er war an den Stuhl gefesselt und der Knebel in seinem Mund blutgetränkt. Sein Kopf war auf die Brust gesunken und Sophie konnte keine Atembewegungen wahrnehmen.

»Wir mussten damit rechnen«, sagte David. Er hatte das Badezimmer überprüft und nickte ihr zu.

Sie zog ein Paar Einmalhandschuhe aus ihrer Manteltasche, streifte sie über und fühlte an Roux' Hals nach seinem Puls. Doch in seinen herabhängenden Händen hatten sich bereits erste Leichenflecken gebildet.

»Was hält er da in der Hand?«, fragte David.

Sie beugte sich hinab und öffnete Roux' Finger. Die Totenstarre setzte bereits ein.

»Ein Passfoto«, ließ sie David wissen. Sie spürte einen Stich im Herzen, während sie das Bild des jungen Mädchens betrachtete, das mit Adam Roux' Blut besudelt war.

»Das ist Monique Moreau«, sprach sie den Namen des französischen Mädchens aus, deren Adoption zuletzt gefälscht worden war.

»Um Himmels willen«, schrie Novák, der unbemerkt hereingekommen war.

Bald würde es hier vor Polizisten wimmeln.

36. KAPITEL

»Ich muss Verstärkung rufen«, sagte der tschechische Kollege in gebrochenem Englisch. »Nichts anfassen.«

David atmete auf, verschaffte ihnen das doch immerhin noch ein paar Minuten. »Sieh ihn dir an, die Leichenstarre hat noch nicht vollständig eingesetzt.«

Sophie trat an die Seite von Adam Roux und betrachtete den Leichnam. »Sein Tod kann höchstens zwei bis vier Stunden her sein, eher weniger. Damit hat unser Mörder lediglich einen geringen Vorsprung.«

David hatte sein Smartphone bereits hervorgezogen und wählte Ebbas Nummer. »Ebba?«

Die Antwort war ein Gähnen. »Muss ich mehr sagen? Es gibt Menschen, die um diese Uhrzeit schlafen.«

»Adam Roux ist tot.«

»Bin hellwach.« Ebba räusperte sich. »Was ist passiert und was braucht ihr?«

»Markus soll alle Formulare raushauen, damit uns hier niemand Steine in den Weg legt. Volle Amtshilfe, beschleunigte Auswertung der Daten, die ganze Palette.«

»Verstanden, ich tippe parallel und sende ihm die Mail rüber, er ist im Büro.«

»Doktor Weiland hatte hier in Tschechien mit dieser

Firma zu tun und nun ist Adam Roux auch hier gestrandet. Haben wir da eine nachvollziehbare Verbindung?«

»Augenblick, ich grenze meine Suchparameter ein.« Stille. »Bingo.«

»Mehr Worte.«

»Sorry. Aber ich habe die Firmenbeteiligungen von Weiland mittlerweile aufgeschlüsselt und an einem der Fonds ist Adam Roux beteiligt.«

David machte sich nicht die Mühe, nach dem Wie zu fragen. Für diese Form der Analyse wurden normalerweise Forensiker eingesetzt, die neben digitalen Spuren auch Geldströme aufschlüsseln konnten. Ebba schien auf diesem Gebiet ein Multitalent zu sein und hatte garantiert die eine oder andere Regel gebrochen, um an die Daten zu gelangen. »Dann müssen wir sofort zu der Firma.«

»Adresse ist soeben in deinem Speicher angelangt.«

»Wir haben hier ein Bild von Monique Moreau, dem Mädchen aus Frankreich«, sagte er hastig, »fällt nicht schwer, da eins und eins zusammenzuzählen. Wie schnell kriegen wir die Unterstützung der tschechischen Kollegen?«

»Ich renne gleich rüber zu Markus«, sagte Ebba. »Aber mein Rat: Fahrt sofort los. Ihr seid so schneller und niemand kann die Leute vor Ort warnen.«

»Danke.«

»Ich behalte eure Standorte über die Smartphones im Blick.«

David beendete die Verbindung.

»Folterspuren«, sagte Sophie. »Und eine Einstichstelle am Hals. Der typische Modus Operandi.«

»Wir wissen, wo die Firma ist. Markus ist an den tschechischen Kollegen dran, aber …«

»… schon verstanden, die Uhr tickt. Los.«

Sie verließen beide den Raum.

Der tschechische Kollege telefonierte noch. Als sie gingen, wollte er sie stoppen, doch David drückte ihm lediglich seine Visitenkarte in die Hand. In diesem Fall kam ihnen zugute, dass ausländische Kollegen ungern gesehen waren. Die Kontaktdaten hatte er und gab sich damit zufrieden. Das würde sich in einer guten Stunde ändern, wenn die Ausmaße des Falls klar wurden.

Sie eilten die Treppenstufen hinunter und sprangen ins Auto. Weitere Polizeiwagen stoppten vor der gegenüberliegenden Station, Uniformierte rannten auf das Hotel zu. Erste Pressevertreter trafen ein. Sophie und er waren glücklicherweise bisher nicht entdeckt worden.

David öffnete die Mail von Ebba. Sie hatte ihm einen Link zu Maps geschickt, mit dem er die Routenführung aktivieren konnte. »Bis zu dieser Firma brauchen wir etwas über eine Stunde.«

»Das wollen wir ja mal sehen.« Sophie trat auf das Gaspedal.

David war den Verkehr in Paris gewohnt, ihn konnte nichts so schnell schocken. Er vertiefte sich in die Daten, die Ebba ihm geschickt hatte. Darunter auch Satellitenaufnahmen der Firma. Sie waren alt, gaben aber einen ausreichenden Überblick über das zu erwartende Gelände.

»Die Firma ist abseits gelegen und besteht lediglich aus einem einzelnen Gebäude und in der Nähe … sieht aus wie eine Scheune.« Mit gerunzelter Stirn zoomte er heran. »Ziemlich heruntergekommen. Da arbeitet garantiert niemand mehr.«

»Briefkastenfirma?«

»Ergibt keinen Sinn«, erwiderte David. »Weiland hat früher OP-Utensilien von dort geordert. Und wenn die Firma aufgegeben worden wäre, würden jetzt keine Geldströme mehr fließen. Laut Ebba wird weiterhin medizinisches Material von dort verschickt.«

Er musste es nicht aussprechen. Sophie nickte verstehend. Wo konnte man besser Organe transplantieren, als an einem solchen Ort, der für jeden zufälligen Beobachter verlassen wirkte? Die Firma war auch auf dem Papier unauffällig, und im Falle einer tatsächlichen Überprüfung konnte man immer noch bestätigen, dass die Räume nicht mehr genutzt wurden, aus Steuergründen das Grundstück aber noch nicht verkauft worden war.

Diese Dinge durften andere entwirren.

Für eine Sekunde schloss David die Augen. Sie hatten *eine* Chance, Monique Moreau zu retten. Und paradoxerweise spielte ihnen der Mörder von Adam Roux und Vincent Durant in die Hände. Er wollte die Verantwortlichen ebenfalls aufhalten.

Sophie bremste ruckartig, bretterte in eine Kurve und gab wieder Gas. David fühlte sich wie in einer Achterbahn. Doch immerhin bewegten sie sich zügig aus Prag heraus. Ihr Ziel lag östlich.

»Ebba hat uns hier ein paar Infos zusammengestellt«, sagte David. »Rings um Prag herum gibt es zahlreiche Bauernhöfe. Man vergisst manchmal, dass in Böhmen viel Landschaft zu finden ist. 1999 hat eine Firma einen der Bauernhöfe aufgekauft und umfunktioniert. Heute würde man das gar nicht mehr zulassen, Denkmalschutz und so. Ringsum nur Wald. Wenn die das wirklich für Organtransplantationen nutzen, ist es perfekt. Dort kommt niemand zufällig vorbei, außen ist alles abgezäunt und wirkt von Weitem baufällig. Ebba hat uns auf dem Bild ein paar Punkte markiert. Im Abstand von einigen Metern sind Kameras am Zaun angebracht. Diese Frau ist echt genial, sie hat anhand der Bilder das Modell herausbekommen und uns einen toten Winkel aufgetan.«

»Erinnere mich daran, ihr Schokolade mitzubringen«, sagte Sophie, den Blick mit grimmiger Entschlossenheit auf die Straße gerichtet.

Zügig kamen sie ihrem Ziel näher.

Nach der Wende hatten alle Nachbarn auf Deutschland geblickt, denn dort war immerhin die symbolträchtige Mauer gefallen. Für die anderen Satellitenstaaten des ehemaligen Warschauer Paktes wartete – teils nach jahrelangen Kämpfen – ebenfalls die Freiheit.

»Hast du damals etwas mitbekommen von Tschechien?«

Sophie wusste sofort, was er meinte, und schüttelte den Kopf. »Ich habe später darüber gelesen. Der Prager Frühling, der Einmarsch der Truppen des Warschauer

Paktes, die samtene Revolution. Da vergisst man, dass auch andere Länder Leid erfahren haben.«

Und wie sie aktuell sehen konnten, genügte ein Mann, der solches Leid erfahren hatte, um eine Reihe von Mordanschlägen zu begehen. Und das schlicht, weil die damaligen Ereignisse nicht vollständig aufgeklärt worden waren.

Davids Gedanken kreisten um die Opfer, die Geschichte, Adam Roux und Vincent Durant. Die Antworten waren zum Greifen nahe. Die Frage war lediglich, ob sie noch rechtzeitig kamen.

Endlich erreichten sie das Gebiet, in dem die »Firma« lag. Sophie stellte den Wagen ab und sie rannten mit gezogenen Waffen zu jener Stelle im Zaun, die Ebba ausgemacht hatte. Dort angekommen, stoppte David verblüfft.

Exakt an jenem Punkt, an dem die Kameras einen blinden Fleck aufwiesen, lag ein Fußabtreter über dem Stacheldraht.

»Unser Mörder ist ziemlich gut im Recherchieren«, kommentierte Sophie.

David wechselte einen kurzen Blick mit ihr. »Sophie, er ist nicht einfach nur gut. Er schnappt sich innerhalb kürzester Zeit Informationen, recherchiert, kennt sich zumindest rudimentär mit Medikamenten aus und hat in den letzten zwei Stunden ebenfalls den blinden Fleck entdeckt.«

Sie runzelte die Stirn. »Was meinst du damit?«

»Er ist vom Fach«, sagte David. »Oder er hat Hilfe von jemandem, der sich auskennt. Alles andere ergibt keinen Sinn.«

Er machte eine Räuberleiter für Sophie, die sich abstützte und über den Fußabtreter kletterte. Auf der anderen Seite sprang sie auf das Gras und sicherte mit gezogener Pistole den Bereich. Er selbst zog sich am Maschendrahtzaun in die Höhe und erreichte ebenfalls die andere Seite.

Geduckt rannten sie zum Haupthaus.

Das Gebäude war ein lang gezogener Bau mit Holzanbauten. Die alten Türen waren durch moderne Glaseinsätze ersetzt worden. Jemand hatte alt und neu verschmolzen, um den Anschein zu wahren. Die Eingangstür war in Scherben zerschlagen, eine Axt lag am Boden.

Sophie bildete die Vorhut und wandte sich nach rechts, David nach links.

»Gesichert«, konnte er kurz darauf vermelden.

»Gesichert«, rief Sophie. »Aber hier liegt ein Toter.«

Er folgte ihrer Stimme. In einem L-förmigen Raum fand sich ein höhenverstellbarer Schreibtisch. Auf einem ergonomischen Stuhl mit schwarzem Bezug saß ein Mann, der Kopf war nach vorne gefallen. In seinem Schädel klaffte eine Wunde. Blut hatte sich auf der weiß lackierten Oberfläche des Schreibtisches verteilt. Vermutlich würden sie an seinem Hals eine Einstichstelle finden.

»Der Computer ist eingeschaltet.« Sophie bewegte die Maus.

Offenbar war keine automatische Sperre aktiviert, denn der Monitor leuchtete auf. Neben einem Interface für eine Datenbank, in das der Mann soeben Informationen getippt hatte, war ein Fenster mit einer Kameraübertragung zu sehen. Sie zeigte einen langen, kahlen Raum, der mit einer Ausnahme völlig leer war. Diese Ausnahme bildete ein medizinisches Zelt im Zentrum, dessen Wände durchsichtig waren. Darin waren allerlei Apparate aufgestellt, Männer und Frauen in Kitteln zogen Spritzen auf oder notierten etwas auf Klemmbrettern.

Ein Mädchen lag bewusstlos auf einer Liege, sie war festgeschnallt.

»Monique Moreau«, sagte Sophie.

David konnte für eine Sekunde nur starren. Dann gab er sich einen Ruck. »Das muss irgendwo auf dem Gelände sein. Diese Kamera hat keinen Netzzugang, das Icon dort ist durchgestrichen.«

»Im Keller?«

Sie rannten zur Treppe und nach unten. Doch dort gab es lediglich eine Reihe verstaubter Räume mit landwirtschaftlichen Gegenständen darin; Staub und Spinnweben kämpften um die Vorherrschaft.

Falls es Geheimtüren gab, waren sie so gut versteckt, dass sie nicht auffindbar waren.

Zurück im Erdgeschoss, verließen sie das Gebäude und sahen sich um.

David warf erneut einen Blick auf die von Ebba gesendeten Satellitendaten. Diese zeigten das lang gezogene Gebäude und die anschließende Scheune.

Sophie setzte sich bereits in Bewegung. Das Gebäude bestand aus den typischen dunklen Schindeln, die aneinandergeflanscht worden waren. Im Inneren roch es nach Heu, eine alte Kutsche stand in der Ecke. An einer anderen Stelle lag eine rostige Sense.

David versuchte, klar zu denken. Der Gedanke, dass ein junges Mädchen in diesen Sekunden aufgeschnitten wurde, verhinderte es jedoch. Sie konnten sie retten. Sie *mussten* sie retten.

Sophie sah sich bereits in der Scheune um. »Sieh mal.«

An einer Stelle war das Stroh unordentlich verstreut.

»Da sind Düsen in der Wand«, stellte er verblüfft fest.

Sophie lachte ungläubig auf, als sie das Stroh beiseitegefegt hatte. »Eine Falltür. Die Düsen werden wohl automatisch aktiv und blasen das Stroh wieder darüber. Damit alles weiter verborgen bleibt.«

Es gab einen Hebel in einer Aussparung, der ergriffen und gedreht werden konnte. Pfeile zeigten sogar die Richtung. David griff zu und drehte.

Ein Zischen erklang, als hydraulische Elemente sich in Bewegung setzten und die Falltür sich hob. Neonlicht flammte auf, eine Treppe aus grauem Zement führte in die Tiefe. Der Geruch von Sterilium drang David in die Nase.

»Wir haben den Zugang gefunden.«

Den Griff der Waffe fest in der Hand, stieg er in die Tiefe. Ein Blick zu Sophie zeigte ihm, dass sie das Smartphone hervorgezogen hatte und etwas darauf tippte.

»Ebba?«

Sie nickte.

»Was hast du geschrieben?«

»Nur ein Wort: Zugriff. Sie wird wissen, was damit gemeint ist.«

Doch bis die Einsatzkräfte kamen, lag es an ihnen. »Also los. Stoppen wir diese Dreckskerle.«

37. KAPITEL

Sophie nahm ihre Umgebung mit geschärften Sinnen wahr.

Wie wenn sie am Morgen auf den See hinausfuhr, die Ruder durch das Wasser stemmte und die Stille genoss. Eiskalte Klarheit, die Wahrnehmung jedes Plätscherns, des Vogelgezwitschers in der Ferne. Natürlich war es – vor allem zu Beginn – stets ein Kampf gegen die Schwäche der Muskeln. Doch dann, kurz vor dem Ziel, wurde sie fokussierter, ruhiger.

Wie auch jetzt.

Sie sah lediglich Davids Hinterkopf, seine Bewegungen waren ebenfalls schnell und routiniert. In diesem Augenblick gab es keine Emotionen mehr, sie waren Profis, die Leben retten wollten.

Am unteren Ende der Treppe hingen Kameras an den Seiten. Sie waren in zwei Gänge gerichtet, nahmen jeden auf, der hier hereinspazierte. Eine Aufgabe des Mannes hinter dem Schreibtisch war anscheinend gewesen, alles zu überwachen. Hier unten ging es sowohl nach rechts als auch nach links weiter. Aus einer Richtung hörten sie Stimmen.

»Links«, sagte David.

Sophie spähte nach rechts, wo der Gang eine weitere Biegung machte. Sie konnten diese Seite nicht sichern. Während sie David folgte, blickte sie abwechselnd vor und zurück, bis sie vor herabhängenden durchsichtigen Plastik-Lamellen standen. David schob sich hindurch.

Von den geordneten Bewegungen, die das Livebild aus dem Zelt übertragen hatte, war nichts übrig. Die Ärzte und Helfer hatten ihre Arme erhoben. Ein Mann stand an der Seite und hielt die Waffe auf das versammelte medizinische Personal gerichtet.

»Janko«, hauchte Sophie.

Sein Kopf fuhr herum. In seinem Blick erkannte sie abrupte Erkenntnis. Ja, es war der Junge, mit dem sie damals am See Zeit verbracht hatte. Mit ihm und seinem Bruder. In ihrer Erinnerung hallte das herzliche Lachen der beiden noch in ihren Ohren wider.

Er sah vollkommen anders aus. Seine Augen glitzerten voller Wut, die Waffe wankte keinen Zentimeter. Das Haar war kurz geschoren, die Schultern breit. Er hatte trainiert.

»Waffe runter!«, rief David.

Doch Janko schüttelte den Kopf. »Ich lasse diese Mörder nicht davonkommen. Die machen immer weiter und ihr schaut nur zu!«

»Jetzt nicht mehr«, sagte Sophie. »Wir haben alles, was wir brauchen, um sie aufzuhalten. Leg die Waffe nieder.«

»Janko Kleeberg, ich verhafte Sie wegen Mordes an Vincent Durant, Albert Hubert und …«

Es klirrte, als eine der Helferinnen ein Tablett aus

Stahl fallen ließ. Das darauf liegende OP-Besteck fiel zu Boden.

Erst jetzt realisierte Sophie, dass die Kamera nur einen Teil des Raums enthüllt hatte. Hinter dem transparenten Zelt gab es ein zweites. Auch dort lag jemand auf einer Bahre, festgeschnallt und sediert.

»Um Himmels willen«, hauchte sie.

»Die Transplantation ist schon in vollem Gange«, rief Janko.

»Aber … wie?« Davids Blick flog nach oben zu den Kameras.

»Ich habe im Livestream zurückgescrollt«, sagte Janko. »Was ihr gesehen habt, lag schon einige Minuten zurück.«

»Wer ist der hier zuständige … Arzt?«, rief Sophie auf Englisch.

Es widerstrebte ihr, jemanden so zu nennen, der bei derart schrecklichen Dingen mitmachte.

»I-ich.« Die Hand eines fülligen Mannes in den Fünfzigern ging zitternd in die Höhe.

»Wie weit ist die Transplantation vorangeschritten?«, fragte sie.

»Spenderin und Empfängerin sind sediert«, erklärte er. »Wir haben außerdem beide Körper geöffnet.«

Sophie schluckte. »Welches Organ?«

Innerlich flehte sie Ebba an, dem Einsatzteam einzuheizen. Gleichzeitig hoffte sie auf eine Antwort des Arztes wie: Niere.

»Das Herz«, sagte dieser zögerlich.

Ihr lief ein Schauer über den Rücken. »Können Sie das noch stoppen?«

Der Arzt blickte zuerst zu Monique Moreau, dann zu der Jugendlichen im anderen Zelt. »Die Entnahme kann gestoppt werden. Bisher haben wir lediglich die Herz-Lungen-Maschine angeschlossen und die Aorta abgeklemmt. Allerdings sollten Sie wissen, dass dies hier eine Nottransplantation ist. Die Empfängerin steht kurz vor dem Tod. Sie wird ohne Spenderherz nicht überleben.«

Sophies Blick richtete sich auf das zweite Zelt. Die Ärzte dort warteten stumm. Irgendwo saßen die Eltern des Mädchens, die bereit gewesen waren, ein anderes zu opfern. Würde sie etwas Derartiges für Laura tun?

Für einen kurzen Moment schloss sie die Augen und atmete tief durch.

»Sie führen illegale Transplantationen durch und werden dafür zu Mördern«, sagte sie. »Monique Moreau, die Sie ›Spenderin‹ nennen, ist ein Opfer. Das Herz wird nicht entnommen!«

Aus den Augenwinkeln konnte Sophie sehen, dass Janko zurückwich.

»Stehen bleiben!«, rief David.

»Wenn Sie auf mich schießen, feure ich eine Kugel in die Sauerstoffflasche«, drohte er. »Von mir aus können die alle krepieren.«

»Janko!«, rief Sophie. »Es hat doch keinen Sinn mehr. Gib auf. Du kannst uns alle fehlenden Hinweise liefern, damit wir den Organhändlerring ausheben können. Es ist vorbei.«

»Noch nicht«, flüsterte er hasserfüllt. Ohne David und sie aus den Augen zu lassen, ging er an ihnen vorbei und näherte sich dem Lamellendurchgang. »Eine Sache ist noch offen.«

Sie erwiderte seinen Blick fragend.

»Wo denkst du, sind die Eltern der Empfängerin? Die Bonzen, die sich für ihre Tochter ein neues Herz erkauft haben«, rief er.

Bevor Sophie reagieren konnte, hechtete er durch die Lamellen und rannte in den Gang.

»Die sind hier irgendwo untergebracht«, begriff sie.

»Du folgst ihm, ich kümmere mich um das hier«, sagte David.

Sie nickte ihm zu und war auch schon am Durchgang. Janko bog soeben um die Ecke des Ganges und sie nahm seine Verfolgung auf.

Was hinter ihr geschah, lag jetzt in Davids Verantwortung. Sie musste verhindern, dass Janko weitere Menschen tötete. An der Ecke blieb sie stehen und lugte vorsichtig hervor. Doch Janko lauerte ihr nicht auf.

Er musste ahnen, dass es hier in Kürze von Einsatzkräften wimmeln würde. Das hier war seine Endstation.

Sie eilte weiter durch den zweiten zementierten, kahlen Gang. Das Neonlicht ließ alles noch kälter wirken. In Sichtweite sah sie eine Tür, die gerade wieder zufiel. Janko musste durch sie verschwunden sein.

Als Sophie dort ankam, riss sie die Tür auf, hob ihre Waffe … und betrat eine andere Welt.

Der Raum wirkte wie das Wartezimmer einer Luxuspraxis. Es gab einen geschwungenen Empfangstresen, mit Ebenholz verkleidet. Warmes Licht fiel aus goldverzierten Designerstehlampen und flauschige Sessel luden zum Verweilen ein.

Janko stand am Tresen, hinter dem eine wimmernde Empfangsdame kauerte. Er hatte die Waffe auf einen Mann gerichtet. Der trug einen edlen Anzug und eine auffällig designte Brille. In der zitternden Hand hielt er eine kleine Espressotasse.

»Sie werden nie wieder Geldsorgen haben«, sagte der Mann gerade. »Ich zahle jeden Preis.«

»Wie für deine Tochter, du Schwein?« Jankos Miene spiegelte puren Ekel wider. »Wie kann man nur einen anderen Menschen so bedenkenlos opfern?«

»Meine Tochter hat die beste Bildung erhalten, die für Geld möglich ist. Sie wird in ihrem Leben positiv auf unsere Gesellschaft einwirken«, stammelte der Typ. »Ist das nichts wert?«

Ihm war eindeutig nicht klar, dass dies exakt die falschen Worte waren.

»Und jedes andere Kind hat die gleichen Chancen verdient«, stieß Janko aus. »Ohne Ausnahme. Diese Welt war früher krank und ist es immer noch.«

Sophie richtete ihre Waffe auf den alten Freund. »Janko, bitte zwing mich nicht dazu zu schießen. Leg die Pistole weg. Keiner wird von hier entkommen.«

Er lachte abschätzig. »Mach dich nicht lächerlich. Du weißt so gut wie ich, wie es läuft. Wir bringen die Schweine hinter Gitter und ein teurer Anwalt holt sie raus.«

»Wir …?« Sie stutzte. Eine Gänsehaut rann über ihre Haut. »Du bist Polizist?«

»War.«

»Was ist dir passiert? Dir und Heiko?«

Beim Namen seines Bruders zuckte er zusammen. »Du willst Zeit schinden.«

»Ich will es wissen! Alles!« Die Worte waren ein verzweifelter Ausruf.

Kurz suchte er ihren Blick, richtete ihn aber dann sofort wieder auf den Fremden. Da dieser Deutsch gesprochen hatte, verstand er wahrscheinlich ebenfalls jedes Wort.

»Ihr habt damals versucht zu fliehen«, sagte Sophie. »Richtig? Deshalb seid ihr von einem Sommer zum nächsten nicht mehr aufgetaucht.«

»Der verdammte Fluchthelfer hat uns verraten«, flüsterte Janko. »Ist selbst erwischt worden und damit die Stasi ihn nicht wegsperrt, hat er sich mit denen eingelassen. Die haben ihn unter ihren Bedingungen weitermachen lassen, verstehst du? Menschen, die in die Freiheit entkommen wollten, haben sich an ihn gewandt. Und er hat sie alle verraten. Immer wieder. Wir waren nur eine Familie von vielen. Unsere Eltern kamen in den Knast und Heiko und ich in dieses Höllenloch.«

»Den Jugendwerkhof, für den der Urgroßvater von Melissa Hubert zuständig war.« Sophie warf Janko einen weiteren Brocken zu, damit der Redefluss nicht versiegte.

Er nickte. »Heiko und ich haben schnell gemerkt, dass da was nicht stimmt. Vom Dechsenbau kam so gut wie nie jemand zurück. Es gab Gerüchte und manchmal Wechsel in der Gruppe, aber Heiko, der war ein Genie. Er war ein Ass in Mathe und hat irgendwelche Muster erkannt. Keine Ahnung, ich hab das nicht verstanden. Dann kam er selbst dorthin.«

»Was ist aus ihm geworden?«

»Damals wusste ich es nicht«, erwiderte er. »Später hab ich es herausgefunden. Die haben seine Nieren rausgeholt, beide. Haben ihn einfach geopfert.«

»Oh, Janko.« Sophie versuchte, nicht an Heiko zu denken, der mit verstrubbelten Haaren und Brille auf den See hinausblickte und Vögel zählte.

»Mich haben sie auf Medikamente gesetzt«, flüsterte er und hob die Waffe höher, weil der Mann sich bewegte. Sofort erstarrte der wieder. Angstschweiß rann über seine Schläfen. »Aber ich habe angefangen, mir den Finger in den Hals zu stecken und sie auszukotzen«, fuhr Janko fort. »Die dachten, ich schlafe. Haben darüber geredet, dass sie mich auch abmurksen wollen.«

»Was hast du getan?«, flüsterte Sophie. »Wie bist du davongekommen?«

»Ich wusste, dass sie die Toten abholen. Mussten sie ja loswerden. Hat ewig gedauert, aber als es wieder so weit war, bin ich zum Arzt. Hab so zugedröhnt getan und ihn dann mit einem Skalpell dazu gebracht, meinen Totenschein auszufüllen. Dann hab ich ihn gezwungen, einen Brief zu schreiben, in dem er sagt, er würde nicht mehr mit all dem Zeug klarkommen und in den Westen rübermachen. Die haben am nächsten Morgen gedacht, ich wäre gestorben und der Arzt sei wegen Schuldgefühlen einfach auf und davon.«

»Und in Wahrheit?«

»Hab ihm eine Eisenstange auf den Kopf geschlagen, bis er nicht mehr geatmet hat, und ihn dann in einen der Säcke gelegt«, sagte Janko kalt. »Ich bin in einen anderen gekrochen. Wir wurden weggeworfen wie Müll. Bin erst mal untergetaucht, dachte, die suchen mich vielleicht. Paar Tage später ist die Mauer gefallen.«

Sophie wusste, dass im folgenden Chaos jeder nur noch darauf bedacht gewesen war, seine Schäfchen ins Trockene zu bringen. Da war es um Geld und Identitäten gegangen.

»War dann recht chaotisch, aber ich hab es schließlich geschafft«, sagte er. »Hab einen neuen Namen von unserem guten alten Fluchthelfer bekommen, der war ja darauf spezialisiert und er wollte nicht, dass ich ihn an die Westdeutschen verrate. Hat wohl wirklich geglaubt, ich lasse ihn dann davonkommen. Was soll ich sagen, er hat sich geirrt.«

»Wie heißt du heute?«, zwang sich Sophie zu sagen, nachdem sie seine Informationen geschluckt hatte.

»Peter Stempf«, sagte er. »Ich weiß, wäre nicht meine erste Wahl gewesen. Aber er musste hieb- und stichfest sein. Und so konnte ich mich wieder hochziehen, zur Polizei gehen und aufsteigen. Du wärst überrascht, wie leicht es damals war. Wenn zwei Systeme zusammenwachsen, gibt es so viele Lücken.«

»Es tut mir aufrichtig leid, was Sie durchgemacht

haben«, sagte der Mann im Anzug. »Aber verstehen Sie doch …«

Janko schoss.

Einfach so.

Sophie war so abgelenkt von seiner Geschichte, dass sie nicht mehr damit gerechnet hatte. Die Espressotasse landete scheppernd auf dem Boden. Der Unbekannte starrte an sich herab, während sein weißes Hemd mehr und mehr mit Blut getränkt wurde.

»Aber …«, keuchte er, kippte zur Seite und schlug auf dem Boden auf. Sophie sah auf einen Blick, dass hier niemand mehr etwas tun konnte, der Schuss war auf Herzhöhe erfolgt.

»Ich habe Jahrzehnte gesucht«, flüsterte Janko. »Und was ich dabei entdeckt habe, ist grauenvoller, als alles, was du dir vorstellen kannst.« Er wandte sich ihr zu. »Dein Großvater hing da auch mit drin. Er hat dem Jugendwerkhof die Jugendlichen zugeführt. Sie kamen aus anderen Jugendwerkhöfen. Damals habe ich natürlich nicht gewusst, wer er ist. Erst später, durch die Recherche.«

Sophie konnte den Blick nicht von dem toten Mann abwenden. »Janko, ich möchte, dass du die Waffe sinken lässt.«

»Sonst was?«

»Ich werde dich verhaften.«

Janko schüttelte den Kopf. »Ach, Sophie.« Er griff mit der linken Hand in die Hosentasche, zog einen Schlüssel hervor und warf ihn auf den Tresen. »Ein Schließfach.« Er nannte den Namen einer Bank in Berlin und eine

Nummer. »Darin findest du all meine Rechercheunterlagen. Eine Kopie davon wird in drei Stunden allen großen Pressehäusern in Deutschland, Frankreich und Tschechien zugestellt. Dieses Mal kommt keiner von ihnen davon.«

»Du hast das alles orchestriert. Wie lange wusstest du bereits von dem Massengrab?«

»Seit Jahren«, gab er zu. »Aber ich brauchte erst die Spur zu den Personen im Hintergrund. Vincent Durant, Albert Hubert, Adam Roux … und andere. All jene, die sich schuldig gemacht haben. Und das alles nur für Geld.« Janko hob die Waffe und richtete sie auf Sophie.

»Lass die Waffe fallen!«

»Das kann ich nicht. Und du weißt, warum.« Er lächelte traurig.

»Janko!«

»Tut mir leid, Sophie.«

Ein Schuss zerriss die Stille.

38. KAPITEL

David sah, wie Sophie sich zwischen den Plastiklamellen hindurchschob und Janko verfolgte. Er wandte sich wieder den Personen im Raum zu.

»Lassen Sie mich das klarstellen«, sagte er, »wer auch immer heute hier stirbt, geht auf Ihr Konto. Haben wir uns verstanden?!«

Die Ärzte gingen wieder an die Arbeit.

David sah die gezielten Handgriffe, mit denen sie neues Besteck holten und alles vorbereiteten. Er ging ins hintere Zelt, wo das andere Team sich bisher nicht gerührt hatte. Hier lag das zweite Mädchen – die Empfängerin.

»Wer ist sie?«, fragte er.

»Ihr Name ist Maren von Leubach«, erklärte ihm eine der Schwestern auf Deutsch durch einen Mundschutz hindurch, der ihre Stimme dämpfte. Ihr Haar war unter der OP-Haube zu einem Dutt gebunden. »Sie hat einen angeborenen Herzfehler und kann nur mit dem Spenderherz überleben.«

»Wenn Sie das Mädchen an der Maschine halten, können die Behörden möglicherweise ein Spenderherz besorgen«, sagte David.

»Wir befinden uns hier in der tiefsten böhmischen Provinz«, sagte die Schwester. »Selbst wenn wir hier alles perfekt vorbereiten und das Mädchen stabilisieren, wird sie höchstens ein paar Stunden überleben. Ihr Körper ist zu schwach. Das hier war der letzte Strohhalm für sie.«

»Ich dachte immer, ärztliches Personal hält den Kontakt zu Patienten so unpersönlich wie möglich«, sagte David, den Blick auf das schlafende Mädchen gerichtet.

Sie war an die Herz-Lungen-Maschine angeschlossen, die Aorta abgeklemmt. Das Mädchen benötigte das Spenderherz schnellstmöglich, doch es würde es nicht bekommen.

»Das ist richtig.« Mit einer schnellen Bewegung war die OP-Schwester hinter David, riss seinen Kopf an den Haaren zurück und hielt ein Skalpell an seine Kehle. »Aber als Mutter kenne ich meine Tochter sehr genau!«

David verfluchte sich innerlich. Er hätte auf Abstand bleiben müssen! Die Spitze des Skalpells durchdrang seine Haut und ein Blutstropfen rann herab.

»Alle herhören«, rief Marens Mutter. »Die Transplantation findet wie geplant statt. Wenn irgendwer versucht, das zu verhindern, werde ich dem Kommissar die Kehle durchschneiden und mit seiner Waffe jeden töten, der nicht wie besprochen vorgeht.«

»Verstanden«, klang es aus dem anderen Zelt.

»N…« Der Druck des Skalpells ließ David verstummen.

»Meine Tochter wird heute nicht sterben!«

»Aber dafür verurteilen Sie Monique Moreau zum Tode«, presste er hervor.

»Sie ist eine Waise, niemand wird das Kind vermissen«, sagte Frau von Leubach. »Maren hat Freunde, ist sozial integriert, vor ihr liegt eine großartige Zukunft. Sie wird einmal Ärztin werden und Leben retten. Das ist doch mehr wert als irgendein Ding aus Frankreich, das auf der Straße herumgammelt, Bier trinkt und Zigaretten raucht.«

»Und wer gibt Ihnen das Recht, über ein anderes Leben zu entscheiden?«

»Meine Verzweiflung«, brach es aus ihr hervor. »Wir haben alles getan, wirklich alles. Maren ist ein Kind, das jede Regel befolgt hat. Trotzdem gibt es einfach nicht genug Menschen, die sich zur Organspende anmelden. Und die Politik tut gar nichts. Also haben wir es eben selbst in die Hand genommen. Ich schaue doch nicht zu, wie mein Kind stirbt, weil irgendwelche Idioten das Thema für ihre politischen Zwecke ausnutzen!«

David konnte ihre Wut und Verzweiflung sogar nachvollziehen. »Hören Sie, ich verstehe es.«

»Ach ja? Haben Sie eine Tochter verloren?«

»Nein«, erwiderte er. »Aber meinen Bruder. Ich würde alles dafür geben, ihn zurückzubekommen. Und das meine ich auch so. Doch niemals würde ich über das Schicksal eines anderen Menschen entscheiden. Das Recht habe ich nicht. Und wenn ich für den Rest meines Lebens ein Loch in der Seele habe, das ich jeden Tag aufs Neue spüre.«

Frau von Leubachs Hand zitterte. Was bedauerlich war, denn die Klinge des Skalpells drang tiefer in Davids

Kehle. Er hielt noch immer die Pistole in den Händen und durchdachte verschiedene Szenarien.

»Sie mögen das Schicksal akzeptieren«, sagte sie. »Ich nicht. Das Leben ist ein beständiger Kampf vom Anfang bis zum Ende. Ich bin bereit für mich und jene, die ich liebe, alles zu geben. Denken Sie, ich weiß nicht, wie das hier endet? Natürlich werden mein Mann und ich verhaftet, das ist mir klar. Aber es spielt keine Rolle! Ich gehe für den Rest meines Lebens ins Gefängnis und wenn irgendwelche Zeitungen mein Bild auf der Titelseite tragen, ist mir das auch egal. Hauptsache, Maren lebt!«

»Weiß Ihre Tochter, woher das Spenderherz stammt?« David versuchte, mehr in dem Nachbarzelt zu erkennen, wo die Ärzte arbeiteten. Doch er konnte nicht ausmachen, wie weit die Prozedur fortgeschritten war. Erst wenn jemand mit einer Metallschale hier auftauchte, würde er den Stand der Dinge wissen.

»Wir haben sie darüber informiert, dass ein Mädchen bei einem Unfall ums Leben kam«, erklärte Frau von Leubach. »Außerdem haben wir ihr gesagt, sie würde ihr Herz spenden. Und weil der Unfall auf dem Land geschah, müsse alles schnell gehen.«

David wusste, dass die unterschiedlichen Gesetzgebungen in Europa für eine sehr divergente Höhe an Organspenden sorgten. Europlant bot hierzu traurige Statistiken. Deutschland gehörte zu den Ländern, in denen es zu wenig Organspenden gab. Das rechtfertigte es jedoch nicht, ein anderes Leben zu nehmen. Und Frau von Leubach wusste das. »Sie haben Ihre Tochter belogen, weil

Sie wissen, dass das hier falsch ist. Sie mögen bereit sein, für die Welt dort draußen ein Monster zu sein, aber was wird Ihre Tochter sagen?«

»Sie wird leben!«

»Und sich für immer schuldig fühlen. Sie und Ihren Mann hassen.«

»Das ist mir egal.« Frau von Leubach schluckte. »Sie wird es verstehen. Irgendwann. Wenn sie atmet, lacht, ihr Gesicht der Sonne entgegenstreckt.«

»Jede Freude wird von einem Schatten begleitet werden«, sagte David. »Das wissen Sie. Hier und heute können Sie eine Entscheidung treffen. Es wird alles getan werden, um Maren zu retten. Und wer weiß, vielleicht erhält sie einen Notstatus, der ein Spenderherz ermöglicht.«

»Den hat sie doch längst.« Die Stimme von Frau Leubach klang fern, kraftlos, müde. »Wir haben jeden Tag gebetet. Bei jedem Klingeln des Telefons loderte meine Hoffnung auf. Und wurde zu Asche. Manchmal frage ich mich, was schlimmer ist: ein schrecklicher Verlust oder lebenslange unerfüllte Hoffnung. Es ist ein Sterben der Seele auf Raten. Bei meiner Tochter war es ein Sterben des Körpers. Aber sie hat sich niemals unterkriegen lassen. Mein Kampfgeist lebt in ihr fort. Sobald sie erwacht, ohne Schwäche und Müdigkeit, wird sie dankbar sein. Eines Tages wird Maren heiraten, Kinder bekommen und auch in ihnen lebe ich fort. Was bedeutet es schon, wenn ich verhaftet werde?«

»Ich verstehe Ihre Liebe«, sagte David. »Aber nicht

Ihre Gnadenlosigkeit. Ehrlich gesagt beruhigt mich das, denn ich weiß, so wäre ich niemals. Es gibt Grenzen. Was Sie tun, ist Mord. Einem anderen Menschen nehmen sie damit all die Freude, die Chancen und die Sonne auf dem Gesicht weg. Das ist Egoismus.«

»Wie können Sie …«

David reagierte einfach. Die Zeit lief ihm davon und so setzte er alles auf eine Karte. Das Skalpell schrammte ihm über die Haut, zog einen Schnitt über seine Haut. Im Vorspringen griff er nach einer bereitliegenden Kompresse und presste sie mit der linken Hand auf seine Kehle. Der Schnitt war nicht so tief, dass er daran sterben könnte – das hoffte er zumindest –, doch er blutete stark. David spürte die Hitze auf seiner Haut, die den Hals herab und über seine Brust lief.

Mit einem Aufschrei warf sich Frau von Leubach gegen ihn. Sie fielen rücklings aus dem Zelt. David hatte den Reißverschluss nicht zugezogen, als er von der Schleuse aus Maren von Leubach betrachtete.

Normalerweise hätte er ihre Mutter problemlos abschütteln können, doch er hatte lediglich eine Hand frei. Die Waffe flog zu Boden und schlitterte noch ein Stück weiter.

Das Skalpell hatte Frau von Leubach nicht losgelassen. Sie stach damit nach David, aber er konnte sie abwehren. Er packte ihr Handgelenk und drehte es ruckartig herum, das Skalpell fiel zu Boden.

»Ich lasse nicht zu, dass Sie Maren töten«, spie sie manisch aus.

»Wollen Sie auch noch den Mord an einem Polizisten auf sich nehmen?«, fragte er.

»Wenn es sein muss«, gab sie unumwunden zu.

David spürte, dass er weiterhin blutete. Die Kompresse war nicht groß genug. War seine Halsschlagader getroffen? Hatte er sich geirrt? Ein heißer Schock durchfuhr seinen Körper. Falls das der Fall sein sollte, blieb ihm vielleicht eine Minute, höchstens zwei. Er würde kraftlos zusammensacken und ausbluten.

»Stoppen sie die Transplantation!«, brüllte er.

»Wagen Sie es nicht!« Frau von Leubach robbte zur Pistole.

Er folgte ihr.

Sie packte den Griff, fuhr herum und zielte in Richtung jenes Zeltes, in dem Monique Moreau lag. Ihre Hand zitterte. David warf sich nach vorne.

Ein Schuss hallte.

Die Kugel traf die Betonwand und surrte als Querschläger durch den Raum. Es war reines Glück, dass keine der Sauerstoffflaschen getroffen wurde. In den Zelten war eine Reinraumumgebung geschaffen worden, um die Operation durchzuführen. Geöffnete Körper waren anfällig für Bakterien, nur allzu leicht konnte sich nach dem Eingriff eine Entzündung bilden.

»Sind Sie wahnsinnig!«, brüllte er. »Wollen Sie uns alle in die Luft jagen?«

»Wenn die Transplantation nicht durchgeführt wird, werde ich das tun!«

Sie rangen um die Waffe.

Frau von Leubach hatte längst jeden Bezug zur Realität verloren. Ihr ging es nicht mehr um logische Argumente, es gab nur noch Maren, die sie retten wollte. Dabei schien jedes andere Leben keine Bedeutung zu besitzen.

Schockiert bemerkte David, dass er schwächer wurde. Der Blutverlust zeigte Wirkung. Er presste die Kompresse mit der linken Hand fester gegen die Wunde, legte seine Kraft in die rechte Hand und fasste das Handgelenk seiner Gegnerin erneut. Mehrmals musste er ihre Hand gegen den Boden schlagen, dann ließ sie die Waffe endlich los. Nahezu gleichzeitig kamen sie auf die Beine. David zog das Knie in die Höhe und rammte es Frau von Leubach in den Unterleib.

Sie keuchte auf und taumelte zurück.

Er kickte die Pistole vor zur Tür; sie noch einmal einzusetzen kam nicht infrage. Das musste auch Marens Mutter eingesehen haben, denn sie schnappte sich wieder das Skalpell.

David machte einen Schritt auf sie zu und taumelte. Jede Bewegung kostet mehr Kraft, die Luft selbst schien zäh zu sein; die eigenen Muskeln waren schwer wie Blei.

»Tun Sie das nicht.« David stützte sich gegen die Zellwand, blickte auf Frau Leubach und konnte doch nicht mehr viel tun.

Die ließ das Skalpell sinken. »Es tut mir leid für die andere, aber meine Tochter muss leben. Um jeden Preis. Vielleicht verstehen Sie es, wenn sie Maren kennenlernen.«

David wusste, dass er gleich das Bewusstsein verlieren

würde. Dann waren alle anderen dieser Frau ausgeliefert, die die Operation zweifellos zu Ende bringen würde.

Giacomo hatte einmal den Kopf geschüttelt, als David beim Pokern alles auf eine Karte gesetzt und haushoch verloren hatte. Dabei wäre es gar nicht notwendig gewesen. Er neigte einfach dazu, gewagte Entscheidungen zu treffen.

So auch jetzt.

David nahm all seine Kraft zusammen und warf sich nach vorne. Mit der Schulter traf er die verblüffte Frau, die längst nicht mehr mit einem Angriff gerechnet hatte. Sie ließ das Skalpell fallen und taumelte zurück.

Er zielte und traf mit der rechten Faust punktgenau ihr Kinn. Die Frau verdrehte die Augen und kippte um.

Geschafft!

Ein Schritt in Richtung des Zeltes wurde für David zum Taumeln, er ging in die Knie. Sein Blick verschleierte sich. Der Arzt im Zelt von Monique Moreau legte etwas in eine Metallschale, eindeutig.

Nein!

Eine der Helferinnen trat an eine Apparatur und schaltete diese ab. Einfach so. Ein Knopfdruck und ein Leben endete. Der Arzt nahm die Metallschale in beide Hände und sah hinein.

David spürte, wie ihm eine Träne über die Wange rann. Er hatte sie retten, die Hoffnung in ihrem Blick sehen wollen, wenn sie die Augen aufschlug und bemerkte, dass sie noch lebte und gerettet worden war. Er hätte sie persönlich zu ihrer Freundin zurückgebracht.

Doch jene Menschen, die vor über dreißig Jahren mit einem grauenhaften Verbrechen in der DDR begonnen hatten, die für ein Massengrab unter einem ehemaligen Jugendwerkhof verantwortlich waren, hatten ein letztes Opfer gefordert.

Davids Lider flatterten.

Sein Geist stürzte in wohlige Wärme.

39. KAPITEL

Sophie starrte fassungslos auf die Blutlache.

Janko war bereits tot, als sein Körper auf dem Boden aufschlug. Er hatte sich mit einem finalen Schuss selbst gerichtet. Hinter sich vernahm sie eine Vielzahl von hastig näher kommenden Schritten.

Vorsichtig ging sie in die Knie, legte ihre Waffe auf den Boden und rief auf Englisch: »Ich bin Polizistin!« Sicherheitshalber wiederholte sie das auf Deutsch und Tschechisch. Das tschechische Wort für Polizist kannte sie nur, weil der Hotelier es gerufen hatte.

Überall war Stimmengewirr, uniformierte Männer mit erhobenen Pistolen fluteten den Raum. Zur Sicherheit deutete Sophie auf die Tür: »Am Ende des anderen Ganges sind mehr. Mein Kollege ist auch dort, David Martin. Schießen sie nicht auf ihn!«

Sie konnte sich vorstellen, dass sie das Hauptgebäude umstellt hatten und Hubschrauber in der Luft kreisten. Rettungswagen mussten ebenfalls vor Ort sein.

Sophie verließ wie in Trance den Raum und folgte dem Gang. Wie verzweifelt und voller Hass musste ein Mensch sein, um einerseits sein Leben als Polizist der Verfolgung von Verbrechern zu widmen, andererseits aber

Selbstjustiz verüben zu können. »Es tut mir leid, Janko.« Sie wusste nicht einmal, warum sie sich entschuldigte.

Irgendwie hatte sie das Gefühl, wegen ihres Großvaters an den Taten mitschuldig zu sein. Sie schämte sich, ihn als Vorfahren zu haben. Er und andere Menschen hatten einfach das Leben von Heranwachsenden zerstört.

Als sie die Treppe erreichte und die Stufen zum Tageslicht erklomm, sah sie Rettungskräfte über den Hof eilen.

Ein Polizist trat zu ihr, überprüfte ihren Ausweis und nickte. Dann war er auch schon wieder fort. Von irgendwem bekam sie ihre Waffe zurück und verließ die Scheune.

Gerade rechtzeitig, um zu sehen, wie David bewusstlos auf einer Trage lag und in einen Rettungswagen verfrachtet wurde.

Sie rannte zu den Sanitätern, die etwas von »Blutverlust« sagten und den Namen des Krankenhauses, in das er gebracht wurde.

Sophie wusste nicht, was passiert war, und sorgte sich um ihn. Aber sie musste das hier übernehmen und zu Ende bringen. David war in fähigen Händen.

Sie sah dem Rettungswagen nach und betrat dann wieder die Scheune. Erneut stieg sie die Stufen in die Tiefe und bog in den Gang, der zum OP-Bereich führte.

Kaum durchschritt sie die Lamellen, sah sie eine auf dem Boden liegende, benommen wirkende Frau, die von einem Rettungssanitäter betreut wurde. Was war hier passiert? Sie runzelte die Stirn und richtete ihren Blick auf die transparenten Zelte. In einem lief die Herz-Lungen-Maschine noch. Doch in dem anderen waren die Apparaturen abgeschaltet worden.

»Sophie Steinbach?« Ein Kollege in Zivil kam auf sie zu. Er trug blaue Jeans, einen Pullover und Lederjacke. Sie sah sein Pistolenholster darunter. »Kommissar Johann Prazsky. Ich wurde kurzfristig hinzugezogen. Ein Wunder, dass nicht das gesamte Präsidium hier ist, ihr Chef hat ein wahres Feuerwerk an Formularen auf uns niederregnen lassen. Sind Sie in Ordnung?«

»Ich bin okay, aber mein Kollege wurde gerade verletzt abtransportiert. Was ist hier geschehen?«

»Als wir ankamen, war Herr Martin bereits bewusstlos und hatte eine Menge Blut verloren. Einer der hier tätigen Ärzte hat wohl nur gearbeitet, weil er erpresst wurde. Er hat den Kommissar so weit verbunden, dass er überleben wird.«

Sophie atmete auf. »Und diese Frau?« Mit dem Kinn deutete sie in ihre Richtung. Der Sanitäter half ihr soeben auf die Beine und stützte sie.

»Laut Pass ist sie Greta von Leubach«, erwiderte Kommissar Prazsky. »Die Mutter des Mädchens, das dort drüben im Zelt liegt.«

Sophie benötigte einen Augenblick, um die Worte zu verarbeiten. Wieso hatten sie das nicht bedacht?! Als Mutter wäre sie auch niemals einfach so weggegangen, wenn sie ihrer Tochter im Ausland eine Nottransplantation organisiert hätte.

»Laut dem Arzt hat die Mutter Ihren Kollegen mit einem Skalpell bedroht und es kam zu einem Kampf.

Die anderen sollten die Transplantation weiter ausführen.« Er deutete auf einen Mann in OP-Kleidung. »Aber Doktor Mechtin, der auch ihren Kollegen versorgte, realisierte, dass der Organhändlerring aufgedeckt worden war. Er hat lediglich blutige Gaze in die Metallschale gelegt, um Zeit zu schinden. Die Patientin wird den Eingriff überstehen.«

Was ihm vor Gericht zweifellos strafmildernd angerechnet werden würde. Doch damit blieb noch ein Schicksal offen.

»Was ist mit dem Mädchen, das das Spenderherz erhalten sollte?«, fragte Sophie.

»Maren von Leubach.« Nun wirkte Johann Prazsky betrübt. »Bei ihr sieht die Sache anders aus. Ihr Körper war bereits massiv geschwächt. Die Narkose hat ihren Kreislauf zusammenbrechen lassen. Laut Doktor Mechtin hätte sie keine Chance gehabt, die Transplantation zu überstehen.«

Sophie verdrängte den Gedanken an Laura, nahm sich jedoch vor, diese am nächsten Wochenende zu besuchen. »Es tut mir sehr leid für das Mädchen.«

»Das kann man wohl sagen. Ich hoffe, es gibt nicht noch mehr Leichen.«

Sophie räusperte sich. »Nun ja.«

»Wie bitte?«

»Falls sie es noch nicht von ihren Kollegen wissen … Am Ende des anderen Ganges gibt es einen vornehmen Wartebereich«, erklärte sie. »Der Vater des Mädchens ist tot. Und ein weiterer Mann.«

Ihr wurde erst so langsam bewusst, was in den letzten Tagen geschehen war. Ereignisse, die so viele Leben berührt oder beendet hatten.

»Und ich dachte, Cold Cases zu bearbeiten wird behäbige Routine«, flüsterte sie seufzend.

»Vielleicht haben Sie da beim nächsten Mal mehr Glück. Ich nehme die Zeugenaussagen auf.« Prazsky ging davon, wandte sich aber noch einmal um. »Ihr Chef ist übrigens auf den Weg hierher. Er hat sich aus dem Hubschrauber gemeldet.«

Sophie nickte dankend.

Monique Moreaus Brustkorb war wieder verschlossen worden. Sie hing noch in Narkose an den Geräten. Sobald ihre Werte es zuließen, würde sie ins Krankenhaus transportiert werden. Letztlich hatte ihre Freundin Emilie ihr wohl das Leben gerettet.

Sophie verließ das versteckte Operationszentrum und reckte auf dem Hof ihr Gesicht in die Sonnenstrahlen. Vor der Absperrung tauchten bereits die ersten Übertragungswagen der Presse auf.

Sie blieb mit Absicht noch einen Augenblick stehen, damit eine der Kameras sie erfassen konnte. Schließlich sollte am Ende klar sein, dass Europols neues Cold-Case-Team diesen Fall gelöst hatte. Unter Hochdruck war es gelungen, alles aufzuklären und mal eben Schlagzeilen in drei Ländern zu machen.

»Gemütlich und behäbig«, murmelte sie.

Bevor der Trubel noch größer wurde, setzte sie sich ins Auto und fuhr davon. Dank Navi fand sie das nächstgelegene Krankenhaus, in das David gebracht worden war. Sie erfuhr, dass er noch schlief, aber keine Bluttransfusion benötigt hatte. Die Wunde war genäht worden.

Still setzte sie sich auf den Besucherstuhl neben seinem Bett und genoss die einsetzende Stille. Damit Alvarez wusste, was ihn erwartete, schrieb sie ihm eine Nachricht. Ihrer Ansicht nach hätte er gar nicht nach Tschechien kommen müssen, doch wenn sein Commissaire Générale und seine Kriminalhauptkommissarin auftauchten und direkt Leichen hinterließen, musste er wohl gut Wetter machen.

Irgendwann döste sie ein und erwachte erst, als Stunden später die Dämmerung einsetzte.

David saß aufrecht im Bett und nippte an einem Becher mit Wasser. »Da sterbe ich fast, wache auf und du liegst im Stuhl und schläfst. Und wer gibt mir ein Update? Die Schwester.«

»Bitte was?« Sophie streckte sich und blinzelte den Schlaf aus den Augen.

»Na ja, die Nachrichten sind voll mit dem Fall.«

Sophie lehnte sich wieder zurück und berichtete ihm in aller Ruhe, was auf ihrer Seite geschehen war.

»Ich konnte die Verzweiflung spüren, die Frau von Leubach ausgestrahlt hat«, sagte David, als er von seinem Erlebten erzählte. »In diesem Augenblick konnte ich sie sogar verstehen.«

»Wehe, die versauen die weiteren Ermittlungen.« Sophie rieb sich die Arme, langsam wurde es kühl. »Die Staatsanwaltschaft wird eine Menge damit zu tun haben, alle Geldströme aufzudecken und die Hintermänner in Haft zu nehmen. Alvarez darf uns mitteilen, wie es in der Sache weitergeht.«

Die zuständige Ärztin schaute vorbei und maß Davids Blutdruck. Da er bewusstlos gewesen war, musste er bis morgen zur Überwachung dableiben.

Sophie wich nicht von seiner Seite und zu später Stunde trafen Alvarez und Ebba als Besucher ein.

»Sie sehen ziemlich müde aus, Chef«, bemerkte David.

»Im Gegensatz zu Ihnen kann ich mich nicht in einem Krankenhausbett ausruhen.« Alvarez schmunzelte unter seinem gepflegten Vollbart. »Scherz beiseite, Sie haben mir einen gehörigen Schrecken eingejagt.«

»Alles bestens.« David winkte ab. »Und was machst du hier?«, fragte er an Ebba gewandt.

»Den hiesigen Kollegen dabei helfen, Daten auszuwerten«, erklärte sie. »In dieser Firma standen alle möglichen Server. Ehrlich gesagt können wir von Glück reden, dass Janko Kleeberg diesen Kerl am Computer ausgeschaltet hat, bevor der alles sperren konnte. Dadurch hatten wir Zugriff auf das Betriebssystem und ich konnte von dort aus den Rest des Systems infiltrieren.«

»Janko war übrigens unter dem neuen Namen Peter Stempf unterwegs«, warf Sophie ein. »Damit müsstest du seinen Weg zurückverfolgen können.«

Ebba nickte. Sie und Alvarez zogen sich Stühle ans Bett heran.

»Ihr glaubt nicht, wie groß dieser Organhändlerring ist«, sagte sie. »Und er reicht weit zurück. Bis zu den

Anfangszeiten der DDR. Wir haben sogar eingescannte Aktenvermerke aus dem Jahr 1961 gefunden.«

»Anders gesagt, hat unser Team nicht nur einen Cold Case gelöst«, erklärte Alvarez, »sondern Hunderte. Das kann man durchaus effektiv nennen. Da das außerdem unter den wachsamen Augen der Presse geschah und wir obendrein noch verdammt schnell waren, dürften wir erst einmal politisches Kapital herausgeschlagen haben. In den nächsten Monaten muss ich das Bestehen der Abteilung nicht mehr ständig rechtfertigen. Niemand wird wagen, die Mittel infrage zu stellen, oder unsere Effektivität.«

»Was ist mit meiner Familie und mir?«, hakte Sophie nach. Bei dem Gedanken, in den nächsten Tagen ihren Opa und womöglich auch ihre Eltern in der Presse abgelichtet zu sehen, wurde ihr ganz anders.

»Ihre Familiengeschichte ist natürlich bekannt«, sagte Alvarez. »Da können wir nicht viel machen. Allerdings gehe ich davon aus, dass sie sich eher auf das System der Jugendwerkhöfe und das traurige Schicksal der ehemals dort Inhaftierten stürzen werden. Die verschleppte Aufarbeitung wird noch Kreise ziehen. Journalisten haben, was Recherche angeht, durchaus etwas auf dem Kasten, also können wir sogar auf Zuarbeit hoffen.«

»Das gefällt mir.« David grinste frech, wurde aber sofort wieder ernst und fasste sich an den verletzten Hals. »Jedes einzelne Schicksal muss aufgeklärt werden. In diesem Massengrab lagen Menschen, die Familie, Freunde und ein Leben zurückließen.«

»Keine Sorge«, schaltete Ebba sich ein. »Wir haben die ersten Identitäten bereits klären können und noch Dutzende weitere Hinweise sind offen. Wir haben Kollegen vor Ort in den Bundesländern gebeten, DNA-Proben von den Angehörigen zu nehmen, die einen Bezug zu verschollenen Familienmitgliedern vermuten. Dadurch lässt sich das klären. Das wird die drei Länder zwar noch monatelang beschäftigen, aber es wird am Ende aufgeklärt sein.«

»Was ist mit Frankreich?«, fragte David. »Das System mag in der DDR seinen Anfang genommen haben, aber diese Seilschaften, die Vincent Durant in Anspruch genommen hat, reichen bis hoch in die Elite.«

»Janko, sage ich da nur.« Ebba legte ihre Hand sanft auf die von Sophie. »Dahingehend hat er wirklich gute Arbeit geleistet. Er hat seine Rechercheergebnisse großen Pressehäusern und auch uns zugestellt. Wir haben Listen mit Namen und Verbindungen zum Organhandel, belegt mit Bildern, Überweisungen und Protokollen. Ihm ist es über die Jahre sogar gelungen, einen Großteil der Empfänger ausfindig zu machen. Da werden zahlreiche Familien ein böses Erwachen erleben. Die Jugendlichen können natürlich nichts dafür, für die wird es eher ein Schock. Aber die Eltern … ein Beben wird da durchgehen.«

Sophie war erleichtert darüber, dass ihnen die Aufklärung gelungen war. Gleichzeitig ärgerte es sie, dass diese Menschen über einen so langen Zeitraum einfach machen konnten, was sie wollten. Niemand hatte hingesehen, keiner war eingeschritten.

David erwiderte ihren Blick und nickte. »Das denke ich auch. Es hätte viel früher auffallen müssen.«

Sie lächelte, da sie mal wieder auf der gleichen Wellenlänge lagen.

»Ich denke, da können wir in Kürze auch etwas erwarten«, sagte Alvarez. »Durch den Fall ist einiges in Bewegung geraten und die Öffentlichkeit verlangt nicht nur nach Aufklärung. So etwas soll nie wieder passieren. In solch einer Stimmung lassen sich Gesetzesvorhaben meist leicht verabschieden. Es würde mich nicht wundern, wenn in der Hinsicht bald etwas geschieht.«

Eine Krankenschwester kam herein und brachte David eine Suppe. Das Schlucken würde ihm noch ein paar Tage lang schwerfallen.

»Soll ich dich füttern?«, fragte sie grinsend, nachdem die Schwester das Zimmer wieder verlassen hatte. Ihr eigener Magen knurrte. Sie musste sich nachher etwas zu essen besorgen.

Er erwiderte ihr Grinsen. »Wie geht es jetzt weiter?«, fragte er in die Runde und führte den Löffel zum Mund.

Alvarez schlug ein Bein über das andere. »Für die Auswertung der Geldströme und länderübergreifenden Entführungen wurde eine Sonderkommission gegründet, in der Spezialisten aus Frankreich, Deutschland und Tschechien zugegen sind. Die Auflösung des Falls wird uns zugeschrieben, ebenso sind wir noch für die Identitätsfeststellungen der Toten zuständig. Aber die Verhaftungen aller Beteiligten und die Trockenlegung aller Geldflüsse ist eine Nummer zu groß für uns.«

Wofür Sophie sogar dankbar war.

Was sie hatten tun können und wollen, war getan. Mit der Aufdeckung der Identitäten aller Toten hatten sie ein vernünftiges Ende erreicht.

Sie plauderten noch, bis die Müdigkeit überhandnahm. Dann ließen sie David im Krankenhaus zurück und fuhren einen Imbiss an. Anschließend checkte sie ins Hotel ein, das Markus für sie gebucht hatte. Eine letzte Nacht. Sobald David entlassen wurde, ging es zurück nach Deutschland.

EPILOG

Einen Monat später

David fühlte, wie sich ein Gewicht von seiner Brust hob. Das Versprechen von Ebba hatte sich erfüllt, sie hatten mithilfe von DNA-Abgleichen, Befragungen und Computeranalysen die Familien aller Opfer gefunden.

Auch Heiko Kleeberg, der Bruder von Janko, war darunter gewesen. Sophie ließ sich nichts anmerken, doch der Fall hing ihr noch immer nach.

Die Führungsriege des Organhandelrings war verhaftet worden. Mit der Durchsicht der alten Unterlagen würden die Spezialisten noch Jahre beschäftigt sein und versuchen, bis zur Gründung alles zurückzuverfolgen. Die ersten Unterlagen gingen bis ins Jahr 1938 zurück, das meiste war allerdings durch den folgenden Zweiten Weltkrieg vernichtet worden.

Greta von Leubach erwartete im Gefängnis ihre Verhandlung.

Fast täglich waren neue Dinge ans Licht gekommen. Größen aus Wirtschaft und Politik gehörten zu jenen, die für ihre Kinder ein Spenderorgan besorgt hatten. Weltweit waren die Empfänger verstreut. An jene in autokratischen Staaten kam man nicht heran, doch die anderen waren verhaftet worden.

Alte Stasi-Unterlagen wurden in der Folge wiederaufgearbeitet und ja, auch Sophies Großvater hatte es in die Schlagzeilen geschafft. Letztlich stellte Sophies Vater sich für ein Interview zur Verfügung, in dem die Reporter seriöse Fragen loswurden.

In den Unterlagen von Durants angeblicher Lebensgefährtin fanden sich Hinweise darauf, dass Vincent Durant mit dem Geld seiner Mutter versucht hatte, sich freizukaufen. Deshalb benötigte er das Geld. Jedoch ließ sie ihn nicht vom Haken. Mittlerweile saß sie selbst in Untersuchungshaft.

Um einen Deal mit dem Staatsanwalt zu machen, hatte die falsche Lebensgefährtin offenbart, dass Direktor Marplié von einem Auftragskiller getötet worden war. Aufgrund der Ermittlungen wollte der Direktor untertauchen und sprach vorher eine Drohung aus. Es war seine letzte gewesen.

Vor zwei Tagen hatte Zuzanna alle forensischen Untersuchungen abgeschlossen. Ebba hatte die Daten sauber verarbeitet, verschlagwortet und über SIENA im EIS eingetragen. Damit war der Aufbau der Datenbank in vollem Gange. Markus schien Formulare zu lieben, arbeitete darüber hinaus alles rechtlich blitzsauber ab und jeder war zufrieden.

Matteo Rossi beschäftigte sich noch lange mit Janko und seinen Taten, aber auch mit dem Thema der Jugendwerkhöfe an sich. Die meisten Menschen wussten nicht einmal, dass es solche gegeben hatte, geschweige denn von dem Grauen, das die Jugendlichen dort durchleben mussten. Durch die Aufklärung schafften es zahlreiche Dokumentationen zu Streaming-Anbietern und ins Fernsehen. Sie beschäftigten sich mit den Schicksalen jener Menschen von damals, die noch heute lebten und teilweise nie Gerechtigkeit erfahren hatten.

Auch das war ein Streicheln für Davids Seele. Sie hatten dabei geholfen, Antworten zu finden, Wunden zu heilen und zukünftige Verbrechen zu verhindern.

»Wieso sitzt du noch so grüblerisch rum?« Ebba bedeutete David, dass er gefälligst aus seinem Büro herauskommen sollte. »Männer und ihre Höhle.«

Lachend trat er in den Hauptraum ihrer Zentrale.

Alvarez hatte eine Flasche Sekt bereitgestellt, daneben standen Gläser. Außer David fehlte nur noch Sophie.

In den letzten Tagen hatte sie Überstunden abgesetzt, um Zeit mit ihren Eltern zu verbringen. Auch ihre Tochter suchte durch die Aufdeckung der familiären Verbindung zu dem Fall wieder mehr Nähe zu ihren Eltern und Großeltern. Als angehende Reporterin selbst in den Strudel der Presse zu geraten, hatte Laura nachdenklich werden lassen. Sophie erzählte David später, dass ihre Tochter zukünftig einer der *guten* Reporterinnen werden wollte. Investigatives Aufklären ohne reißerische Schlagzeile.

Die Eingangstür klackte und eine rotwangige Sophie stürmte herein. »Bin ich zu spät?«

»David war zehn Sekunden schneller.« Ebba zwinkerte.

Markus nahm die Sektflasche in die Hand. »Soll ich?«

»Ich bitte darum.« Alvarez nickte.

»Aber nicht jemandem das Auge herausschießen«, bat Zuzanna. »Das kenne ich schon.«

»Echt jetzt?«, fragte Markus.

»Wer weiß.« Die Polin lächelte verschmitzt.

Markus sorgte zwar für einen Knall, doch alle Augen blieben, wo sie waren. Der Sektkorken wurde sauber abgefangen und der Flascheninhalt landete in den Gläsern. David fragte sich unweigerlich, ob dieser kleine Mistkerl einfach in allem perfekt war. Wie er wohl nur in Shorts aussah? Schnell verdrängte er den Gedanken. Arbeitskollegen waren tabu.

Matteo übernahm die Verteilung der Gläser.

Als jeder eines in den Händen hielt, sagte Alvarez: »Als wir vor einem guten Monat mit der Arbeit begonnen haben, war das hier eine unfertige Zentrale und wir ein zusammengewürfelter Haufen. Niemand hätte wohl damit gerechnet, dass wir mit unserem ersten Fall gleich mit derartigen Dingen konfrontiert werden. Doch es war hervorragendes Teamwork, auf das ich sehr stolz bin. Jeder von Ihnen hat seinen Teil dazu beigetragen, Schicksale aufzuklären und Unrecht – soweit möglich – wiedergutzumachen. Als ich für diese Abteilung bei Europol gekämpft habe, wurde ich oft gefragt, wofür. Wofür benötigt man uns? Nun, wir haben gezeigt, dass auch Cold-Case-Fälle – gerade diese – noch immer von großer Bedeutung sind. Zündet jemand eine Bombe und wird nicht gefasst, kann er das durchaus wieder versuchen. Heute fragt mich niemand mehr, wofür wir benötigt werden.

Ich weiß, dass Sie alle aus unterschiedlichen Gründen hierhergekommen sind.«

Er stoppte kurz und schenkte jedem einen Blick.

»Jeder von uns, ja, auch ich, hat in seinem Leben etwas erlebt, was unterstrichen hat, warum es wichtig ist, alte Fälle aufzuklären. Dafür sind wir hier und dafür bleiben wir hier. Auf unser Cold-Case-Team!«

»Hört, hört!«, rief Sophie zustimmend.

Sie stießen gemeinsam an und tranken. Es wurde gelacht und geplaudert, während vor der Zentrale die Sonne unterging. Irgendwann spät am Abend, nachdem sich alle verabschiedet hatten, packte auch David zusammen.

»Magst du noch mit zu uns kommen?«, fragte Sophie. »Jan hat gekocht.«

Im letzten Monat war David ein gern gesehener Gast bei den Steinbachs gewesen und das freute ihn. Es hatte den Start in dieser Stadt vereinfacht. Längst betrachtete er sowohl Jan als auch Sophie als Freunde. Neben beruflichen Themen hatten sie Privates besprochen, und er musste noch heute lachen, wenn er an die schockierten Gesichter dachte, sobald er über Details aus der schwulen Community sprach. Kulturschock nannte man das wohl.

»Tut mir leid, aber ich gehe noch mit Giacomo aus«, sagte er.

»Party in diesem offenherzigen Club?«, fragte Sophie.

»Ich bezweifle, dass ›offenherzig‹ das richtige Wort für das Berghain ist, aber okay. Nope, wir essen und schauen dann tatsächlich und ganz im Ernst mit Freunden einen Film.«

»Ist Film eine Metapher für …«

»Film!«, rief David lachend.

Sophie warf ihm ein freches Grinsen zu. »Weiß ich doch.«

»Frau Steinbach, Sie können ja richtig böse sein.«

»Du hast wohl geglaubt, ich bin eine brave Vorstadtpflanze, was?«

»Da geschehen die schlimmsten Morde.«

»Wundert mich ja ehrlich gesagt nicht«, sagte sie. »Es gibt da so ein paar Nachbargrundstücke, auf die ich gerne mal einen genaueren Blick werfen würde.«

»Jetzt machst du mir Angst.« David fuhr den Rechner herunter und schlüpfte in seine Jacke. »Ich sehe schon den nächsten länderübergreifenden Cold-Case. Gartenlaube in Steinbachs Nachbarschaft, in der ein toter Spanier gefunden wurde. Der verschwand aber bereits vor zehn Jahren.«

»Du bist unmöglich.« Sie verpasste ihm einen Klaps auf die Schulter.

Während sie nach draußen gingen, fragte er sich aber durchaus, wohin es sie als Nächstes verschlagen würde.

In den letzten Wochen war er mehrfach in Frankreich gewesen, um mit Bertrand Papiere durchzugehen, Aussagen zu besprechen und zu helfen, wo er nur konnte. Die Abteilung mochte hier in Berlin sitzen, doch ihr Einsatzgebiet war Europa.

Sophie stieg wie immer in ihr Auto. David spazierte gemütlich zu seiner Wohnung. Das Wetter war ausnahmsweise aufgeklart und die Abendsonne tauchte Berlin in einen warmen Schein.